Drei Menschen haben mein Leben verändert:
Alain Delon, Luchino Visconti und Coco Chanel.
ROMY SCHNEIDER

I.
ALAIN DELON

KAPITEL 1

PARIS
10. April 1958

Die Air-France-Maschine aus München durchbrach die Wolkendecke über der Île-de-France und gab durch das kleine, runde Fenster den Blick auf Wiesen und Ackerflächen frei. Die Dörfer mit den erstaunlich dicht aneinanderlehnenden Gehöften wirkten aus dieser Höhe so winzig wie die Häuschen in einer Spielzeuglandschaft. Eine steile Kurve, und schon kam die Metropole in Sicht, imposante, helle Gebäude mit Schieferdächern, gelegentlich umgeben von Grün, das Stadtbild durchschnitten von einem dunkel schimmernden Wasserband. Selbst aus dieser Entfernung und trotz des trüben Wetters ließ sich die besondere Atmosphäre erahnen, die seit Jahrzehnten in dem amerikanischen Song »April in Paris« besungen wurde. Der Charme des Frühlings schien nur auf die Reisenden zu warten, und wie fast alle Fluggäste träumte auch Rosemarie Albach von einem Kaffee unter blühenden Bäumen, dem süßen Duft dieses Monats und einer lauen Brise, die sie wie eine Umarmung umfing.

Das Lied auf den Lippen, löste sie sich von der Aussicht und betrachtete sich in dem Spiegel der kleinen Puderdose, die sie in Händen hielt. Sie war zur Arbeit unterwegs, die Schönheit der französischen Hauptstadt und die Verheißungen der Jahreszeit würden nur Beiwerk sein. Nicht mehr als die Kulisse für eine junge Frau, mit ihren neunzehn Jahren eigentlich noch ein Mädchen, das überall im Mittelpunkt stand. Dafür wurde verlangt, dass sie perfekt aussah. Tatsächlich saß ihr dichtes braunes Haar dank einer großen Portion Fixierspray immer noch genauso wie nach dem Friseurtermin vor ihrem Abflug, die Wimperntusche war nicht verlaufen, und den Lippenstift hatte sie bereits nach dem Service in der Luft nachgezogen. Sie strich mit der Puderquaste kurz über ihre Nase, dann verstaute sie die Schönheitsutensilien in ihrer Handtasche. Leise summend sah sie wieder durch das Bullauge, hinter dem die Luftbilder der Großstadt gerade von der idyllischen Umgebung des Flughafens Orly abgelöst wurden. Die unbebauten Flächen wurden weitläufiger, und schließlich erschien die Betonpiste zum Greifen nah. Wenn sie nicht an Flugreisen gewöhnt gewesen wäre, hätte sie spätestens jetzt fürchterliche Angst vor einer Bruchlandung, fuhr es Romy durch den Sinn.

Mit einem heftigen Ruck setzte das Flugzeug auf. Trotz des festgezogenen Anschnallgurtes wurde ihr Oberkörper von der Bremswirkung nach vorn geworfen, dann wieder nach hinten gegen die weich gepolsterte Lehne. Romy spürte, wie in ihrem Magen die Kohlensäurebläschen sprudelten, und sie wünschte, sie hätte auf das zweite Glas des Champagners verzichtet, der in der ersten Klasse gereicht wurde. Immerhin sorgte der Alkohol bei ihr trotz allem für eine gewisse Entspannung, die sie auch dringend brauchte. Direkt nach ihrem Eintreffen in Orly sollte sie öffentlichkeitswirksam ihren neuen Filmpartner kennenlernen. Die wichtigsten Vertreter der französischen Presse würden anwesend sein, sie müsste lächeln und so tun, als wäre ihr die Landung in Frankreich um vieles besser bekommen, als es tatsächlich der Fall war. In der Regel war Champagner vor solchen Anlässen ebenso hilfreich wie ein Glas hier und da in der Garderobe eines Ateliers oder hinter den Kulissen des jeweiligen Drehorts, aber ein Zuviel führte leider zum Gegenteil. Ach, hätte sie sich doch zurückgehalten!

Jetzt war ihr nicht mehr nach Singen zumute, und die Melodie erstarb auf ihren Lippen.

»Der Pilot hätte ein bisserl weniger forsch landen können«, meinte ihre Mutter neben ihr.

»*Bienvenue à Paris*«, erklang die Stimme einer Stewardess durch die Lautsprecher an Bord. »Willkommen in Paris. Leider ist es heute sehr kalt, der Tower hat uns übermittelt, dass keine sechs Grad herrschen. Bitte vergessen Sie Ihre Mäntel nicht.«

Also keine zarten Frühlingsgefühle, fuhr es Romy durch den Kopf. Wie gut, dass es sich bei ihrer Reise nach Paris nur um eine Stippvisite handelte und sie morgen in die Ferien nach Ibiza weiterflöge. Dort sollte es sonnig und die Temperaturen angenehmer sein, sie würde das neue Drehbuch lesen und sich gelegentlich auf ihre Rolle vorbereiten, aber ansonsten würde sie ihre Arbeit – und was damit verbunden war – ausblenden. Der Gedanke daran wärmte sie fast noch mehr als ihr silbergrauer Persianerpelz, den die Flugbegleiterin von der Garderobe genommen hatte und ihr nun reichte.

»Lächle, mein Kind«, erinnerte sie ihre Mutter, die bereits aufgestanden war, während sie sich ihre Nerzstola um die Kostümjacke schlang. »Immer lächeln.«

Der unglückliche Flunsch, den Romy eben noch gezogen hatte, verwandelte sich fast automatisch in ihr professionelles Strahlen. Dennoch murmelte sie: »Ich habe keine Lust auf diese Show.« Genau genommen hasste sie diese für die Presse arrangierten Empfänge an Flughäfen, bei denen sie so tun musste, als mache ihr das Reisen nichts aus, oder – noch schlimmer – sie so aussehen sollte, als sei sie gemeinsam mit einem Engel auf einer Wolke eingeflogen, der die himmlische Version einer irdischen Maskenbildnerin war.

»Natürlich freust du dich darauf. Wegen dieses Termins sind wir in Paris, sonst hätten wir auch daheim bleiben können.«

»Ja, Mammi.« Sie konnte nicht verhindern, dass ihre Antwort wie ein einziger tiefer Seufzer klang.

*

Die Szene, die sich Romy beim Verlassen der Maschine bot, taugte bedauerlicherweise nicht, ihre Laune zu verbessern. Das Wetter war alles andere als frühlingshaft, sondern so grau und so kalt, wie die Stewardess vorhergesagt hatte. Statt den niedrigen Temperaturen in aller Eile entfliehen und in eine der Limousinen flüchten zu können, die in einigem Abstand zu dem Flugzeug mitten auf dem Rollfeld standen, wurde von ihr erwartet, dass sie sich bewegte, als wären ihr solch eisige Temperaturen gleichgültig. Langsam. Strahlend. Charmant. Gleichzeitig unantastbar. Wie ein Mannequin auf dem Laufsteg. Oder wie eine Kaiserin auf dem Weg zu ihrem Thron. Und das konnte sie tatsächlich besonders gut.

Am Fuße der Gangway wartete eine Gruppe von Fotografen, die ihre Kameras hoben und wild drauflosknipsten, kaum dass Romy durch die Kabinentür trat. Auf der anderen Seite der Treppe, keinen Meter von den Reportern entfernt, hatten vier Männer Aufstellung bezogen, zwei davon hielten Blumen in Händen, die vermutlich als dekorativer Willkommensgruß für sie und ihre Mutter gedacht waren. Produzent Michel Safra und den Regisseur Pierre Gaspard-Huit hatte Romy bereits kennengelernt, die beiden jungen

Männer daneben hatte sie jedoch noch nie gesehen. Dabei handelte es sich zweifellos um ihre Partner in dem geplanten Spielfilm, für den dieser Presserummel veranstaltet wurde. Der eine Unbekannte war Mitte zwanzig, mit dunklem Haar und einer freundlichen Miene. Er wirkte in seiner geschäftsmäßigen Aufmachung selbstbewusst und attraktiv und vor allem viel weniger verkleidet als der Typ daneben.

»Mein Gott, was für eine Knallcharge«, entfuhr es ihr.

Der Typ, dem ihr Kommentar galt, war für einen Franzosen recht groß und offensichtlich nicht viel älter als sie selbst. Sein Gesicht war so schön wie das lebendig gewordene Antlitz einer antiken Büste des Eros, seine Augen leuchteten bei dem grauen Tageslicht tiefblau wie Veilchen, sein Haar war so schwarz und glänzend wie chinesischer Lack. Die angespannte Haltung zeugte von einem durchtrainierten Körper, der schwarze Anzug saß ebenso tadellos wie der offen getragene Mantel darüber, das weiße Hemd und die dunkle Krawatte. Dennoch war seine Kleidung für einen Mann seines Alters affektiert, auf jeden Fall viel zu elegant für den Anlass. Er hielt einen Strauß Rosen, die langstielig und rot waren. Alles an diesem Menschen war von allem zu viel, zu schön, um wahr zu sein. Er wirkte wie die überzeichnete Kopie von irgendjemandem, wie die zu perfekt inszenierte Attrappe eines Originals, das Romy wahrscheinlich ebenso uninteressant finden würde wie den Kerl, der da auf sie wartete.

Anscheinend sah man ihr die Bestürzung angesichts des Empfangskomitees an, denn ihre Mutter wisperte wieder: »Lächle! Vergiss nicht zu lächeln, egal, was passiert.«

»Das ist alles so peinlich«, zischte Romy zwischen zusammengebissenen Zähnen zurück.

Ganz Kavalier der alten Schule, begrüßte Michel Safra zuerst die Mama. Er überreichte Magda seinen Blumenstrauß: »*Bonjour, Madame, bienvenue à Paris!*« Nach einer kurzen Pause, in der alle in der jeweiligen Pose verharrten, um den Pressevertretern Gelegenheit zu geben, Fotos zu schießen, wandte er sich an Romy und überließ ihre Mutter dem Regisseur: »Willkommen in Paris, Mademoiselle. Darf ich Ihnen Ihren Filmpartner vorstellen? Das ist Alain Delon.«

»*Bonjour*«, nuschelte dieser und platzierte mit einer großartigen Geste, die ein wenig zu theatralisch ausfiel, die Rosen in Romys Arm.

Kameraauslöser klickten in der Geschwindigkeit mehrerer Maschinengewehre.

Romy drückte die Blumen an sich, dankbar, einen Pelzmantel zu tragen, durch den sie die Dornen nicht spürte.

»*Mademoiselle …*«, rief ihr ein Reporter zu, so dass sie ihm einen Blick in sein Objektiv schenkte.

»*Souriez s'il vous plaît!*«, kam es aus einem anderen Mund.

Und wieder lächelte Romy auf Geheiß. Wie ein Hund, der artig »Sitz« und »Platz« macht, dachte sie.

»*Mademoiselle Schneider, Monsieur Delon, merci de vous rapprocher …*«, rief ein anderer Fotograf. Diesmal verstand Romy kein Wort. Ihr Schulfranzösisch reichte für differenzierte Kommandos nicht aus.

Alain Delon neigte sich zu ihr. Im ersten Moment registrierte Romy, dass er gut eine Handbreit größer als sie war. Aber, nun ja, sie war nur einen Meter zweiundsechzig groß und trug Pumps mit hohen Absätzen. Einen Atemzug später empfand sie diese plötzliche Nähe zu dem fremden jungen Mann unangenehm.

Sein Aftershave stieg ihr in die Nase. Auch davon hatte er zu viel benutzt.

Sie wollte gerade von ihm abrücken, doch da sagte der andere Mann, der sie erwartet hatte, auf Deutsch mit französischem Akzent: »Die Fotografen wollen, dass Sie dichter zusammenstehen. Bitte tun Sie ihnen den Gefallen, Mademoiselle. Ich bin Jean-Claude Brialy, ein Freund von Alain, und ich wirke in einer Nebenrolle in Ihrem neuen Film mit.«

Warum konnte dieser sympathische Schauspieler nicht ihr neuer Filmpartner sein? Außerdem würde sie sich mit dem verständigen können, während Alain Delon den Mund nicht aufbekam.

»*Do you speak English*?«, erkundigte sie sich bei dem Schönling, während sie in die Kameras strahlte, als wäre sie auf der Stelle verliebt in den Kerl.

»*A little bit*«, erwiderte er in einem Ton, der eher nach Französisch als nach der Sprache klang, von der Romy hoffte, sich mit ihm darin unterhalten zu können. Dabei wirkte er in einer Art überheblich, die sie abstieß.

Wahrscheinlich konnte sie sich glücklich schätzen, dass er sich dazu herabließ, überhaupt ein Wort an sie zu richten. Dennoch war er ein Niemand. Kein Mensch kannte Alain Delon. Gerade deshalb war er als Partner für sie engagiert worden. Ihr Name war der Magnet, nicht seiner. Aber warum – um alles in der Welt – war die Produktion ausgerechnet auf diesen Typen verfallen? Warum hatte ihre Mutter, die bislang jeden ihrer Filmpartner unter die Lupe genommen hatte, diesem Engagement zugestimmt? Warum hatte sie, Romy, sich überhaupt überreden lassen, eine Rolle anzunehmen, die Magda Schneider vor fünfundzwanzig Jahren brillant gespielt hatte? Eine Verkettung von Fehlentscheidungen hatte sie auf dieses

Rollfeld nach Orly an die Seite eines Schönlings geführt, den sie mehr als überflüssig fand. Sie konnte nur verlieren. Es war einfach furchtbar.

Der Produzent richtete einige Worte an die Presse, aber Romy hörte nicht zu, gefangen in ihrem Unglück und gleichzeitig von dem Wunsch geleitet, die beste Figur abzugeben. Offensichtlich bat Safra die Reporter um Verständnis, dass der Fototermin hiermit beendet sei, weil die Damen nun in ihr Hotel gebracht würden. Wenn auch murrend, zogen sich die Vertreter der französischen Medien tatsächlich zurück. Romy registrierte, dass ihre Mutter, die sich mit Pierre Gaspard-Huit unterhalten hatte, in Richtung des ersten Citroën schritt. Im Gehen warf sie einen kurzen Blick über die Schulter und nickte ihr auffordernd zu. Alain Delon begriff ebenfalls und trat endlich von Romys Seite fort. Der Presseempfang war also vorbei. Die schlimmsten Minuten der Ankunft überstanden.

Romy atmete tief durch. Überrascht stellte sie fest, dass die nach Regen duftende Luft trotz der herrschenden Kälte ein bisschen wie der besungene April in Paris roch. Es tat gut, ihre Lungen damit zu füllen.

Wenigstens dufteten die Rosen um diese Jahreszeit noch nicht so intensiv wie im Sommer. Der geschmacklose Strauß lag schwer in ihrem Arm. Sie sah sich nach jemandem um, der ihn ihr abnehmen könnte. Doch eine aufmerksame Requisiteurin wie im Studio gab es am Fuße der Gangway nicht.

Da sie niemanden sonst dafür fand und er noch immer in ihrer Nähe stand, reichte sie Alain Delon die Blumen. Der war viel zu verblüfft, um nicht zuzugreifen.

Als sie zu dem wartenden Wagen schritt, hörte sie ihn in ihrem

Rücken sagen: »Was glaubt sie, wer sie ist? Ein Weltstar soll das sein? Brigitte Bardot ist ein Weltstar – wer ist Romy Schneider!«

Unglücklicherweise wählte er für seinen verbalen Ausbruch Vokabeln, die sie im Internat der Augustiner-Chorfrauen auf Schloss Goldenstein im Salzburger Land gepaukt hatte.

KAPITEL 2

Ohne Zweifel irrte Monsieur Delon: Romy Schneider war ein Weltstar. In Spanien etwa war ihr Film »Mädchenjahre einer Königin« fast ein Jahr lang in den größten Kinos gelaufen, erst vorigen Januar war sie für die Geschichte über die junge Königin Victoria auf Promotion-Tour durch die USA gereist und hatte erlebt, wie es war, auch in Übersee berühmt zu sein. In New York und Los Angeles trat sie in acht Livesendungen im Fernsehen auf, sprach fünfmal im Radio, gab unzähligen Kolumnisten und Journalisten der Printmedien Interviews und absolvierte Fototermine, bis sie Muskelschmerzen vom dauernden Lächeln bekam, sie besuchte den Opernball in Manhattan und machte Probeaufnahmen für Metro-Goldwyn-Mayer in Hollywood. Nicht zuletzt wegen der Zeitverschiebung war sie ständig müde, doch die Aufregung hielt sie auf Trab. Es war alles unfassbar großartig.

Obwohl ihre Eltern Filmschauspieler waren, kannte Romy bis zu ihrem vierzehnten Lebensjahr weder die Welt vor noch die hinter der Kamera. Der von ihr tief verehrte Vater, der meist abwesende Wolf Albach-Retty, verließ die Mammi, sie selbst und ihren erst zwei Jahre alten Bruder, als sie fünf war. Danach sah sie ihn noch seltener. Magda Schneider bemühte sich zwar sehr um die kleine Familie, war aber gezwungen zu arbeiten und konnte deshalb nur in den Ferien für Rosemarie und Wolf-Dieter da sein. Ihre Bezugspersonen waren die Großeltern Schneider, bürgerliche Leute aus Augsburg, der Großvater Installateur, die Oma Hausfrau, die zur Kinderbetreuung in Magda Schneiders Landhaus *Mariengrund* in

Schönau bei Berchtesgaden gezogen waren. Durch sie erlebte Romy eine Kindheit fern der Arbeitswelt ihrer Eltern. Das Kino kannte sie als Backfisch nur durch die Besuche eines Lichtspieltheaters in Salzburg, von den Nonnen im Internat gelegentlich gestattet, und sie war begeistertes Mitglied der Theatergruppe. Auf der Schulbühne zu stehen bedeutete Romy viel, und Schauspielerin zu werden war ihr heimlicher Berufswunsch. Aber sie dachte auch darüber nach, ein Kunsthandwerk zu erlernen, da sie so gern – und gut – Teller bemalte und diese selbst gemachten Stücke ständig an ihre Familienmitglieder verschenkte.

Ihr Leben änderte sich zwei Tage nach ebenjenem vierzehnten Geburtstag von Grund auf, als sie mit der Mammi für einen Einkaufsbummel in München war. Zunächst war da die Heirat ihrer Mutter mit dem wohlhabenden Kölner Gastronomen Hans Herbert Blatzheim, wodurch ein fremder Mann in der Familie das Sagen hatte. Romy akzeptierte den Stiefvater durchaus pragmatisch und nannte ihn *Daddy*, obwohl sie eigentlich die ohnehin begrenzte Aufmerksamkeit, die Mammi ihr schenken konnte, von nun an würde teilen müssen. Doch dann begann die intensivste gemeinsame Zeit zwischen Mutter und Tochter, die sich Romy nicht einmal zu erträumen gewagt hätte – angefangen mit einer an sich schon ungewöhnlichen Teestunde in der Halle des noblen Hotels Bayerischer Hof.

Zum ersten Mal ging sie mit ihrer Mammi so fein aus – und das auch noch zu einem Treffen mit dem Regisseur Hans Deppe, mit dem Magda Schneider für ein neues Projekt zusammenarbeitete. Es war auch das erste Mal, dass Romy einen Mann aus dem künstlerischen Umfeld ihrer Eltern kennenlernte, was für sie natürlich ausgesprochen aufregend war. Doch während sich die Erwachsenen über die Besetzung von Magdas Filmtochter in »Wenn der weiße Flieder wieder blüht« unterhielten, kreisten Romys Gedanken um die Aufnahme in eine Kunstgewerbeschule. Erst als ihr Name fiel, begriff sie, wen ihre Mutter für die Rolle ins Gespräch gebracht hatte. Probeaufnahmen in Geiselgasteig folgten, dann weitere Probeaufnahmen in Westberlin. Und ohne jemals eine Schauspielschule besucht zu haben, wurde Romy Filmschauspielerin. Das war anfangs erstaunlich leicht, denn sie besaß ein gutes Gedächtnis und konnte sich die Texte hervorragend merken, befolgte diszipliniert die Anweisungen von Regisseur, Kameramann und Beleuchter und spielte ansonsten sich selbst – ein hübsches junges Mädchen voller Natürlichkeit und mit einer herzlichen, warmen Ausstrahlung.

Niemand hatte mit ihrem Erfolg gerechnet, am wenigsten Romy selbst. Vor allem hatte kaum einer der Beteiligten jenen Sturm der Begeisterung vorhergesehen, den sie dann als junge englische Königin Victoria auslöste, ihre erste Hauptrolle. Im Jahr darauf folgte der Kassenschlager »Sissi«, da war Romy Schneider in Deutschland und Österreich bereits ein großer Star, in vielen anderen Ländern sollte sie es bald darauf werden. Als sie an der Seite ihrer Mutter vom Flughafen Orly zum Hotel George V. im 8. Arrondissement von Paris fuhr, war sie weltweit eine der populärsten jungen Filmschauspielerinnen. Genau deshalb hatte Michel Safra sie engagiert, auch wenn ihr französischer Kollege das anders sah.

»Wie seid ihr eigentlich auf diesen Alain Delon gekommen?« Romy seufzte beim Gedanken an diesen Flegel, der wohl in einem anderen Wagen in die Stadt fuhr. Oder mit der Métro. Sie wusste es nicht.

»Dein Regisseur hat ihn ausgesucht«, erwiderte ihre Mutter geduldig. »Und ich habe mich nach der Begutachtung der Probeaufnahmen Pierre Gaspard-Huits Meinung angeschlossen. Alain Delon ist völlig unbekannt, was ich als Voraussetzung für die Zusammenarbeit mit dir sehe, aber er macht eine sehr gute Figur, vor allem in der Uniform, die er in seiner Rolle als Leutnant Lobheimer trägt. Außerdem scheint er ziemlich talentiert zu sein.«

»Talentiert?«, wiederholte Romy trocken. »Worin besteht denn bitte sein Talent?«

Magda strich liebevoll über ihre Hand. »Als Schauspieler natürlich. Echauffiere dich nicht, und warte nur ab.«

Geduld gehörte nicht unbedingt zu Romys Stärken. Sie wusste aber auch, dass sie an der Entscheidung nichts mehr ändern konnte. Dennoch klagte sie: »Was hat man davon, ein Filmstar zu sein, wenn man bei der Verteilung der anderen Rollen kein Mitspracherecht hat?«

»Dieses Recht wurde mir vertraglich eingeräumt«, warf Magda ein, doch Romy hörte nicht zu, sondern lamentierte weiter: »Ich wünschte, ich hätte mich durchgesetzt, und Horst Buchholz wäre wieder mein Partner. Du weißt, wie gern ich mit ihm gedreht habe.«

In dem Moment, in dem sie ihren letzten Satz abschloss, wusste sie, dass es ein Fehler gewesen war, den jungen deutschen Star anzusprechen.

Horst Buchholz war für sie ein Lichtblick im Atelieralltag gewesen. So wie zu Beginn ihrer Karriere der junge Wiener Regieassistent Hermann Leitner, in den sie sich bei den Dreharbeiten zu »Mädchenjahre einer Königin« verknallt hatte. Mehr als eine harmlose Schwärmerei war natürlich nicht daraus geworden, da sie keinen Schritt ohne Mammi tat. Dann hatte sie bei einem Filmball in München den österreichischen Skirennläufer Toni Sailer kennengelernt. Obwohl schon mehrfacher Weltmeister und Olympiasieger, hatte der sich reichlich unbeholfen in der feinen und berühmten Gesellschaft bewegt, die für Romy selbstverständlich war. Glücklicherweise verstand sie seinen derben Tiroler Akzent, was dazu führte, dass sie den ganzen Abend miteinander verbracht, geredet, gelacht und viel Spaß gehabt hatten. Am nächsten Tag trafen sie sich zu einem Mittagessen – mit der Mammi –, und damit war der Flirt auch schon vorbei.

Mit Horst Buchholz verhielt es sich anders. Sie drehten zwei gemeinsame Filme, dadurch waren sie viel zusammen und konnten – trotz der Anwesenheit ihrer Mutter – Freunde werden. Der Berliner beeindruckte sie mit seiner Herkunft aus dem Arbeitermilieu in Neukölln, einer für sie fremden Welt, weshalb er auch nicht so angepasst und wohlerzogen war wie sie selbst. Er sah blendend aus, war in jeder Hinsicht aufregend und in Romys Augen ein Revolutionär, der forsch und selbstbewusst das Ziel verfolgte, ein internationaler Star zu werden. In Deutschland kannte ihn nach seiner Hauptrolle in »Die Halbstarken« praktisch jeder, und die meisten verehrten ihn als *deutschen James Dean*. Die Attitüde seiner unterschwelligen Wildheit faszinierte Romy deutlich mehr als das geschliffene Äußere eines eingebildeten Schönlings wie Alain Delon. Am Ende wurde das allerding auch zum Problem zwischen ihnen: Hotte, wie er von seiner Familie und seinen Freunden genannt wurde, warf ihr vor, ihn nicht zu verstehen, weil sie einen völlig anderen Hintergrund besaß …

»Horst Buchholz kam nicht infrage«, unterbrach Magda ihre Gedanken, und dabei war nicht klar, welche Rolle für ihn sie meinte.

So oder so wusste Romy darauf keine Antwort. Deshalb blickte sie still aus dem Fenster. Die bürgerlichen, hohen, kalkweißen Häuserfronten des 14. Arrondissements wechselten sich mit den nobleren Gebäuden des 7. Bezirks ab. In der Ferne überragte die goldene Kuppel des Invalidendoms die Szenerie, und Romy wusste, dass sie auf der anderen Seite gleich den Eiffelturm sehen und an diesem vorbeifahren würde. Sie kannte die Route vom Flughafen in Richtung Champs-Élysées und genoss sie jedes Mal seit ihrem ersten Besuch in Paris vor zwei Jahren …

»Im Gespräch war noch ein junger Engländer namens Roger Moore. Aber der ist zu alt für dich. Er ist schon über dreißig. Alain Delon ist nicht nur attraktiv, er ist drei Jahre älter als du, und das passt sehr gut.«

Wahrscheinlich ist Delon der Liebling jeder Schwiegermutter, fuhr es Romy durch den Kopf. Ein Langweiler.

Laut erwiderte sie, wenn auch nicht weniger mürrisch: »Mit dem Engländer hätte ich mich wenigstens unterhalten können.«

»Dein Englisch ist viel besser – ja. Aber dein Schulfranzösisch ist gar nicht so schlecht.«

»Ja, Mammi«, stimmte Romy ergeben zu. Was sollte sie auch sonst sagen?

Sie presste ihre Nase gegen die Scheibe und blickte hinaus, als der Chauffeur den Wagen an den Ehrfurcht einflößenden Mauern der École militaire entlanglenkte, um dann am Eiffelturm vorbei zu fahren und über den Pont d'Iéna die Seine zu überqueren. Es begann zu regnen, so dass feine Schlieren an dem Glas hinunterliefen, während Romy von Frühlingsgefühlen in Paris träumte.

Die hatte sie hier vor einem Jahr bei Dreharbeiten mit Horst Buchholz erlebt und sich nicht nur in diese Stadt verliebt. Sie hatte nicht damit gerechnet, dass ihre Rückkehr so trist ausfallen würde.

KAPITEL 3

Pressetermin, Regiebesprechung, Proben – Romy kannte das Prozedere bei den Vorbereitungen für einen Spielfilm. Die Dreharbeiten waren – wie meist – auf zwei Monate begrenzt und mussten später in Paris und Wien auf den Tag genau erledigt sein, um den vorgegebenen Zeitrahmen zu erfüllen. Jegliche Komplikationen und zusätzliche Kosten sollten vermieden werden. Deshalb die minutiöse Planung. Auch das war Romy bewusst. An ihr sollte es nicht liegen, wenn überzogen werden musste. Sie arbeitete im Atelier und bei den Außenaufnahmen so präzise wie ein Schweizer Uhrwerk, ihretwegen würde nichts schiefgehen.

Bei ihrem Filmpartner war sie sich da freilich nicht so sicher. Ihr war klar, dass sie ihm ebensowenig sympathisch war wie er ihr.

Wenigstens in diesem Punkt sind wir uns einig, dachte sie mit einer Spur Erleichterung. Nicht auszudenken, wenn dieser Schönling ihr nachstellen würde.

»Alain und ich würden Sie gern einladen.« Der sanfte, hinreißend französisch gefärbte Ton von Jean-Claude Brialy erreichte Romy durch das unverständliche Geplauder der anderen Beteiligten nach der Regiebesprechung am Nachmittag in ihrem Hotel. »Wenn Sie heute Abend noch nichts vorhaben, möchten wir Sie ins Lido ausführen.«

Die Überraschung machte sie sprachlos.

»Selbstverständlich gilt die Einladung auch für die Frau *Maman*«, fügte er eifrig hinzu.

»Ja«, antwortete sie gedehnt. Es klang wie eine Frage und nicht wie eine Zustimmung. Genau genommen wusste Romy in diesem Moment selbst nicht genau, was sie wollte.

»Nach dem *Diner* wird im Lido eine sehenswerte Revue gezeigt«, fuhr Brialy fort, der ihre Unsicherheit offenbar spürte. »Die Stars sind zwei junge Frauen aus Deutschland. Sie wollen die Kessler-Zwillinge bestimmt auch sehen, Mademoiselle Schneider. Oder sind die beiden bei Ihnen nicht so berühmt wie hier?«

»Doch, doch«, versicherte sie rasch. Und dann lächelte sie. »Ich würde mir die Show im Lido tatsächlich gern anschauen.«

Er strahlte sie an. »*Voilà*, dann haben wir ein Rendezvous.«

»Ich werde es meiner Mutter sagen.«

*

Als sie am Abend neben der Mammi durch die von zahllosen Scheinwerfern erhellte Ladenpassage zum Eingang des weltberühmten Varietétheaters an den Champs-Élysées schritt, fragte sich Romy, welcher Teufel sie geritten hatte, die Einladung anzunehmen.

Natürlich ging sie gern aus. Sie war neunzehn Jahre alt, da liebten es alle Mädchen, auszugehen. Formelle Abendveranstaltungen an der Seite ihrer Mutter und häufig zudem in Begleitung ihres Stiefvaters kannte sie zur Genüge. Hans Herbert Blatzheim besaß zig Restaurants, Bars, Nachtclubs, die sie fast alle besucht hatte oder vielmehr besuchen musste, weil ein Foto mit *Romy Schneider* in dem jeweiligen Etablissement Werbung bedeutete. Von einem *Diner* im Lido erwartete sie wenig anderes als das bereits Bekannte. Außerdem würde die Filmgesellschaft für die nötige Anzahl an Presseleuten sorgen, die das künftige Film-Liebespaar bei dem von Jean-Claude Brialy eingefädelten »Rendezvous« ablichteten. Es würde also ein Abend wie alle anderen sein. Doch das hatte nichts mit dem zu tun, was Romys Altersgenossinnen – und inzwischen auch sie selbst – unter *ausgehen* verstanden.

Seit geraumer Zeit schlich sich die Überlegung, dass sie ihr Leben ändern musste, immer häufiger in ihre Gedanken. Sie war neunzehn Jahre alt – da hieß es doch, Verantwortung für sich selbst zu übernehmen, selbstständig zu sein. Sie konnte nicht für immer die Marionette ihrer Mutter und ihres Stiefvaters bleiben. Andererseits wollte sie die Fürsorge ihrer Familie unter gar keinen Umständen verlieren. Die Vorstellung, für die eigene Freiheit auf die Liebe ihrer Mutter zu verzichten, war grauenvoll. Deshalb fügte sie sich immer wieder den Wünschen ihrer Eltern, doch inzwischen war sie nicht mehr so glücklich damit wie in den vergangenen Jahren.

Allerdings traf sie sich heute Abend nicht mit Alain Delon und Jean-Claude Brialy, um zu rebellieren. Vielmehr nahm sie an, es werde vom Produzenten und vom Regisseur gern gesehen, dass sie zusammen ausgingen, und sie werde damit wieder einmal alle Erwartungen erfüllen. Auch hoffte sie, ihren Filmpartner besser kennenzulernen und ein harmonisch-kollegiales Verhältnis aufbauen zu können. Das würde die Zusammenarbeit erleichtern und darüber hinaus sogar verbessern. Eine derart starke Ablehnung durch einen anderen Schauspieler hatte Romy bislang noch nicht erlebt, für sie war es immer selbstverständlich gewesen, gut Freund mit den Männern und Frauen zu sein, mit denen sie vor der Kamera stand. Das erhoffte sie sich auch von den Mitwirkenden bei den bevorstehenden Dreharbeiten. Und wenn sie für den Beginn einer neuen Freundschaft mit einem Schnösel wie Alain Delon ins Lido gehen musste, tat sie das eben.

Das Lido war sehr elegant im Stil eines altmodischen Revuetheaters eingerichtet: Tische mit bequemen Polsterstühlen und kleine Sofas gruppierten sich mit einigem Abstand im Halbkreis vor einer Bühne, es gab Nischen und Tischlampen, die für eine gedämpfte Beleuchtung im ansonsten halbdunklen Theatersaal sorgten. Und dafür, dass man das Essen auf dem Teller fand, fügte Romy ihrer Betrachtung für sich hinzu.

Eine Kapelle spielte zum Tanz, französische Chansons und melodischen Swing, kein Jazz oder gar Rock 'n' Roll. Die Paare, die sich auf der Tanzfläche unterhalb der Bühne zu einem langsamen Walzer drehten, waren elegant gekleidet, die Damen trugen durchweg Cocktailkleider, die Herren Smoking. Kellner im Frack und mit langen, weißen Schürzen schleppten riesige Platten mit Meeresfrüchten und Champagner aus der Restaurantküche heran. Alles wirkte so unglaublich exquisit, dass sich Romy insgeheim fragte, wie sich zwei unbekannte Schauspieler dieses Ambiente leisten konnten. Sicher bezahlte der Produzent ihre Zeche.

Als der Geschäftsführer Romy und Magda an den reservierten Tisch führte, erwarteten Delon und Brialy sie bereits. Beide natürlich im Abendanzug, und Delon wirkte wieder so geschniegelt wie am Flughafen. Wenn dieser Typ ein bisschen mehr wie ein junger Mann seiner Zeit aussehen und nicht ständig mit dieser bierernsten Miene herumlaufen würde, fände ich ihn wahrscheinlich gar nicht so unangenehm, dachte Romy, als sie ihm die Hand reichte und höflich »*Bonsoir*« wünschte.

»*Isch liebe disch*«, erwiderte Alain Delon ernst.

Romy zog ihre Hand irritiert zurück. »Wie bitte?«

»Er ist sehr forsch, Ihr Freund«, kommentierte Magda die Szene lächelnd und mit der bravourösen Nachsicht einer Königinmutter.

Brialy grinste verlegen. »Ich habe Alain diesen deutschen Satz beigebracht – er muss ihn missverstanden haben …«

Ein rascher halblauter und nuschelnd klingender französischer Dialog folgte, von dem Romy nicht einmal einen Bruchteil verstand.

»Wir freuen uns sehr, dass Sie beide kommen konnten«, behauptete Brialy schließlich charmant. »Mehr wollte Alain nicht zu Ihnen sagen, Mademoiselle.«

»Ja …« Romy biss sich auf die Unterlippe. Ihre Stimmung war im Keller. Kein besonders gelungener Auftakt für ein Essen unter Kollegen, die Freunde werden sollten. Mit einem Seitenblick auf Delon fügte sie deshalb hinzu: »Ich habe auch nicht geglaubt, dass Monsieur Delon mehr sagen wollte.«

Ihre Mutter versuchte die Situation zu retten, indem sie freundlich fragte: »Wollen wir uns nicht setzen?« Da es jedoch eine rhetorisch gemeinte Frage war, ließ sie sich, ohne eine Antwort abzuwarten, auf dem nächstbesten Stuhl nieder. Der Oberkellner hatte ihn ihr ohnehin schon zurechtgeschoben.

Die Anspannung ließ nicht nach. Delon bestellte Champagner, hatte jedoch wohl nicht damit gerechnet, wie trinkfest Romy unter den gegebenen Umständen war. In der Hoffnung, dem Abend noch etwas Positives abzugewinnen, leerte sie das erste Glas, als befände sich Limonade darin. Das zweite trank sie langsamer, aber da auch Magda und Brialy zugriffen, musste bald eine zweite Flasche geöffnet werden – und danach eine dritte. Zwei der riesigen Platten mit Meeresfrüchten wurden auf Delons Geheiß aufgetragen, und Romy aß mit großem Appetit, woraufhin ihr neuer Filmpartner eine Extraportion Kaviar bestellte.

Romy bemerkte den kritischen Blick ihrer Mutter, aber sie ignorierte Magdas Vorbehalte, aß und trank und versuchte, sich zu amüsieren, obwohl es dafür weit mehr als kulinarischer Köstlichkeiten und alkoholischer Getränke bedurfte. Die Unterhaltung gestaltete sich schwierig, weil sie nur über Brialy geführt werden konnte und Delon sich offensichtlich langweilte, aber selbst den Eindruck vermittelte, der größte Langweiler zu sein. Ihr fiel auf, dass Brialy seinen Freund mehrmals in die Seite stieß. Als das nicht wirkte, erreichte er Delons Aufmerksamkeit durch einen Tritt, woraufhin Delon wie elektrisiert aufsprang und dabei fast den Tisch umstieß.

Er stand vor Romy, verneigte sich formvollendet. »*Dansez avec moi!*«, forderte er schroff und fügte in seinem komischen Englisch hinzu, das nicht freundlicher klang: »*Dance with me!*«

Mit einem zurückhaltenden Nicken erhob sie sich. Wie eine Marionette, dachte sie.

Prompt wurde sie von einem Blitzlicht geblendet. Auf den gemeinsamen Tanz mit ihrem Filmpartner hatten die anwesenden Reporter anscheinend gewartet. Nun ja, es war eines der beliebtesten Motive im Vorfeld von Dreharbeiten. Romy kannte das.

Die Kapelle spielte »La vie en rose« von Édith Piaf, und sie wünschte, sie läge bei diesem wunderschönen Chanson über die Liebe in den Armen eines anderen. Zwischen ihr und Horst Buchholz war es vor den Dreharbeiten ihres ersten gemeinsamen Films fast zur selben Szene gekommen. Doch wie anders war es damals gewesen …

Passend zum jugendlichen Alter seiner achtzehnjährigen Stieftochter und deren zweiundzwanzigjährigem künftigem Partner in dem Streifen »Robinson soll nicht sterben« lud Hans Herbert Blatzheim am Nachmittag zur Pressekonferenz. Er wählte als Kulisse seine »Tabu-Bar« an der Münchner Leopoldstraße, ein Nachtlokal, das auch als Existenzialistenkeller bekannt war. Abends trug man hier einen schwarzen Rollkragenpullover, hörte Jazz und tanzte Jitterbug. Für zwei junge Leute, die – jeder auf seine Weise – gerade die beliebtesten Filmstars in Deutschland waren, schien das eine geeignete Kulisse zu sein, wenn auch die falsche Uhrzeit. Romy fühlte sich zu einem kleinen Mädchen degradiert, das nicht mit den Erwachsenen zusammen sein durfte, aber sie fügte sich – und wurde für ihre Langmut belohnt.

Sie kannte Fotografien von Horst Buchholz – welches Mädchen ihres Alters kannte die nicht? –, und sie wusste, wie blendend er aussah. Ebenso hatte sie wie alle anderen Teenager über seinen Werdegang gelesen, dass er als uneheliches Kind in Berlin geboren worden und bei Pflegeeltern aufgewachsen war. Er war ein Arbeiterkind, das seine Herkunft nicht verleugnete, und ein brillanter Schauspieler. Romy hatte ihn in »Die Halbstarken« bewundert und sah ihrer ersten Begegnung mit einem etwas flauen Gefühl im Magen entgegen.

Und dann tauchte er in der Tabu-Bar zur Pressekonferenz auf – ganz der unangepasste junge Mann in Jeans, weißem Shirt und Lederjacke, als wolle er unter Beweis stellen, dass er tatsächlich »der deutsche James Dean« war. Seine blauen Augen funkelten wie ein ganzer Sternenhimmel.

»Kein Walzer«, erklärte er. »Ich tanze keinen Walzer mit dir.«

Romy verwirrte, dass er gleich das freundschaftliche Du benutzte, seine Ablehnung machte sie zudem ratlos, aber sein Selbstbewusstsein gefiel ihr. »Dann tanzen wir eben keinen Walzer«, antwortete sie leichthin.

»Ich dachte, du könntest nur Walzer. Kannst du auch Boogie-Woogie?«

Vermutlich war es eine Fangfrage. Bei einem Typen mit derart provokantem Auftreten war das durchaus möglich. Andererseits wirkte er aufrichtig – und nett. Deshalb antwortete sie ohne Umschweife: »Ich denke schon.«

Er grinste. »Na, dann lass uns den Presseleuten zeigen, was die Jugend von heute draufhat.«

Und plötzlich spürte Romy etwas ganz Neues. Die Musik ging ihr in die Beine und zog von dort durch ihre Glieder bis in ihren Kopf. Es war ein völlig neues Lebensgefühl. Sich von Hotte über die Tanzfläche wirbeln zu lassen war unglaublich befreiend. Sie strahlte und dankte still dem Herrgott, dass sie trotz ihrer Körpergröße von nur einem Meter und zweiundsechzig Zentimetern keine Pumps mit hohen Absätzen, sondern flache Ballerinas trug.

Atemlos folgte sie seinen Bewegungen, verließ sich auf ihn, drehte sich, gab sich ganz dem Rock ’n’ Roll hin. Ihr schien es, als wären Königin Victoria und Kaiserin Sissi mit einem Mal verschwunden, als habe sie nun die Rolle ihres Lebens gefunden. Endlich durfte sie wie ein ganz normales junges Mädchen agieren, musste nicht mehr nur das niedliche, wohlerzogene, ein wenig mollige Wiener Madel geben. Es fühlte sich an wie eine kleine Revolution.

Anschließend zog Hotte sie zur Band. Inmitten der Musiker spielten sie ausgelassen Luftgitarre.

Das Spektakel, das sie eigentlich nur für die Öffentlichkeit aufführten, brachte eine Saite in Romys Innerstem zum Klingen, von deren Existenz sie zwar irgendwie wusste, der sie bisher jedoch noch nicht gelauscht hatte. Vor allem aber war ihr von diesem Nachmittag an klar, dass sie und Horst Buchholz Freunde werden würden.

Freunde, fuhr es Romy durch den Kopf, werden Alain Delon und ich ganz gewiss nicht.

Sie war dankbar, dass der erste Tanz relativ rasch beendet war. Es würde auch der einzige bleiben, das Schicksal kam ihr zu Hilfe. Weil der Kapellmeister mit einem Tusch den Beginn der Revue ankündigte, führte Delon sie an den Tisch zurück.

Bis dahin hatten sich Romy und ihr Partner steif wie schüchterne Fünfzehnjährige in einer altmodischen, unglaublich anständigen Tanzschule bewegt. Nicht wie zwei moderne junge Leute. Dennoch hatte Romy in die Fotokameras gelächelt. Den Wunsch, diese Show so schnell wie möglich zu beenden, sah man ihr glücklicherweise nicht an. Sie kam sich wieder einmal wie ein dressierter Hund vor – nun musste der zu allem Übel auch noch Männchen machen.

Delon bestellte noch mehr Champagner, und Romy beschloss, sich dem angenehmen Teil des Abends zuzuwenden. Die gedimmte Beleuchtung im Zuschauerraum ermöglichte es ihr, zu entspannen und sich ein wenig gehen zu lassen, da sie nun nicht mehr ständig damit rechnen musste, im Mittelpunkt des allgemeinen Interesses zu stehen. Sie brauchte nicht mehr kerzengerade zu sitzen und durfte den Ellenbogen auf dem Tisch und den Kopf auf die Hand aufstützen. Neugierig beobachtete sie die Vorgänge auf der Bühne, wo in gleißendem Licht ein Feuerwerk an Glitzer, Glanz und Gold zu explodieren begann.

Die Bluebell Girls, das berühmte Ballett des Lido, trugen atemberaubend wenig auf ihren wunderschönen Körpern, und dennoch waren ihre Kostüme mindestens ebenso pompös wie jedes einzelne Ballkleid der Kaiserin Sissi im Film. Die hautfarbenen Trikots der Mädchen schienen vorn nur aus Strasssteinen zu bestehen, am Rücken und auf dem Kopf balancierten sie riesige Gebinde aus Straußenfedern, Arme, die unfassbar langen Beine und auch die Brüste der Tänzerinnen waren indes unbedeckt und schimmerten matt wie Alabaster.

Romy war wie geblendet. Sie fand die Freizügigkeit des Auftritts zwar sensationell, aber sie war ihr auch unangenehm. Diese üppige Nacktheit, gepaart mit Frivolität und Eleganz, in Gegenwart ihrer Mammi und in Begleitung zweier junger Männer anzuschauen, war definitiv peinlich. Um das auszuhalten, hatte sie noch längst nicht genug Champagner getrunken. Verlegen senkte sie den Blick in ihr Glas.

Dann traten die Kessler-Zwillinge auf: groß gewachsen, langbeinig, blond, wunderschön. In absolut synchronen Tanzschritten bewegten sich die beiden jungen Frauen und forderten in ihrer Perfektion immer wieder den Applaus ihres Publikums heraus. Was wäre, wenn ich eine Schwester hätte, die mein Spiegelbild wäre?, fuhr es Romy durch den Kopf. Sicher wäre sie in ihrer Kindheit nicht so einsam gewesen. Was für ein lustiger Gedanke, dass sie sich die Rolle der Sissi hätten teilen können – jede von ihnen spielte in zwei Filmen mit, dann bräuchte Romy auch nicht so vehement einen vierten Streifen abzulehnen, weil den dann die andere drehen würde. Was für eine schöne Idee! Alice und Ellen Kessler müssen sehr glücklich sein, dass sie einander haben, resümierte Romy still.

Es war weit nach Mitternacht, als Magda schließlich zum Aufbruch drängte. Nach einer kurzen Diskussion zwischen Brialy und Delon, von der Romy wieder kein Wort verstand, winkte Delon dem Kellner und bat um die Rechnung. Die allgemeine Unterhaltung war längst eingeschlafen, Romy blickte zu der nun dunklen Bühne, betrachtete die eleganten Paare, die sich zur Musik der Kapelle auf der Tanzfläche drehten. Letztlich war es doch ein ganz schöner Abend geworden, zumindest hatte sie etwas Neues kennengelernt, das beeindruckend war. Sicher würde das nicht ihr letzter Besuch im Lido gewesen sein.

Der Oberkellner brachte die Rechnung auf einem Silbertablett, eingehüllt in eine weiße Leinenserviette, und legte das Ensemble vor Delon.

Während Delon die Serviette aufklappte wie ein Kuvert, blickte ihm Brialy über die Schulter. Ein leises, wenn auch deutliches Aufstöhnen war die Folge.

Alain Delon hob seinen Blick. Zum ersten Mal sah er Romy direkt in die Augen. Intensiv. Eindringlich. Dann schmunzelte er.

Verwirrt erwiderte sie sein Lächeln. Es war wie ein Automatismus und kam nicht aus ihrem Herzen.

Mit einer nonchalanten Bewegung schob er das Tablett an den Gläsern auf dem Tisch vorbei zu ihr hin. Das tat er so geschickt, dass Romy die Rechnung nicht umzudrehen brauchte, um den Betrag zu lesen. Es war die eindeutige Aufforderung an sie, zu bezahlen.

»Also wirklich!«, entfuhr es Magda.

Über die Bezahlung des Gelages hatte sich Romy keine Gedanken gemacht. Brialy und Delon hatten sie eingeladen, also war sie davon ausgegangen, dass die beiden für das aufkommen würden, was sie bestellten. Es war ja auch üblich, dass Damen ihre Zeche nicht selbst trugen. Zudem hatte Romy von Anfang an angenommen, dass letztlich die Filmproduktionsfirma für Speisen und Getränke aufkäme, zumal der Protagonist gerade nicht gut bei Kasse zu sein schien. Dass sich Alain Delon nun gänzlich gegen jede Konvention verhielt, fasste Romy als kleine Revolution eines ansonsten konturlosen, geschmeidigen Schönlings auf. Nicht unbedingt die feine Art, aber gerade deshalb imponierte ihr seine Geste.

»Lass nur, Mammi, es ist schon gut«, beschwichtigte sie ihre Mutter.

Der Oberkellner war neben ihren Stuhl getreten und reichte ihr einen Kugelschreiber. »Wenn Sie unterschreiben würden, Mademoiselle Schneider«, sagte er in einwandfreiem Englisch, »Ihnen werden wir die Rechnung selbstverständlich zusenden.«

So behandelt man einen Star, fuhr es ihr durch den Kopf. Und sie war der Star. Unbestreitbar.

Sie warf einen Seitenblick zu Delon, um sich davon zu überzeugen, dass er das begriffen hatte. Doch Delon schien an dem Bezahlvorgang nicht mehr interessiert, trank gerade sein Glas leer und blickte woandershin. Vielleicht interessierte es ihn gar nicht, mit wem er es zu tun hatte, da er ohnehin eine vorgefasste Meinung vertrat. Offenbar war er zu allen unangenehmen Eigenschaften ein Rechthaber. Was für ein Idiot!

Romy lächelte den Oberkellner unverbindlich an. Dann setzte sie ihre runde Namenszeile, die noch immer ein wenig wie die Unterschrift der Internatsschülerin wirkte, mit der größten Selbstverständlichkeit unter die Rechnung.

KAPITEL 4

IBIZA
April 1958

Auf dem schmiedeeisernen Tischchen lagen ein paar Briefe und ein Stapel geklammerter Hefte, Drehbücher, die Romy zur Prüfung zugeschickt worden waren. Die Umschläge waren mit dem Postboot vom Festland auf die Insel transportiert und dort verteilt worden, so dass die Sendungen nicht tagesaktuell waren. Aber das machte nichts, Rechnungen wurden vom Kölner Büro ihres Stiefvaters erledigt, und die Fanpost wurde ihr nicht nachgeschickt. Die meisten Eingänge waren deshalb nicht dazu geeignet, Romys Urlaub in ihrer weißen Finca in Playa d'en Bossa zu stören.

Sie streckte sich auf dem Liegestuhl in dem ummauerten Innenhof aus und blinzelte, weil sich durch den Fächer der Dattelpalmen ein paar Sonnenstrahlen stahlen. Um diese Jahreszeit war es angenehm warm auf den Balearen, die Sonne brannte noch nicht so heiß wie im Sommer. Dennoch durfte sie sich nicht lange im Garten aufhalten, hier wurde man auch im Schatten braun, und eine goldene Hautfarbe gehörte nicht zum äußeren Erscheinungsbild der Musikertochter Christine Weiring, in deren Rolle Romy nächsten Monat vor der Kamera stehen sollte. Die Verfilmung von Schnitzlers Stück »Liebelei« erzählte die Geschichte eines jungen Leutnants, der eine Affäre mit einer älteren Baronin unterhält und diese beenden will, als er Christine trifft und sich verliebt. Der gehörnte Baron fordert den Liebhaber seiner Frau dennoch zum Duell und tötet ihn. Für Christine ein furchtbarer Verlust, der sie schließlich in den Selbstmord treibt. Das Melodram spielte zu Zeiten Kaiser Franz Josephs, ein bekanntes Szenario, nur dass Romy diesmal nicht als Kaiserin besetzt worden war, sondern als süßes Wiener Mädel aus dem Bürgertum. Aber auch das war nicht braun gebrannt.

Christine ist die bürgerliche Version der Sissi, fuhr es Romy durch den Kopf, und eigentlich wird mir auch nichts anderes als die eine oder andere Variante mehr angeboten.

Mürrisch legte sie das Heft, in dem sie gerade geblättert hatte, zu den anderen auf dem Tischchen. Die Skripts, die sie erhielt, enthielten stets irgendwelche Geschichten, die wie Adaptionen der Sissi-Filme klangen oder zumindest im entsprechenden Milieu im 19. Jahrhundert und am besten in Wien angesiedelt waren. Die Produzenten, unter Druck gesetzt von den Filmverleihern und Kinobesitzern, wollten auf Nummer sicher gehen und immer wieder dasselbe Thema auf die Leinwand bringen, um damit so viel Geld wie möglich zu verdienen. Das war ja an sich nicht schlecht, Romy wusste ihr gutes Leben durchaus zu schätzen, aber ein bisserl mehr schauspielerische Kreativität sollte ihr halt auch zuzutrauen sein. Manchmal kam sie sich vor wie eine Kuh, die so lange gemolken wurde, bis sie zusammenbrach. Und dann war es aus. Ganz aus. Sie, Romy, würde zwar nicht gleich geschlachtet werden, aber mit der schönen Filmkarriere wäre es fraglos vorbei. Vielleicht würde die Premiere ihres zuletzt gedrehten Streifens »Mädchen in Uniform« im kommenden August eine Veränderung bringen. Die Geschichte spielte zwar im deutschen Kaiserreich, war aber doch etwas ganz anderes. Falls nicht, blieb ihr als Alternative, den Rest ihres Lebens Teller zu bemalen …

»Romy?« Die Stimme ihrer Mutter beendete ihre trübsinnige Grübelei.

»Ja, Mammi.«

Ihre Mutter, eingehüllt in ein buntes Strandkleid, trat von der Terrasse in den Garten, wo Romy unter einer der Palmen lag. Kopfschüttelnd setzte sich Magda auf das Fußteil des Liegestuhls und ließ prompt den Tadel folgen: »Du sollst doch nicht so lange in der Sonne bleiben.«

»Ich bin im Schatten«, behauptete sie, obwohl sie gerade in diesem Augenblick von einem Sonnenstrahl geblendet wurde.

Magda seufzte tief, ließ die Angelegenheit jedoch auf sich beruhen. Nach einer Weile fügte sie aufgeräumt hinzu: »Daddy hat angerufen, er lässt dich schön grüßen.«

»Danke. Geht es ihm gut?« Romy schloss die Augen gegen das grelle Licht.

»Ja, das tut es, er freut sich auf uns. Übermorgen kommt er her.«

»Das ist schön.«

»Wenn er hier ist, möchte er noch einmal mit dir über das Angebot eines vierten Teils der Sissi-Filme reden …«

»Nein.« Romy schlug die Augen wieder auf, funkelte ihre Mutter an. »Mammi, ich habe gesagt, dass ich das nicht mache. Dabei bleibt es. Entschuldige bitte«, fügte sie leise hinzu, erstaunt über die eigene Entschlossenheit. Es kam fast nie vor, dass sie ihren Eltern dermaßen vehement widersprach. Aber in diesem Punkt wollte – musste – sie sich endlich durchsetzen.

»Eine Gage von einer Million D-Mark ist nicht zu verachten«, bemerkte Magda. »Schau, du bist derzeit die bestbezahlte Filmschauspielerin in Deutschland. Es wäre nur vernünftig, dieses Angebot anzunehmen.«

»Ich will aber keine Sissi mehr sein«, sagte Romy, und ihr Ton wurde schärfer. Sie war es leid, sich ständig für ihren Wunsch rechtfertigen zu müssen. Die Diskussion war ja nicht neu, aber je öfter sie von ihrer Mutter oder deren Mann angeschnitten wurde, desto größer wurde Romys Widerspruch. Inzwischen beharrte sie fast starrsinnig auf ihrem Standpunkt. Selbst wenn sie davon nicht überzeugt gewesen wäre, hätte sie ihre Position nicht verlassen, um ihren Eltern nicht recht geben zu müssen. Obwohl sie es schon so oft gesagt hatte, wiederholte sie: »Ich will mich künstlerisch weiterentwickeln.«

»Ach Romylein …«

Wenn ihre Mutter doch endlich mit dieser Seufzerei aufhören würde!

»Niemand Geringerer als Willy Fritsch hat mir einmal geraten, mich niemals zum Sklaven einer Serie zu machen, weil das zu einem Alpdruck führen kann. Heute weiß ich, was er meinte.«

»Willy Fritsch ist ein großer Star und seit Ewigkeiten im Geschäft – er kann sich derartige Vorbehalte leisten.«

Romy sah ihre Mutter scharf an. »Und ich etwa nicht?«

»Schlag die Zeitungen auf, dann weißt du es«, erwiderte Magda trocken. »Seit durchgesickert ist, dass du einen vierten Sissi-Film ablehnst, hast du die Presse gegen dich aufgebracht. Eine Schauspielerin, die nicht dem Wunsch des Publikums folgt, ist nicht gewollt. Du musst dich fügen, mein Kind, um deine großartige Position zu behalten.«

Mit ihrer Antwort berührte Magda ein Thema, das Romy am liebsten verdrängte. Bislang war sie der Liebling der Journalisten gewesen. Das junge, unschuldige, süße Mädel eben, wohlbehütet, immer freundlich, herzensgut. Doch mit einem Mal drehte sich die Sympathie. Als bekannt wurde, dass mit »Sissi – Schicksalsjahre einer Kaiserin« Schluss mit der zartbitteren, kitschigen Lebensgeschichte der Kaiserin Elisabeth von Österreich-Ungarn sein würde, wurde Romy in den Medien prompt angegriffen. Undankbar sei sie, ohnehin nur ein Protegé und bar jeden schauspielerischen Talents. Ihr wurde vorgeworfen, ihre Fans absichtlich zu enttäuschen. So entstand in der Öffentlichkeit das Bild eines zickigen, ja mitunter größenwahnsinnigen Görs.

»Warum versteht mich denn keiner?« Diesmal war es Romy, die leise aufstöhnte.

»Ach Romylein …«, hob Magda wieder an, unterbrach sich jedoch.

Einen Moment lang schien sie ratlos, was sie antworten sollte. Dann wechselte sie abrupt das Thema: »Was ist denn für Post gekommen?«, wollte sie wissen, während sie sich vorbeugte, um nach den Briefen zu greifen. Sie betrachtete eingehend die Absender auf den Umschlägen.

»Nach ›Christine‹ ist Schluss mit dem Wiener Mädel«, insistierte Romy.

»Danach drehst du ›Katja, die ungekrönte Kaiserin‹«, murmelte ihre Mutter, weiter mit Romys Post beschäftigt. »Da bist du Russin. Wie du weißt, spielt die Geschichte nicht in der K.-u.-k.-Monarchie in Wien, sondern im Zarenreich in Sankt Petersburg. Der Film wird sicher ein großer Erfolg und die Dreharbeiten … Oh, schau!« Sie wedelte mit einem Kuvert herum. »Hier ist ein Brief aus Paris. Von Alain Delon.«

»Ja.« Es klang eher wie ein Maulen als wie eine Zustimmung.

Magda legte alle anderen Schreiben zurück auf den Tisch, behielt nur das eine in der Hand. »Was will er denn?«

»Nichts.« Stirnrunzelnd richtete sich Romy auf. Der wachsende Unmut stand ihr deutlich ins Gesicht geschrieben. Die Erinnerung

an die Zeilen ihres künftigen Filmpartners machte es nicht besser.
»Offensichtlich hat ihm jemand den Text vorgeschrieben …«

»Woher willst du das wissen?«

»Er ist in fließendem Englisch verfasst, und das kann nicht von ihm sein, wie wir beide wissen.«

»Oh!« Endlich schien Magda das Interesse an Delons Brief verloren zu haben, sie schob ihn unter die andere Post. »Du hast mir aber noch nicht verraten, was er will.«

Wenn ich es nicht sage, wirst du es sicher gleich selbst lesen, fuhr es Romy durch den Kopf. Sie erwiderte: »Nichts. Das sagte ich doch schon.« Sie schwang die Beine herum und erhob sich von ihrer Sonnenliege. Dann: »Dieser Alain Delon ist fad, Mammi, und das teilt er mir jetzt halt auch schriftlich mit. Er habe sich gefreut, mich kennenzulernen, freue sich zudem auf die Zusammenarbeit und so weiter … Blabla eben … Absolut witzlos.«

»Trotzdem solltest du nicht vergessen, ihm zu antworten. Zeige Größe. Das gehört sich so.«

Wofür hielt ihre Mutter sie? Selbstverständlich würde sie Delon antworten. Vor allem, da sie annahm, dass sein Schreiben von einem Mitarbeiter der Presseabteilung der Produktionsgesellschaft verfasst worden war. Der Filmpartner war ihr gleichgültig, aber Michel Safra wollte sie keinesfalls verärgern, der sollte sie als zuverlässig wahrnehmen.

»Ich schwöre, dass ich einen ebenso langweiligen Brief schreiben werde«, erklärte sie. Um ihre Worte zu unterstreichen, hob Romy die rechte Hand wie zu einem Schwur.

Magda lächelte zärtlich. »Ach Romylein …«

KAPITEL 5

Hans Herbert Blatzheim war ein typischer Rheinländer, jovial, fröhlich, zugewandt. Mit diesen Eigenschaften hatte er Romy und ihren jüngeren Bruder für sich eingenommen; ihre Mutter verliebte sich zuvor in seine Zuverlässigkeit und Fürsorge. Als er Magda Schneider heiratete, war der Kölner Gastronom ein wohlhabender Mann, geschäftstüchtig in jeder Beziehung – und deshalb auch der wichtigste Berater für Romy: Ihr Daddy kümmerte sich um ihre Verträge und Gagen, Geldanlagen und sonstigen finanziellen Belange. Sie vertraute ihm und akzeptierte seine Entscheidungen, als wäre er ihr leiblicher Vater. Doch dummerweise entwickelten sich ihre Vorstellungen von ihrer Karriere seit einer Weile in entgegengesetzte Richtungen. Romy begann gegen den Stiefvater aufzubegehren. Für ein Mädchen ihres Alters war das natürlich nicht ungewöhnlich, und sie hätte sich wahrscheinlich ebenso ihrem leiblichen Vater gegenüber verhalten, wenn sie einen engeren Kontakt zu Wolf Albach-Retty gehabt und der sich mehr für sie interessiert hätte.

Obwohl sie eine Fortsetzung der Diskussion über einen neuen Sissi-Film fürchtete, freute Romy sich, als Blatzheim auf Ibiza eintraf. Er schien in Urlaubsstimmung und verhielt sich ausgesprochen leutselig, brachte für jedes Familienmitglied ein kleines Geschenk mit, wie er es immer tat, und machte die Mammi auf wunderbare Weise glücklich. Er schlug den Besuch eines Restaurants für den Abend vor und setzte sich mit der mitgebrachten Zeitungslektüre erst einmal entspannt auf die Terrasse. Unwillkürlich hoffte Romy, einem Gespräch über die Zukunft entgehen zu können. Zumindest fürs Erste. Sie hatten schließlich Zeit bis zu ihrer Abreise. Umso überraschter war sie, wie rasch ihr Stiefvater auf das ungeliebte Thema zurückkam.

Da sie den Nachmittag mit der Lektüre des Drehbuchs von »Christine« verbracht hatte, war sie zu einem Spaziergang am Meer aufgebrochen, um ihre Gedanken zu sammeln. Sie besaß ein fotografisches Gedächtnis und eine rasche Auffassungsgabe, die Dialoge saßen im Grunde schon in dem Moment, in dem sie sie las. Aber sie nahm sich auch die Zeit, über die einzelnen Szenen und deren Umsetzung nachzudenken. Dabei half es ihr immer, sich zu bewegen. Deshalb stapfte sie durch den Sand, blickte über die im matten Licht der untergehenden Sonne saphirblau schimmernde Bucht und malte sich im Inneren einen hübschen, kleinen See aus. Statt der Trawler der spanischen Fischer, die langsam in den Hafen zurückkehrten, erschien vor ihrem geistigen Auge das kleine Ruderboot, in dem Leutnant Lobheimer und Christine sich näherkamen …

»Romy, warte auf mich!« Die Stimme ihres Stiefvaters übertönte das leise Rauschen des Meeres.

Sie wandte sich um und beobachtete, wie er ihr entgegenkam. Ein Mann Anfang fünfzig, mit lichtem Haar und einem runden, freundlichen Gesicht. Seine übliche Garderobe, Anzug und Krawatte, hatte er gegen eine Sporthose und ein Poloshirt, das er bis zum obersten Knopf geschlossen hielt, getauscht. Ihr Stiefvater wirkte wie ein gemütlicher Tourist aus dem Rheinland, der eine ursprüngliche Baleareninsel erkunden wollte, selbst wenn es hier keine feierfreudigen Einheimischen wie in den Kneipen seiner Heimatstadt gab. Sie hatte einmal gehört, dass sich Rheinländer am wohlsten in großen Gruppen fühlten und nichts lieber taten als feiern. Dieses Klischee mochte auf Blatzheim zutreffen, passte jedoch nicht zu dieser Insel.

»Daddy, was machst du denn hier?«

Er beschleunigte seine Schritte und stand schließlich ein wenig atemlos vor ihr. »Ich dachte, ein Spaziergang täte mir gut. Zu zweit ist er angenehmer. Deshalb habe ich dich gesucht.«

»Und am längsten Strand der Insel hast du mich gefunden.« Romy lächelte.

»Das war doch nicht schwierig, Kind. An dieser Stelle gibt es am meisten zu sehen.«

Tatsächlich bot sich ihnen ein wundervolles Bild: Der goldene Ball der untergehenden Sonne färbte den Himmel in einen matten Orangeton, der zu Violett und dann zu einem weichen Grau zerlief. Davor hoben sich die Fischer mit ihren Booten, die die Netze über das seichte Wasser schleppten, wie schwarze Scherenschnitte ab. Es war eine Kulisse, die ein Regisseur im Film wahrscheinlich als zu kitschig verworfen hätte. Doch Romy liebte diesen Blick auf eine Welt, die so ganz anders war als ihre persönliche Realität und ihr sogar mehr Ruhe und Frieden vermittelte, als es seinerzeit die Pfarrkirche zur heiligen Elisabeth in der Nähe des Internats Schloss Goldenstein vermocht hatte. Hier fühlte sie sich der Natur nahe und konnte zu sich selbst finden.

»Ich bin gern hier«, sagte sie mehr zu sich als zu ihrem Stiefvater.

»Das hast du dir alles redlich verdient«, erwiderte er.

Sie sah ihn scharf an. »Wie meinst du das?«

»Wie ich es gesagt habe, Romy.« Sein Ton blieb versöhnlich, ja liebevoll, obwohl seine Worte überaus sachlich waren: »Du hast jahrelang hart gearbeitet und damit viel Geld verdient. Das ist gut so. Du darfst nur nicht vergessen, dass dein Marktwert darüber entscheidet, wie es weitergeht. Dein Preis wird immer durch deinen letzten Film bestimmt. Nicht durch deinen vorletzten und nicht durch den nächsten.«

Der dritte Sissi-Streifen war ihr vorletzter Film in den Lichtspielhäusern gewesen, im vorigen Februar feierte »Scampolo« Premiere – wenn Daddy recht hatte, konnte sie sich glücklich schätzen, dass die romantische Komödie bei Kritik und Zuschauern gut angekommen war.

Doch Romy sparte sich einen Kommentar dazu. Verträumt blickte sie über das Meer, kniff die Augen zusammen gegen das noch immer blendende Sonnenlicht. Obwohl sie fürchtete, dass es sinnlos war, versuchte sie tapfer, Blatzheim zu erklären, was sie seit geraumer Zeit umtrieb: »Am liebsten würde ich jedes Jahr nur einen potenziellen Kassenerfolg drehen, danach etwas Lustiges zur Entspannung, aber eine Geschichte, in der ich nicht immer nur nett und lieb, sondern auch einmal frech sein darf. Und dann würde ich gern einen realistischen Stoff machen …«

»Ach Romylein«, warf er prompt ein.

Sie brach ab, weil er ihr bewies, dass sie kein Verständnis für ihre Wünsche erwarten konnte. Still presste sie die Lippen aufeinander.

Eine Weile lang standen sie schweigend nebeneinander. Schließlich legte er den Arm um ihre Schultern. »Deine Fans lieben dich, weil du das Ideal eines jeden jungen Mädchens verkörperst. Alle wollen sein wie du: natürlich, hübsch, entzückend. Bleib auch in deinen Rollen so, und der Erfolg wird dir weiterhin gewiss sein.«

»Aber ich kann doch nicht mein Leben lang immer nur das nette, freundliche Mädel spielen!«, protestierte sie mit schwacher Stimme, fast schon resigniert.

»Darüber kannst du dir Gedanken machen, wenn du alt genug dafür bist.«

»Möglicherweise spiele ich, was andere Mädchen sein möchten. Oder was ihre Eltern sich für sie vorstellen. Aber in meinem Alter ist nicht immer alles nur lieb. Junge Mädchen haben auch Probleme, große sogar und oft sehr komplexe …«

»Romy«, unterbrach sie ihr Stiefvater mit hochrotem Gesicht, offenbar angestrengt von der Geduld, die er für sie aufbringen musste, »in deinem letzten Film hast du gezeigt, dass du auch eine ernste Rolle gut besetzen kannst. Ich bin sehr auf die Uraufführung von ›Mädchen in Uniform‹ gespannt. An der Seite von Lilli Palmer machst du eine hervorragende Figur, und die Rolle der Manuela von Meinhardis ist natürlich eine ganz andere Geschichte als die der Sissi. Dennoch ist ja auch die Kaiserin nicht ohne Sorgen.«

»Ich werde die Sissi nicht noch einmal spielen!«

»Sei nicht töricht, dein Marktwert hängt an dieser Rolle. Das zu vergessen wäre nicht nur in finanzieller Hinsicht grob fahrlässig.«

Daddy bügelte einfach alles mit der Wiederholung desselben Arguments ab. Wie eine hängengebliebene Schallplatte. Dabei hatte sie ihm noch gar nicht erzählt, dass sie gern Schauspielunterricht nehmen würde, um eines Tages Theater spielen zu können. Sie wollte eine *richtige* Mimin werden – so wie Lilli Palmer oder wie Maria Schell, vielleicht auch wie die Mammi – und nicht immer nur sich selbst in ihren Rollen verkörpern. Allerdings war sie nie das folgsame, liebe Wiener Mädel gewesen, noch nicht einmal als Kind. Sie hatte immer Spaß haben, Grenzen überschreiten wollen – nur leider war ihr der kaum gewährt worden.

Sie löste sich aus seiner Umarmung und machte ein paar Schritte von ihm fort. Als sie sich nach ihm umwandte, entfuhr ihr: »Marktwert klingt nach Viehmarkt.«

Ein bedauerndes Achselzucken war die Antwort.

Also war sie doch die Kuh, die bis zum Zusammenbruch gemolken werden sollte, sinnierte Romy.

Das Herz wurde ihr schwer. Sie sah zu, wie die Sonne wie ein gelber Lampion im Meer versank und wie die letzten heimkehrenden Fischer ihre Boote auf den Strand zogen. Die Männer winkten ihr zu. Weil sie freundlich waren und weil Romy ein hübsches junges Mädchen war. Sicher kannte keiner von denen *Romy Schneider*. Ihr ging durch den Kopf, dass es am schönsten wäre, immer auf dieser Insel zu leben. Frei von den Zwängen ihres Alltags als Filmstar, fern von falschen Rollenangeboten, drängenden Produzenten, raffgierigen Verleihern und Kinobesitzern. Wenn es sein musste, würde sie nur zu Dreharbeiten auf das Festland fahren und danach sofort wieder abreisen. Hier sprach niemand von einem Marktwert, keiner der Fischer interessierte sich dafür, wer sie war und wen sie in welchen Rollen verkörperte.

Natürlich war das alles nur eine Illusion. Sie müsste mit ihrer Familie brechen, wenn sie sich nicht unterordnete, und dazu war sie nicht bereit.

Aber die Sissi würde sie trotzdem nicht noch einmal spielen. Das stand für sie fest. Diese Überzeugung war in ihr mittlerweile ebenso tief verwurzelt wie ihre Sehnsucht nach Liebe und Harmonie – eine Sehnsucht, die sie nicht aus dem Kokon ausbrechen ließ, den Magda Schneider und Hans Herbert Blatzheim um sie gewoben hatten.

KAPITEL 6

PARIS
Juni 1958

Nicht der Eiffelturm beeindruckte Romy am meisten, es waren vor allem die mehrspurigen, viel befahrenen Straßen, die ihr Respekt einflößten. Die Architektur der Hochhäuser Manhattans hatte ihr nicht so imponiert wie die breiten Boulevards von Paris mit ihrem in seiner Rüpelhaftigkeit seltsam geordnet wirkenden Verkehr. Und wie schon in Manhattan empfand sie es als Zeichen von Schönheit, dass auf eine Straßenbahn verzichtet worden war, die in München ebenso wie in Wien ihrer Meinung nach das Stadtbild verschandelte. Und es gab keine Schienen, auf die man beim Überqueren der Gehwege achten musste, zumal eine Fußgängerin wie Romy schon voll und ganz damit beschäftigt war, den risikobereiten Autofahrern auszuweichen.

Einer davon war Alain Delon.

Als Romy an ihrem ersten Drehtag vor dem Filmstudio in Boulogne-Billancourt aus dem Wagen der Produktionsgesellschaft stieg, von dem sie im Hotel abgeholt worden war, preschte ein moosgrüner MG Roadster heran. Der Fahrer des Sportwagens schien weder die Limousine noch die junge Frau rechtzeitig zu bemerken und hielt mit einer Vollbremsung nur wenige Zentimeter vor ihr an. Romy kam es vor, als berührte die Stoßstange die Falten ihres weit schwingenden Rocks.

Vor Schreck war sie wie gelähmt, trat nicht einmal einen Schritt zur Seite. Sie stand eingeklemmt zwischen den beiden Fahrzeugen, ohne irgendwohin in Sicherheit geflohen zu sein. In einer Mischung aus Schockstarre und Wut blickte sie den Verkehrsrowdy an, der – ohne sie eines Blickes zu würdigen – den Motor abstellte und lässig über die geschlossene Tür mit dem herabgelassenen Fenster sprang.

Alain Delon hatte auf einmal nichts mehr von einem charakterlosen Beau an sich. An seinem blendenden Aussehen hatte sich natürlich nichts verändert, doch die zwischen den Lippen hängende Zigarette vermittelte einen ganz anderen Typen als den des Langweilers. Er trug keinen Anzug, sondern Bluejeans, ein bis weit über die Brust offenes weißes Oberhemd und einen Lederblouson. Darin bewegte er sich mit großer Eleganz und auch mit einer Selbstverständlichkeit, die darauf schließen schließ, dass dies sein eigentlicher Habitus war.

Verblüfft starrte sie ihn so intensiv an, dass er ihren Augenkontakt offenbar spürte. Kurz vor dem Eingang zum Atelier blieb er stehen und drehte sich zu ihr um.

»*Bonjour, Mademoiselle.*« Kein Wort der Entschuldigung oder des Bedauerns, nur diese schlichte Begrüßung, die aus seinem Mund genuschelt mehr wie ein Tadel klang – als wäre es ihre Schuld, dass sie seinem Auto im Weg stand.

Sie neigte hoheitsvoll ihren Kopf. Eine stumme Zurechtweisung. Genauso hatte es Kaiserin Elisabeth von Österreich-Ungarn getan, um Hofintriganten in die Schranken zu weisen.

Einen flüchtigen Moment zögerte Delon, seine Mundwinkel hoben sich kurz, als wollte er lächeln. Doch dann zuckte er nur gleichgültig mit den Achseln und ging seines Weges. Er verschwand hinter dem eisernen Portal im Studio.

Unwillkürlich schnappte sie nach Luft.

Was für ein Flegel!

»Mademoiselle, geht es Ihnen gut?«, erkundigte sich der Chauffeur besorgt.

Sie wehrte seine hilfreich ausgestreckte Hand ab. »*Tout es bien*, es ist alles in Ordnung«, erwiderte sie in ihrem österreichisch-bayerisch gefärbten Französisch.

Unwillkürlich dachte sie an ihren letzten Parisaufenthalt vor etwas über einem Jahr zurück. Sie war für die Außenaufnahmen zu der Verfilmung des Romans »Monpti« hergekommen, und ihr Filmpartner hatte sie mit einem strahlenden Lächeln und solcher Freude empfangen, dass ihr das Herz aufging.

Horst Buchholz umarmte sie stürmisch, hob sie hoch und wirbelte sie in der Luft herum, um sie wieder sicher aufzufangen. »Monpti«, rief er aus, »da bist du endlich.«

Glücklicherweise war die Mammi im Hotel geblieben und wurde nicht Zeugin dieser Begrüßung, über die sie wohl nicht halb so begeistert wäre wie Romy. Deren Herz stolperte vor Aufregung. Die Aussicht auf eine zweite Zusammenarbeit mit Hotte hatte sie schon im Vorfeld ganz damisch gemacht, die Aufnahmen in Paris versprachen zudem einen besonderen Zauber.

Weil sie ihm nicht zu deutlich zeigen wollte, wie froh sie über das Wiedersehen war, korrigierte sie gespielt gouvernantenhaft, da ihr sein Wortspiel mit ihrem Filmtitel gefiel: »Es heißt ma petite, du bist mon petit.«

»Französische Grammatik ist mir vollkommen schnurz. Ick freu mich, dass du da bist.« Er drückte sie fest an sich.

»Wenn ich das überlebe«, gab sie kichernd zurück. »Du erdrückst mich ja.«

Mit einer für einen so burschikosen jungen Mann überraschend zärtlichen Geste schob er ihr das Haar aus der Stirn. »Du hast recht.« Er ließ sie los, nahm aber sofort ihre Hand. »Komm, gehen wir und erobern Paris.«

Romy kannte die französische Hauptstadt von einem Besuch vor eineinhalb Jahren. Es war eine so aufregende Reise gewesen, dass sie damals sogar vergessen hatte, ihre Eindrücke in ihrem Tagebuch zu notieren. Eigentlich sollte es eine mehr oder weniger private Reise sein, um Daddys Restaurant »Atelier« ein bisserl kaiserlichen Glanz von der berühmtesten Sissi der Gegenwart zu verleihen. Doch dann hatte die Tageszeitung »Le Figaro« um ein Interview gebeten, und Fotos von Romy waren sogar auf der Titelseite erschienen. Außerdem bot ihr der berühmte spanisch-mexikanische Filmregisseur Luis Buñuel eine Rolle in seinem neuesten Werk an, aber dafür hatte sie keine Zeit; doch selbst die Absage war irgendwie eine Ehre. Alles war einfach wundervoll: die Schönheit ihrer Umgebung ebenso wie der Respekt, der ihr und ihrer Arbeit hier entgegengebracht wurde. Und so hatte sich Romy schon in jenen Dezembertagen in diese Stadt verliebt.

Nun war sie an Hottes Seite in Paris und arbeitete nicht nur mit ihm, sie unternahmen in den folgenden Tagen immer wieder Ausflüge in die wunderschönen Parkanlagen, bummelten durch die Gassen von Saint-Germain und dem Marais, aßen in winzigen Bistros und probierten den Wein in kleinen Spirituosenläden im Quartier Latin. Durch ihn lernte sie andere, sehr ursprüngliche Viertel der Stadt kennen, die sie mit ihren Eltern niemals besucht hätte. Sie lachten, redeten miteinander und verständigten sich radebrechend mit den Einheimischen. Zum ersten Mal fühlte Romy, wie Freiheit sein könnte.

*Und im Schatten eines Torbogens irgendwo hinter der Kathedrale
Notre-Dame küssten sie sich, als wäre es das erste Mal. Und in ge-
wisser Weise war es das auch, denn diesmal waren keine Scheinwerfer auf sie gerichtet und keine Kamera dabei …*

»Mademoiselle … Mademoiselle Schneider …?«

Die Stimme ihres Produzenten riss Romy aus ihren Erinnerungen. Sie zwinkerte, wobei ihr selbst nicht ganz klar war, ob sie eine
vorwitzige Träne verscheuchte oder vom Sonnenlicht geblendet
wurde.

»Bonjour, Monsieur Safra«, erwiderte sie freundlich.

»Ich wollte es mir nicht nehmen lassen, Sie an Ihrem ersten
Drehtag ins Studio zu geleiten.«

Zwischen all den Menschen, die ohnehin ständig über ein Ate-
liergelände liefen, entdeckte sie die Entourage, die Safra für das
heutige Begrüßungsritual aufbot: mehrere Mitarbeiterinnen, wahrscheinlich aus der Presseabteilung, und der dazugehörige Stu-
diofotograf mit gezücktem Fotoapparat. Die Frauen und Männer
drängten sich nun sämtlich an dem kleinen Sportwagen vorbei, der
Stoßstange an Kotflügel neben der Limousine geparkt hatte. Romy
ergriff Safras dargebotene Hand, er hob ihre Rechte an seine Lippen, sie lächelte. Der Auslöser der Kamera klickte.

»Herzlich willkommen«, wünschte der Produzent. »Ich wünsche
Ihnen einen erfolgreichen ersten Drehtag, Mademoiselle.«

Sie strahlte ihn an. »*Merci, merci beaucoup.*«

In ihrem Innersten war sie jedoch weniger positiv gestimmt. Im
Stillen zweifelte sie an dem Erfolg des Films »Christine«. Eine Liebesgeschichte, deren Hauptdarsteller sich nicht mochten, konnte
nicht funktionieren. Es sei denn, der Rüpel Delon entpuppte sich

als überragend in seinem Fach. Einzig ein brillantes Auftreten als Darsteller würde noch etwas von ihrer Zusammenarbeit retten können.

Es blieb Romy unerklärlich, wieso sich die Mammi für diesen Typen hatte begeistern können. Wahrscheinlich war ihre Mutter vom Produzenten oder vom Regisseur überredet worden, anders konnte es ja nicht sein, dass Alain Delon engagiert worden war. Inzwischen hatte die Mammi ihre Meinung zwar geändert, aber für einen Rückzieher war es zu spät. Romy würde sich arrangieren müssen.

Seufzend ging sie mitsamt dem Begrüßungskomitee in das Atelier. Sie ging natürlich nicht einfach nur, sie *schritt* wie die einstige Kaiserin.

KAPITEL 7

Romy blickte in Alain Delons tiefblaue Augen. Es war unfassbar, was dieser Mann für Augen hatte. Voller Ausdruck und Hingabe, die Farbe seines Uniformrocks schien sich darin zu spiegeln. Trug er etwa getönte Kontaktlinsen? Kein Mensch besaß solche Augen …

Sie riss sich zusammen und wisperte auf Französisch: »*Je t'aime. Je jure je t'aime. Pour toujours.*« Es klang ein bisserl arg Wienerisch, aber Christine war ja nun einmal ein Wiener Mädel, selbst in einem französischen Film. Außerdem würden Romys Dialoge nachträglich synchronisiert werden.

»*Coupez!*« Pierre Gaspard-Huit klatschte in die Hände, dann wuchtete er sich aus seinem Regiesessel. Da er als Kriegsgefangener ein wenig Deutsch gelernt hatte, fügte er in Romys Muttersprache hinzu: »Und Schnitt! Danke, Romy, das war sehr gut.«

Fast gleichzeitig erloschen die Hauptscheinwerfer, gelbe Glühbirnen erhellten die Szene, und plötzlich wurde die Stille der Aufnahme durch Bewegung und Unruhe ersetzt.

Romy lächelte dankbar, sie freute sich immer, wenn sie etwas richtig gemacht hatte.

Schallendes Gelächter übertönte das anschwellende Füßetrampeln und Gemurmel der Mitarbeiter in den Kulissen.

Delon, der noch immer neben Romy stand, bog sich fast vor Komik, und Jean-Claude Brialy, der von seiner Position im Hintergrund näher trat, schien sich ebenfalls köstlich zu amüsieren.

Sie sah sich erstaunt nach dem Ursprung des Heiterkeitsausbruchs um. Doch außer ihr selbst in einem niedlichen weißen Rüschenkleid und einer Schleife im blond getönten Haar war niemand da, der sich danebenbenommen haben könnte. Und sie hatte eine perfekte Szene hingelegt. Der Regisseur hatte sie ja gerade erst gelobt. Dennoch: Ihre beiden Filmpartner meinten sie. Daran bestand kein Zweifel. Delon und Brialy sahen sie sogar an, während sie sich totlachten.

Die beiden lachten Romy aus.

Was, um alles in der Welt, war so lächerlich an ihr?

Doch während sie sich verzweifelt diese stille Frage stellte, wurde ihr schmerzlich bewusst, dass es nicht um ihre Art zu spielen ging. Auch hatte sie keinen schwarzen Flecken auf der Nase oder dergleichen. Es war ihre Aussprache, und es war nicht das erste Mal, dass ihr Akzent auf die Franzosen so lustig wirkte, dass die sich am liebsten gekugelt hätten. Sie kannte das bereits von anderen Szenen, anderen Monologen, anderen Drehtagen. Es war immer wieder dasselbe. Bösartig und verletzend.

Ausgerechnet Delon, der kaum eine Fremdsprache beherrschte, hatte es nötig, ihre Mühe zu verhöhnen. Er war ein Idiot! Ein Großmaul, jemand, der meinte, über allem zu stehen, alles besser zu wissen und auf sie herabsehen zu dürfen. Nichts an diesem eingebildeten Lackel war sympathisch. Darüber hinaus behandelte er sie schlecht, sobald kein Film durch die Kamera lief. Es war eine Katastrophe, mit diesem Mann zu drehen. Bislang hatte sie seine Abneigung mit Professionalität ertragen. Nun hatte sie genug.

Romy schmetterte das Blumensträußlein, das sie noch von der Aufnahme in Händen hielt, zu Boden.

»Was fällt Ihnen ein?«, schrie sie entrüstet. »Wer sind Sie eigentlich, dass Sie sich solch ein schlechtes Benehmen herausnehmen dürfen?«

Natürlich ereiferte sie sich in ihrer Muttersprache. In Französisch hätte sie dergleichen in diesem Moment nicht sagen können. Selbst wenn sie die notwendigen Vokabeln gewusst hätte, wären sie ihr vor lauter Aufregung nicht eingefallen.

Das Gelächter verklang.

Ihr Filmpartner sah sie mit versteinerter Miene an, seine blauen Augen wirkten plötzlich kalt wie Eis. Offenbar hatte er – auch ohne die Worte zu kennen – verstanden. Ihm war bewusst, wie wütend sie war.

Romy holte tief Luft. Sie sah sich um, ob Gaspard-Huit Zeuge der Szene geworden war, doch der war mit dem Kameramann in ein Gespräch vertieft. Von ihrem Regisseur könnte sie keine Unterstützung erwarten. Letztlich war das auch nicht wichtig, denn sie hatte gelernt, für sich selbst einzustehen.

Ohne Delon eines weiteren Blickes zu würdigen, trat sie einen Schritt zur Seite. Dabei stieg sie wie selbstverständlich über die am Boden liegenden Vergissmeinnicht.

Die Garderobiere eilte herbei, um sich nach dem Requisit zu bücken, doch da sagte Jean-Claude Brialy: »*Non. Merci, Madame, mais non.*« Verblüfft hielt die Frau inne.

Romy wandte sich um.

»Was soll das denn?« Brialy sprach freundlich, aber bestimmt: »Du bist doch nicht Scarlett O'Hara in ›Vom Winde verweht‹. Wenn du etwas herunterwirfst, musst du es selbst aufheben, die Garderobiere ist nicht deine Sklavin.«

Im ersten Moment fühlte sie sich von dem einzigen Freund, den sie auf dem Set zu haben glaubte, verraten. Seine Zurechtweisung erschien ihr noch peinlicher als das Gelächter zuvor. Da war er womöglich von Delon mitgerissen worden, aber in dieser anderen

Sache reagierte er allein. Dass Delon sie nicht mochte, wusste sie, aber was hatte Jean-Claude Brialy plötzlich gegen sie? Was hatte sie getan, dass sich die beiden Franzosen gegen sie verschworen? Und warum wurde ein kleiner, auf dem Boden liegender Blumenstrauß gerade zum Inbegriff ihrer eigenen Unvollkommenheit? Sie begann sich zu schämen und wusste im Grunde jedoch nicht einmal, wofür.

Sie vermied es, einem der Umstehenden ins Gesicht zu sehen, als sie sich bückte und das Requisit aufhob. Der intensive süße Duft, den die Blumen trotz einer Haltbarmachung mit Haarspray verströmten, stieg ihr in die Nase und bereitete ihr Kopfschmerzen. Sie wünschte, das Sträußlein wieder fallen lassen zu können. Doch sie hielt es fest in der Hand, als sie – ohne nach rechts oder links zu sehen – in Richtung Garderobe marschierte. Ihre Augen füllten sich mit Tränen.

*

»Pierre Gaspard-Huit hat mir vorhin am Telefon gesagt, dass die Muster ganz hervorragend geworden sind«, berichtete Magda Schneider. »Wir können sie uns später ansehen. Ich bin …«

»Du kannst dir die abgedrehten Szenen ohne mich ansehen«, unterbrach Romy den Eifer ihrer Mutter. Sie streckte sich auf dem Sofa aus, auf dem sie bis eben gerade gesessen hatte, gähnte demonstrativ und schloss die Lider.

Als vor ihrem geistigen Auge die peinliche Begebenheit vom Nachmittag im Atelier auftauchte, sah sie sofort wieder zu Magda hin. »Ich bin müde, Mammi, ich möchte keinen Schritt mehr aus diesem Hotelzimmer tun.« Das stimmte zwar eigentlich, aber eben nicht ganz. Sie hätte sich gewünscht, irgendwo einen schönen Abend verbringen zu dürfen, der sie ihre Erinnerungen vergessen ließ. Eine Filmvorführung hatte sie dabei gewiss nicht im Sinn.

»Ich zumindest bin sehr gespannt auf das Resultat der ersten Drehtage«, vollendete ihre Mutter unbeeindruckt ihren zuvor begonnenen Satz. Sie stellte die Kaffeetasse, die sie in der Hand hielt, fast geräuschlos auf den dazugehörenden Unterteller. Dann beugte sie sich in ihrem Sessel vor und sagte eindringlich: »Es gehört zu deinen Pflichten, Interesse an den Mustern zu zeigen. Das weißt du. Warum weigerst du dich?«

»Bitte nicht heute, Mammi, verschieben wir es doch auf morgen. Ich bin sehr müde.« Meine Güte, jetzt klang sie wirklich schon wie Scarlett O'Hara!

Ihre Mutter berührte sanft ihren Arm, doch in ihren Gedanken schien sie auf einmal ganz weit weg zu sein.

Vielleicht dachte sie ja an ihre Zeit vor fünfzwanzig Jahren in Wien, überlegte Romy. Damals hatte Magda Schneider die Rolle der Christine unter der Regie von Max Ophüls gespielt. Der Film »Liebelei« war großartig und die Mammi eine Offenbarung, weshalb sich Romy anfangs geweigert hatte, in einem Remake aufzutreten. Ich hätte meinem ersten Impuls folgen und es lassen sollen, dachte sie.

»Du willst Alain Delon nicht auch noch nach den Dreharbeiten begegnen, nicht wahr?«

Ihre Mutter hing also doch keinen wehmütigen Erinnerungen nach. Was Romy sich aber auch nicht besser fühlen ließ.

»Delon ist mir egal«, gab sie patzig zurück.

»Ach Kind«, Magda tätschelte liebevoll ihre Hand, »es ist niemandem verborgen geblieben, wie ihr zu einander steht. Genau genommen macht sich die Produktion sogar schon Sorgen deswegen.«

58

Empört richtete sie sich auf. »Wer hat sich über mich beschwert? Ich arbeite gewissenhaft und zuverlässig!«

»An deiner Professionalität zweifelt niemand. Fraglos sind du und Alain Delon auch das ideale Paar ...«

Romy schnaubte verächtlich.

»... aber leider nur äußerlich. Das ist zwar auf der Leinwand von essenzieller Bedeutung, doch wenn die Unterschiede in den Persönlichkeiten der Hauptdarsteller zu stark hervortreten, ist das Zusammenwirken wenig sinnvoll, solange das Drehbuch nicht genau darauf anspielt. In Schnitzlers ›Liebelei‹ ist das nicht der Fall, wie wir beide wissen. Deshalb überlegt Monsieur Safra, ob er Alain Delon durch einen anderen Schauspieler ersetzen sollte.«

Die Überlegung des Produzenten verschlug Romy die Sprache. Natürlich würde er nicht den Star austauschen – und das war sie. Andererseits gebärdete sich Delon, als wäre er die unerschütterliche Nummer eins am Set. Dass er mit dieser Einschätzung anscheinend völlig allein stand, überraschte sie doch etwas, und es verwirrte sie.

Alain Delon war offenbar nicht nur der Schönling, für den sie ihn unverändert hielt, dabei rotzfrech und flegelhaft, sondern auch noch ein Angeber. Zugegeben, er machte vor der Kamera eine gute Figur, sein Talent war ihr natürlich nicht verborgen geblieben, aber dass er so leicht und vor allem mitten in der Produktion freizustellen war, versetzte sie in eine Mischung aus Triumph – und Mitleid.

Brialy hatte ihr erzählt, dass sein Freund aus ziemlich schwierigen Verhältnissen stammte. Alain Delon kam aus einem zerrütteten Elternhaus, war bei Pflegeeltern aufgewachsen und hatte sich mit Hilfsarbeiterjobs durchgeschlagen, wobei er wohl auch Kontakte zur Unterwelt geknüpft hatte. Das klang für Romy nicht viel anders als die Biographie von Horst Buchholz. Eine Lebensgeschichte, die sie in ihrer Andersartigkeit zu Romys eigenen Erfahrungen durchaus interessierte, ja anzog. Während Hotte jedoch liebenswürdig und höflich war, erwies sich Delon als kalt und ruppig. Trotzdem fragte sie sich, ob sie einem Menschen, der es als Kind so viel schwerer als sie selbst gehabt hatte, die Karriere vermasseln durfte.

Wahrscheinlich genügte ein Wort von ihr, und es wäre aus mit seiner Zukunft.

Seltsam, daran hatte sie noch gar nicht gedacht, sondern ihre Zusammenarbeit als gegeben angenommen. Anscheinend war Delon selbst nicht einmal klar, dass er jeden Moment des Studios verwiesen werden konnte. Die Überlegung, dass sie, Romy, das Schicksal dieses Mannes durch eine gezielt eingestreute Bemerkung bei den richtigen Personen beeinflussen könnte, besaß eine gewisse Faszination. Aber je länger sie darüber grübelte, desto mehr erlosch der Glanz dieser Macht.

»Schaun wir mal«, murmelte sie vage, aber eigentlich war es genau das, was sie meinte.

»Monsieur Safra wird sich natürlich mit dem Regisseur besprechen, der hat ja das wichtigste Mitspracherecht bei der Besetzung. Pierre Gaspard-Huit bestand seinerzeit auf Alain Delon, er hält ihn für einen jungen Mann mit großer Zukunft. Aber wenn die Stimmung im Atelier unerträglich wird, ändert er seine Meinung gewiss.«

Eine Frage ging Romy durch den Kopf, die sie spontan aussprach: »Haben wir denn überhaupt so viel Zeit? Ich meine, das Engagement eines anderen Filmpartners für mich dauert doch eine Weile. Man müsste ja überhaupt erst einmal jemanden finden, und dann müssten die bereits abgedrehten Szenen wiederholt werden. Geht das denn so ohne Weiteres?«

Ihre Mutter tätschelte noch einmal ihre Hand. »Das weiß ich nicht. Aber wenn ein Filmproduzent etwas will, wird er es durchsetzen. Dennoch ist natürlich richtig, dass wir auf deine anderen Verpflichtungen Rücksicht nehmen müssen. Curd Jürgens wird nicht darauf warten, bis du dich mit Alain Delon besser verstehst, die Termine für ›Katja, die ungekrönte Königin‹ stehen fest.« Sie lächelte zuversichtlich. »Nun ja, du hast ganz recht – wir werden sehen, was die Herren entscheiden.«

Geduld war nicht Romys Stärke, aber ihr war klar, dass ein wenig Langmut in diesem Fall wohl am ehesten zum Ziel führte. Wobei sie sich noch gar nicht darüber im Klaren war, was sie sich selbst wünschte – Dreharbeiten mit oder ohne Alain Delon.

Einem Impuls folgend, sagte sie plötzlich, scheinbar aus dem Zusammenhang gerissen: »Weißt du was, Mammi, ich würde gern besser Französisch sprechen. Meinst du, ich könnte nebenbei ein paar Stunden nehmen?« Doch letztlich war das bereits keine Frage mehr, sondern eine Entscheidung.

KAPITEL 8

Romy schlief nicht gut. Das Gefühl von Macht, das sie bei der Unterhaltung mit ihrer Mutter erfasst hatte, verwirrte und verstörte sie gleichermaßen. Meist reagierte sie sensibel auf die Befindlichkeiten anderer Menschen, ein in der Branche dafür inzwischen oft zitierter Beweis war ihre Reaktion auf den Aufstand der Ungarn vor fast zwei Jahren gewesen.

Im Spätherbst stand sie in München als Maud in »Robinson soll nicht sterben« vor der Kamera. Ihr Regisseur Josef von Báky, gebürtiger Ungar, aber schon für die Ufa in Berlin tätig, bat sie in das Produktionsbüro, wo ein Freund von ihm wartete. »Gábor von Vaszary möchte dich treffen. Er ist Schriftsteller und Drehbuchautor und ein Landsmann von mir. Er würde gern die Hauptdarstellerin in der geplanten Verfilmung seines Romans ›Monpti‹ kennenlernen.«

Der Bestsellerautor war an die sechzig, und das Auffallendste an ihm war das volle silberne, lockige Haar, das sein markantes Gesicht umrahmte. Er war ausgesprochen höflich und erhob sich, als Romy eintrat, obwohl sie doch um einige Jahrzehnte jünger war.

Eine Unterhaltung kam nur schleppend in Gang, weil die Sekretärin gleich nebenan eine lautstarke Diskussion am Telefon führte, in der es anscheinend um die Kosten eines Mietwagens ging. Die Männer schwiegen abwartend, Romy saß daneben und ließ ihre Augen über den Schreibtisch schweifen, auf dem die Tageszeitungen aufgefächert lagen.

Alle Blätter machten auf mit dem erbitterten Kampf des ungarischen Volkes gegen die in das Land marschierten sowjetischen Truppen. Viel zu viele Tote wurden gezählt, ein enormer Blutzoll für die Freiheit bezahlt.

Romy starrte auf die Überschriften und wurde sich plötzlich bewusst, dass sie im Raum mit zwei Menschen saß, die ungarische Wurzeln besaßen. Hatten Josef von Báky und Gábor von Vaszary Familie und Freunde in Budapest? Lebten dort Menschen, um die sie sich sorgten? Zu Zeiten des Weltkrieges war Romy noch klein gewesen, aber sie erinnerte sich noch allzu gut, wie wichtig ihr die Anrufe der Mammi aus Berlin gewesen waren, im fernen Berchtesgadener Land zu wissen, dass es ihren Eltern gut ging. Mussten diese beiden Ungarn nicht genauso fühlen?

Eigentlich sprach Romy kein Ungarisch. Sie hatte für ihre Rolle der Sissi nur jene Sätze gelernt, welche die Kaiserin Elisabeth anlässlich ihrer Krönung zur Königin von Ungarn gesprochen hatte. Unvermittelt hob sie auf Ungarisch an: »Ich gelobe, alles zu tun, was in meiner Macht steht, um das ungarische Volk glücklich zu machen.«

Verdutzt sahen sowohl Josef von Báky als auch Gábor von Vaszary zu ihr. »Wie bitte?«, fragte der Regisseur. »Warum hast du das gesagt?«

»Ich wollte mit Ihnen ein wenig Ungarisch sprechen, weil ich denke, dass Sie beide sehr traurig über die Berichte aus Ihrer Heimat sein müssen.«

Voller Überzeugung hatte sie damals die Rede sogar noch wiederholt. Sie wollte den beiden Männern, denen sie später sehr zugetan war, zeigen, dass sie Verständnis für den Wunsch nach Freiheit und Selbstbestimmung hatte. Wer hätte dieses Ansinnen besser verstehen können als Romy?

Seit sie Alain Delon begegnet war, drohte ihre Empfindsamkeit zu versagen. Und doch schien ein Wort von ihr zu genügen, um ihn aus dem Atelier zu verbannen. Eine kleine Intrige nur – und sie hätte ihre Ruhe. Einen Menschen zu vernichten war ihre Sache jedoch nicht. Obwohl sie sich mehr als einmal unfassbar über ihn geärgert hatte, kam es für sie nicht infrage, die Verantwortung für sein berufliches Scheitern zu übernehmen. Also würde sie ihn gewähren lassen und auf den Moment warten, in dem sie sich auf ihre Weise rächen konnte.

Die Gelegenheit dazu erhielt sie überraschenderweise wenige Tage später. Sie wusste, dass Alain Delon Reitunterricht nehmen musste, um seiner Filmfigur gerecht zu werden. Nun stellte sich heraus, dass er auch keinen Walzer tanzen konnte, was natürlich für seine Rolle als K.-u.-k.-Offizier ebenso maßgeblich war. Während er seine Geschicklichkeit hoch zu Ross fern von Romy in einem Tattersall trainierte, war sie als seine Filmpartnerin gezwungen, bei seinen Tanzstunden mitzuwirken.

Das Studio befand sich in einem Haus an der Place de Clichy, das schon bessere Tage gesehen hatte: Die Fassade war abgeblättert und unansehnlich, das Treppenhaus eng, schmutzig und dunkel. Es war die perfekte Kulisse für einen existenzialistischen Film, der am Montmartre spielte, dachte Romy, als sie es betrat. Vielleicht gefiel dieses Ambiente einem Mann wie Alain Delon, sie empfand es als unappetitlich. Im vierten Stockwerk, von dem sich die Treppe noch zwei weitere Etagen hinaufwand, wurde Romy die Tür von innen geöffnet – und sie trat ein in einen lichtdurchfluteten Saal, in dem das Parkett frisch gebohnert glänzte. In einem riesigen Spiegel, der eine ganze Wand bedeckte, glitzerten die Glühbirnen und Kristalltropfen des riesigen Kronleuchters.

»*Bonjour, Mademoiselle, enchantée*«, wurde Romy von der Tanz-lehrerin begrüßt. Es war eine Frau im Alter ihrer Mutter, aber deutlich hagerer, in einem schwarzen Trikot. Gerade band sie sich ein schwarzes Tutu um die schmalen Hüften. Auch ihr halblanges, zu einem Bubikopf geschnittenes Haar war pechschwarz, ebenso wie die mit Eyeliner dick umrandeten und mit viel Wimperntusche betonten Augen. »Monsieur Delon ist leider noch nicht da«, fügte sie in einem von einem starken Akzent geprägten Englisch hinzu. »Aber Sie können mir schon einmal zeigen, wie Sie die Walzer-schritte beherrschen.«

Hatte die Frau noch keinen Film mit Romy Schneider gesehen? War ihr Sissi unbekannt? Wusste die Französin etwa nicht, wie oft Romy schon im Dreivierteltakt durch ein Atelier geschwebt war? Sie starrte die Tanzlehrerin verblüfft an, unfähig, ein Wort der Aufklärung über die Lippen zu bringen.

»Sie können Ihren Mantel dort aufhängen«, die Ältere zeigte auf einen Haken neben der Eingangstür, dann auf einen Stuhl am Rande des großen Saals. »Ihre Tasche legen Sie am besten hier ab. Und, bitte, ziehen Sie Gymnastikschuhe an. Sonst ruinieren Sie den Boden.« Sie wandte sich zu einem Schallplattenspieler, der auf einem Piano neben dem großen Fenster stand. Da schien ihr etwas einzufallen, und sie machte wieder einen Schritt auf Romy zu: »Ach, übrigens, ich bin Marie Claire.«

»*Enchantée*«, erwiderte Romy höflich, obwohl sie sich überhaupt nicht darüber freute, diese arrogante Person kennenzulernen.

Während Romy ihre Sachen unterbrachte und die Pumps gegen Turnschläppchen tauschte, hantierte Marie Claire an dem Schall-plattenspieler. Keine Minute später hallte der »Faust-Walzer« von Charles Gounod durch den Tanzsaal. Romy schmunzelte, weil die

Tanzlehrerin die Melodie eines französischen Komponisten und nicht etwa einen Wiener Walzer von Johann Strauss ausgewählt hatte.

»*S'il vous plaît, Mademoiselle.*« Marie Claire klatschte in die Hände. »Zeigen Sie mir die Schritte, als lägen Sie im Arm eines Partners. Eines wundervollen Mannes. Verstehen Sie?«

O ja, Romy verstand vollkommen. Karlheinz Böhm, in der Rolle des Kaisers Franz Joseph ihr Partner in den Sissi-Filmen, war so ein wundervoller Mann – klug, charmant, attraktiv, hochmusikalisch, als Schauspieler brillant. Zehn Jahre älter als sie, war der Sohn des berühmten Dirigenten Karl Böhm während der Dreharbeiten bereits in erster Ehe verheiratet und wurde Vater, inzwischen war er geschieden und zum zweiten Mal verheiratet. Sein Privatleben focht sie jedoch nicht an. Er wurde Romys Freund in der aufrichtigsten und ehrlichsten Weise, die dieses Wort möglich machte, und ihr Beschützer. Dafür schätzte sie ihn. Und für die herrlichen Stunden, in denen sie gemeinsam Wiener Walzer geprobt und getanzt hatten. Daran dachte sie, als sie sich in dem schönen Tanzsaal in einem schäbigen Haus am Montmartre drehte, als wäre es der Spiegelsaal in Schloss Schönbrunn.

»*Ça y est!*«, kommentierte Marie Claire ihre Vorführung. »Sie brauchen nicht mehr viel zu lernen, Mademoiselle.«

Romy nickte und schwieg. Anscheinend hatte Marie Claire wirklich keine Ahnung, wer vor ihr stand.

Eine Weile lang sahen sich die junge und die ältere Frau stumm an. Es gab nichts zu tun und noch weniger zu sagen. Romy wäre am liebsten in ihr Hotel zurückgefahren. Ein wenig ratlos hob sie die Arme, murmelte: »Tja, dann …«, ohne zu wissen, was sie eigentlich meinte. In diesem Moment erklang die Türglocke.

»*Bonjour, Monsieur.*« Marie Claire empfing ihren Schüler in einem freundlicheren Ton als Romy.

Es wurden Küsse mit Alain Delon ausgetauscht, dann ein schneller Dialog auf Französisch, dem Romy trotz ihrer neuen Lektionen nicht folgen konnte. Selbst wenn eine Unterhaltung langsam und zugewandt geführt wurde, verstand sie nach wie vor kaum mehr als das, was sie im Internat gelernt hatte. Die meisten Pariser sprachen jedoch um Längen zu schnell für sie, verschluckten das R in den Wörtern und nuschelten, so dass sie kaum etwas aufschnappen konnte.

»*Bonjour*«, murmelte Delon in sich hinein, als er an ihr vorbei zu dem Stuhl schlenderte, auf dem ihre Handtasche lag. Er setzte sich so, dass nicht ganz klar war, ob er sich darauf oder daneben niederließ, griff in seinen Lederblouson und zog ein Paar zusammengelegte Gymnastikschuhe heraus. Während er mit der Tanzlehrerin plauderte, wechselte er seine Treter, zog die Jacke aus und hängte sie über die Stuhllehne. Nur in Jeans und weißem Oberhemd trat er vor Romy.

»Alain, bitte, tanzen Sie mit Mademoiselle«, forderte Marie Claire ihn in ungewöhnlich langsamem Französisch auf. Offenbar wollte sie, dass Romy verstand.

Die Tanzlehrerin schaltete den Schallplattenspieler wieder an, legte den Tonarm auf die Vinylplatte, und kurz darauf erklang noch einmal Gounods Faust-Walzer. Als sie sich umwandte, nickte sie Delon zu.

»*Puis-je me permettre?*«, fragte er kühl. Er nahm Tanzhaltung an. »Darf ich bitten?«

Romy legte die linke Hand auf seine Schulter und die rechte in seine Hand. Sie lauschte der Musik, zählte stumm bis drei und …

»Au!«

Auf einem Bein humpelnd wich sie vor ihm zurück.

Er sah sie erstaunt an. Anscheinend war ihm nicht klar, was er falsch gemacht hatte.

Glaubte er etwa, *sie* könne nicht tanzen?

»Probieren Sie es noch einmal«, sagte Marie Claire. »Alain, treten Sie Mademoiselle bitte nicht auf die Füße.«

Romy brach in schallendes Gelächter aus. Sie konnte nicht anders. Das Lachen brach aus ihr heraus, bahnte sich seinen Weg, ohne dass ihre Vernunft daran etwas ändern konnte.

Ein Mann, der sich im Atelier bei jeder sich bietenden Gelegenheit über seine Filmpartnerin lustig machte, versagte bei dem ersten Schritt zu einem Wiener Walzer und war darüber ratlos wie ein kleiner Junge vor einem Elfmeter. Der gouvernantenhafte Ton der Tanzlehrerin verstärkte den peinlichen Moment. Delons überheblicher Gesichtsausdruck verwandelte sich in pure Verlegenheit, nicht in Wut, wie Romy eigentlich erwartet hatte. Er war peinlich berührt von seinem Fauxpas. Das machte ihn sympathisch.

»Noch einmal, bitte!«, forderte die energische Tanzlehrerin.

Romy biss die Zähne zusammen. Anders konnte sie es nicht ertragen, mit Delon zu tanzen. Der schwungvolle Dreivierteltakt war etwas anderes als das langsame Rumgeschiebe auf dem Parkett des Lido, wo sie vor zwei Monaten zum ersten Mal für die Fotografen getanzt hatten. Delon war steif, schien gänzlich unmusikalisch und trat ihr ständig auf die Füße. Wenigstens schien er jetzt zu begreifen, dass er es war, der falschlag, und nicht sie.

»Das ist nicht gut«, stellte Marie Claire sachlich fest. »Warten Sie, Alain, wir zeigen es Ihnen.«

Zu Romys größter Überraschung schob die zierliche Tänzerin ihn einfach zur Seite und ergriff Romys Hand. »Auf drei«, sagte sie. Und im nächsten Moment führte sie wie ein Mann.

Romy dachte an Karlheinz Böhm und schwebte leichtfüßig wie eine Elfe, die eine Kaiserin spielte, zu der Melodie dahin. Als sie kurz in den Spiegel sah, bemerkte sie das Staunen in Alains blauen Augen. Das Eis darin schien geschmolzen, und was sie jetzt sah, ließ sie an die Lebendigkeit und unergründliche Tiefe des aufgewühlten Meeres denken. Sie wagte nicht an einen Triumph über ihn zu glauben, aber sie hatte den Eindruck, dass ihm gefiel, was er sah. Zwei Frauen, fast gleich groß, die in perfekter Symbiose tanzten. Fast wie die Kessler-Zwillinge, dachte Romy und lächelte still in sich hinein.

Als der Tanz beendet war, verbeugte sich die Tanzlehrerin vor Romy, wandte sich dann jedoch sofort zu Delon: »Sehen Sie, Alain, sie macht das wirklich gut.«

»Ja. Ich habe es gesehen. Ja.« Seine Miene blieb so ernst wie zuvor.

Romy lag eine schnippische Bemerkung auf der Zunge. Doch sie entschied sich dafür, gnädiger mit ihm umzugehen als er zuvor mit ihr. Mit einer versöhnlichen Geste reichte sie ihm ihre Hand und sagte in ihrem wienerischen Französisch: »Kommen Sie, wir versuchen es noch einmal, und ich zeige Ihnen, was wichtig ist.«

Offensichtlich war er völlig perplex, weil sie die Initiative ergriff, auf jeden Fall folgte er ihr widerstandslos, und als sie die Tanzposition einnahmen, vertraute er sich sogar ihrer Führung an.

»Sie müssen sich langsam drehen und bis drei zählen«, erklärte sie auf Englisch.

Marie Claire übersetzte.

Dann fuhr Romy im Rhythmus der Melodie fort: »*Un, deux, trois, un, deux, trois* ... Eins, zwei, drei, eins, zwei, drei ...«

Natürlich hatte er keine Ahnung, dass er für sie in die Rolle der jungen Königin Victoria geschlüpft war. In »Mädchenjahre einer Königin« wurde ihr von Adrian Hoven als Albert von Sachsen-Coburg der Walzerschritt beigebracht. Den Part ihres damaligen Filmpartners übernahm nun Romy. Sie hätte Alain Delon auch gern gesagt, er solle sich *biegsamer* bewegen, wie es das Drehbuch von Adrian Hoven verlangt hatte, aber da sie das Wort in keiner Fremdsprache kannte, unterließ sie es. Immerhin schien sich Delon mit jedem Schritt etwas zu entspannen, trat jedoch trotzdem noch auf ihre Füße.

»*Pardon*«, murmelte er, diesmal ohne den Blick von seinen Füßen zu heben.

»Eins, zwei, drei, eins, zwei, drei …«, wiederholte sie unverdrossen im Takt.

»Und nun schauen Sie sich an«, rief Marie Claire. »Alain, bitte, sehen Sie Mademoiselle in die Augen.«

Romy hob ihr Kinn, suchte seinen Blick. Sie lächelte unverbindlich, wollte professionell sein. Doch dann wurde ein fröhliches Strahlen daraus.

Sein Haar war ihm in die Stirn und halb über die Lider gefallen, so dass er Romy gar nicht ansehen konnte, wie es die Tanzlehrerin erwartete. Als er die Lippen spitzte und eine Strähne vergeblich fortzublasen versuchte, schien ein Bann zu brechen. Nun sah er Romy durch seine langen Wimpern hindurch an, und sein ernster Gesichtsausdruck bekam etwas Verschmitztes.

Auf diese Weise abgelenkt, trat er ihr prompt wieder auf die Füße.

»*Pardon*«, wiederholte er und ließ sie abrupt los. Verlegen strich er sich die Haare aus dem schönen Gesicht.

Unwillkürlich taumelte sie. »Nichts passiert«, behauptete Romy kichernd.

»Bitte ein bisschen mehr Ernst«, forderte Marie Claire. »Ein altes Sprichwort sagt: Tanzen lernt man nicht vom Pfeifen. Und auch nicht vom Lachen.«

Alain stieß einen leisen Pfiff aus. »Vielleicht doch«, meinte er grinsend. Es kam Romy vor, als hätte er plötzlich eine Maske abgelegt.

Wenn er immer so nett wäre, könnte ich ihn mögen, fuhr es ihr durch den Kopf. Auf keinen Fall wollte sie mit einem anderen Filmpartner noch einmal Tanzstunden nehmen. Sie würde sich nicht beschweren. Nicht gegen Alain Delon intrigieren und dafür sorgen, dass er entlassen wurde. Sie würde sich mit dem, was sie besser konnte als er, seinen Respekt verschaffen. Wer hätte gedacht, dass ihm ein Wiener Walzer imponierte?

»Auf Anfang, bitte!«, rief die Tanzlehrerin.

Sie wechselte die Schallplatte, und wenig später erklang »An der schönen blauen Donau« von Johann Strauss' Sohn, jener Walzer, von dem Romy jeder Schritt ins Gedächtnis gemeißelt war. Sie war wieder Sissi. Zwar wurde sie kurz aus ihrer Konzentration gerissen, als Delon das Vorspiel nicht abwartete und viel zu früh einsetzte, wobei er ihr wieder auf die Füße trat. Doch sie sagte diesmal nichts, zog nicht einmal einen Flunsch, sondern sah ihn nur stumm an. *Folge mir*, sagten ihre Augen. *Verlass dich auf mich.*

Ein wenig ratlos, wie es schien, erwiderte er ihren Blick. Doch er fügte sich und folgte ihren Bewegungen. Geschmeidig glitten sie über das Parkett – zum ersten Mal fast fehlerfrei.

KAPITEL 9

Die Presseabteilung wünschte Fotos der Hauptdarsteller vor der Kulisse von Paris. Zwei junge Leute vor dem Eiffelturm, am Arc de Triomphe, vor La Madeleine und Notre-Dame und beim Spaziergang an der Seine. Romy kannte das schon von ihrem Dreh mit Horst Buchholz, bei dem sie beim gemeinsamen Bummel durch die Stadt von Reportern begleitet worden waren. Deshalb war der Termin für sie keine große Sache. Amüsiert beobachtete sie indes, wie sich Alain Delon zierte. Der touristische Teil der französischen Metropole schien seine Sache nicht – und das wiederum erregte ihr Interesse.

Seit der Tanzstunde, die sich fast über einen ganzen Tag lang hingezogen hatte, vermied ihr Filmpartner jedes persönliche Wort an Romy. Als hätte er mit seiner Bewunderung für ihre Grazie beim Tanzen bereits zu viel von sich preisgegeben. Der kalte eisblaue Blick auf sie war so distanziert wie zuvor. Dennoch: Delon benahm sich zwar nicht unbedingt besser ihr gegenüber, aber zumindest machte er sich nicht mehr andauernd lustig über sie. Insofern konnte sie einen Punkt für sich verbuchen.

Es war ein Triumph, der sie dazu anstachelte, ihn bei der nächsten sich bietenden Gelegenheit noch einmal aus der Reserve zu locken. Und zugleich erwachte in Romy der Wunsch, nicht nur als Schauspielerin, sondern auch als Frau wahrgenommen zu werden – was sie zutiefst verwirrte. Eigentlich verschwendete sie ihre Mühe ja an einen Mann, der kaum mehr zu bieten hatte als ein schönes Gesicht. Gleichzeitig drängte es sie, seiner Eitelkeit ein Schnippchen zu schlagen und das alte Spiel der Verführung mit ihm zu spielen. Ein wenig Frivolität, dachte Romy, könnte dem Wiener Mädel nicht schaden. Zumindest wäre das eine Seite, die sie selbst gern an sich kennenlernen wollte.

Der Fototermin war für Romys Pläne gut geeignet, da ihre Mutter nicht dabei sein wollte. Weil ein Pulk von Mitarbeitern der Produktionsfirma und Pariser Journalisten den Termin begleitete, meinte Magda wohl, nicht auf Romy aufpassen zu müssen. Auch das schwierige Verhältnis zwischen Romy und Delon ließ sie das wohl glauben, denn es stand in krassem Gegensatz zu der Sympathie zwischen Romy und Horst Buchholz, die auf den ersten Blick bestanden hatte. Und tatsächlich hatte die Mammi als Gouvernante in »Mädchenjahre einer Königin« in Victorias Kutsche eine deutlich bessere Figur gemacht, als es ihr in Delons grünem Sportwagen möglich gewesen wäre. In dem kleinen Auto raste Delon für die Journalisten durch Paris, Romy neben sich und Jean-Claude Brialy auf dem Notsitz hinten. Für Magda Schneider wäre schlichtweg kein Platz gewesen.

Delon überfuhr rote Ampeln, achtete auch nicht auf Rechts vor Links, so dass daraus eine Verfolgungsjagd wurde, die er sich mit den Motorrollern und Autos der Reporter und den Wagen der Filmgesellschaft lieferte. Mit überhöhter Geschwindigkeit und abrupten Bremsmanövern stellte er sein Geschick als Autofahrer unter Beweis. Die Kür war dabei zweifellos die sich wiederholende, halsbrecherisch anmutende Umrundung des Arc de Triomphe. Für Romy war nicht ganz klar, ob der Kreisverkehr oder die einbiegenden Fahrzeuge Vorrang an der Place de l'Étoile hatten – Alain Delon jedenfalls nahm für sich in Anspruch, die Hauptperson in dem unübersichtlichen Verkehrsstrom zu sein. Anscheinend suchte er die Gefahr, um als Sieger aus der jeweiligen Situation hervorzuge-hen. Romy kam sich dabei vor wie in einem Karussell. Und sie fand es herrlich!

Als er seinen MG an der Ecke Avenue Victor Hugo unter einem Verbotsschild abstellte, drehte er sich zu seiner Beifahrerin um und fragte: »*Vous allez bien?* Geht es Ihnen gut?«, wobei deutlich die Hoffnung mitschwang, dass dem nicht so war. In seinen Augen leuchteten Arroganz und Selbstsicherheit, nicht etwa das Bedauern darüber, die junge Dame an seiner Seite möglicherweise schockiert zu haben.

Romy war tatsächlich ein wenig flau im Magen. Doch sie band das Kopftuch, das sie trug, um ihre Frisur vor dem Fahrtwind zu schützen, fester unter ihr Kinn und strahlte ihn an. »Wann fahren wir weiter?«

»*Touché!*«, gab er lächelnd zurück.

Doch statt weiterzufahren, mussten sie nun aussteigen.

»Monsieur Delon …« Eine Mitarbeiterin der Filmgesellschaft stöckelte auf hohen Absätzen atemlos heran. Es war eine Respekt einflößende Person, nicht mehr ganz jung, aber drahtig, energisch, elegant, die nicht nur dank einer Hornbrille große Autorität aus-strahlte. Ein Schwall französischer Wörter ergoss sich über den leichtsinnigen Autofahrer, und Romy verstand kein einziges davon. Die Empörung im Ton der Frau war jedoch international unmiss-verständlich.

Romy drehte sich zu Jean-Claude Brialy um, der von seinem Sitz über den hinteren Kotflügel aus dem Sportwagen gesprungen war. »Was ist los?«, erkundigte sie sich auf Deutsch.

»Madame macht Alain gerade klar, wie hoch die Versicherungs-summe ist, die anfallen würde, wenn Ihnen etwas passiert.«

»Oh!«

»Sie sagt, dass die Versicherung bei absichtlicher Gefährdung nicht zahlen wird und Alain dann persönlich für die Kosten haftet.«

Wild gestikulierend antwortete Delon in wütendem Ton. Weder die Frau noch die Drohung schien ihn einzuschüchtern. Ein Mann, der sich von niemandem etwas sagen ließ, der sich vor nichts fürchtete. Durchaus beeindruckend, fand Romy.

»Würde ihm denn diese Summe etwas ausmachen?«, wollte sie von Brialy wissen.

»Ja! Natürlich. Alain besitzt nichts. Außer seinem Aussehen und seinem Charakter. Ich weiß nicht, was wertvoller ist. Aber er hat nicht mehr Geld, als in seine Hosentasche passt.«

Romy sah den jungen Schauspieler aufmerksam an. »Sie mögen ihn sehr, nicht wahr?«

»Wir sind Freunde«, erwiderte Brialy.

Abwartend neigte sie den Kopf. Im Hintergrund ging die lebhafte Diskussion zwischen Delon und der Frau von der Filmfirma weiter. Inzwischen waren einige Pressevertreter dazugekommen, die abwarteten, was noch geschehen würde, und wohl auf ein Handgemenge hofften.

»Ohne Alain hätte ich die Rolle des Oberleutnants Kaiser nicht bekommen«, fuhr Brialy schließlich fort. »Er redete so lange auf Pierre Gaspard-Huit ein, bis der mich besetzt hat. Alain drohte sogar, seinen eigenen Vertrag zu zerreißen, wenn ich keinen bekäme. Wahrscheinlich hätte er das aber gar nicht sagen müssen – er wickelt die Leute sowieso immer um den Finger. Am Ende tun sie alle, was er will.« Er nickte in Richtung der Streitenden. »Madame wird das auch noch erleben.«

»Kennen Sie sich schon lange?«

Jean-Claude Brialy lachte leise. »Gut ein Jahr. Wir haben uns am Strand von Cannes kennengelernt. Dorthin waren wir beide für die Filmfestspiele gereist, um unser Glück zu suchen. Stellen Sie sich vor: Alain wurde an der Croisette von dem berühmten amerikanischen Produzenten David O. Selznick angesprochen. Einfach so. Das war phantastisch. Sie wissen schon, das ist der Produzent, der ›Vom Winde verweht‹ …«

»Ich kenne ihn«, unterbrach Romy. »Anfang dieses Jahres war ich in Hollywood.«

»Ja. Natürlich. Ja.« Seine Miene wirkte betreten, sein Ton peinlich berührt. »Das hätte ich mir denken können.«

»Ich kann nichts dafür, dass mir in Amerika der rote Teppich ausgerollt wurde.«

»Hm«, machte Brialy, damit beschäftigt, sich eine Zigarette anzuzünden.

Delon und die Frau von der Filmfirma schienen sich geeinigt zu haben. Oder sie kapitulierte vor seinem Durchsetzungsvermögen, wie von Brialy vorhergesagt. Entsprechend zufrieden schien Delon, als er sich von ihr fortdrehte und in Richtung Arc de Triomphe marschierte. Im Vorbeigehen ergriff er wie selbstverständlich Romys Hand und zog sie mit sich.

Nach einem überraschten Stolperer fing sie sich. Sein fester Griff half ihr, auf den Füßen zu bleiben. Fast im Gleichschritt marschierten sie nebeneinander her. Überrascht von der Synchronizität ihrer Bewegungen sah sie zu ihm auf.

Er blickte sie an, schenkte ihr sein seltenes Lächeln.

Die Presseleute stürzten ihnen nach, Fotografen überholten sie, liefen vor ihnen rückwärts und hielten die Kameras hoch.

Romy war klar, dass es auf den Bildern so wirken würde, als flirtete sie sich Hand in Hand mit ihrem Filmpartner durch Paris. Die Presseabteilung wäre begeistert von diesem Motiv, die Zeitungsredaktionen wahrscheinlich ebenso. Romy war es auch. Aber nicht, weil in ihrer Geste und ihrem Blick ein offensichtlicher Zauber lag, der den Fans gefallen würde, sondern sie diese besondere Stimmung tatsächlich empfand. Zum ersten Mal fühlte sie sich von Alain Delon beschützt. Vielleicht noch nicht ernst genommen, ganz sicher nicht bewundert wie in der Tanzschule, aber beschützt vor den Ansprüchen, die Filmproduktion und Presse hier an sie stellten. Und das war schon sehr viel.

»Vor dieser Patisserie habe ich voriges Jahr meine erste Filmszene gedreht.« Er deutete auf eine Konditorei an der Ecke, um dann im Tonfall eines Fremdenführers in einer Mischung aus Französisch und radebrechendem Englisch fortzufahren: »Und hier haben wir den Arc de Triomphe. Napoleon gab das Bauwerk nach der Schlacht von Austerlitz in Auftrag. Er hatte über den österreichischen Kaiser gesiegt.« Erwartungsvoll sah er Romy an, rechnete anscheinend mit einer beleidigten Reaktion. Doch die blieb aus.

»Ich weiß«, antwortete sie emotionslos, ahnend, dass sie ihn damit enttäuschte. Dabei strahlte sie in die Kameras, die ihr entgegengehalten wurden, als hätte ihr Alain gerade eine Liebeserklärung gemacht.

»Unter dem Arc de Triomphe befindet sich das Grabmal des unbekannten Soldaten«, fuhr er fort. »Es ist ein Gefallener aus dem Ersten Weltkrieg. Auch er kämpfte gegen die Deutschen.«

Sie ignorierte seine neuerliche Stichelei und ließ seine Hand los. Dann breitete sie die Arme in einer bewusst gewählten, attraktiven Pose aus, als wollte sie die wunderschönen Gebäude und die blühenden Linden an diesem kreisrunden Platz mit den breiten Zufahrtsstraßen umarmen. Die Auslöser der Fotoapparate klickten.

Einem Impuls folgend, fragte sie in ihrem nicht besonders guten Französisch: »Würden Sie mir das Nachtleben zeigen? Nicht die feinen Restaurants und Theater, sondern Bars und Clubs.« Lokale, die die Mammi nicht betreten würde, fügte sie im Geiste hinzu, sprach es jedoch nicht aus. Sie hoffte, dass Alain sie auch so verstand.

»Sie wollen das wahre Paris kennenlernen?« Er war sichtlich überrascht, aber nun erhellte ein breites Grinsen sein Gesicht. »Ich zeige es Ihnen.«

KAPITEL 10

Romy kannte das faszinierend funkelnde Lichtermeer des nächtlichen Paris und konnte sich daran ebenso wenig sattsehen wie die meisten anderen Menschen, die diesen Anblick einmal erleben durften. Sie wusste um die Magie der Gaslaternen, deren goldene Funzeln sich auf der dunklen Seine spiegelten wie schwimmende Leuchtkäfer, kannte den Glanz der Boulevards, der in der Dunkelheit um ein Vielfaches strahlender zu sein schien als am Tag, wenn hier und da noch die Wunden von Krieg und Besatzung sichtbar waren.

Am rechten wie am linken Ufer hatte sie in den gepflegtesten Restaurants gegessen und Champagner getrunken, wusste einen Tropfen des Weinhauses Louis Roederer von dem der Witwe Clicquot oder einem Pommery zu unterscheiden, natürlich hatte sie auch den Champagner der Marke Piper-Heidsieck gekostet, der zu Zeiten der Kaiserin Sissi an die Hofburg nach Wien geliefert worden war. Sie kannte das Paris der noblen Touristen.

Völlig neu war ihr hingegen, einfachen roten Landwein in einer verräucherten Kellerkneipe zu trinken und dabei zwischen wildfremden jungen Leuten eingepfercht zu sein. So eine Enge hatte sie bislang nur bei ihrem Schaulaufen vor einer Filmpremiere erlebt, wo Hunderte oder sogar Tausende von Fans vor dem Lichtspielhaus darauf warteten, nur einen einzigen Blick auf Romy werfen zu dürfen, und in fast hysterisches Geschrei ausbrachen, sobald es ihnen gelang. Doch im Club Saint-Germain reagierte niemand auf das Gesicht von Romy Schneider. Hier war sie völlig unbekannt. Alain Delon hingegen schien an diesem Ort zu Hause zu sein.

Der bullige Türsteher begrüßte ihn wie einen verlorenen Sohn, der Bartender ließ andere Gäste warten, um Alain zuerst zu bedienen, alle Köpfe drehten sich in dem allgemeinen Gedränge nach ihm. »*Salut, Alain!*«, schallte es von vielen Lippen. Romy, die dicht hinter ihm ging, spürte, wie sich sein Körper anspannte.

Als habe er ihre Gedanken erraten, flüsterte Jean-Claude Brialy in ihr Ohr: »Alain hat eine Zeit lang ganz in der Nähe gewohnt. Er war hier Stammgast.«

»Er ist es wohl immer noch«, meinte Romy.

Immerhin gab ihr seine Bekanntheit eine gewisse Sicherheit unter all den fremden Menschen. Männern, die trotz der Sommerhitze draußen und nicht weniger stickiger Luft hier drinnen in Rollkragenpullovern steckten, und jungen Frauen mit Kurzhaarschnitt oder Bubikopf, die größtenteils den Look von Jean Seberg kopierten und blau-weiß gestreifte bretonische Shirts und Caprihosen oder Jeans trugen. Romy in ihrem Sommerkleid und der biederen Lockenfrisur wirkte ebenso deplatziert wie Alain in seinem schwarzen Sakko über dem offenen weißen Hemd elegant.

Auf der kleinen Bühne zupfte ein Musiker verträumt an seinem Kontrabass, was die Jazzfans zu begeisterten Ausrufen brachte, während Romy kaum zuhörte und sich ganz darauf konzentrierte, ihr Glas zu leeren, ohne den Rotwein auf ihrem Kleid zu vergießen. Aus den Augenwinkeln nahm sie einen weiteren Musiker wahr, der sich hinter das Schlagzeug klemmte. Sein Trommelwirbel kam dann aber so unerwartet, dass doch einige Tropfen Wein auf ihrem Rock landeten. Sie bemerkte es kaum, fasziniert von der ihr völlig unbekannten Atmosphäre. Es war eine ganz eigene Magie, von der die Menge ergriffen wurde und die immer mehr auch sie packte. Schließlich gesellte sich ein Pianist zu den anderen und schlug die Tasten zu einer Jazzimprovisation. Das Publikum johlte.

»Ich hatte ja gehofft, wir gehen ins Café de Flore und sehen uns an, wo Jean-Paul Sartre immer sitzt«, vertraute sie Brialy mit erhobener Stimme an, um sich über dem allgemeinen Lärm verständlich zu machen. »Aber das hier ist viel aufregender.«

Inzwischen hatte sich eine komplette Band auf der Bühne versammelt. Es war eine Jamsession, wie Romy sie bisher nur aus dem Kino kannte. Unter dem Beifall seiner Fans gab der Saxophonist sein Können zum Besten, bevor die Männer ihr Spiel für eine kurze Diskussion unterbrachen, in der sie sich offenbar auf ein Stück einigten. Ihnen wurden Wünsche von den Zuhörern zugerufen. Lieder, deren französische Namen Romy nicht kannte und die sie wahrscheinlich sowieso noch nie gehört hatte. Jazzkeller gehörten ja nun einmal nicht zu den Orten, an denen sie sich aufhielt – aufhalten durfte.

Es war ein Wunder, dass Romy überhaupt dabei sein konnte. Sie hatte der Mammi gesagt, dass die Reporter noch ein paar Fotos von ihr im Nachtleben machen wollten und dass ihr in Gesellschaft von Alain Delon und Jean-Claude Brialy nichts passieren würde. Natürlich war ihre Mutter skeptisch gewesen, aber sie hatte kapituliert, weil sie schlecht etwas dagegen sagen konnte, wenn sich Romy professionell verhielt und mit ihrem Filmpartner in der Öffentlichkeit zeigte. Der erste Teil von Romys Behauptung war eine blanke Lüge gewesen, der zweite entsprach der Wahrheit, wie ihr mit jeder Stunde deutlicher bewusst wurde. Sie spürte Alains Arm um ihre Taille und war sich absolut sicher, dass sie ihre Mutter nicht belogen hatte.

»Das Café de Flore und das Les Deux Magots sind Orte für Touristen«, sagte Alain, nachdem sein Freund ihm Romys Worte übersetzt hatte. »Kein Vergleich zu diesem Lokal. Aber ich werde Ihnen noch mehr zeigen, wovon Sie keine Ahnung haben. Warten Sie es ab!«

Es klang ein wenig wie eine Drohung, fand Romy. Aber das verstärkte nur das Gefühl des Abenteuers, auf das sie sich an seiner Seite gern einließ.

Irgendwann im Laufe der Nacht zogen sie weiter ins Quartier Latin und in den Club Le Caveau de la Huchette, ein Kellerlokal, das sich kaum vom Club Saint-Germain unterschied. Derselbe Typus Gäste, dieselbe Enge, nur die Musik war anders: Während Romy zuvor vor allem experimentellem Jazz gelauscht hatte, war hier heute Abend der Sound von New Orleans angesagt. Die Blasinstrumente röhrten den Dixieland-Jazz in die rauchgeschwängerte Luft, und als der Klarinettist »Petite Fleur« anstimmte, schlang Romy beim Tanz die Arme um Alains Hals. Immerhin war das ein Lied, das sogar sie kannte.

Sie wurde zu einer ganz normalen Neunzehnjährigen, die sich von der dröhnenden Musik mitreißen ließ, eine Zigarette nach der anderen rauchte, einen Cocktail namens *Montana* probierte, in vielerlei Richtungen flirtete und den süßen Duft von Haschisch einatmete, der über allem waberte. Sie tanzte mehrmals mit Alain, wobei es mehr ein rhythmisches Hinundhertreten inmitten der anderen Gäste war, doch ihre Hände berührten sich, und ihre Augen versanken ineinander. Es war ein anderer Blick als bei ihrem Walzertraining. Romy entdeckte Begehren in seinen Augen, und ihr wurde schwindelig, wobei das natürlich auch an dieser wohlschmeckenden Mischung aus Cognac, Wermut und Portwein liegen konnte, vom zuvor genossenen Rotwein ganz zu schweigen.

Alain und Jean-Claude hielten sie fest, als sie schließlich die Treppe hinauf zur Rue de la Huchette stiegen. Andernfalls wäre sie wahrscheinlich rücklings wieder hinuntergefallen. Als Romy auf der Straße stand, musste sie darüber lachen, wie wacklig ihre Beine waren.

»Und jetzt kommt das Frühstück«, verkündete Alain.

Romy blickte in den Himmel, und ihr Lachen erstarb. Die Nacht begann langsam zu einer aschgrauen Dämmerung aufzuklaren. Dennoch war es so dunkel, dass die Sterne am Firmament glitzerten. Die Straßenlaternen waren ebenso wenig ausgeschaltet wie die Scheinwerfer des vorbeifahrenden Taxis, das Alain anhielt. Romy sah zu ihm hin und murmelte betrübt, dass es schade war, schon in ihr Hotel zu fahren.

»*Non, non, non*«, versicherte er rasch – und Jean-Claude übersetzte: »Wir wollen nicht in Ihrem Hotel frühstücken, sondern im *Bauch von Paris*. Das ist es, was Ihnen Alain noch zeigen wollte.«

Sie drängten sich zu dritt in den Fond des Wagens, und Romy verstand, dass Alain den Fahrer anwies, zu »*Les Halles*« zu fahren. Von dieser Adresse hatte sie noch nicht gehört. Es war ihr jedoch einerlei, wohin sie das Taxi bringen sollte, solange es nur nicht ihr Hotel war.

Nach einer kurzen Diskussion zwischen Romys Kollegen und dem Fahrer, welches die beste Route sei, ging es los. Romys Kopf lag an Alains Schulter, als der Wagen über den Pont Neuf fuhr, der mit seinen bezaubernden Nischen von den Parisern auch »Brücke der Liebenden« genannt wurde.

Seltsam, dass sie sich gerade jetzt daran erinnerte, dachte sie schläfrig. Es waren doch weit und breit keine Liebenden da. Christine Weiring und Leutnant Fritz Lobheimer waren ein Liebespaar, natürlich, aber doch nicht Romy Schneider und Alain Delon. Sie kicherte leise in sich hinein, weil ihre Gedankensprünge

so komisch waren – und weil sie sich im Moment unfassbar wohlfühlte.

Sie nickte ein und verlor ihr Zeitgefühl. Vielleicht waren nur wenige Minuten verstrichen, möglicherweise auch eine halbe Stunde
oder mehr, als sie aufschreckte, weil der Fahrer aus seinem herun-
tergekurbelten Seitenfenster schrie und scharf bremste. Zwischen
den für Paris typischen Altbauten konnte Romy in der engen Gasse
den Himmel nicht erkennen, aber das diffuse Büchsenlicht zeigte
ihr, dass die Fahrt wohl nicht lange gedauert hatte. Es war quasi
noch mitten in der Nacht. Dennoch drangen von überallher die
Geräusche lebhafter Geschäftigkeit, als befände sie sich mittags auf
dem Stachus in München.

Als sie ausstieg und einen Schritt vom Wagen fort machte, prallte
sie fast in eine ganze Rinderseite, die ein Mann in lederner Schlach-
terschürze geschultert hatte. Er balancierte das schwere Gewicht
aus, so dass ihm seine Last nicht herunterfiel, bedachte sie jedoch
mit einer Reihe von Flüchen, die sie nur auf Grund der Tonart
verstand.

Erschrocken entschuldigte sie sich.

Ein junger Mann auf einem Fahrrad, auf dessen Anhänger sich
Obst- oder Gemüsekisten stapelten, stieß einen anerkennenden
Pfiff aus, als er an ihr vorbeifuhr.

Vor dem Haus gegenüber, in dem sich laut der verwitterten Auf-
schrift das »Hôtel Danielle Casanova« befand, stand eine junge
Frau in auffälliger Garderobe und puderte sich die Nase. Dies geschah ungeachtet der brennenden Zigarette, die aus ihrem mit
knallrotem Lippenstift übermalten Mundwinkel hing, wobei die
Puderquaste dem glühenden Ende gefährlich nahe kam. Fasziniert
beobachtete Romy die Frau und wartete auf eine auflodernde

Flamme, angezogen von einer gewissen Sensationslust, aber auch von dem Gedanken, notfalls helfen zu müssen.

Alain griff nach ihrem Arm und zerrte sie fort.

Unwillkürlich stemmte sie sich gegen ihn. »Was soll das?«

»*Ne la regardez pas comme ça*«, fuhr er sie an.

»Gaffen Sie sie nicht so an«, echote Jean-Claude.

Abgelenkt von zwei alten Männern, die an einem kleinen Bistrotisch vor einem Café saßen, vergaß Romy die Puderquaste und folgte ihren Begleitern. Ihr Blick wurde wie magisch angezogen von der grünlich schimmernden Flüssigkeit, die in den Wassergläsern vor den beiden Alten schwamm. »Ist das Pernod?«, fragte sie. »Das will ich auch haben.«

»Sie bekommen einen Kaffee«, entschied Alain. »Aber nicht hier. Warten Sie noch ein wenig. Wir sind gleich da.«

Nie zuvor war Romy in einem Viertel gewesen, das diesem auch nur annähernd glich. Es kam ihr ein bisschen vor wie die Kulisse von »Robinson soll nicht sterben«: ärmlich, betriebsam, berührend, laut, bunt. Doch das eine waren Aufbauten in den Filmstudios in Geiselgasteig gewesen – und hier war das Bühnenbild Realität. Häuser, von denen der Putz blätterte, Männer in Arbeitskleidung, vor allem in langen Lederschürzen, grell geschminkte und offenherzig gekleidete Frauen waren in der Überzahl neben Frauen in schlichten Röcken und Hemden oder Kitteln, die Verkäuferinnen zu sein schienen. Voll beladene Lastkarren wurden durch die Gassen geschoben, ein Lkw bahnte sich seinen Weg, eine Gruppe von Männern diskutierte lebhaft vor der Tür einer Boucherie, einer schüttete den Inhalt seines Eimers direkt vor Romys Füßen auf die Straße. Eine riesige Blutlache breitete sich auf dem Pflaster aus.

Schließlich erhob sich vor ihnen das schmiedeeiserne Tor zu einem riesig anmutenden Gebäude aus Stahl, Glas und Stein, über das sich eine Kuppel in den Himmel hob. Die Architektur empfand Romy als eine Mischung aus dem eleganten Kaufhaus Galeries Lafayette, der alten Gare d'Orsay und dem Petit Palais. Das sagte sie Jean-Claude Brialy auch, der ihre Meinung unverzüglich ins Französische übersetzte – und lachte.

»Ich habe keine Ahnung von Gebäuden«, erwiderte Alain. »Das ist etwas für reiche Leute wie Sie, feines Püppchen. Hier sind wir in *Les Halles,* das ist der Großmarkt oder auch *Bauch* von Paris.«

Romy überlegte, ob sie ihm eine pampige Antwort geben sollte, unterließ es jedoch. Genau genommen war sie viel zu müde für eine schlagfertige Reaktion, wahrscheinlich auch zu betrunken. Dennoch ärgerte sie sich über den Seitenhieb auf ihre Herkunft. Mürrisch stapfte sie, eingerahmt von ihren beiden Begleitern, weiter.

Doch ihre Laune besserte sich beim Anblick der zahllosen Stände mit einer Überfülle an farbenfrohen, duftenden, frischen Lebensmitteln, an Früchten, Kräutern und Gemüse, von Fleisch und Fisch, die Romy seine Bemerkung vergessen ließ. Staunend betrachtete sie riesige Schweinsköpfe, aus denen sie erstaunt wirkende Augen ansahen, Rinderhälften an Fleischerhaken wie die, die sie eben beinahe von der Schulter des Metzgers geworfen hatte. Obwohl sie auf dem Land aufgewachsen war, fand Romy die toten Tiere irgendwie zum Fürchten, es zog sie zu dem Verkaufstisch mit riesigen gelben Käselaiben, bei deren Betrachtung ihr das Wasser im Mund zusammenlief.

Jean-Claude schien ihre Abscheu vor den toten Tieren aufgefallen zu sein. »Alain hat Schlachter gelernt«, erzählte er mit gewissem

Stolz, während er ein kleines Stückchen Comté von dem Probierteller des Käsehändlers nahm. »Er kann Ihnen eine Farce für eine hervorragende *pâté* machen. Ich kenne keinen Schauspieler, der da mithalten könnte.«

Ein Schönling, ein Rebell, ein aufstrebender Filmschauspieler, manchmal ein Charmeur, im Straßenverkehr ein Rüpel und nun auch noch Metzger. Was für eine Kombination! Romy sah Alain nachdenklich an und schüttelte in ihrer Verwunderung still den Kopf.

Offenbar von ihrem Blick angezogen, wandte er sich zu ihr um. Seine eisblauen Augen blitzten auf. »Haben Sie Lust, sich einen Hahnenkampf anzusehen? Oder möchten Sie lieber einen Kaffee?«

Romy schauderte. »Lieber einen Kaffee!«

»Dann gehen wir jetzt in das Bistro frühstücken. Wundern Sie sich nicht, es wird dort ziemlich herzhafte Küche gereicht. Nichts, das man in Frankreich normalerweise am Morgen isst. Es ist sozusagen die Krönung des Nachtlebens von Paris.«

Es herrschte ein unübersichtliches Gewimmel und Gedränge. In einem Seitenflügel liefen Hühner gackernd zwischen den Beinen von Arbeitern mit nackten, verschwitzten Oberkörpern herum. Händler feilschten mit Kunden um lebende Tauben und Wachteln in Käfigen. Auf Stangeneis, das wie Schnee schimmerte, lagerten frische Fische, riesige Exemplare und Sorten, von denen Romy bislang höchstens ein kleines Filet gegessen hatte, daneben Berge von Krustentieren. Über allem hing ein hallender Lärm aus Gesprächen und Gepolter, der Geruch von Blut und Meer mischte sich mit dem Duft von Kräutern und Blumen. In einiger Entfernung hörte sie das Blöken einer Kuh, die anscheinend mitten in der Markthalle gemolken wurde. Die Szenerie war eine eigene, neue Welt.

Mehr als einmal befürchtete Romy, ihre beiden Begleiter in dem Durcheinander zu verlieren. Ihr war klar, dass sie allein wahrscheinlich nicht einmal den Ausgang finden, geschweige denn ein Taxi auftreiben könnte. Ihre stumme Panik schien sich – ebenso wie ihr erstaunter Blick zuvor – auf Alain zu übertragen. Plötzlich blieb er stehen und legte – ohne ein Wort zu verlieren – den Arm um ihre Schultern, zog sie eng an sich.

Sie spürte seine Körperwärme durch ihr dünnes Sommerkleid und – fühlte sich rundum geborgen.

Was war dieser Abenteurer nur für ein sonderbarer Mann.

KAPITEL 11

Un *gros porc dort au bord du beau port de Bordeaux*«, wiederholte Romy zum x-ten Mal. Endlich machte sie keinen Fehler mehr. Ihre Aussprache klang zumindest in ihren eigenen Ohren ziemlich gut.

»Was redest du denn da?« Ihre Mutter wanderte geschäftig durch die Suite, einen Berg Kleidung im Arm und ein Paar Schuhe in der Hand. Sie packte. Auf dem Weg vom Ankleidezimmer zu ihrem Koffer, den sie auf das Sofa gelegt hatte, blieb sie neben Romy stehen. Die saß an dem kleinen Sekretär im Salon und hob nun den Kopf zur Mammi.

»Ein dickes Schwein schläft am Ufer des schönen Hafens von Bordeaux.«

»Wie bitte?«

»Das ist ein französischer Zungenbrecher. So etwas wie *Fischers Fritze fischt frische Fische* …«

»Aha.«

»Warte! Ich kann noch einen …« Romy sah kurz auf das Blatt Papier mit ihren Notizen, dann deklamierte sie: »*Les chaussettes de l'archiduchesse sont-elles sèches?*« Sie sprach überlegt und langsam, ihre Aussprache war korrekt, nicht aber das Tempo.

»Und was heißt das?«

»Sind die Socken der Herzogin trocken?« Romy prustete los, schien sich kaum halten zu können. »Ist das nicht der perfekte Satz für die Sissi?«

Magda unterdrückte ein Schmunzeln, dann schüttelte sie streng den Kopf. »Meine Güte, woher hast du denn nur diesen Unsinn?

Bringt dir das die Französischlehrerin bei, die dir die Produktion besorgt hat?«

»Nein. Natürlich lerne ich bei ihr nur Vokabeln und diesen schrecklichen *Subjonctif*, den nun wirklich niemand verstehen kann. Die wirklich lustigen Sachen bringen mir ...« Romy stockte, überlegte einen Moment und sagte schließlich: »Die habe ich im Atelier aufgeschnappt.«

»Im Atelier. Soso.«

Während Magda weiter mit ihren Sachen hantierte, stützte Romy den Kopf auf die Hände und starrte auf die mit einer gelben Damasttapete bespannte Wand vor sich.

Vor ihrem geistigen Auge verwandelte sich das Bild zu einer Szene an einem der Tische vor dem Les Deux Magots an der Place Saint-Germain-des-Prés. Sie saß mit Alain und Jean-Claude in der untergehenden Sonne, lauschte dem Glockenspiel der gegenüberliegenden Abtei und beobachtete die Tauben, die zwischen den Passanten und der Blumenhändlerin auf dem Platz herumstolzierten und aufstoben, sobald sie von den spielenden Kindern gejagt wurden. Zu den Tauben gesellten sich Spatzen, die frech und verfressen auf die Stuhllehnen der Cafés und Bistros flogen und die Krümel von den Tellern der Gäste pickten. Ein besonders geselliges Sperlingspaar rührte sich nicht von dem vierten Platz an Romys Tisch und sah sie erwartungsvoll aus dunklen Knopfaugen an. Ein drittes Vögelchen gesellte sich dazu und schien ebenfalls auf eine Leckerei zu warten.

»Seht nur! Das sind drei Freunde wie wir«, meinte Jean-Claude.

Alain warf einen kurzen Seitenblick auf Romy. Durch den Rauch seiner Zigarette nuschelte er: »Ein Paar und ein Dritter im Bunde. Genau wie wir.«

Überrascht registrierte sie, dass in seinem Ton keinerlei Häme lag. Fast schon wirkte er melancholisch und ernst. »Ganz genau wie wir«, stimmte sie ihm auf Französisch zu und lächelte ihn dabei an. »*Exactement comme nous.*«

»*Non, Romy – non!*«, stieß Alain hervor. Sein Ausbruch war so energisch, dass die Spatzen davonflogen.

Der flüchtige Zauber war dahin. Bestürzt richtete sich Romy auf, so dass sie kerzengerade auf ihrem Stuhl saß. Das Glas Pernod vor sich ließ sie unberührt, die kleine Wasserkaraffe daneben ebenfalls. »Was habe ich denn falsch gemacht?«

»Sie müssen etwas an Ihrer Aussprache ändern. So geht das nicht.«

»Es heißt *exaktemo komm nu* und nicht *ixaaaktmoi kömm nua*«, erwiderte Jean-Claude. »Es ist Französisch. Nicht Wienerisch. Und schon gar nicht Französisch-Deutsch-Wienerisch.«

»Oh!«

»*Garçon!*« Alain winkte dem Kellner. »Wir brauchen etwas zu schreiben und ein Blatt Papier.« An Jean-Claude gewandt fügte er hinzu: »Du kennst doch diese Sätze mit den schwierig auszusprechenden Wörtern, die man im Schauspielunterricht durchnimmt – hast du die noch im Kopf? Wir sollten sie für unser Wiener Püppchen notieren. Dann hat sie eine Hausaufgabe.«

So war Romy zu den französischen Zungenbrechern gekommen. Besonders der Satz mit den Socken der Erzherzogin schien Alain Delon und Jean-Claude Brialy köstlich zu amüsieren. Romy indes fühlte sich auf gewisse Weise akzeptiert. Die beiden Kollegen boten ihr die Möglichkeit, zu lernen; sie konnte sich weiterentwickeln, ohne fürchten zu müssen, ausgelacht zu werden. Und trotzdem war die Missstimmung zwischen ihr und Alain noch immer nicht ganz beigelegt.

Im Atelier gerieten sie nach wie vor viel zu oft aneinander. Ihre unterschiedliche Berufsauffassung gestaltete die Zusammenarbeit immer wieder schwierig. Dennoch gelang es ihnen seit jener Nacht, die in den Markthallen geendet hatte, zumindest nach Drehschluss Freunde zu werden. Mit Jean-Claude als Übersetzer verbrachten Romy und Alain viele gemeinsame Stunden in Cafés und Bistros. Inzwischen konnten sie sich ganz gut unterhalten, hätten nicht mehr unbedingt eines Dolmetschers bedurft, aber natürlich waren sie ein Trio – was sonst? Alains Hinweis auf das *Paar* hatte Romy anfangs verwirrt, aber dann dachte sie, er sagte das nur so deutlich, weil sich Jean-Claude offenbar mehr für die jungen Männer zu interessieren schien, die am Les Deux Magots vorbeiflanierten, als für Frauen. Dennoch blieb ein seltsames Gefühl zurück, das ein paar Schmetterlinge in ihren Bauch schickte und ihren Herzschlag zu einem Trommelwirbel veranlasste, als wäre dort ein Musiker der Hoch- und Deutschmeister versteckt.

»Statt dich mit diesen Albernheiten zu beschäftigen, solltest du lieber den Brief von Jean Cocteau beantworten«, drang die Stimme ihrer Mutter in Romys Träumerei. »Dass dich der größte lebende Dichter Frankreichs für die Hauptrolle in der Verfilmung eines seiner Stücke vorschlägt, ist eine große Ehre.«

»Ja, Mammi. Ich weiß.«

Magda blieb hinter Romy stehen und hauchte ihr einen Kuss auf den Scheitel. »Du hast so viele Verpflichtungen. Da bleibt kaum Zeit für ein bisschen Spaß. Das verstehe ich ja. Ich hoffe, du kannst dich wenigstens auf dem Filmball in Brüssel nächste Woche amüsieren.«

»Ganz bestimmt«, versicherte Romy – und meinte es ernst. Sie ging gern auf große Feste mit Musik, Tanz, Sekt, der in Strömen floss, und all den geselligen Vergnügungen des eleganten Rummels. Einige der schönsten Abende, an die sie sich erinnern konnte, hatten anlässlich eines Filmballs stattgefunden, sei es damals mit Toni Sailer oder danach mit Horst Buchholz. Wie seltsam, sinnierte sie, dass sie in den vergangenen Tagen gar nicht mehr so oft an Hotte gedacht hatte wie in ihrer ersten Zeit in Paris.

»Wir werden uns in Belgien ein paar herrliche Stunden machen, die uns am Ende wie ein langer Urlaub vorkommen«, versprach ihre Mutter. »Leider muss ich schon vorausfahren, weil Daddys neues Restaurant in Brüssel eröffnet wird und er meine Unterstützung braucht. Es ist mir nicht wohl dabei, dich hier allein zu lassen. Du kommst doch zurecht, oder?«

»Mir passiert nichts. Ich spreche schließlich schon ganz passabel Französisch«, behauptete sie in sich hineinlächelnd und fügte in theatralischem Ton hinzu, als stünde sie auf einer Bühne: »*Un gros porc dort au bord du beau port de Bordeaux* ...«

Die Mammi ignorierte ihre Fremdsprachenkenntnisse. »Der Wagen der Produktion holt dich ab und bringt dich zur Gare du Nord. Ich bin sicher, man wird dich bis zum Gleis begleiten und in den richtigen Zug nach Brüssel setzen ...«

»Ich bin durchaus allein in der Lage, mich in ein Erste-Klasse-Abteil zu setzen«, murmelte Romy, der die gute Laune langsam verging. Verstand ihre Mutter nicht, dass sie endlich selbstständig sein und nicht auf Schritt und Tritt bevormundet werden wollte? Wahrscheinlich träfe Magda der Schlag, wenn sie wüsste, was Romy neulich erlebt – und genossen – hatte. Andererseits hatte sie gar nicht die Zeit, in Mammis Abwesenheit über die Stränge zu schlagen. Für die nächsten Tage waren die Drehtermine so eng gesteckt, dass nicht einmal an einen Kaffeehausbummel zu denken war, wenn die

Scheinwerfer erloschen. Die Teilnahme der Hauptdarsteller von
»Christine« an dem belgischen Filmball bedeutete eine Unterbre-
chung der Produktion, die jedoch für die Werbung wichtig war.
Dabei sollten die Dreharbeiten in Paris so rasch wie möglich beendet werden, um in Wien mit den Außenaufnahmen fortfahren zu
können.

Magda nahm ihren Rundgang zwischen Ankleidezimmer und
Koffer wieder auf. Währenddessen vollendete sie ihre Aufzählung
der Reisedetails: »Daddy und ich werden dich am Bahnhof in Brüssel erwarten. Dann bist du nicht allein und musst dich nicht erst
zurechtzufinden versuchen.«

»Ja, Mammi.«

»Dein Abendkleid wird direkt vom Salon Heinz Oestergaard aus
Berlin nach Brüssel geschickt. Ebenso deine Schuhe und was sonst
noch nötig ist. Du brauchst dich also um nichts zu kümmern.
Nimm nur deine Handtasche, und komm nach.«

Es war fast ein bisschen lustig, dass sie sich seit Wochen in der
Welthauptstadt der Mode befand, aber eine Ballrobe für sie bei dem
Couturier der Mammi in Berlin bestellt worden war. Einerseits
hatte Romy gar keine Zeit für längere Anproben bei einem fremden
Schneider, andererseits aber fragte sie sich, warum sie nicht haben
durfte, wovon die meisten Frauen auf der Welt träumten – ein Kleid
von Dior etwa. Aber sie war eben *Romy Schneider* und nicht irgendeine Frau. Ihre Maße waren bei Heinz Oestergaard hinterlegt, so
dass Romy in Brüssel sicher eine perfekt sitzende Abendgarderobe
vorfinden würde. Es erstaunte sie allerdings, dass der Meister nicht
auf eine persönliche Anprobe bestanden hatte, immerhin würden
Fotos von ihr durch die Presse gehen. Aber sicher hatte ihre Mutter
da die Hände im Spiel. Letztlich war es auch egal: Romys Kleid, ihre

Schuhe und was sie sonst noch brauchte, würden ihr vorauseilen – wie das Halsband eines Welpen, bevor dieser in seinem neuen Zuhause einzog. Doch selbst das am besten dressierte Hündchen gab sich irgendwann einmal widerspenstig.

»Ja, Mammi«, wiederholte Romy. Sie wandte sich dem Blatt zu, auf dem Alain die Zungenbrecher für sie aufgeschrieben hatte: »*Les chaussettes de l'archiduchesse sont-elles sèches?*«, las sie, obwohl sie den Satz inzwischen auswendig kannte. Still lächelte sie in sich hinein.

KAPITEL 12

Das Zugabteil, für das Romys Platzkarte galt, war leer. Verwundert sah sie den Chauffeur der Filmgesellschaft an, der sie in ihrem Hotel abgeholt und zum Bahnhof gefahren hatte und nun ihr Handgepäck in dem Netz über den Sitzen verstaute. »Kommt denn niemand mehr?«, fragte sie.

Er zuckte die Achseln. »Es tut mir leid, Mademoiselle, das weiß ich leider nicht.«

Natürlich war es angenehm, das Abteil mit niemandem teilen zu müssen. Andererseits würde es ziemlich langweilig werden, die vierstündige Fahrt ohne Gesellschaft zu verbringen. Romy war es gewohnt, dass ständig irgendjemand um sie herum war. Am häufigsten ihre Mutter. Aber die war ja schon vorausgefahren.

Romy reichte dem Mann die Hand. »Ich danke Ihnen, dass Sie mich zum Zug gebracht haben. Auf Wiedersehen.«

Er verneigte sich formvollendet. »Ich wünsche Ihnen eine gute Reise, Mademoiselle.« Als er »*Au revoir*« hinzufügte, verschluckte er die R in den beiden Wörtern, was ihn als typischen Pariser auswies.

Romy setzte sich auf den Fensterplatz in Fahrtrichtung. Nach einem Moment stand sie jedoch wieder auf und ließ sich gegenüber nieder. Die Eisenbahn setzte sich mit einem polternden Stampfen in Bewegung, und sie erhob sich. Mit schwankenden Beinen ging sie zu dem Sitz neben der Tür auf der anderen Seite und fiel fast darauf, als der Zug an Geschwindigkeit gewann. Sie probierte noch die drei anderen Möglichkeiten aus. Es machte Spaß, das Abteil für sich allein zu haben. Dabei dachte sie sich verschiedene Reisende aus, die auf den jeweiligen Plätzen saßen. Ein junges Mädchen wie sie, ein alter Mann, eine alleinreisende Mutter mit zwei Kindern und ein attraktiver junger Mann füllten den kleinen Raum mit ihrer unsichtbaren Gegenwart. Es war ein guter Zeitvertreib, sich für jeden Platz eine andere Rolle auszudenken. Natürlich spielte sie alle sechs Parts, wenn auch wohl eher stumm und als Pantomime. Eine Herausforderung für die Schauspielerin – und für Romys Phantasie, denn sie musste sich ja erst einmal die Geschichten hinter den Figuren ausdenken. Zunächst setzte sie sich auf ihren ersten Platz und sah dann nachdenklich aus dem Fenster auf die vorbeifliegende Vorstadt.

Die Abteiltür schepperte. »Ich hatte schon befürchtet, dass Sie sich gar nicht mehr entscheiden werden, wo Sie sitzen wollen«, sagte eine vertraute, tiefe Stimme.

»Ich hätte wissen müssen, dass Sie zu spät kommen«, entfuhr es ihr.

Alain wuchtete seine lederne Reisetasche, die einem Seesack nicht unähnlich war, in das Gepäcknetz neben ihren Handkoffer. Er stieß einen anerkennenden Pfiff aus. »Ist das alles, was Sie für die Reise mitnehmen? Ein Mädchen, das so wenig braucht, habe ich noch nie erlebt.«

Zu ihrem Ärger errötete sie. »Meine Kleider wurden vorausgeschickt.« Still dankte sie dem Himmel, dass ihr gerade rechtzeitig das richtige französische Verb einfiel. Aber diese Sicherheit in der Sprache war nicht der Grund dafür, dass ihr Herz schneller schlug.

»Natürlich. Eine Sonderbehandlung für Mademoiselle. Haben Sie Ihren Koffer eigentlich selbst gepackt?«

»N-nein.«

»Das habe ich mir gedacht«, behauptete er und lehnte sich zufrieden zurück.

»*Ah oui?*« Was sollte sie auch sonst sagen außer: »Ah, ja?«

»Vom Gang aus habe ich gesehen, wie Sie alle Sitze ausprobiert haben. Jetzt sagen Sie mir, welcher am bequemsten ist.« Er wiederholte seine Aufforderung in einer Mischung aus französischen und englischen Wörtern, wohl um sicherzugehen, dass sie ihn auch verstand.

Romy deutete mit einer einladenden Geste auf den Platz ihr gegenüber. »Bitte.«

Entspannt ließ er sich darauf fallen, die Federn quietschten unter seinem Gewicht. Durch die Bewegung öffnete sich sein Oberhemd weit, das er fast bis zur Hälfte nicht zugeknöpft hatte.

Er sah sie erwartungsvoll an, doch Romy wusste auf einmal nicht mehr, was sie sagen sollte.

Sie wünschte, ihr würde ein Gesprächsthema einfallen, über das sie sich mit ihm unterhalten könnte. Es war das erste Mal, dass sie mit Alain allein war – und sie hätte nicht für möglich gehalten, wie schwierig es sich gestaltete, Konversation mit ihm zu betreiben. Dabei hatten sie sich im Beisein von Jean-Claude Brialy mehr als einmal gut unterhalten. Oder sie hatten sich vor dem versammelten Filmteam gestritten. Um Worte waren sie bisher jedenfalls nie verlegen gewesen. Die Dreharbeiten, ihre einzige Gemeinsamkeit, wollte sie jedoch nicht anschneiden, denn darüber gab es nichts zu sagen, was nicht in einen Streit münden würde. Und den wollte sie vermeiden.

Ihr wurde bewusst, dass es nicht die Sprachbarriere war, die sie lähmte, sondern seine Ausstrahlung. Vielmehr war es der Blick auf seine entblößte braun gebrannte, muskulöse Männerbrust, der sie verstummen ließ. Sie wollte hinsehen. Und dann wieder auch nicht. Weil es sich nicht gehörte. Und weil es sie in eine völlig unbekannte, eigenartige Stimmung versetzte. Sie konnte nicht anders, als ihn anzustarren. Ihre Augen blieben wie magisch angezogen auf seinem Körper haften.

»Mit siebzehn Jahren ging ich zur Armee«, sagte Alain plötzlich leichthin, als erzählte er von einem Urlaub. »Ich hielt es zu Hause nicht mehr aus. Beim Militär haben sie mir eine ganze Menge beigebracht. Dazu gehörte auch, meine Sachen so schnell wie möglich zu packen. In Indochina konnte das ein Leben retten.«

Sie sah ihm ins Gesicht, konzentrierte sich auf seinen Monolog, übersetzte jedes Wort in ihrem Kopf auf Deutsch. »Indochina«, wiederholte sie und dachte an exotische Landschaften, die sich in Schlachtfelder verwandelten.

Alains Blick schien ihre Gedanken zu bestätigen, seine Augen nahmen ein eigentümliches dunkles Blau an, als wären die Erfahrungen zu heftig gewesen, um sie wach werden zu lassen. Auf einmal schien er von grausiger Kälte durchflutet.

»Wie interessant«, sagte Romy. Und das war keine Floskel, sie wollte gern mehr darüber erfahren, was er erlebt hatte.

Sicher gab es einfachere Themen als diesen Krieg, den Frankreich in seinen südostasiatischen Kolonien verloren hatte. In Deutschland brach in jenem Jahr langsam das Wirtschaftswunder an, in Österreich wurde ein neuer Staatsvertrag diskutiert, eine Zeit also, in der sich in ihren beiden Heimatländern der Frieden manifestierte. Sie wusste aus der *Wochenschau* über den Indochinakrieg Bescheid, und sie erinnerte sich an das Jahr der Niederlage so gut, weil sie 1954 an der Seite der großartigen Lilli

Palmer in »Feuerwerk« gespielt hatte. Jahre bedeuteten für sie Filme, ihre Welt war schon damals nur durch das Kino, seine hingegen durch die Realität eines grausamen Krieges geprägt gewesen.

»Bitte, sprechen Sie«, bat Romy.

Er stutzte.

In dieser kurzen Pause wurde ihr bewusst, dass sie den Ton der Kaiserin Elisabeth angeschlagen hatte, die einen Untertan bei der Audienz am Hofe aufforderte, sein Anliegen vorzutragen. Falsch, dachte sie, völlig falsch. Verlegen senkte sie den Blick, sah ihn durch ihre Wimpern hindurch an und schenkte ihm ein entschuldigendes Lächeln.

Offenbar verstand er ihre Geste. »Ich war drei Jahre und drei Monate in Vietnam«, erwiderte er, nachdem er sich eine Zigarette angezündet hatte. »Das war die prägendste Zeit meines Lebens. Manchmal war es schwer, aber ich fühlte mich frei, und ich war dort glücklich. Das klingt vielleicht verrückt, aber es ist so: Der Armee verdanke ich alles. Ich habe dort Disziplin gelernt, habe gelernt, mit extremen Situationen umzugehen, wie Stress oder auch Angst. Natürlich ging es auch um Respekt und das Verhalten gegenüber Vorgesetzten …«

Unwillkürlich lachte Romy auf. Sie konnte nicht ernst bleiben. Wenn sein Benehmen geprägt war von den Lehren des Militärs, hielt er sie als Deutsche womöglich für seinen Feind. Das war wirklich zum Lachen.

Seine Augenbrauen zogen sich zusammen. »Was ist daran so komisch? Haben Sie erlebt, dass ich mich unserem Regisseur gegenüber unhöflich benehme? Ich respektiere Gaspard-Huit. Daran besteht kein Zweifel.«

»Ja … nein … natürlich …«, stammelte sie. »Natürlich akzeptieren Sie die Regieanweisungen. Das muss ein Schauspieler ja auch. Ich meinte … ich dachte …«, hilflos brach sie ab. Plötzlich kam sie sich selbst ziemlich albern vor.

Er klemmte seine Zigarette zwischen die Finger und zündete eine zweite an. »Sie brauchen etwas zur Beruhigung«, stellte er fest und reichte sie ihr. »Was regt Sie an einem Indochinakämpfer so auf?« Er wiederholte seine Frage in gebrochenem Englisch.

Nachdenklich zog Romy an der Zigarette, die er eben noch zwischen seinen Lippen gehalten hatte. Für sie war es eine intime Geste, für einen Soldaten womöglich nicht.

Um irgendetwas zu antworten, sagte sie nach den ersten Zügen: »Mit meinen Eltern habe ich viele Reisen gemacht. In Indochina war ich nicht, aber im Februar vor einem Jahr waren wir in Indien …«

»Oh«, machte er, klang jedoch nicht sonderlich beeindruckt, sondern vielmehr sarkastisch: »Hatten Sie schöne Ferien?«

»Es waren zu viele Eindrücke.«

»Ist das nicht der Sinn einer touristischen Reise?«

»Das Programm war ziemlich voll. Zwei Wochen lang fuhren wir von Ort zu Ort, von Hotel zu Hotel, von Sehenswürdigkeit zu Sehenswürdigkeit. Mein Stiefvater sah sich vor allem die Restaurants und Teestuben an, ich interessierte mich mehr für die indische Kultur. Das passte nicht so gut zusammen.«

Kaum hatte sie ausgeredet, erschrak sie. Für gewöhnlich übte sie keine Kritik an Hans Herbert Blatzheim. Es war das erste Mal, dass sie einem Menschen außerhalb ihrer Familie anvertraute, was ihr an Daddys Verhalten nicht passte. In diesem Moment prasselten noch weitere Eindrücke von der Reise nach Indien auf sie ein, die nicht so glücklich waren wie erhofft. Vor ihrem geistigen Auge erschienen die Bilder von rauschenden Festen in Märchenpalästen, Partys, auf die sie von ihren Eltern geschleppt wurde und auf denen sie sich gelangweilt hatte …

»Sie verbrennen sich«, warnte Alain.

»Was?« Sie wusste nicht, was er meinte. Etwa dass sie mit dem Feuer spielte, wenn sie den zweiten Mann ihrer Mutter kritisierte?

Er nahm ihr die Kippe aus der Hand und drückte den Zigarettenstummel in dem unter dem Fenster angeschraubten Metallaschenbecher aus. »Sie haben nicht darauf geachtet, dass die Zigarette schon ganz heruntergebrannt war.«

Verwundert sah sie auf ihre Finger. »O ja. Tatsächlich!«

»Woran haben Sie gerade gedacht?«, wollte Alain wissen.

»Dass ich immer ein braves Kind war«, gab sie wahrheitsgetreu zurück. »Ich habe alles mitgemacht, was von mir verlangt wurde. Wir waren ständig auf Partys eingeladen, und ich saß da rum und schaute hübsch aus, und das war's. Die Leute dachten bestimmt, ich wäre eine fade Gans. Dabei hatte ich überhaupt keine Lust auf dieses ewige *How do you do* und *Glad to see you*. So ist Indien nicht, das Land hat viel mehr zu bieten. Und ich wollte lieber das, was ich gesehen hatte, auf mich wirken lassen, als Smalltalk zu betreiben.«

Ein winziges Lächeln umspielte Alains Mund. Er beugte sich wieder vor. Diesmal griff er nach ihrer Hand, blickte versonnen darauf und hielt sie fest, als lese er darin. Dann presste er für einen Moment seine Lippen darauf. »Du bist gar nicht so oberflächlich, wie ich dachte«, stellte er fest.

Romys Augen wanderten von ihren verschlungenen Händen zu seinem Gesicht und wieder zurück. Sie hatte keinen Blick für die öde, platte Landschaft, die an dem Abteilfenster vorbeizog, in diesem Moment war ihr nicht einmal mehr bewusst, dass sie sich in einem Zug auf dem Weg nach Brüssel befanden. Sie sah nur Alain, der ihre Hand hielt – und fühlte seine Nähe. Nichts anderes war mehr wichtig.

KAPITEL 13

BRÜSSEL
Juli 1958

Als der Zug aus Paris in den Bahnhof Brüssel-Süd einfuhr, saßen Romy und Alain nebeneinander. Irgendwann während der Fahrt hatte er den Platz getauscht, weil er dichter bei ihr sein wollte. Sie hatten geredet, sich an den Händen gehalten, gelacht und erzählt, und die Stunden waren wie Minuten verstrichen. Es war erstaunlich, wie gut sie sich verstanden, wobei Romy feststellte, dass sie nicht nur die Sprachbarrieren überwanden, sondern auch alles andere, was sie bislang getrennt hatte. Alain vergaß seine ruppige, arrogante Art und gab sich aufmerksam und charmant. Sie bemühte sich, auch den kleinsten Anflug eines überlegenen Hoheitsgefühls hinunterzuschlucken. Und auf einmal lernten sie einander völlig neu kennen. Als der Zug bremste, sahen sie sich erstaunt an und wunderten sich nicht nur, wie schnell die Zeit verflogen war, sondern auch, was währenddessen mit ihnen beiden geschehen war.

Romy drückte sich die Nase an der Fensterscheibe platt. Auf dem Bahnsteig herrschte das übliche Gedränge vor dem Eintreffen einer Fernbahn. Reisende, die mit ihren Koffern einen Weg zu den Türen suchten, Männer, Frauen und Kinder mit Bahnsteigkarten, manche mit Blumen in der Hand, um einen lieben Menschen abzuholen. Dazwischen Fotografen, die mit gezückten Kameras warteten; zweifellos war die Presse für *Romy Schneider* gekommen.

»Der Hund soll wieder Männchen machen«, murmelte sie seufzend.

Alain, der aufgestanden war, um ihr kleines Köfferchen aus dem Gepäcknetz zu heben, sah sie erstaunt an. »Was hast du gesagt?«

Sie hatte einen Gedanken ausgesprochen – und das natürlich auf Deutsch. Deshalb wiederholte sie auf Französisch: »Ich komme mir vor wie ein dressierter kleiner Hund …« Sie wusste nicht genau, was das hieß, und versuchte es mit *un petit chien dressé.*

»Für mich bist du mehr eine Puppe als ein Hündchen.«

»Beide sind nicht frei.«

Er legte ihr den Finger unters Kinn. »Aber das Püppchen hat ein hübscheres Gesicht. So wie du.«

Nach der intensiven Unterhaltung während der Fahrt war das freundschaftliche Du selbstverständlich. Seine zarte Berührung jedoch war es nicht.

Sie lächelte in sich hinein, bevor sie vergnügt erklärte: »Dann bringe ich dir jetzt dein erstes österreichisches Wort bei: Es klingt fast wie das französische *poupée:* Bei uns sagt man *Pupperl* oder *Puppele* zu einem Püppchen.«

Die Abteiltür schnarrte, der Schaffner steckte seinen Kopf herein. »Bitte aussteigen, Mademoiselle, Monsieur, der Zug fährt gleich weiter.« Sprach's und verschwand wieder.

Alain schulterte seine Reisetasche. »*On y va, ma Puppelé.* Gehen wir.«

Wie bezaubernd das aus seinem Mund klang.

Sie vergaß den obligatorischen Blick in den Spiegel ihrer Puderdose ebenso wie das Überprüfen, ob ihr Haar richtig saß. Eigentlich wunderte sie sich über sich selbst, dass sie sich überhaupt noch daran erinnerte, den Henkel ihres Handkoffers zu umfassen, und ihr kleines Gepäck nicht einfach in dem Abteil liegen ließ. Im Grunde dachte sie nur daran, an Alains Seite bleiben zu wollen. Und sonst gar nichts. Ihr

Lächeln aufzusetzen war nicht schwierig, sie konnte gar nicht anders. Der Unterschied zu anderen Terminen dieser Art war freilich, dass es keine professionelle Grimasse war, sondern aus ihrem Herzen kam.

Er ging voraus zu der offen stehenden Zugtür und kletterte auf den Bahnsteig. Seine Ankunft wurde anscheinend nicht wahrgenommen. Niemand drehte sich um, kein Blitzlicht flammte auf. Er wandte sich zu Romy und streckte ihr die Hand entgegen.

Sie lächelte ihm zu, machte einen Schritt vor …

In diesem Moment brach Jubel los. *Welkom*- und *Bienvenue*-Rufe schallten über die Gleisanlagen, durchbrochen von fast hysterischen *Sissi*- und *Romy*-Schreien. Reporter drängten die Fans in den Hintergrund, bauten sich vor dem Filmstar auf und fotografierten. Alain Delon jedoch schien nicht von größerem Interesse für die Öffentlichkeit.

»*Mon Dieu*«, entfuhr es ihm. »Ist das immer so, wenn du irgendwo ankommst?«

»In Paris neulich gab mir ein junger Mann einen Strauß roter Rosen«, erinnerte sie und strahlte dabei professionell in die Objektive. »Das passiert mir heute glücklicherweise nicht.«

»Die Blumen waren nicht meine Idee!«

»Ich hoffe es«, kicherte sie.

»Romy!«

Ein Fahrer mit Chauffeursmütze bahnte Magda einen Weg durch die Menschenmenge. In das Blitzlichtgewitter lächelnd, stand ihre Mutter plötzlich neben ihr.

»Wie schön, dass du da bist.«

Eine Umarmung folgte, dann ein Küsschen auf die rechte Wange und eines auf die linke. Alles sehr dekorativ für die Reporterschar, aber auch von Herzen.

Magda schob sie ein wenig von sich, sah sie aufmerksam an. »Oje!«, stieß sie hervor. »Dich hat's erwischt.«

»Ach geh«, gab Romy zurück. »Was du nur immer hast …« Dennoch drehte sie sich wie auf ein Stichwort nach ihrem Filmpartner um. Doch der war verschwunden. Das glückliche Funkeln erlosch in ihren Augen. »Wo ist Alain?«

»Monsieur Delon ist bereits zum Wagen vorgegangen«, antwortete der Deutsch sprechende Fahrer, der wohl von der Filmgesellschaft engagiert worden war. Er nahm Romy den Handkoffer ab. »Wenn Sie hier fertig sind, können wir in Ihr Hotel fahren.«

»Sehr gern«, erwiderte Romy höflich.

Magda hakte sich bei ihr unter. »Ich glaube, du hast mir eine ganze Menge zu erzählen, mein Kind.«

O nein, dachte Romy, das werde ich sicher nicht. Dieser Flirt gehört mir ganz allein.

Etwas hatte sich jedoch zwischen ihrer Abfahrt in Paris und ihrer Ankunft dreihundert Kilometer weiter in Brüssel verändert. Es war ein wundervolles Gefühl. Neu und zauberhaft und aufregend. Nichts, das sie zu teilen beabsichtigte. Weder mit ihrer Mutter noch mit der Presse oder ihren Fans. Nur mit Alain.

KAPITEL 14

Ihre Abendrobe war aus schwerer eierschalenweißer Seide und mit großen silbernen Ornamenten bestickt. Die Farben waren klug gewählt, helle Töne standen Romy besonders gut. Und natürlich saß es vorzüglich. Im Atelier von Modeschöpfer Heinz Oestergaard stand ja auch eine Schneiderpuppe, deren Maße mittels eines Gipsabdrucks direkt von Romys Körper abgenommen worden waren. Das Kleid, das ihr nach Brüssel geschickt worden war, hatte einen tiefen, rechteckigen Ausschnitt und breite Träger, dazu einen weit schwingenden, bodenlangen Rock, der geradezu zum Tanzen einlud. Romys für die Rolle der Christine Weiring blondiertes Haar wurde von einer Friseurin in der Hotelsuite hochgesteckt und mit einem schmalen, funkelnden Diadem geschmückt. Die ebenfalls engagierte Maskenbildnerin vollendete das Werk, obwohl Romys Strahlen eigentlich kaum Make-up brauchte. Eingerahmt von ihrer Mutter und ihrem Stiefvater war sie nicht nur der Stargast, sondern sicher auch die hübscheste junge Frau auf dem Filmball.

Der Weg über den roten Teppich bedeutete für Romy an diesem Abend ein großes Vergnügen, würde doch am Ende – oder zumindest im Ballsaal – Alain warten. Sie strahlte, ohne dass die Mammi ein Lächeln anmahnen musste. Es war ihr eigentlich gar nicht möglich, dieses kleine Grinsen aus ihrem Gesicht zu wischen. Ihre blauen Augen leuchteten. Sie gab unermüdlich Autogramme und zeigte sich ebenso geduldig mit den Reportern. Nur Fragen nach ihrem Privatleben quittierte sie mit einer freundlich-unverbindlichen Miene – und Schweigen.

Romys Hoffnungen auf Zeit mit Alain wurden jedoch enttäuscht. Die Veranstalter hatten die Filmschaffenden nach ihren Herkunftsländern platziert. Deshalb gab es einen sogenannten deutschen Tisch, einen britischen, einen italienischen, einen belgischen und noch einige andere, aber eben auch den relativ weit vom deutschen Tisch entfernten französischen.

Glücklicherweise befanden sich ihre Plätze aber in einem günstigen Winkel zueinander, so dass Romy immer mal wieder zu Alain, Pierre Gaspard-Huit und Michel Safra schauen konnte – und umgekehrt Alain zu ihr. Sie saß neben ihren Eltern mit Produzenten und Verleihern zusammen, die sie keinen Deut interessierten, und ärgerte sich, dass der Hauptdarsteller ihrer Wunschträume nicht an ihrer Seite sein durfte. Sie unterhielt sich kaum, ließ ihre Blicke über elegante Paare schweifen, die sich bestens zu vergnügen schienen, beobachtete die Musiker der Tanzkapelle, reagierte pflichtbewusst darauf, wenn ein Reporter durch die Reihen streifte und seinen Fotoapparat in ihre Richtung hielt. Doch immer wieder suchte sie Alains Augen in der Ferne, und ihr Lächeln wurde zunehmend trauriger.

Als sie wieder einmal zu ihm hinsah, gab er ihr ein Zeichen, was sie mit einem erleichterten kleinen Nicken beantwortete. Daraufhin erhob er sich, schloss den Knopf seines Smokings und kam auf sie zu.

Romy bemerkte, wie sich viele Köpfe nach ihm umdrehten. Zwar war Alain Delon als Schauspieler nahezu unbekannt, doch sein Aussehen erregte Aufmerksamkeit. Ein so schöner Mann. Warum war ihr eigentlich nie zuvor aufgefallen, welch hervorragende Figur er in einem Abendanzug machte? Ihr Herz klopfte mit jedem Schritt, den er auf sie zu machte, schneller.

Vor ihrem Tisch angekommen, verneigte sich Alain formvollendet vor Romys Eltern, dann verbeugte er sich in ihre Richtung. »*Bonsoir, Madame, Monsieur. M'accordez-vous cette danse?*« Er bat so stilvoll um diesen Tanz, als wäre Leutnant Lobheimer gerade zum Leben erweckt worden.

»*Mais oui*«, antwortete Romy wie aus der Pistole geschossen und schob ihren Stuhl zurück.

»Muss das sein?«, knurrte Hans Herbert Blatzheim.

»Es ist ein wichtiger Auftritt für die Presse«, erklärte Magda ihrem Mann und fügte ein wenig unwirsch hinzu: »Das weißt du doch.«

Grazil reichte Romy nun Alain ihre Hand.

Das erste Blitzlicht zuckte.

Als er sie zur Tanzfläche führte, versammelte sich bereits eine Armada von Reportern am Rand des Parketts. Die Kapelle beendete gerade ein Lied, der Bandleader sagte den nächsten Titel an und fügte hinzu, dass es ein Nummer-eins-Hit in Belgien sei: »Buona Sera, Signorina«. Ein Raunen ging durch die Reihen. Im nächsten Moment erklang die Melodie in einer langsamen und sentimentalen Version.

Romy legte ihren Arm um Alains Hals, und es fühlte sich anders an als bei den anderen Gelegenheiten, bei denen sie zusammen getanzt hatten.

Das Blitzlichtgewitter setzte ein.

Alain grinste. »Isch liebe disch.«

»Wenn du das noch einmal sagst, trete ich dir auf die Füße«, erwiderte Romy lachend. Diesmal benutzte sie das Kauderwelsch aus französischen und englischen Wörtern, mit denen sie sich problemlos verständigen konnten.

»Warte es ab«, gab er schmunzelnd zurück, wurde dann ernst und fuhr dort: »Ohne dich langweile ich mich an meinem Tisch zu Tode.«

Sie seufzte. »Es geht mir genauso.«

»Warum kommst du nicht einfach zu uns? Du gehörst dazu.«

Vor Aufregung trat sie ihm beinahe tatsächlich auf die Füße. Der Gedanke, sich gegen die Sitzordnung der Veranstalter zu wehren, einfach zu tun, worauf sie Lust hatte, war verlockend. Sie könnte den Abend mit Alain verbringen, sie würden sich amüsieren. Tanzen, lachen, Unsinn machen. Irgendetwas Ungewöhnliches ließe sich mit ihm bestimmt anstellen. Waren Feste nicht dafür da, sie aus vollem Herzen zu genießen? Wie herrlich! Doch galt diese Ausgelassenheit für einen Filmstar in der Öffentlichkeit? Wenn sie es recht bedachte, hatte sich Sissi vermutlich auf keinem Ball amüsieren dürfen.

Die Band steigerte das Tempo.

Alain wirbelte Romy herum – und fing sie in seinen Armen wieder auf. Seine Augen leuchteten voller Wärme. »Komm, *Puppelé*«, flüsterte er ihr ins Ohr.

»*Buona sera, Signorina*«, sang der Leadsänger der Kapelle, »*kiss me good night …*«

Ein Trommelsolo folgte. Dann waren Lied und Tanz vorbei.

Alain ließ Romy los.

Einen Kuss hatte er ihr nicht zum Schluss gegeben. Aber noch immer spürte sie seinen Atem auf ihrer Haut, seine Hand an ihrer Taille, seine Finger verflochten mit ihren Fingern. Für einen Moment schwebte sie noch dahin, war glücklich und fern von Disziplin und der Dressur eines Hündchens. Das Pausenzeichen der Band machte ihr klar, dass der Traum zu Ende war.

»Bitte bring mich an meinen Tisch zurück«, sagte sie. »Ich muss bei meinen Eltern sitzen.«

»Warum?«

Sie hatte nicht erwartet, dass er dies fragte. Hilflos zuckte sie die Schultern. »Es gehört sich so«, erwiderte sie, wohl wissend, dass dies keine befriedigende Antwort war.

»*Oh mon Dieu!*«, stöhnte er.

Doch trotzdem nahm er, ganz Kavalier, ihren Arm und geleitete sie an ihren Tisch zurück. Dort verneigte er sich, sagte höflich »*Merci, Mademoiselle*« und ging davon, ohne sich noch einmal umzudrehen.

Still saß sie da, senkte die Lider auf die weiße Leinentischdecke und wünschte, in einer verräucherten Kellerbar in Paris zu sein. Um sie her schwoll die Geräuschkulisse an, Unterhaltungen schienen lauter zu werden, weil die Band zu spielen aufgehört hatte, Lachen hallte über die Szenerie. Auch an ihrem Tisch schienen alle leutselig Gespräche zu führen. Offenbar hatten sich ihre Platznachbarn an ihre schweigsame Gegenwart gewöhnt. Weil sie sonst nichts mit sich anzufangen wusste, griff sie nach der frisch aufgefüllten Sektschale vor sich und trank in großen Schlucken.

Nachdem sie das Glas geleert hatte, fragte sie sich, was sie hier eigentlich tat. Wie eine alte Jungfer saß sie bei ihren Eltern. Oder wie ein Mauerblümchen. Nichts davon wollte sie sein. Aber wenn sie sich weiter bevormunden ließ, wäre genau das ihre Zukunft. Doch sie war jung und hübsch, wollte tanzen, flirten und mit einem Mann ihres Alters reden, nicht verpflichtet sein, sich wie eine gefühllose Statue zu benehmen und zuzusehen, wie die beste Zeit ihres Lebens verstrich. Zu allem Übel hatte sie sogar den Prinzen gefunden, den sich jedes junge Mädchen irgendwann wünschte.

Brüsk stand sie auf.

»Wenn du dich ein wenig frisch machen möchtest, begleite ich dich«, sagte ihre Mutter.

»Ich gehe jetzt rüber an den französischen Tisch«, verkündete Romy.

Daddy sah sie an. »Du gehörst hierher«, gab er scharf zurück. Es klang wie ein Befehl.

»Ich will bei Alain sitzen«, insistierte sie.

»Das ist unmöglich«, behauptete Magda, während sie sanft an Romys Arm zog, um die Tochter wieder auf ihren Stuhl zu bewegen. »Du kannst nicht einfach zu einem Mann an den Tisch gehen.«

»Aber wir sind Kollegen …«

»So ein Benehmen gehört sich nicht für ein junges Mädchen. Was sollen denn die Leute denken?«

»Aber …«, wiederholte Romy und brach hilflos ab, weil sie der Frage ihrer Mutter nichts entgegenzusetzen hatte. Das Herz wurde ihr schwer.

»Dieser Franzose soll sich aus deinem Privatleben heraushalten«, polterte ihr Stiefvater. »Wie ich hörte, ist sein Ruf alles andere als untadelig. Angeblich soll er sogar Kontakte zur Unterwelt halten. Das ist kein Umgang für dich, Romy. Wenn Delon an diesen Tisch kommen will, gehen wir. Das ist mir eine Ehrensache.«

»Ich bitte dich«, versuchte Magda zu vermitteln. »Wir sind auf einem Filmball. Das ist eine wichtige berufliche Veranstaltung für Romy. Sie muss sich mit ihrem Filmpartner sehen lassen. Du bist derjenige, der am wenigsten damit zu tun hat.«

Romy blickte von einem zum anderen. Spürten die beiden nicht, in was für eine Lage sie sie brachten? Es war so unangenehm, dem

Streit ihrer Eltern lauschen zu müssen und gleichzeitig zu wissen, dass dieser ihretwegen geführt wurde. Was für ein peinlicher Auftritt in aller Öffentlichkeit.

Das Hündchen muss Platz machen, fuhr es ihr durch den Kopf. Stumm setzte sie sich auf ihren Stuhl – und schwieg.

KAPITEL 15

SCHÖNAU IM BERCHTESGADENER LAND
August 1958

Obwohl Romy stets das Gefühl hatte, in Mariengrund, dem Bauernhaus ihrer Mutter, wie in einem Kokon zu leben, drangen die neuesten Nachrichten selbst in diesen von hohen Bergen, Tannen, Wiesen und dem Königssee umschlossenen idyllischen Winkel. Auch an ihrem freien Wochenende vor Beginn der Außenaufnahmen in Wien wurde sie von Pressemitteilungen verfolgt.

Bäuchlings auf dem Bett in ihrem alten Kinderzimmer hoch droben unter dem Giebeldach, las sie in einer Illustrierten das Interview mit Hans Herbert Blatzheim. Vor dem weit geöffneten Fenster zwitscherten Vögel in der Sonne, im Garten bellte der Familiendackel, und in der Ferne blökte das Rindvieh auf der Weide, und es schepperten die Kuhglocken. Es war die Kulisse für einen romantischen Spielfilm, Romys Zuhause, das sie aus ganzem Herzen liebte. Es spiegelte in keiner Weise die Stimmung einer jungen Frau wider, die sich zutiefst über ihren Stiefvater – und auch über die Leserschaft dieses Unsinns – ärgerte.

»*Was sagen Sie zu der angeblichen Verlobung von Romy Schneider mit Alain Delon?*«, erkundigte sich in der Zeitschrift eine namenlose Journalistin.

»Warum haben diese Leute eigentlich nicht mit mir geredet?«, fragte Romy das Kissen vor sich.

»*An den Gerüchten ist kein wahres Wort ...*«

»Stimmt«, kommentierte sie das Zitat.

»Reporter haben Romy gebeten, auf verliebt zu machen. Romy hat ihnen den Gefallen getan. Das ist alles. Auf dem Filmball in Brüssel, der nach dem Fototermin in Paris stattfand, haben die beiden angeblich Verlobten kein einziges Wort miteinander gesprochen. Das ist bei Verlobten nicht üblich.«

Romy stieß die angehaltene Luft aus. »Pah!« Sie versetzte dem Kissen einen Boxhieb und fügte hinzu: »Wenn die wüssten!«

Doch obwohl Romy es sich von ganzem Herzen wünschte, hatte Daddy nichts Falsches gesagt. Die Fotos in Paris, die der Auslöser dafür gewesen waren, dass man zwischen ihr und Alain mehr als nur eine professionelle Beziehung vermutete, waren unter bestimmten Bedingungen aufgenommen worden. Und sie hatten geflirtet – ja. Aber außer zu einem flüchtigen Kuss auf die Wange, einer Berührung ihrer Hände war es zu keiner Intimität zwischen ihnen gekommen, geschweige denn zu einer Verlobung. Sie hatten noch nicht einmal einen Filmkuss getauscht. Laut Skript stand der erst in Wien auf dem Plan. Es war also tatsächlich nichts passiert.

Und doch kam es Romy vor, als wäre alles anders. Als drehte sich die Welt völlig neu, als wären die Farben bunter als vor ihrer Bahnfahrt nach Brüssel, als würden sie Gedanken umtreiben, die sie nie zuvor gewagt hätte. Allein die Erinnerung an ihren kleinen Protest auf dem Ball, als sie ihren Platz hatte wechseln wollen, kam ihr rückblickend wie eine echte Revolution vor. Zum ersten Mal hatte sie einen Wunsch geäußert, der den Vorgaben ihrer Eltern widersprach. Die Mammi hatte zwar dafür gesorgt, dass sie am Ende doch tat, was von ihr erwartet wurde, aber die Flamme, die Romy entfacht hatte, als sie Alain folgen wollte, loderte weiter in ihr. Es war etwas mit ihr geschehen.

Sie las den Artikel noch einmal. Die Spekulationen über ihre Beziehung zu ihrem derzeitigen Filmpartner waren nicht neu. Die

Öffentlichkeit stellte schon seit geraumer Zeit Vermutungen über eine Romanze an, und seitdem die Fotos von ihr und Alain beim Bummel durch Paris veröffentlicht worden waren, schien die Liebesgeschichte zwischen ihnen beiden eine ausgemachte Sache zu sein. Zu Romys Ärger beförderte die Werbeabteilung der Filmfirma diese Gerüchte auch noch. Niemand erwähnte, dass es sich um gestellte Bilder handelte, denn natürlich wäre eine private Beziehung der Hauptdarsteller die beste Werbung für den Film. Das war Romy klar, dennoch passte es ihr überhaupt nicht, auf diese Weise verkuppelt zu werden. Zudem war es nicht sonderlich angenehm, in den Medien *die Jungfrau von Geiselgasteig* genannt zu werden und zu wissen, dass Millionen von Fans in Westdeutschland und Österreich auf ihr sogenanntes erstes Mal warteten. Inzwischen mischten sich auch noch die französischen Zeitungen ein und druckten immer neue Falschmeldungen über Mademoiselle Romy Schneider und Alain Delon. Jeder fühlte sich berufen, durch das Schlüsselloch ihres Schlafzimmers zu schauen, und dem hatte sich Daddy entgegenstellen wollen. Auch das verstand sie ja. Aber irgendwie fühlte sich trotzdem alles ziemlich *botschad* an, merkwürdig unbeholfen.

Ein energisches Klopfen an der Zimmertür unterbrach ihre Gedanken.

Romy rollte sich auf den Rücken, richtete sich auf und bat »Herein«.

»*Morje* und grüß Gott, Romylein«, Hans Herbert Blatzheim zog den Kopf unter dem niedrigen Türrahmen ein und betrat sichtlich erhitzt, aber im Ton jovial wie immer, ihr Kinderzimmer. Er hatte zwei Stiegen hinauf nehmen müssen, und die zweite Treppe war, wie in bayerischen Bauernhäusern üblich, schmal und steil.

Sie zögerte einen Moment. Die Zeitung mit dem unglücklichen Interview lag noch aufgeschlagen neben ihr. Zwei Atemzüge lang ließ sie sich Zeit, dann wandte sie entschlossen den Blick ab und überwand sich, zu sagen, was der Stiefvater von ihr erwartete: »Ach, wie schön, dass du da bist!«, rief sie herzlich, sprang auf und umarmte ihn.

»Ich komme gerade aus München zurück und wollte dich als Erstes begrüßen.«

Er drückte sie an sich, wobei ihr auffiel, dass er in der einen Hand einen Koffer trug. Ihre Neugier wischte den Unmut über ihn fort: »Hast du mir etwas mitgebracht?«

»Das kann man wohl sagen.« Er grinste gut gelaunt. »Ich habe in München einige wichtige Gespräche über dich geführt und soll dich herzlich von Ernst Marischka grüßen.«

Dass ihr Stiefvater den Regisseur, Drehbuchautor und Produzenten der Sissi-Filme erwähnte, ließ für Romy eine plötzliche Gewitterfront aufziehen, die ihr Zimmer verdunkelte. Ernst Marischka war zweifellos so etwas wie ein Mentor für sie, doch schon lange waren sie nicht mehr einer Meinung, was ihre berufliche Entwicklung anging. Ihr war klar, was seine guten Wünsche bedeuteten. Um noch etwas Zeit gewinnen, bevor der Donner krachte, bat sie: »Können wir nicht morgen über die Termine in München reden, die du für mich wahrgenommen hast? Heute ist mein erster freier Tag, und da möchte ich bitte nicht über das Filmen sprechen.«

Doch ihr Stiefvater hob den anscheinend schweren Koffer auf ihr Bett. »Du musst gar nicht reden, Romylein, du brauchst nur zu gucken.«

»Was bringst du mir denn mit?« Aufgeregt und gleichsam neugierig beobachtete sie, wie er das Schloss betätigte und den Lederdeckel zurückschlug.

Ihre Vorfreude verwandelte sich in Enttäuschung und Verwirrung. Was um alles in der Welt sollte das bedeuten? Warum brachte ihr der Daddy einen Koffer voller gebündelter Bildchen mit, die wie Scheine zu einhundert Deutsche Mark aussahen? Die blaugrauen Notenblöcke mit dem sandfarbenen Rand waren mit Banderolen zusammengefasst und sahen mit dem Porträt des Nürnberger Ratsherrn Jakob Muffel von Albrecht Dürer sogar ziemlich echt aus. Aber die Zeiten, in denen sie an ihrem Kaufladen Spielgeld gewechselt hatte, waren längst vorbei.

»Was ist das?«, fragte sie.

»Eine Million Deutsche Mark in bar«, erwiderte Hans Herbert Blatzheim.

Nur langsam erreichte Romy die Erkenntnis, dass es sich um echte Geldscheine handelte. Sie starrte auf den Inhalt des Koffers, sie sah die Banknoten und konnte dennoch nicht begreifen, was vor ihr lag. Nie zuvor war ihr so viel Geld präsentiert worden. Nicht einmal als Requisite in einem Film.

»Heiliger Strohsack!« Es war der einzige Kommentar, zu dem sie fähig war.

Blatzheim legte den Arm um ihre Schultern. »Das sieht fein aus, nicht wahr?«

»Ich weiß nicht …«

Er ließ sie los und beugte sich hinunter, nahm eines der Bündel in seine Hand und fächerte es auf wie ein Daumenkino. »Schau es dir an, Romy, halte es und rieche daran. Es sind neue Scheine, die haben einen ganz besonderen Duft.« Er hielt ihr das Geld unter die Nase.

Der angesprochene Reiz blieb ihr verborgen. »Was ist das?«, wiederholte sie, noch immer erschrocken über den Wert, den ihr Stiefvater vor ihren Augen ausgebreitet hatte wie eine Dose Kekse.

»Scheu dich nicht, das Geld in die Hand zu nehmen.«

Unwillkürlich wich sie zurück. Sprachlos und gleichzeitig überfordert starrte sie darauf.

»Es ist deins«, fuhr Blatzheim fort.

»Wie bitte?«

»Schau, Romy«, begann er, überlegte es sich dann aber offenbar anders und platzierte erst einmal das Bündel aus seiner Hand zurück in den Koffer. Nachdem er sich aufgerichtet hatte, erklärte er sachlich: »Ernst Marischka bietet dir eine Gage von einer Million Deutsche Mark für einen vierten Sissi-Film. Das ist exakt die Summe, die du hier in bar vor dir siehst.«

Natürlich ging es wieder einmal um die Sissi. Romy hatte es gewusst. Aber sie hatte nicht damit gerechnet, dass der Daddy sie mit Gewalt zu überzeugen versuchte. Da seine Überredungskunst bislang versagt hatte, griff er nun zu einer Keule. Oder einem Gepäckstück mit schwerwiegendem Inhalt.

Geld hatte noch nie eine große Rolle für sie gespielt. Es war immer irgendwie da gewesen. Selbst in den schweren Nachkriegsjahren, die für viele Menschen Zeiten von Hunger und Not gewesen waren, hatte Romy in der Geborgenheit von Mariengrund keinen Mangel gespürt. Erst später hatte sie verstanden, dass die Mammi so viel auf Reisen tingelte, um die Familie mit den damals beliebten sogenannten »Bunten Abenden« zu ernähren und genug für alle zu verdienen. Inzwischen waren Romys eigene Einnahmen hoch, das war ihr natürlich bewusst, aber es kümmerte sie wenig. Sie drehte Filme, weil sie es aus ganzem Herzen wollte, nicht etwa, um damit reich zu werden. Außerdem brauchte sie für sich persönlich nur wenig, sie hatte ja ohnehin kaum Zeit für so etwas wie ein Privatleben.

»Ich will das nicht!«, brach es aus ihr heraus.

Fast angeekelt wich sie noch einen Schritt zurück und stieß dabei den Stuhl um, auf den sie eine Ladung Kleider geworfen hatte. Ordnung war noch nie eine ihrer Stärken gewesen. Aber wenigstens polterte es deshalb nicht so laut, als der Stuhl umfiel.

Ihr Stiefvater blickte kurz zu dem Chaos am Boden, schüttelte den Kopf und sah sie dann lächelnd an. »Unsinn! Kein Mensch verzichtet auf eine Million Mark.«

»Doch. Ich.« Sie schluckte. »Ich tue das!«

Im ersten Moment schien er verärgert über ihre ablehnende Haltung, dann zeigte sich so etwas wie Enttäuschung auf seinem ansonsten freundlichen Gesicht. »Gut, Romylein, es ist gut«, versicherte er ihr schließlich. »Ich wollte dir nur zeigen, worauf du gegebenenfalls verzichtest. Aber du kannst dir Zeit nehmen mit deiner Entscheidung. Fahre erst mal nach Wien. Dort bist du Sissi sowieso am nächsten.«

Und meinem leiblichen Vater, fuhr es Romy durch den Kopf, und meiner Wiener Oma, seiner Mutter.

Sie schüttelte den Kopf. »Bitte, Daddy, nimm den Koffer wieder mit. Ich will ihn nicht haben. Nicht für eine neue Sissi. Die spiele ich nicht. Daran werden auch die Aufnahmen in Wien nichts ändern.«

»Warten wir es einfach ab«, schlug er vor. »Du kannst es dir noch überlegen.« Als er den Koffer schloss, schien ihm erstmals der Zeitungsartikel aufzufallen, der auf ihrem Bett lag. »Guter Bericht«, kommentierte er. »Es wurde Zeit, dass einer endlich die Wahrheit sagt.«

»Ja«, sagte sie nur.

Stumm zählte sie die Sekunden, bis Blatzheim ihr Zimmer verließ. Das wertvolle Gepäckstück nahm er mit und ahnte nicht einmal, wie dankbar sie ihm dafür war.

KAPITEL 16

WIEN
August 1958

Das Hotel Sacher war eines der besten Häuser Wiens und erinnerte mehr an einen Renaissancepalast als an eine Herberge, und sei es auch eine noble. Die Klientel bestand häufig aus gekrönten Häuptern und solchen, die zumindest auf der Bühne oder vor der Kamera eine Krone trugen. Als die Filmcrew für die Außenaufnahmen nach Wien zog, war es für Romy selbstverständlich, hier zu logieren. Wie schon oft in der Vergangenheit erhielten sie und ihre Mutter zwei große Schlafzimmer, die durch eine Tür miteinander verbunden waren. Doch auch das restliche Team wurde in dem eleganten, traditionsreichen Hotel untergebracht. Eine organisatorische Glanzleistung, wie Romy fand, weil die Reservierung sie und Alain unter ein Dach brachte.

Sie setzte große Hoffnungen auf die gemeinsame Zeit in Wien. Natürlich träumte sie von einer Fahrt mit dem Fiaker, nur sie beide, ihre Hände ineinandergelegt und mit dem Austausch erster Zärtlichkeiten so beschäftigt, dass sie kaum etwas von den berühmten Gebäuden wahrnähmen, an denen sie vorüberrollten. Sie wollte mit ihm hoch oben auf dem Riesenrad im Prater den Glanz der abendlichen Stadt bewundern, mit ihm vor den Wasserspritzern der hohen Fontänen des Brunnens am Schwarzenbergpalais fortspringen und sich mit ihm im Naturhistorischen Museum gruseln. Doch für die Sehenswürdigkeiten ihrer Geburtstadt blieben ihr und Alain in den ersten Tagen ihres Aufenthalts gar keine Zeit.

Das Wetter war heißer als üblich, die Temperaturen kletterten auf weit über dreißig Grad, was die Außenaufnahmen für alle Beteiligten so anstrengend machte, dass sich keine Gelegenheit für eine romantische Privatexkursion bot.

Obwohl Romy jeden Morgen am Set mit der Frage begann: »Wo ist Alain?«, schien die Verbindung, die sie auf der Bahnreise nach Brüssel geknüpft hatten, auf dem Weg nach Wien verloren gegangen zu sein. Alles schien anders, quasi wie auf Anfang. Sie stritten wieder mehr und gingen unduldsam miteinander um. Der Unterschied bestand lediglich darin, dass Romys Französisch inzwischen besser geworden war und Alain öfter eine englische Vokabel einstreute. Den rechten Moment für eine Versöhnung schienen sie nach Drehschluss nicht mehr zu finden, am Ende des Tages waren beide rechtschaffen müde von der Arbeit. Ohnehin schien Alain sein Interesse an ihr verloren zu haben. Ob er eine andere hatte?, fragte Romy sich. Sie hatte beobachtet, dass er regelmäßig in einer Kabine der Telefonzentrale neben der Rezeption verschwand und lange telefonierte. Mit wem, wenn nicht mit einer Frau? Natürlich behielt sie diese Frage für sich.

Wahrscheinlich scheiterte sie einfach an ihren eigenen Erwartungen. Diesen trübsinnigen Gedanken fasste sie, ein Glas Champagner in der Hand, als sie in der in Rot und Gold gehaltenen Hotelhalle saß und auf ihre Mutter wartete, die ebenfalls ein Telefonat führte. In diesem Fall wusste Romy allerdings, dass die Mammi mit Daddy in Köln sprach.

Sie spürte Alains Anwesenheit, bevor sie ihn sah. Die Luft schien zu vibrieren, die anderen Gäste in der Lobby drehten die Köpfe, und das Personal schien den Atem anzuhalten. Schließlich beobachtete sie, wie Alain schlaksig durch den Raum streifte, gedankenverloren die Kunstwerke betrachtete – Gemälde und Skulpturen – und vor der Büste der jungen Kaiserin Elisabeth stehen blieb, die auf einem Sideboard, flankiert von zwei Blumensträußen, platziert war.

Da Alain ihr den Rücken zuwandte, konnte Romy ihn in aller Ruhe betrachten. Dabei bemerkte sie die abschätzigen Blicke der anderen, vor allem der Bediensteten. Alain fügte sich nicht in das Bild des eleganten Interieurs, dem die Hotelbewohner mit ihrer Garderobe entsprachen. Er trug Jeans und ein halb offenes Hemd, sein Haar war unfrisiert, er kam gerade von der Arbeit und hatte sich – im Gegensatz zu seiner angepassten Filmpartnerin – nicht umgezogen.

Romy fand seinen Auftritt ausgesprochen mutig. Ihr Herzschlag beschleunigte sich, was vielleicht auch am Prickeln ihres Champagners lag. Jedenfalls konnte sie die Augen nicht von ihm wenden. Als er sich plötzlich umdrehte, trafen sich ihre Blicke.

Er wird mich aus der Ferne grüßen und dann gehen, fuhr es ihr durch den Kopf.

Doch Alain lächelte und kam an ihren Tisch. »Darf ich mich setzen?«

»Ja. Natürlich. Ja. Ich warte zwar auf meine Mutter, aber das macht nichts, nicht wahr?«

»Warum sollte es?« Er ließ sich in einen der im Barockstil gehaltenen und mit rotem Samt bezogenen Sessel fallen, streckte die Beine aus. Es war das erste Mal, dass er sich hier nach Drehschluss in Romys Gesellschaft zu entspannen schien.

»Möchtest du auch ein Glas Champagner trinken?«

»Im Moment nicht. Danke.«

Schweigen.

Es fiel Romy beim besten Willen nichts ein, was sie zu ihm sagen sollte. Es war wie ein Déjà-vu ihrer Bahnfahrt. Auch heute wollte sie ihren Feierabend nicht damit stören, über den vergangenen Tag und die gelungenen oder weniger guten und daher oft wiederholten Kameraeinstellungen zu reden. Sie zerbrach sich den Kopf und beschloss nach einer Pause, die sie als ausgesprochen unangenehm empfand, ihn nach seinen Plänen für den kommenden Sonntag, an dem drehfrei wäre, zu fragen.

»Was machst du …«, hob sie an.

»Warum haben …«, begann er im selben Moment.

Beide brachen ab, sahen sich an. Dann lächelten sie sich zu. Der Bann war gebrochen.

Alain machte eine auffordernde Handbewegung. »Mademoiselle zuerst.«

»Nein. Bitte nicht.« Sie schüttelte vehement den Kopf. »Was wolltest du fragen?«

Sein Lächeln wurde breiter. »Na gut.« Er legte eine Kunstpause ein, dann: »Sag mal, warum haben die Leute vom Hotel dich dahinten auf der Kommode aus Gips aufgestellt?«

»Wie bitte?« Sie drehte sich in ihrem Sessel, fand ihr eigenes Antlitz aber nirgendwo.

»Dein Gesicht. Dort. Auf der Kommode.« Er deutete in die Richtung, die er meinte, machte Anstalten, sich zu erheben. »Ich zeige es dir …«

Spontan legte sie ihre Hand auf seinen Unterarm. Sie hatte verstanden, was er meinte. Es ging um Sissi. Immer wieder Sissi. Die Rolle würde sie wohl immer verfolgen. Doch heute fand sie die Verwechslung lustig. Deshalb erklärte sie: »Das ist eine Büste der Kaiserin Elisabeth. Ich ähnele der jungen Sissi. Deshalb habe ich

auch die Rolle bekommen. Der Ernstl … also Ernst Marischka …
sah diese Statuette und dachte an mich. Wir kannten uns ja schon
von ›Mädchenjahre einer Königin‹. Also, er war hier in diesem
Raum, und da fiel ihm die Ähnlichkeit auf. Genau wie dir.« Weil
sie sich in der französischen Sprache verhaspelt hatte, fügte sie vorsichtig hinzu: »Hast du mich verstanden?«

»O ja, jedes Wort.« Er grinste. »Aber du bist nicht nur ein Double
der Kaiserin, sondern *ma Puppelé,* und so gefällst du mir besser.«

»Romy!«

Die Stimme ihrer Mutter machte es Romy unmöglich, Alain zu
antworten. Sie zog rasch ihre Hand zurück, die noch immer auf
seinem Arm lag, knetete nervös die Finger in ihrem Schoß. Dabei
hätte sie so gern seine Worte länger auf sich wirken lassen.

So gefällst du mir besser …

Magda war zurück vom Telefon. Sie stand am Tisch und blickte
aufmerksam von Romy zu Alain, der sich inzwischen erhoben
hatte. »Monsieur Delon, guten Abend.«

»*Bonsoir, Madame.*« Ganz Kavalier, verneigte er sich vor der
Mammi. »Tut mir leid, ich muss gehen. Jean-Claude Brialy und
Sophie Grimaldi erwarten mich. Wir wollen irgendwo eine Klei-
nigkeit essen. Möchtest du nicht mitkommen, Romy?«

Nichts wäre ihr lieber. Doch sie hatte ihrer Mutter versprochen,
mit ihr im Hotelrestaurant zu speisen und früh zu Bett zu gehen.
»Ich kann leider nicht.«

»Schade. Vielleicht ein anderes Mal.« Brüsk wandte er sich ab.
Entweder war er enttäuscht, weil sie seiner Einladung nicht folgte,
was sie nicht zu hoffen wagte, oder sie hatte seine Eitelkeit verletzt,
weil er die Absage einer Frau nicht gewohnt war.

Ihr Herz raste, als wollte es hinter ihm herlaufen.

»Alain«, rief sie. Sie wusste eigentlich nicht, was sie ihm sagen sollte, aber sie wollte nicht, dass er sie schlechter Stimmung verließ.

Magda setzte sich in den dritten Sessel am Tisch und hob erstaunt die Brauen.

»Ja?«, fragte Alain und drehte sich wieder um.

»Wenn du möchtest, zeige ich dir Wien …«, begann Romy. Als sie den Blick ihrer Mutter auf sich spürte, fügte sie artig hinzu: »Frag doch Jean-Claude und Sophie, ob sie auch Lust auf eine Privatführung hätten.«

»Das ist eine gute Idee«, stimmte er strahlend zu. »Das machen wir.« Damit schritt er davon.

Erleichtert griff Romy zu ihrem Champagnerglas und leerte es in einem Zug. »Es ist so heiß heute Abend. Findest du nicht auch, Mammi? Wir sollten unbedingt noch mehr Champagner gegen den Durst bestellen.«

Magda griff über den Tisch und umschloss mit ihrer Hand die ihrer Tochter. »Romylein, er ist kein Mann für dich. Alain ist viel zu schön. Den wirst du niemals für dich allein haben. Die Frauen machen es einem Mann wie diesem viel zu leicht. Dafür kann er nichts, er ist von Natur aus ein Hallodri.«

»Der Pappi ist auch ein schöner Mann …«

»Eben. Ich weiß, wovon ich spreche. Dein Vater und ich sind geschieden, weil er eine andere Frau heiraten wollte.«

Romy senkte die Lider und schwieg. Immer, wenn die Rede auf Wolf Albach-Retty kam, wurde die Unterhaltung mit ihrer Mutter schwierig. Dabei liebte Romy ihren leiblichen Vater über alles. Bei dieser Hingabe spielte keine Rolle, dass sie ihn seit Jahren kaum gesehen hatte und er auch zuvor größtenteils durch Abwesenheit geglänzt hatte. Das lag nur daran, weil sie beide keine Zeit hatten, die Vater-Tochter-Beziehung zu pflegen, tröstete sie sich. Irgendwann würde das sicher anders werden. Sie betete ihn an – wie der Fan einen Filmstar. Aber das erschien ihr auch ganz legitim.

Sie entzog Magda ihre Hand. »Ich will Alain nicht heiraten, Mammi. Ich finde ihn nur sympathisch. Wir sind Kollegen. Das ist alles.« Das war es natürlich nicht. Und Romy wusste es in diesem Moment nur zu gut.

So gefällst du mir besser …

»Ach Romylein«, seufzte Magda. Sie winkte dem Kellner und bestellte zwei Gläser Champagner. Nachdem der Ober gegangen war, schüttelte sie gedankenverloren den Kopf, schließlich wechselte sie das Thema: »Ich habe gerade mit Daddy gesprochen. Er braucht mich für ein paar Tage bei sich. Kommst du zurecht, wenn ich kurz nach Köln fliege?«

»Natürlich, Mammi. Ich wohne in einem vorzüglichen Hotel, es wird für mich wunderbar gesorgt und sogar aufgeräumt. Den Rest erledigt die Filmproduktion.«

»Du musst mir versprechen, dass du gut auf dich aufpasst.«

Romy fragte sich, was ihre Mutter dieses Mal darunter verstand. Aber Magda erklärte sich nicht weiter. Also nickte Romy ergeben und versprach der Mammi alles, was die hören wollte und hoffentlich beruhigen würde. Sie war Schauspielerin und legte ihre ganze Überzeugungskraft in die Rolle der wohlanständigen, unterwürfigen Tochter.

Insgeheim dachte Romy jedoch, wie schön es wäre, ein paar Tage allein in Wien zu sein. Allein mit Alain Delon.

KAPITEL 17

Wenn meine Eltern in den Studios am Rosenhügel drehten, war ich oft bei meiner Großmutter hier in Wien«, erzählte Romy. »Ich mag sie bis heute sehr. Sie erzählte immer lustige Geschichten, die sie selbst erfand. Wenn sie abends zur Vorstellung musste, war ich schrecklich traurig und weinte bitterlich, dass mir dieses blöde Burgtheater die Oma wegnahm.« Sie schmunzelte bei dem Gedanken daran, während sie auf den imposanten runden Kuppelbau mit den beiden nicht weniger eindrucksvollen Seitenflügeln zeigte.

Jean-Claude Brialy übersetzte für Alain. Als er geendet hatte, fragte der: »Was hat deine *mamie* in diesem riesigen Theater gemacht?«

»Was?« Sie sah Alain erstaunt an. »Sie ist Schauspielerin. Im Herbst will sie ihre Abschiedsvorstellung geben. Im Alter von vierundachtzig Jahren. Das muss man sich mal vorstellen …«

»Beeindruckend«, warf Jean-Claude ein.

»Meine Oma ist sehr berühmt. Rosa Albach-Retty wurde unter Kaiser Franz Joseph zur Hofschauspielerin ernannt und später Ehrenmitglied des Burgtheaters. Das sind hohe Auszeichnungen.«

»*Mon Dieu*«, seufzte Alain.

Romy funkelte ihn verständnislos an. »Ich wünschte, ich könnte Theater spielen wie sie.«

Erst mit einiger Verspätung begriff sie, dass Alain wahrscheinlich angenommen hatte, ihre Großmutter hätte hinter den Kulissen gearbeitet oder bestenfalls als Souffleuse davorgesessen. Die Prominenz ihrer Familie zu akzeptieren fiel ihm offenbar noch immer schwer. Aber was war eigentlich das Problem dabei, dass sie Enkelin einer der seit Jahrzehnten berühmtesten Theatergrößen Wiens war? Es änderte nichts daran, dass Romy war, wer sie war, machte sie zu keiner anderen Frau. Sie musste daran denken, wie ihre Familie schon zum Problem mit Horst Buchholz geworden war – das durfte sich nicht wiederholen. Sie konnte doch nichts dafür, dass ihre Herkunft eine andere war.

Romy war beleidigt. Zwischen sie und Alain trat eisiges Schweigen.

So hatte sie sich ihre Stadtführung nicht vorgestellt. Die Außenaufnahmen waren heute früh beendet worden, und sie hatte die Gunst der Stunde genutzt, um Alain auf die Privattour anzusprechen. Vorsichtshalber fragte sie auch die anderen Kollegen. Jean-Claude Brialy stimmte begeistert zu, Sophie Grimaldi hatte Kopfschmerzen und wollte lieber ins Hotel, als durch die Gassen zu laufen, in denen sich die schwüle Hitze staute. Anfangs hatten sie ihren Ausflug genossen: Vor dem Mozartdenkmal versuchte Jean-Claude, die Arie des Papageno zu singen, und Romy und Alain hatten gelacht und applaudiert. Sie spazierten über den Heldenplatz, und Romy erklärte, dass sich hier wie am Arc de Triomphe eine Gedenkstätte für gefallene Soldaten befand, die aus der Zeit der Napoleonischen Kriege stammte. Daraufhin erinnerte Alain an die alte Feindschaft zwischen Deutschen und Franzosen, was die Stimmung zu verdüstern begann. Da half auch der phantastische Rundblick nichts, den man von hier aus genoss. Um dem gleißenden Sonnenlicht zu entkommen, schlenderten sie anschließend durch den Volksgarten zum Burgtheater. Wie zufällig berührten sich dabei Romys und Alains Hände – und sie schöpfte Hoffnung. Doch die war nun wieder verflogen.

Jean-Claude durchbrach die Stille: »Du gehörst also zu einer echten Schauspielerdynastie«, stellte er sachlich fest. »Bei mir sind auch alle immer dasselbe geworden, allerdings gingen in meiner Familie Väter und Söhne zur Armee. Mein Vater wollte, dass auch ich Offizier werde, aber ich nahm lieber Schauspielunterricht. Anfangs heimlich. Da hast du es besser, Romy, dir hat bestimmt niemand verboten zu spielen.« Auch er benutzte inzwischen das freundschaftliche Du.

Sie lächelte ihn an, dankbar für seine Zuwendung. »Mein Großvater Karl Albach war auch Offizier.« Sie verschwieg, dass der Oberleutnant der K.-u.-k.-Artillerie eigentlich Jurist war. Über einen Akademiker nebst Promotion würde Alain sicher wieder die Nase rümpfen.

»Was machte dein Urgroßvater?«, wollte Alain wissen.

»Der Vater meiner Oma, Rudolf Retty, war auch Schauspieler, genauso wie sein Vater Adolf Retty. Jeder war zu seiner Zeit sehr bekannt. Genauso wie mein Pappi schon lange vor dem Krieg ein berühmter Filmschauspieler war.«

Alain zeigte auf den Theaterbau. »Und alle spielten in diesem Haus?«

»Nein. Nur meine Oma.«

»Eine Familie mit starken Frauen.« Alain sah sie forschend an, dann fragte er unvermittelt: »Gibt es hier auch etwas, das keine historische Bedeutung hat?«

»In Wien? Nein.«

»Es ist wie Paris«, behauptete Jean-Claude. »Allerdings fehlen die Existenzialisten.«

Alain lachte, und unwillkürlich fiel Romy in sein Lachen mit ein. Dabei begegnete ihr Blick zufällig seinen Augen, die heute so blau

132

wie der Himmel zu sein schienen und die Kälte verloren hatten, als er sie jetzt ansah. Sie konnte sich nicht abwenden und blieb, ebenso wie er, stehen.

Jean-Claude stöhnte dramatisch auf. »Ich übersetze, und er bekommt die Küsse. Das ist ungerecht!«

»Welche Küsse?«, fragte Romy leise auf Französisch und senkte die Lider.

Alain strich über ihren Arm, den ihr Sommerkleid unbedeckt ließ. »Geduld, *ma Puppelé.*«

Bei klarem Verstand hätte sie ihm vielleicht geantwortet, dass es ihr daran am meisten fehlte. Doch unter den gegebenen Umständen war sie abgelenkt von der Gänsehaut, die ihren Arm überzog, sie empfand seine Berührung als ein verheißungsvolles Versprechen. Vielleicht war ja doch noch nichts verloren, und alles stand auf Anfang. Wie bei einer Filmszene.

Sie strahlte ihre beiden Begleiter an. Einem plötzlichen Impuls folgend, schlug sie vor: »Kommt, wir nehmen einen Fiaker und schauen uns auf dem Weg zurück zum Hotel Sacher von der Hofburg bis zur Albertina alles an, was sehenswert ist. Ich zeig's euch. Dann üben wir gleich ein wenig für die Kutschfahrt morgen bei den Außenaufnahmen.«

Es machte nichts, dass sie nicht allein mit Alain war und weder Händchen halten noch Zärtlichkeiten tauschen konnte. Wahrscheinlich war das in der Öffentlichkeit sowieso keine gute Idee – ihr Gesicht war in der Stadt zu bekannt, sie durfte nicht einfach jemanden küssen, wie andere Mädchen ihres Alters es vor allen Leuten wagten. Aber es war schön zu träumen. Und sich in Geduld zu üben. Das musste sie zwar noch lernen, aber sie würde es versuchen.

Als wollte das Schicksal ihr die Prominenz bestätigen, stürzte plötzlich eine Gruppe von Teenagern auf sie zu und bat um Autogramme. Die jungen Leute gehörten zu Schulklassen, denen die Architektur des Burgtheaters gezeigt werden sollte. Doch die Sissi von der Kinoleinwand war vor allem für die Mädchen eine viel größere Attraktion.

KAPITEL 18

Jeder im Filmteam war froh, der Hitze in den Gassen Wiens entfliehen zu dürfen. Die Produktion hatte das Set für weitere Außenaufnahmen in den nicht einmal eine Autostunde entfernten Wienerwald verlegt, wo es nicht ganz so schwülwarm wie in der Stadt und die Luft klarer war. Das Grün der saftigen Wiesen und der dunklere Farbton der dicht bewaldeten Berghänge wirkten wie eine natürliche Klimaanlage, die Höhenlage sorgte zudem für eine frische Brise. Es war ein malerischer Ort, schöner und stimmungsvoller, als es jede künstliche Kulisse für die Liebesszene zwischen Christine Weiring und Leutnant Fritz Lobheimer hätte sein können. In den Morgenstunden schien das Sonnenlicht darüber hinaus wie flüssiges Gold zu leuchten.

Dennoch kam es Romy vor, als müsste sie in dem sommerlich leichten, aber hochgeschlossenen roséfarbenen Rüschenkleid, das zu ihrer wohlanständigen Filmfigur passte, ersticken. Es war nicht die Hitze, die ihr zusetzte, es war die Aufregung. Der Kuss, der im Drehbuch stand, wäre eine ganz eigene Herausforderung für sie. Schließlich küsste sie nicht irgendeinen Filmpartner, sondern Alain – den jungen Mann, in den sie, wie sie sich eingestehen musste, verliebt war. Der sie manchmal schlecht behandelte, meist jedoch mit seinem Charme und seiner Persönlichkeit bezauberte. Der dabei aber stets offenließ, was werden, was zwischen ihnen sein könnte. Die Situation war aufregend und dann auch wieder einschüchternd, denn sie verlangte von Romy eine berufliche Professionalität, die sie nicht wollte.

Sie saß in dem Wohnwagen, der als Maske diente, und betrachtete ihr Spiegelbild, das zarte Make-up unter dem kurzen, feinen Pony, der ihre geschwungenen Brauen und ausdrucksvollen Augen frei ließ. Ihr Haar war onduliert und am Oberkopf antoupiert, ein paar Strähnen wurden hinten von einer kleinen Schleife zusammengehalten, während die restlichen Locken sanft auf ihre Schulter fielen. Das Frisieren war immer eine schmerzhafte Prozedur, weil ihre langen, feinen Haare leicht verknoteten und mit einem Kamm entwirrt werden mussten. Sie hasste die Kämmerei schon immer. Es tat weh, und eine grobe Hand verursachte ihr nicht nur schlechte Laune, sondern auch Kopfweh. Davor war sie auch heute nicht gefeit. Und dann war da noch die Anspannung wegen des Kusses …

Sie fuhr sich mit der Hand über den Hals, hätte gern ihren Mund berührt, aber das durfte sie wegen des frisch aufgetragenen Lippenstiftes nicht.

»*Merci*«, bedankte sie sich bei der Maskenbildnerin, die Romys Gesicht noch einmal nachgepudert hatte. Nach einem letzten skeptischen Blick in den Spiegel stand sie von dem Schminksessel auf. Das Wiener Mädel war fertig.

»Mademoiselle Schneider, auf Ihre Position, bitte«, hallte es aus einem Megaphon über die Lichtung. Die verschiedenen Wohnwagen, die als Maske für die Schauspieler dienten, als Garderobe oder auch als eine Art Kantine, waren zu einer Wagenburg aufgestellt, zwischen der die Beteiligten herumwuselten. Der Aufnahmeleiter hatte bereits Kameramann, Kabelträger, Beleuchter und andere Mitarbeiter zusammengetrommelt – jetzt fehlte noch die Hauptdarstellerin. Einige Schritte entfernt waren zwischen wild wachsenden Büschen und Bäumen mehrere Hilfskräfte und der Bühnenbildner damit beschäftigt, auf Anweisung des Regisseurs einen Haufen mit Holzscheiten auf- und wieder abzubauen.

Etwas abseits der Geschäftigkeit entdeckte Romy ihren Filmpartner. Alain saß in einem der Regiestühle. Er wirkte verschlossen, aber entspannt, trug natürlich bereits die Uniform des K.-u.-k.-Leutnants Lobheimer, war fertig geschminkt und rauchte eine Zigarette. Dabei blickte er nachdenklich zur Seite. Seine Miene nahm etwas Verträumtes an. Erstaunt stellte sie fest, dass er den Klappsessel anzustarren schien, auf dem sie für gewöhnlich auf ihren Einsatz wartete oder sich ausruhte. Auf die Leinenlehne war *Mademoiselle Schneider* gedruckt.

Was sah er wohl vor seinem geistigen Auge? Dachte er an sie? Verwirrte ihn die bevorstehende Szene ebenso wie sie? Oder konzentrierte er sich auf ein inneres Bild, das nur er allein sehen konnte? Romy fielen seine abendlichen Telefongespräche ein, und sie fragte sich, ob er sich das Antlitz ebenjener Person vom anderen Ende der Leitung ausmalte.

Offensichtlich spürte er, dass sie ihn beobachtete. Er hob den Kopf, sah sie – und lächelte.

Da war keine Überraschung in seiner Miene, weil er womöglich über etwas sinnierte, das nichts mit ihr zu tun hatte. Er wirkte auch nicht wie ertappt. Ruhig warf er die Zigarette auf den Boden und trat den Stummel aus, nachdem er sich erhoben hatte.

Mit beschwingtem Schritt kam er auf sie zu. »*Alors*, Mademoiselle Schneider«, sagte er fröhlich und nahm ihre Hand, »gehen wir es an.«

»Auf geht's«, antwortete sie auf Deutsch.

»Romy, Alain, auf Position, bitte!«, brüllte Gaspard-Huit. Überrascht blickte der Regisseur auf die verschlungenen Hände seiner beiden Hauptdarsteller. »Oh, ihr habt wohl noch einmal geprobt! Dann wisst ihr ja, wie ich es haben will, und wir können gleich drehen.«

»Wir haben nicht geprobt«, flüsterte Alain Romy ins Ohr, »aber das verraten wir ihm nicht.«

Sie kicherte und enthielt sich eines Kommentars.

Der Regieassistent zeigte ihnen ihre Markierung hinter einem Baum, einer hohen Elsbeere, nahe dem aufgeschichteten Holzstapel.

»Achtung! Aufnahme!«

Ein Assistent trat vor die Kamera, schlug die Klappe, auf der die Szene markiert war, und zog sich rasch zurück.

Gaspard-Huit gab Romy und Alain ein Zeichen.

Hand in Hand traten sie hinter dem Baum hervor, gingen in Richtung Holzstapel, blieben wieder stehen. Romy war konzentriert, fühlte sich ganz in die Figur der Christine ein, die mit ihrem Verehrer einen Ausflug aufs Land unternahm und nach einem Spaziergang etwas erschöpft war. Die Szene begann mit ihrem kurzen Monolog, daraufhin schlug Leutnant Lobheimer vor, einen Moment zu rasten, und deutete auf den Holzpolter, der so aufgebaut war, dass sich in der Mitte eine mehr oder weniger ebene Fläche befand, die für eine kleine Person allerdings zu hoch war, um sich einfach daraufzusetzen. Natürlich war das im Drehbuch so vorgesehen. Alain umfasste Romys Taille und hob sie auf die Holzstämme, als wäre sie leicht wie eine Feder. Dann schwang er sich neben sie.

»Und Schnitt!« Gaspard-Huit nickte seinen Hauptdarstellern zu. »Das war schon mal sehr gut. Wiederholen wir den Anfang zur Sicherheit bitte noch einmal.«

Alain legte seine Hände um Romys Taille und hob sie wieder herunter. »Das macht mehr Spaß als jeder Sport.«

Sie lachte. »Heute Abend werden dir die Arme wehtun.« Selbst als die Maskenbildnerin herbeieilte, um ihr Make-up zu überprüfen, konnte sie nicht aufhören zu lachen.

»Alle auf Position!«

Die Szene wurde wiederholt. Währenddessen flatterte allerdings ein Vogel ins Bild, der nicht erwünscht war, so dass noch eine dritte Einstellung gedreht werden musste.

Alain streckte seine Arme, als würde er seine Oberkörpermuskulatur mit einem Expander trainieren. Nach dieser kurzen Übung und einer neuerlichen Begegnung mit der Puderquaste der Maskenbildnerin hob er Romy wieder auf den Holzstapel, bevor er sich neben sie schwang.

Die Klappe knallte, und ein paar Sperlinge stoben aus dem Busch hinter der Kamera in die Lüfte.

Romy – nein, Christine – lächelte den schönen jungen Mann neben sich an. In ihrem Gesicht lag ein verträumt-verschmitzter Ausdruck. Es war eine Szene, in der vor allem Alain als Fritz Lobheimer sprach, während sie nur zuhören musste, einmal an der richtigen Stelle »Was?« einzuwerfen hatte und ansonsten still ihre Hände in ihrem Schoß faltete. Er sprach indessen von Offenheit, ihrer Zuneigung und dass sie nicht zugeben würden, wie groß diese inzwischen war. Dann neigte er sich zu ihr …

Die Kamera fuhr näher an sie heran.

Er hauchte einen Kuss auf ihre Wange, verharrte dort.

Unwillkürlich senkte sie verlegen und gleichzeitig erwartungsvoll die Lider. War das noch Christine Weiring? Die Schauspielerin? Oder Romy selbst? Sie konnte nicht mehr unterscheiden, welche junge Frau voller Sehnsucht darauf hoffte, was nun unweigerlich geschehen würde.

Als er sich zurücklehnte, hob sie ihren Blick zu ihm. Sie schauten einander an. Romy wusste, dass nur sie frontal im Kameraausschnitt zu sehen war, Alain würde seitlich und von hinten aufgenommen. Der Ausdruck in seinen funkelnden Augen blieb verborgen. Dem Filmteam, den Kinobesuchern. Er gehörte nur ihr.

Wie Drehbuch und Regisseur es verlangten, beugte er sich noch einmal vor. Diesmal berührte sein Mund ihre leicht geöffneten Lippen. Alain küsste sie. Zart und zurückhaltend. Es war der erste Kuss. In diesem Film. In Christines Leben. Nicht für Romy, aber es kam ihr so vor. Es war das erste Mal zwischen ihnen beiden – und sie wünschte, dieser Kuss würde niemals enden.

»Schnitt!« Die Stimme des Regisseurs knallte wie eine Peitsche über das Set.

Nur Alain und Romy hörten nichts. Sie küssten sich weiter, zärtlich, fordernd, hingebungsvoll. Als würden sie tatsächlich nach einem Spaziergang durch den Wienerwald irgendwo in einer Lichtung rasten und sich dabei finden. Sie bemerkten die verdutzten Blicke der Filmcrew ebenso wenig wie das wissende Grinsen ihres Regisseurs.

Es war, als wären sie ganz allein.

Wenn Romy als Kind und später als Teenager im Kino eine Liebesszene sah, machte sie die Augen zu, weil es ihr peinlich war. Sie fand, dass so viel Intimität doch eigentlich gar nicht auf die Leinwand gehörte, weil es nur die beiden Menschen betraf, die sich küssten.

An diesem Gedanken hatte sich nicht viel geändert, als sie in einem Atelier der Studios in Geiselgasteig stand und ihrem ersten Filmkuss entgegenfieberte. Es war ihr erster Kuss überhaupt. Sie kannte keine jungen Männer, und selbst wenn, hätten sie es kaum geschafft, ihr nahezukommen. In der Volksschule war sie zwar in eine gemischte Klasse gegangen, aber später im Internat lernte sie ausschließlich unter Mädchen, und seit sie wieder zu Hause war und filmte, überwachte die Mammi jeden ihrer Schritte, so dass sie gar nicht dazu kam, außerhalb ihres Berufes einen Freund zu finden.

Ihr Beruf!

Es war so aufregend, zu einem Filmteam zu gehören. Die Kunstschule war keine Option mehr. Romy spielte in »Feuerwerk«, ihrem zweiten Film, und wie schon »Wenn der weiße Flieder wieder blüht« war es eine musikalische Komödie. Die Hauptrolle war mit Lilli Palmer besetzt, vor der Romy großen Respekt hatte. In einer Nebenrolle stellte Romy eine Tochter aus bürgerlichem Hause dar, einen Backfisch aus dem Kaiserreich, womit sie eigentlich wieder sich selbst spielte. Deshalb fiel es ihr auch nicht schwer, vor der Kamera zu agieren, nicht einmal das Singen und Tanzen bereiteten ihr Schwierigkeiten. Doch dann stand ein Kuss auf dem Drehplan.

Claus Biederstaedt war ihr Partner, ein junger Gärtner, der sie – oder vielmehr Anna, wie ihre Figur hieß – heiraten wollte. Er sang das süße, etwas kitschige Lied »Ein Leben lang verliebt«, zeigte ihr dabei ihre Zukunft als Ehepaar an dem Pappmodell eines Häuschens – und am Ende küsste er sie. Einfach so.

Es schien keine komplizierte Sache. Deshalb machte Romy – ohne darüber nachzudenken – einfach mit. Sie küsste und küsste und küsste …

»Alles im Kasten«, verkündete Regisseur Kurt Hoffmann. »Das hat wunderbar geklappt.«

Claus Biederstaedt ließ Romy los. Sie taumelte ein wenig, zwinkerte im grellen Licht der Scheinwerfer.

In diesem Moment erfüllte schallendes Gelächter die Kulisse. Alles lachte, schien sich köstlich zu amüsieren.

Im ersten Moment verblüfft, sah Romy sich um. Dann begriff sie. Erschrocken und zugleich tief verletzt, peinlich berührt und todunglücklich stürzte sie in ihre Garderobe. Tränen rannen in Sturzbächen über ihre Wangen, verwischten die Schminke auf ihrem Gesicht. Wie, um alles in der Welt, sollte sie dem Filmteam je wieder unter die Augen treten? Ihr kam es vor, als würde die Küsserei ihre Karriere vor der Kamera beenden, noch bevor diese richtig angefangen hatte.

Während sie in der kleinen Kammer saß und verzweifelt weinte, dachte sie, dass ihr Claus Biederstaedt mit seiner unkomplizierten Art sehr geholfen hatte. Deshalb hatte sie nicht darüber nachgedacht, was sie tat, sondern eben einfach mitgemacht. Vielleicht hätte sie freundlicher zu ihm sein, nicht davonlaufen dürfen. Er war nett zu ihr gewesen, und sie benahm sich unhöflich.

Bei diesem Gedanken wurde die Tränenflut noch stärker.

»*Pauvre diable*«, kommentierte Alain die Geschichte, die Romy ihm erzählte. »Armer Kerl! Was ist aus ihm geworden?«

»Claus Biederstaedt ist in Westdeutschland ziemlich erfolgreich. Er spielt in Filmen und am Theater. Da er zehn Jahre älter ist als ich, hat er die Sache leichter genommen.«

»Und jetzt, *ma Puppelé*?«, fragte Alain. »Wie leicht nimmst *du* die Sache jetzt?«

Sie schwieg. Versonnen blickte sie aus dem Fenster und auf die im ersten abendlichen Lichterglanz schimmernden Vorstädte von Wien, die an ihr vorüberflogen. Sie saß neben Alain im Fond einer Limousine, die sie von ihrem Drehort im Wienerwald zurück ins Hotel Sacher brachte. Es war ihr Feierabend.

Eigentlich war sie müde von der Arbeit und der Hitze, andererseits aber auch nicht. Sie war nach allem, was passiert war, viel zu aufgeregt, um früh einschlafen zu können. Ihre Mutter war noch in Köln bei Daddy, sie war also alleine, hatte niemanden in der Nähe, mit dem sie reden konnte. Über ihre Gedanken und Hoffnungen – und das Gefühl von Alains Mund auf ihren Lippen. Ihr kam es vor, als wären die geschwollen. Sie hatten jede Wiederholung ihrer ersten Liebesszene deutlich verlängert. Mit einem Mal war es ihnen egal gewesen, was die anderen dachten und ob Pressevertreter am Set waren, denen sie einmal mehr das erwünschte Motiv vor die Linse der Fotoapparate lieferten. Nun ja, ihrer Mammi würde sie so oder so nicht mehr erzählen als dringend notwendig.

Als sie jetzt *nach Hause* fuhr, beschloss Romy, Alain nicht zu sagen, dass sie seine Küsse ernster nahm als alle anderen Filmküsse zuvor. Allerdings hatte sie von ihren Filmpartnern nur Horst Buchholz auch hinter der Kamera geküsst. Doch selbst das war rückblickend anders gewesen.

Sie überlegte, was sie tun würde, wenn Alain sie fragte, ob sie noch zusammen ausgehen wollten. Wie ein richtiges Paar. So begannen ja wohl Liebesgeschichten außerhalb eines Drehorts. Natürlich musste sie ablehnen. Nicht nur, weil sie im Grunde erschöpft war, sondern weil sie ihre Mutter nicht enttäuschen wollte. Die würde natürlich von dem Rendezvous erfahren, Romy konnte in der Öffentlichkeit nun einmal nichts tun, ohne dabei beobachtet zu werden. Und der Klatsch vom Set, der Magda sicher erreichen würde, genügte eigentlich für einen Tag. Das bedeutete jedoch einen einsamen Abend, ob sie es wollte oder nicht. Schließlich hatte sie der Mammi versprochen, keine Dummheiten zu machen. Sie würde sich wie ein anständiges Wiener Mädel benehmen. Dabei fühlte sie sich aufgedreht und wäre trotz ihrer Müdigkeit am liebsten mit Alain in einem Heurigen eingekehrt, hätte ihm die alten Lieder beigebracht und mit ihm gelacht und getanzt. Ach, sie war so hin- und hergerissen zwischen dem, was sie wollte, und dem, was sie tun konnte.

Alains Fingerspitzen berührten ihre Wange. »Weinst du?«

»Nein. Um Himmels willen. Nein. Warum sollte ich denn weinen? Es war ein so schöner Tag.«

»Das fand ich auch.«

»Ich habe gerade überlegt, was wir noch machen könnten …«, sie brach ab, schluckte und fügte fast trotzig hinzu: »Ich bin aber sehr müde und werde im Hotel bleiben.«

Er gähnte demonstrativ. »Ich bin auch sehr müde und möchte ins Hotel.«

»Willst du denn nicht mehr ausgehen?«

»Nein.«

Ein wenig mehr Initiative könnte er aber schon zeigen, fuhr es ihr durch den Kopf. Erst schien er gar nicht damit aufhören zu wollen, sie zu küssen, und dann trennten sich nach Feierabend ihre Wege. Wahrscheinlich musste er erst einmal ein Ferngespräch mit Frankreich führen und hatte gar keine Zeit für sie. Die abendlichen Anrufe hatte sie ganz vergessen, aber jetzt tauchte das Bild von Alain in der Telefonzelle neben der Rezeption vor ihr auf wie eine Bedrohung. Empört drehte sie sich von ihm weg und starrte aus dem Fenster.

»Du hast mir noch nicht geantwortet«, hob er nach einer Weile an. »Was?«

»Wie leicht nimmst du *die Sache*, wie du es nennst, jetzt?«

Sie könnte so tun, als verstünde sie nicht, was er meinte. Rein sprachlich. Sie würde sich dumm stellen und der Wahrheit entgehen. Doch sie sagte aufrichtig: »Ich weiß es nicht.«

Er lachte leise. »Da geht es dir wie mir. Wollen wir gemeinsam herausfinden, was mit dir und mir passiert ist?« Es klang ein bisschen wie ein Satz aus einem Drehbuch.

Die spontane Antwort, die ihr auf der Zunge lag, schluckte sie hinunter. Obwohl es eigentlich nicht nötig war, zu überlegen, wie sie zu ihm stand, ließ sie erst eine Kunstpause verstreichen. Ihre Finger berührten seine Hand. »Ja«, sagte sie. »Das ist eine sehr gute Idee.«

Seine Telefonate mit Frankreich waren vergessen.

KAPITEL 19

Bitte bringen Sie mir zwei Portionen Backhendl mit Erdäpfelsalat auf mein Zimmer«, bestellte Romy am Telefon auf ihrem Nachttisch. »Und vorher zweimal Tafelspitzsuppe mit Frittaten, und als Nachtisch nehmen wir …«, sie räusperte sich, »hätte ich gern zwei Mal die Salzburger Nockerln. Wissen's, ich habe Hunger und einen Gusto auf echte Wiener Küche.«

»Selbstverständlich, Fräulein Schneider«, erwiderte der für den Roomservice zuständige Kellner am anderen Ende der Leitung. »Möchten Sie noch ein Getränk haben?«

»O ja. Natürlich. Bringen Sie mir eine Flasche Champagner und eine Flasche von Ihrem besten Rotwein.«

»Ich werde dafür sorgen, dass Sie Ihre Bestellung schnellstmöglich erhalten.«

»Danke schön.« Romy gluckste, weil sie ihr Lachen kaum noch zurückhalten konnte. Rasch legte sie den Hörer auf, dann ließ sie ihrem Vergnügen freien Lauf. Kichernd warf sie sich in ihre Kissen, strampelte mit den Beinen und konnte sich kaum beruhigen. Sie hätte niemals für möglich gehalten, dass Liebe so viel Spaß bereitete.

Alain wusste offenbar nicht, was er von ihrem Ausbruch zu halten hatte, legte sich aber schmunzelnd über sie und hielt sanft ihre Handgelenke auf der Matratze fest. »Was ist so lustig daran, für uns beide ein Abendessen zu bestellen?«

»Dass ich behauptet habe, so hungrig zu sein, und zwei Portionen für eine Person bestellt habe. Ich bin gespannt, wie viel uns nun serviert wird.«

»Ich bin auch hungrig.«

Romy grinste schelmisch. »Ich konnte doch nicht sagen, dass ich nicht allein esse. Das gehört sich nicht.«

»*Mon Dieu,* du bist so *bourgeoise.*« Seufzend rollte er sich von ihr fort und auf den Rücken.

»Ich bin nicht bürgerlich«, protestierte sie. »Es ist nicht erlaubt, dass ein junges Mädchen einen Mann auf seinem Hotelzimmer empfängt. Das ist alles.«

»In Paris ist das kein Problem.«

Sie stützte sich mit einem Arm auf, legte ihren Kopf in ihre Hand und sah ihn eindringlich an. »Aber in Wien ist es das.«

»Ich weiß nicht, was ich von dieser Bürgerlichkeit halten soll.« Er legte sich auf die Seite und richtete sich ebenso auf wie sie. Seine Augen hielten ihrem Blick stand. »Wenn du nicht so bist, liebe ich dich.«

Ihr war nicht ganz klar, ob sein Kommentar ernst gemeint war. Oder der Zusatz. Aber sie wollte daran glauben. Und sie zweifelte nicht an seinen Gefühlen.

Seit sie im Hotel angekommen waren, an der Rezeption ihre jeweiligen Zimmerschlüssel entgegengenommen und sich im Fahrstuhl im Rücken des Liftboys mit einem Blick verständigt hatten, wusste sie, dass sie zusammengehörten. Vor den Augen des Personals war jeder in seine Richtung gegangen, und Romy wartete mit klopfendem Herzen und angehaltenem Atem hinter ihrer Zimmertür – bis es leise klopfte und sie öffnete. Mit Alain umfing sie der Moment ihrer ersten großen Liebe. Es musste Bestimmung sein. Was sie hier mit ihm erlebte, war wichtig, das spürte sie. Und richtig.

»Wann hast du dich in mich verliebt?«, fragte sie ihn nun zwischen zwei Küssen.

147

»Im Zug«, gab er an ihrem Mund zurück. »Und du?«

Sie lächelte. »Ich auch.«

»Trotz aller Differenzen haben wir uns gefunden. Und wir haben uns gleichzeitig verliebt«, stellte er fest, und Romy dachte, dass dies das schönste Gefühl der Welt war.

*

In ihr Unterbewusstsein schlichen sich Geräusche. Ein leises Poltern, Schritte. Sie verwoben sich mit ihrem unruhigen Traum, bis sie allmählich erwachte.

Romy schien es, als wäre sie gerade erst eingeschlafen, obwohl sie eigentlich längst todmüde weggesackt war. Die Nacht war aufregend gewesen, atemberaubend leidenschaftlich, frei, wild, einfach wunderbar. Alain und sie hatten sich nicht die Zeit gegeben, zur Ruhe zu kommen. Aber irgendwann hatte die Erschöpfung sie übermannt. War das vor ein paar Stunden schon gewesen? Oder erst vor ein paar Minuten? Romys Gedanken lagen noch im Dämmer, diesem diffusen Gefühl zwischen Schlaf und Wachen.

Da klingelte das Telefon.

Romy wand sich aus Alains Armen, hangelte nach dem Hörer.

Er murmelte etwas Unverständliches auf Französisch, das wie ein Fluch klang, und drehte sich auf die Seite.

»Ja, bitte?«, fragte sie den Anrufer.

»Hier ist die Telefonzentrale. Grüß Gott, Fräulein Schneider. Es ist sieben Uhr. Sie wollten geweckt werden.«

»Danke …« Nach zwei Versuchen schaffte sie es, den Hörer wieder auf die Gabel zu legen.

Ihr brummte der Schädel. Zu wenig Schlaf, reichlich Champagner und Rotwein, zu viele Zigaretten. Dennoch wollte sie keine einzige Sekunde der vergangenen Nacht missen. Sie streckte ihre Hand nach Alain aus, strich zärtlich über seinen Rücken, als wollte sie sich vergewissern, dass er tatsächlich da war. Ihr Liebhaber. Ihr Geliebter. Sie rückte näher an ihn heran, drückte sich gegen seinen warmen Körper und presste die Lippen auf sein Schulterblatt.

Eine Tür klappte.

Bevor Romy begriff, dass es der Zugang zu dem Nebenzimmer war, der da geöffnet wurde, hörte sie schon die Stimme ihrer Mutter: »Grüß dich, Romylein! Ich bin früher …« Magda brach ab.

Im ersten Moment dachte Romy, ihr Herz bliebe stehen. Einen Atemzug später wünschte sie, unsichtbar unter der Bettdecke zu verschwinden.

Noch schlaftrunken hob Alain seinen Kopf, blickte sich verwirrt um. »*Bonjour, Madame*«, grüßte er freundlich.

Er richtete sich auf, nickte der Mammi mit einer Höflichkeit zu, die Romy nicht von ihm erwartet hatte. Am erstaunlichsten war jedoch, dass ihm die unerwartete Begegnung nicht halb so peinlich zu sein schien, wie sie es für Romy war.

»Tja …« Magda schnappte nach Luft, ihr fehlten offenbar die Worte, um die Situation in irgendeiner Weise zu kommentieren. »Romy, komm bitte zu mir, sobald du … ähm … fertig bist …«, sagte sie schließlich.

Sie verschwand ebenso plötzlich, wie sie gekommen war. In einem Film wäre ihr Auftauchen vielleicht eine Illusion gewesen. Das deutliche Zuschlagen der Tür war jedoch sehr real.

»Puh!«, stöhnte Romy.

Alain drehte sich zu ihr, wollte sie in die Arme nehmen. Doch sie sprang auf, zerrte hektisch an dem Betttuch und schlang es sich schließlich wie eine römische Toga um ihren nackten Leib. Nervös marschierte sie auf und ab, sammelte dabei ihre Sachen vom Boden auf und sah den Rollwagen mit den Essensresten, die benutzten Gläser, die herumliegenden Flaschen und übervollen Aschenbecher mit den Augen ihrer Mutter. Es war ein schreckliches Gefühl, das den Zauber der vergangenen Stunden fortwischte wie der Schwamm ein Herz aus Kreide auf einer Schultafel.

»Was ist los?«, fragte Alain. Er schien tatsächlich ahnungslos zu sein.

»*Pardon*?« Sie blieb vor dem Bett stehen, den Arm voller Klamotten, das Haar verwuschelt, todunglücklich. Wobei sie nicht wusste, was sie trauriger stimmte – das Auftauchen ihrer Mutter oder Alains fehlende Sensibilität. Wahrscheinlich ist das alles viel zu bürgerlich für ihn, dachte sie grimmig.

»Meine Mutter hat uns in flagranti … Sagt man das so auf Französisch?«

»Ich weiß nicht genau, was du meinst … *en flagrant* meint, dass man auf frischer Tat ertappt wird, bei einer Straftat also. Aber das ist unsere Liebe nicht, wir sind erwachsen und beide ledig.«

Ach, er hatte ja recht. Irgendwie. Romy wusste nicht, was sie tun sollte. Es war alles so kompliziert.

Sie legte seine Sachen auf das Bett. »Ich gehe jetzt ins Badezimmer. Bitte tu mir den Gefallen und verlass mein Zimmer. Ich muss mit der Mammi reden.«

»*Bien*. Gut. Wir müssen ja auch noch arbeiten heute.« Er stand auf, streckte sich – und Romy starrte ihn voller Bewunderung an, als wäre er die lebendig gewordene Statue eines Adonis. Unter ih-

150

rem Blick grinsend, griff er nach seinem Hemd und warf es sich über. »Darf ich heute Abend wiederkommen?«, fragte er.

*

»Er ist ein Windhund!«, behauptete Magda, während sie Kaffee aus einer silbernen Kanne in die Porzellantasse goss, die der Roomservice für Romy in ihr Zimmer gebracht hatte. »Ich kenne diese Art Mann, du wirst ihn niemals für dich allein haben, Kind.«

»Das hattest du schon gesagt.«

»Dein Stiefvater mag ihn überhaupt nicht. Er sagt, es sei ein dahergelaufener Kerl.«

»Ich weiß.«

»Romy, du bist eine erfolgreiche und berühmte Schauspielerin. Mach dir doch nicht alles wegen dieses Franzosen kaputt.«

Romy ließ die Tiraden ihrer Mutter über sich ergehen, als beträfen sie nicht ihre Person, sondern irgendjemanden, der sich zwar im Raum befand, aber gerade unsichtbar war. Seltsamerweise fühlte sie sich völlig unbeteiligt. Sie hörte zu, weil sie sich dazu aus purer Höflichkeit verpflichtet fühlte, aber die Beschuldigungen gegen Alain prallten an ihr ab wie ein Regenschauer an einer Fensterscheibe. Noch immer erfüllt von seiner Gegenwart, seiner Leidenschaft und Zärtlichkeit, fühlte sie sich stark genug für ihre ganz persönliche Revolution. Natürlich hatte sie nicht damit gerechnet, dass diese so bald nötig werden würde. Es blieb ihr nicht einmal Zeit, zu verarbeiten, was zwischen ihr und Alain geschehen war. Aber sie hatte ja nicht wissen können, dass die Mammi schneller aus Köln zurückkam und den Nachtzug nahm, um sie zu überraschen. Nun, Letzteres war Magda zweifellos geglückt.

Romy trank ihren Kaffee aus und stellte die Tasse auf das kleine Tischchen vor der Sitzgruppe, auf dem das Zimmerfrühstück serviert worden war. »Ich muss jetzt arbeiten, Mammi.«

Zum ersten Mal reagierte Magda nicht auf Romys berufliche Verpflichtungen. »Warum konntest du dich nicht in Jean-Claude Brialy verlieben?«, insistierte sie. »Der ist nett und höflich. Und er ist kein Gauner.«

»Alain ist auch kein Gauner!«, protestierte Romy wie aus der Pistole geschossen.

»Aber er wäre gern einer. Nun ja«, Romys Mutter stieß einen tiefen Seufzer aus, »die Dreharbeiten sind bald vorüber. Es ist glücklicherweise nicht mehr lange hin, und dann …«

»Bitte, sprich nicht davon! Ich will gar nicht wissen, wann es zu Ende ist.« Romys Stimme nahm etwas Panisches an. Die Vorstellung, sich von Alain trennen zu müssen, war schrecklich. Andererseits hatte sie Verträge für Filmproduktionen im nächsten Jahr in Paris geschlossen. Sie würden sich auf jeden Fall wiedersehen. Irgendwie. Aber hielt seine Liebe so lange? Es passierte doch so viel in ihrer beider Leben – bestand da nicht die Gefahr, dass er sie rasch vergaß?

Nein, er liebt mich, dachte sie trotzig. Er wird mich nicht einfach so vergessen. Doch trotz des Glücksgefühls, das langsam wieder wach wurde, blieb der Stachel des Abschiedsschmerzes in ihrem Herzen stecken.

KAPITEL 20

Trotz seiner Abneigung gegen bürgerliche Konventionen fügte sich Alain den Vorgaben, um die Romy ihn bat. In der Öffentlichkeit verhielt er sich diskret und war charmant zu ihrer Mutter.

Jean-Claude Brialy verriet Romy, dass diese Zurückhaltung sehr ungewöhnlich für seinen Freund war: Alain hörte in der Regel auf niemanden und gab sich lieber rebellisch als liebenswürdig. Dass er sich einem Mädchen anpasste, war ungewöhnlich. »Er ist verliebt in dich«, sagte Jean-Claude und strahlte, als sei er daran beteiligt.

Dem Filmteam – am allerwenigsten dem Regisseur und dem Kameramann – blieben die Blicke nicht verborgen, die Alain und Romy tauschten. Der Glanz in ihren Augen, wenn sie einander ansahen, die zufällig wirkenden Berührungen waren nicht Teil ihrer Profession als Schauspieler, sondern der Ausdruck der Heimlichkeit Liebender. Es gab Gerüchte, Klatsch. Durch die Dreharbeiten waren sie mehr oder weniger ständig zusammen, dabei jedoch stets auf der Hut vor dem Geschwätz der Kollegen und Mitarbeiter am Set ebenso wie vor der Neugier der Fans oder den Reportern, die sich mit dem ihnen eigenen Spürsinn für Skandale an ihre Fersen hefteten. Und natürlich mussten sie sich vor Magdas Vorhaltungen hüten. Sie waren also alles andere als frei. Um unbeobachtet zu sein, unternahm das Liebespaar häufig nächtliche Spaziergänge durch Wien, wenn die Gassen leer und die alten Geschichten der Stadt fast greifbar waren. Trotz der Sprachschwierigkeiten erwies sich Romy dabei als hervorragende Stadtführerin. Mangels Beweisen stellte die Presse derweil wilde Spekulationen an, und die Romanze wurde allmählich zu einer Staatsaffäre stilisiert.

»Der Halunke will uns unsere Prinzessin wegnehmen«, übersetzte Romy ihrem Liebsten die Überschrift einer Zeitung, während sie eingekuschelt in seinen Arm auf seinem Bett lag.

Es war eine der wenigen gestohlenen Stunden, in denen sie sich in sein Hotelzimmer geschlichen hatten. Ihrer Mutter hatte sie erzählt, sie würde mit Sophie Grimaldi einen Einkaufsbummel durch die Kärntner Straße machen, da ihre Kollegin eine Menge Souvenirs nach Paris mitnehmen wollte. Tatsächlich erinnerte ihr Zeitvertreib jedoch eher an »Liebe am Nachmittag«, denn das, was Audrey Hepburn und Gary Cooper auf der Leinwand zelebrierten, konnten Romy Schneider und Alain Delon im wahren Leben schon lange. Allerdings hätte sich Romy eher einen nachsichtigen Maurice Chevalier als Vater gewünscht statt ihres starrsinnigen, über alle Maßen empörten Daddys.

Romy hatte das Wort *Halunke* zuvor in einem deutsch-französischen Lexikon nachgeschlagen, das sie neuerdings in ihrer Handtasche mit sich trug. Alain war empört. »Ich bin keine *canaille*! Was denkt sich dieser Mann?«

»Es ist ganz egal, was du bist – oder nicht bist. Für die Öffentlichkeit in meiner Heimat bist du auf jeden Fall der *Bazi*, der Gauner, der die Sissi entführt.« Sie seufzte. Blicklos sah sie an ihm vorbei auf eine Wand irgendwo in diesem eleganten Hotelzimmer. »Wie ich das hasse«, fügte sie unwillig hinzu.

»Komm mit mir nach Paris, *Puppelé*!«

»Was?« Im ersten Moment dachte sie, sich verhört zu haben.

Er wiederholte seine Worte. Erst auf Französisch und dann in seinem französisch gefärbten Englisch.

»Ich habe dich verstanden«, erwiderte sie leise.

Viens à Paris avec moi war ein wundervoller Satz. Aus seinem Mund klang er fast noch schöner als *Je t'aime*. Er klang nach Liebe und vor allem nach Freiheit, nach unbeschwerter Jugend und der einmaligen Gelegenheit, etwas vollkommen Verrücktes zu tun. Romy dachte daran, dass sie nächsten Monat zwanzig Jahre alt werden würde. Und dennoch kannte sie kaum das Gefühl, jung zu sein. Die für ihr Alter typische Narretei und Neugier waren ihr fremd, stattdessen lebte sie in beständiger Disziplin und Kontrolle. Mit dem Geliebten fortzugehen, egal wohin, stellte sie sich als Himmel auf Erden vor. So könnte sie nachholen, was ihr durch die ganze Filmerei versagt geblieben war. An der Seite eines Mannes, der in Vollkommenheit alle Tribute besaß, die ein Mann ihrer Ansicht nach haben musste: Er war schön, stark, verheißungsvoll, und er wusste genau, was er wollte.

»Wie gern ich das tun würde. Aber ich kann nicht«, flüsterte sie auf Deutsch. Es erschien ihr nicht richtig, diesen Satz auf Französisch auszusprechen. Vielleicht wollte sie auch nicht, dass Alain sie verstand. Sie wollte das Ende hinauszögern, sich nicht entscheiden müssen zwischen einer Zukunft an seiner Seite, dem Beruf, den sie liebte, und ihrer Familie.

Auf Französisch sagte sie: »Wir werden sehen.«

Sie warf die Zeitung zu Boden. Dann schlang sie ihre Arme um Alains Hals und küsste ihn. Als könnte die Liebkosung die Wunden schließen, die sich gerade in ihrem Innersten auftaten. Er erwiderte ihren Kuss so voller Leidenschaft, dass sie dachte, dies war der schönste Augenblick ihres Lebens. Und wie unglaublich arrogant es von ihr gewesen war, sein Geschenk, das Geschenk seiner Liebe und ihrer Freiheit, nicht annehmen zu wollen, davor weglaufen zu wollen.

KAPITEL 21

Der Tag des Abschieds nahte mit bedrückender Gewissheit. Schon einen Tag vor Drehschluss konnte Romy an kaum etwas anderes mehr denken als an Alains Abreise nach Paris. Sie war traurig, verhielt sich unduldsam und launisch.

Inzwischen war ihr Stiefvater in Wien eingetroffen, was nicht dazu beitrug, ihre Stimmung zu heben. Blatzheims Vorbehalte gegen Alain waren ebenso groß wie seine ständigen Hinweise auf den vierten Sissi-Film, den Romy unbedingt drehen sollte, entnervend.

»Wie stellst du dir das eigentlich vor?«, herrschte sie ihn beim Abendessen an. »Soll ich einen Film drehen, der ›Wechseljahre einer Kaiserin‹ heißt?«

»Ach Romylein«, seufzte die Mammi.

»Sprich nicht in einem solchen Ton mit mir«, gab Blatzheim verärgert zurück.

Romy saß mit ihren Eltern in einem der kleinen, bezaubernden Separees im eleganten Restaurant des Hotel Sacher und wünschte nichts sehnlicher, als bei Alain zu sein. Das Filmteam feierte in einem Lokal in der Nähe den letzten Abend in Wien, aber sie hatte nicht mitgehen können, weil ihre familiären Verpflichtungen vorrangig waren. Frustriert stocherte sie in ihrem Essen und dachte an den Zimmerservice, der sie in den vergangenen Nächten mehr als einmal großzügig und diskret versorgt hatte. Bei diesen Mahlzeiten war sie sehr hungrig gewesen, heute war ihre Kehle wie zugeschnürt. Die Situation schlug ihr auf den Magen.

»Du fliegst erst einmal nach Köln, und in unserem Haus dort wirst du zur Ruhe kommen.« Magda strich liebevoll über Romys Hand. »Das brauchst du jetzt, Romy. Es wird dir guttun. Du hast anstrengende Wochen hinter dir.«

Ich habe die schönsten Wochen meines Lebens hinter mir, fuhr es ihr durch den Sinn.

Unter »zur Ruhe kommen« verstand die Mammi die Erledigung von Romys Privatkorrespondenz und der stets zahlreichen Autogrammwünsche, das Lesen von Drehbüchern und die Vorbereitung auf die nächste Filmproduktion. Während Romy einen großen Schluck aus ihrem Weinglas nahm, fragte sie sich, ob sie dieses Leben wirklich so weiterführen wollte. Als wäre nichts geschehen. Als wäre nicht alles anders als vor »Christine«.

Nach dem Essen, das sie überwiegend hatte zurückgehen lassen, grübelte Romy in ihrem Zimmer weiter. Die sonst nachts meist offen stehende Verbindungstür zu ihrer Mutter war dank Daddys Anwesenheit geschlossen. Doch die Gespräche von nebenan drangen durch die dünnen Wände, als würden Magda und Blatzheim neben Romy auf dem Bett sitzen.

»Wie sehr habe ich das Ende dieser Dreharbeiten herbeigesehnt«, sagte die Mammi mit gedämpfter Stimme. Offenbar bemühte sie sich um Diskretion, doch Romy hörte jedes Wort. »Sie wird ein paar Tage weinen, aber wenn wir erst zu Hause sind, wird sie sich schon wieder fassen ...«

»Hoffentlich vergisst sie den *Jeck* ganz schnell«, warf Blatzheim ein.

»Sicher wird sie das. In Köln ist für viel Ablenkung gesorgt. Und weißt du, der Abschluss von Dreharbeiten hinterlässt immer erst einmal eine große Leere. Bis zur nächsten Klappe.«

Was glaubten ihre Eltern eigentlich, wer sie war? Eine Maschine, bei der man den An-und-aus-Knopf nach Belieben bedienen konnte?

Anscheinend hatte nicht einmal ihre Mutter verstanden, wie wichtig Alain für Romy war. Ihre Fanpost würde keinesfalls ausreichen, um ihn aus ihrem Kopf und ihrem Herzen zu tilgen. Genau genommen konnte sie sich nicht vorstellen, dass es irgendetwas auf dieser Welt geben könnte, das ihr ebenso viel Sicherheit, Zuversicht, Liebe und Abenteuerlust schenkte wie dieser Mann. Ihre Eltern könnten es jedenfalls sicher nicht.

Romy erhob sich von ihrem Bett und löschte die Nachttischlampe. Sie zog ihre Pumps aus und huschte aus ihrem Zimmer. Dann schlich sie sich den Hotelflur entlang, darauf bedacht, keinem anderen Gast und auch keinem Zimmermädchen oder Kellner zu begegnen.

Sie sah sich mehrmals um, weil die dicken Teppiche jeden Schritt schluckten und sie nicht von einer unerwarteten Begegnung überrascht werden wollte.

Sie erreichte ihr Ziel und klopfte vorsichtig an.

Vielleicht hatte er hinter der Tür sehnsüchtig auf sie gewartet. Sie würde es nicht erfahren, aber sie mochte es glauben. Als er öffnete, streckte er nur die Hand aus, ergriff ihren Arm und zog sie hinein. Zu sich. In einen gemeinsamen Traum, der nur noch ein paar Stunden währen durfte.

*

Romy weinte. Die Tränen rannen ihr während der Autofahrt vom Hotel zum Flughafen Schwechat unaufhaltsam über die Wangen. Sosehr sie sich auch bemühte, sie zurückzuhalten, Romy kam es vor, als würde der Strom immer stärker. Sie legte ihren Kopf an

Alains Schulter und richtete sich erst wieder auf, als ihr bewusst wurde, dass sie seine Lederjacke ruinierte.

»Nicht weinen«, flüsterte Alain. Er küsste sie auf das noch immer blondierte Haar. »Wir sehen uns wieder, nicht wahr?« Zu ihrer größten Überraschung klang er zögerlich, seine Stimme war erstickt, als hielte auch er die Tränen nur mühsam zurück.

»Ich werde Weihnachten zur Premiere in Paris sein«, sie verhaspelte sich, sprach in drei Sprachen gleichzeitig, weil sie sich auf keine einzige konzentrieren konnte. Ihre Gefühle wollten ihr nicht mehr gehorchen.

»Bis dahin ist viel zu lang. Komm zu mir, *Puppelé*, lebe mit mir in Frankreich.« Auch in der vergangenen Nacht hatte er immer wieder von einer gemeinsamen Zukunft gesprochen, hatte sie beschworen, ihn nach Paris zu begleiten. Nur eines hatte er nicht – sie gebeten, ihn zu heiraten.

»Ich kann nicht«, sagte sie nun zum ersten Mal auf Französisch. »Meine Familie …« Sie brach ab, weil der Gedanke an die Trennung von Alain sie von Neuem überwältigte. Schluchzend schlug sie die Hände vor ihr Gesicht.

Er legte den Arm um sie und zog sie an sich. Aber sie hörte nicht auf zu weinen.

Dank einer Sondergenehmigung, die das Büro der Produktionsgesellschaft für sie erwirkt hatte, durfte sie Alain bis zur Gangway begleiten. Sie trugen beide Sonnenbrillen, doch Romy wurde in der Abflughalle von einigen Verehrerinnen erkannt und sofort umringt. Während Alain seinen Koffer aufgab, schrieb sie Autogramme. Hand in Hand gingen sie dann zu seinem Gate, von wo sie in einer Limousine auf das Rollfeld gefahren wurden. Die anderen Passagiere mussten sich mit dem Fußweg begnügen und waren längst an Bord, bevor Alain auch nur einen Fuß auf die Gangway setzte.

Die Sonne tauchte die Szenerie in gleißendes Licht, der Rumpf der Air-France-Maschine glänzte silbern, die Betonpiste schien in der Hitze zu dampfen. Für Romy fühlte es sich an wie die Hölle.

»*Au revoir, Puppelé*«, sagte Alain.

Romy stand auf dem Rollfeld neben dem Flugzeug und konnte nicht aufhören zu weinen. Sie war unfähig, zu sprechen, ihre Lippen zitterten zu sehr. Als Alain sie in die Arme nahm, legte sie die Hände um sein Gesicht und spürte die Tränen, die nun auch aus seinen Augen quollen. Sie sahen sich durch die dunklen Gläser ihrer Sonnenbrillen an und konnten den Blick des anderen doch kaum erkennen. Dann küssten sie sich. Ein zarter Kuss nur, mehr ein Versprechen als Ausdruck ihrer unterdrückten Leidenschaft.

Abrupt ließ Alain sie los. Er wandte sich um und lief mit federndem Schritt die Gangway hinauf – ohne sich noch einmal umzudrehen. An der Kabinentür wurde er von einer Stewardess begrüßt. Dann verschwand er in dem riesigen Ungetüm, das ihn von Romy forttragen würde.

Sie sah ihm nach und hätte ihn am liebsten zurückgerufen. Auf ihren Lippen lag noch der salzige Geschmack ihrer gemeinsam vergossenen Tränen, vor ihrem geistigen Auge sah sie noch einmal seinen geraden Rücken durch das Rund des Eingangs zu dem Flieger gehen. Er hatte ihr so viel Schönes gegeben, ihr so unendlich viel von sich und seiner Welt gezeigt, und das, obwohl sie beide nur so wenige Möglichkeiten gehabt hatten, sie selbst zu sein.

Es konnte nicht richtig sein, sich der Zukunft an seiner Seite zu verweigern. Im Grunde täte sie damit nichts anderes, als sich gegen das Leben selbst zu stellen.

»Fräulein Schneider, bitte kommen's, die Maschine soll starten.«
Der Flughafenmitarbeiter, ihr Chauffeur auf dem Rollfeld, war neben sie getreten.

Mit hängenden Schultern folgte sie ihm. Sie hörte noch, wie die Propeller angelassen wurden, dann versank sie im Wageninneren in einem Weinkrampf.

*

Magda drückte ihr einen Eisbeutel auf die Lider. »Mit so verquollenen, geröteten Augen kannst du unmöglich vor die Tür gehen«, kommentierte sie Romys Tränenstrom. Sie strich ihr das Haar aus der Stirn und fügte sanft hinzu: »Kein Mann ist es wert, dass du dir seinetwegen dein Aussehen ruinierst.«

Es ist mein Leben, um das ich weine, bevor es überhaupt richtig angefangen hat, dachte Romy.

Sie umfasste die Hand ihrer Mutter. »Ich vermisse ihn so arg.«

»Ich weiß, mein Schatz, ich weiß.«

Die Vorstellung, ohne Alain sein zu müssen, entwickelte sich in Romys Kopf zu einem regelrechten Horrorszenario. Da sie nicht wusste, wann sie sich wiedersehen würden, fühlte es sich für sie an, als wäre er für sie gestorben. Gleichzeitig fiel ihr ein, dass er sich noch im Flugzeug auf dem Weg nach Paris befand, da konnte allerlei passieren – und sie dachte in diesem Moment an seinen Tod! Unfassbar! Im Volksmund hieß es, dass man ein Unglück nicht beschreien sollte – galt diese Redensart auch für das Denken? Hatte sie gerade etwas Furchtbares herbeigedacht? Romy schluchzte.

»Er hat mir einen Brief für dich dagelassen. Ich wollte ihn dir eigentlich erst geben, wenn du dich beruhigt hast. Aber vielleicht ist es besser, du bekommst ihn jetzt.«

Romy nahm den Eisbeutel von ihrem Gesicht und sah ihrer Mutter nach, wie sie ins Nebenzimmer schritt. Eine Mischung aus Ärger und Ungeduld machte sich in Romy breit. Wie konnte die Mammi es wagen, ihr einen Brief von Alain auch nur eine einzige Minute lang vorzuenthalten? Worauf wollte sie warten? Und vor allem: Wie lange? Romys Abschiedsschmerz würde so bald nicht vergehen, davon war sie überzeugt.

»Hier, bitte.« Magda kam zurück, ein verschlossenes, relativ dickes Kuvert in der Hand, das sie Romy mit einer bühnenreifen Geste überreichte. »Er bat mich, dir das zu geben. Bitte sei nicht zu enttäuscht, wenn du es liest.«

Anscheinend erwartete sie, dass Alain sich in schriftlicher Form für immer von Romy trennte. Was aus Sicht ihrer Mutter wohl auch das Naheliegendste war. Doch irgendetwas in Romy mahnte sie, dass jemand, der bürgerliche Zwänge ablehnte, keines mehrseitigen Schreibens bedurfte, um einem Mädchen den Laufpass zu geben. Deshalb riss sie den Umschlag mit überraschender Ruhe auf. Ihre Finger, die mehrere Blätter des Hotelbriefpapiers auseinanderfalteten, zitterten dennoch.

Alains Schrift war groß, schwungvoll, kräftig. Ein ziemlich deutlicher Hinweis auf seinen Charakter. Seine Worte jedoch waren zart und hingebungsvoll. Obwohl sie es nicht wollte, begann sie wieder zu weinen.

Im Grunde schrieb er ihr nichts anderes als das, was er ihr in den vergangenen Tagen und Nächten immer wieder gesagt hatte: *Komm zu mir nach Paris, ich werde auf dich warten.* Aber Wörter bekamen ein anderes Gewicht, wenn sie nicht nur in einem leidenschaftlichen oder zärtlichen Moment dahingesagt wurden, sondern schwarz auf weiß zu lesen waren:

Ma Puppelé!
Viens chez moi à Paris, je t'attendrai …

Die Zeilen verschwammen vor Romys Augen. Sie musste die Seiten aus der Hand legen, damit ihre Tränen die Buchstaben nicht verwischten.

»Ach Romylein«, seufzte die Mammi und nahm sie ganz fest in die Arme.

KAPITEL 22

Daddy hatte in Wien noch zu tun. Natürlich. Er hatte immer irgendwo zu tun. Deshalb wollten Romys Eltern einige Tage länger im Hotel Sacher bleiben. Romy würde allein nach Köln fliegen müssen, was ihr jedoch nur recht war, weil sie keinen Tag länger an dem Ort bleiben wollte, der so viele Erinnerungen an Alain Delon barg. Ansonsten fürchtete sich Romy vor dem Alleinsein, das für sie nicht mehr wohltuend, sondern beängstigend war. Einsamkeit war das Letzte, was sie in diesem Moment brauchte, um Abstand von ihrer Liebe zu Alain zu gewinnen. Einer Liebe, die mit jeder Stunde Trennung und jeder vergossenen Träne noch größer wurde.

Unglücklich blickte sie durch die Gläser ihrer Sonnenbrille aus dem Fenster der Limousine, die sie nach Schwechat brachte. Industrieanlagen und Raffinerien flogen an ihr vorbei, weil der Chauffeur gerade durch Simmering fuhr. Ihr fiel auf, dass sie Alain den alten Gasometer hätte zeigen sollen, der ihm bestimmt gefallen hätte. Aber sie hatte nicht daran gedacht, nicht einmal gestern, als sie ihn zum Flughafen begleitete. So viele verpasste Möglichkeiten. Warum hatten sie eigentlich nicht schon während der Dreharbeiten in Paris verstanden, dass sie füreinander bestimmt waren? Diese albernen Streitereien waren ebenso unnötig wie zeitraubend gewesen. So viele Chancen, die sie nicht ergriffen hatten. Und nun war es vorbei. Unwillkürlich begannen sich ihre Augen wieder mit Wasser zu füllen. Ich gehe unter, fuhr es ihr durch den Kopf. So muss es sein, wenn man ertrinkt.

Sie kamen vor dem lang gestreckten, flachen Hauptgebäude des Internationalen Flughafens an, Romy stieg aus dem Wagen und nahm ihren Handkoffer in Empfang, wobei sie sich wie eine Marionette fühlte. Geduldig wartete sie darauf, dass ihr Fahrer jemanden auftrieb, der ihr Gepäck auf einem Wagen zum Abflugschalter brächte. Die beiden Männer eskortierten sie auf dem Weg dorthin, schützten sie so vor aufdringlichen Reportern und neugierigen Fans, die man überall erwarten konnte. Wahrscheinlich hatte Daddy dem Chauffeur vor ihrer Abfahrt ans Herz gelegt, besonders gut auf Romy aufzupassen. Als könnte sie nicht allein mit Presseleuten und Bewunderern klarkommen. Darin besaß sie inzwischen mehr Übung als darin, das Leben einer jungen Frau zu führen, die in exakt drei Wochen zwanzig Jahre alt würde.

Vor dem Check-in herrschte viel Betrieb. Romy reihte sich in die Schlange ein, das Ticket nach Köln griffbereit. Ohne die Menschen wirklich zu sehen, blickte sie auf die Rücken und Hinterköpfe ihrer Mitreisenden, auf Hüte und mit Haarspray fixierte Frisuren. Die Locken der Frauen schienen so starr, als befürchteten sie, wie Nils Holgersson auf dem Rücken einer Gans in die Lüfte zu steigen und nicht vor Wind und Wetter geschützt in einer Flugzeugkabine.

»Rosemarie Albach«, las die junge Frau in dem dunkelblauen Kostüm mit den Abzeichen der Austrian Airlines, der Romy ihr Ticket über den Tresen geschoben hatte. Sie verglich den Namen mit ihrer Passagierliste. Dann hob sie den Kopf und lächelte professionell. Einen Atemzug später erstarb ihr Lächeln, ihre Augen weiteten sich: »Sind Sie nicht Romy Schneider?«

Die Sonnenbrille konnte ihre Bekanntheit nicht verbergen.

»Ja. Da haben Sie recht.« Romy erwiderte das Lächeln, obwohl ihr überhaupt nicht danach zumute war. Nun gut, die Dame konnte natürlich nichts für Romys verletztes Seelenheil. Und Romy war Schauspielerin, sie konnte auch fröhlich sein, wenn ihr nach Heulen zumute war.

»Hatten Sie glückliche Tage in Wien, Fräulein Schneider?«

»Ja …« Ihre Augen füllten sich wieder. »O ja«, wiederholte sie mit erstickter Stimme.

Brüsk griff sie mit der einen Hand nach der Bordkarte, die ihr gereicht wurde. Sie wandte sich ohne ein weiteres Wort ab, stolperte auf wackligen Beinen dem Gate entgegen, schaute nicht auf ihre Sitzplatznummer.

Bilder aus der Vergangenheit zogen an ihr vorbei: die Landung in Paris, als sie Alain zum ersten Mal begegnet war, der Moment, als sie ihn gestern auf das Rollfeld begleitet hatte. Viereinhalb Monate lagen zwischen diesen beiden Ereignissen, wenige Wochen nur, in denen ihr Alltag eigentlich gleich geblieben war und die sie als Mensch dennoch vollkommen verändert hatten. Sie war nicht mehr das Püppchen, das dem arroganten Schönling den dargebotenen Rosenstrauß empört zurückgab. Sie war zu einer Frau gereift, die es wagte, Alain zu lieben, einen Mann, den ihre Eltern nicht guthießen. Nicht mehr die süße Sissi, sondern eine junge Frau, die ernst genommen werden wollte. Ihr Ziel war es schon so lange, eine richtige Schauspielerin zu sein – nicht ihr Leben lang das Wiener Mädel zu geben. Und doch lief sie hier vor dem Erwachsenwerden davon und kehrte zurück zu den Rollen, die sich im Großen und Ganzen nur an einem einzigen Vorbild orientierten.

Komm zu mir nach Paris, ich werde auf dich warten …

»Erster Aufruf des Fluges nach Köln-Bonn«, hallte es durch die Flughafenhalle. »Bitte begeben Sie sich an den Abflugschalter.«

Ich kann nicht, fuhr es ihr durch den Kopf.

Ich will nicht, fügte sie einen Herzschlag später für sich hinzu.

Ohne länger nachzudenken, machte sie kehrt. Sie marschierte zurück zu dem Schalter der Austrian Airlines. Es machte ihr nichts aus, dass sie von anderen Flugreisenden angerempelt wurde, die dem Gate für den Flug nach Köln entgegenstrebten. War sie vorher aus Traurigkeit noch unsicher ihres Weges gegangen, wurden ihre Schritte nun zunehmend fester. Flüchtig dachte sie an ihr Gepäck. Das würde ihr nachgeschickt werden. Irgendwohin. Am besten dorthin, wo sich ihre Zukunft befände.

Wieder musste sie sich in einer langen Schlange einreihen und darauf warten, nach ihren Wünschen gefragt zu werden.

»Fräulein Schneider?« Die Austrian-Airlines-Angestellte, die sie zuvor erkannt hatte, sah sie erstaunt an. »Was kann ich noch für Sie tun?«

Sie holte tief Luft. Es war der Satz, von dem sie wusste, dass er ihr Leben verändern würde: »Ich brauche ein Ticket nach Paris. Für den nächstmöglichen Flug. Es ist mir ganz egal, was das kostet. Ich werde nicht nach Köln reisen.« Sie hatte es gesagt. Ihr wurde schwindelig, sie hielt sich mit einer Hand an dem Tresen fest. Aber das Lächeln auf ihren Lippen war nicht mehr die automatische Reaktion eines Stars, es kam von Herzen.

»Wann möchten Sie zurückfliegen?«

Gar nicht, dachte Romy. Ihr Pflichtgefühl meldete sich. Sie würde bald wieder in Wien drehen. »Die Halbzarte« hieß der Streifen, in dem sie an der Seite ihrer Mutter – na, was wohl? – ein Wiener Mädel spielen sollte. Der Vertrag war unterzeichnet, und sie würde nicht vertragsbrüchig werden, das hatte für sie etwas mit Ehre zu tun. Der genaue Drehbeginn war aber noch nicht festgelegt.

»Lassen Sie den Rückflug bitte offen«, entschied sie. Erst danach fiel ihr ein, dass sie ja auch nur für ein verlängertes Wochenende nach Paris fliegen könnte. Für eine Stippvisite zu einer Aussprache mit Alain. Doch sie würde nicht als Touristin an die Seine zurückkehren. Etwas Größeres wartete auf sie. So viel stand fest.

*

Zwei Stunden später saß sie auf dem Fensterplatz einer Air-France-Maschine. In der Zwischenzeit hatte sie einen Brief an ihre Eltern geschrieben, in dem sie ihnen kurz mitteilte, dass sie nach Paris zu Alain reise, weil er die Liebe ihres Lebens war. Den Umschlag hatte sie einem Taxifahrer überlassen mit der Bitte, diesen im Hotel Sacher abzugeben. Nachdem sie den Mann bezahlt hatte, war sie zu ihrem Gate gegangen. Ein Blick auf die große Uhr an der Stirnseite des Gebäudes verriet ihr, dass ihr Abflug wohl mit der Ankunft des Droschkenführers zusammenfiel. Sie hatte die Zeit geschickt berechnet. So konnte Daddy nicht auf den Gedanken kommen, sie von ihrer kurzfristigen Planänderung abzuhalten. Wie auch immer er das hätte anstellen wollen, denn er hätte sie nicht einmal durch die Gendarmerie daran hindern lassen können. So rächte sich für ihn, dass sie vorzeitig für volljährig erklärt worden war. Sie konnte tun, was sie wollte. Sie war frei.

Die tatsächliche Tragweite ihrer impulsiven Entscheidung wurde ihr jedoch erst bei ihrer Ankunft in Orly bewusst. Ein wenig verloren stand sie zwischen den vielen Menschen in der Ankunftshalle, die sich umarmten und küssten. Es herrschte ein enormer Geräuschpegel an Wiedersehensfreude. Die Menschen eilten an ihr vorbei auf ihrem Weg zu den Parkplätzen oder den öffentlichen

Verkehrsmitteln. Jeder hatte ein Ziel – nur sie stand ganz allein da und wusste im wahrsten Sinne des Wortes nicht, wohin.

Zögernd folgte sie der Beschilderung zu einem Münzfernsprecher. Natürlich hatte sie keine Francs in der Tasche. Deshalb musste sie wieder umkehren, wechselte Schillinge und D-Mark an einem Bankschalter, der sich direkt neben dem Ausgang des Flugfelds befand. Sie gab alles her, was sie an Scheinen noch in ihrem Portemonnaie fand.

In diesem Moment wurde ihr zum ersten Mal bewusst, dass sie von nun an auf sich allein gestellt war. Niemand würde ihr Leben planen, Rechnungen für sie bezahlen, Chauffeurdienste organisieren und was sonst noch notwendig war. Alles lag in ihrer Hand wie die kärgliche Ausbeute an französischem Geld, das sie eingetauscht hatte. Sie war ausgebrochen aus dem Kokon ihrer Familie, aus der Sicherheit ihres durchorganisierten Alltags. Mit einem Mal musste sie erwachsen sein.

Langsam wanderte sie zu der Telefonzelle, die gerade von einer anderen Frau besetzt wurde. Sie wartete, suchte nach einem Päckchen Zigaretten in ihrer Handtasche und dem Feuerzeug, zündete sich einen Glimmstängel an. Das Nikotin beruhigte ihre Nerven etwas. Dennoch tauchte in ihrem Hinterkopf plötzlich der beunruhigende Gedanke auf, dass sich Alain womöglich gar nicht über ihren Besuch freute. Was wäre, wenn er keine Überraschungen mochte? Vielleicht hatte er eine andere hier in Paris. Die Person, mit der er so oft nach Drehschluss telefoniert hatte. Mit zitternden Händen suchte sie in ihrer Handtasche nach seinem Brief. Dort hatte er eine Telefonnummer aufgeschrieben, unter der er erreichbar war. Nachdem seine Beziehung mit der bekannten französischen Filmschauspielerin Brigitte Auber in die Brüche gegangen war, wohnte er bei seinem Agenten und Mentor.

Endlich hatte die Frau ihr Gespräch beendet. In der einen Hand ihre Zigarette, in der anderen die benötigten Münzen, das Handgepäck zwischen ihren Füßen, stand Romy schließlich vor dem Fernsprecher. Entschlossen warf sie das Geld ein und wählte *DANTON 8848.*

»*Oui, allô?*«, meldete sich nach dem zweiten Läuten eine fremde Männerstimme.

Ihr Mut fiel in sich zusammen wie ein Luftballon mit einem Loch. Die Angst, dass Alain sich über ihre Anwesenheit nicht freuen würde, drückte ihr die Kehle zu. Das Herz klopfte ihr bis zum Hals. Ihre Stimme war so schwach, dass sie fürchtete, der Mann am anderen Ende der Leitung würde sie nicht verstehen: »Hier ist Romy. Kann ich bitte mit Alain Delon sprechen?«

»Oh, *bonjour*, warten Sie bitte.« Zumindest der Unbekannte klang hocherfreut. Das war ein gutes Zeichen.

Offenbar hielt er den Hörer von sich weg, denn nun wurde er etwas leiser, aber sie verstand trotzdem jedes Wort: »Alain, komm schnell. Deine Romy ist am Telefon.«

Dann endlich Alains Stimme: »Romy?« Verwunderung lag darin, als könne er nicht glauben, dass sie ihn angerufen hatte.

Sie schluckte. »Ich bin in Orly. Ich habe mich einfach in ein Flugzeug gesetzt und bin eben …«

»Was tust du in Paris?«

»Ich möchte bei dir sein.«

Ein leises Lachen antwortete ihr. »Bleib, wo du bist. Ich hole dich ab.«

Als sie den Hörer einhängte, erfasste sie eine glückliche Aufregung. Alles passierte, wie sie es sich aus ganzem Herzen gewünscht, aber sich nicht einmal in ihren geheimsten Träumen vorgestellt hatte. Sie hatte die Verbindung zu ihrer Familie abgebrochen, und nun wartete ein neues Leben mit Alain auf sie. Es war eine Szene wie in einem Film.

Doch es war kein Film.

Heiliger Strohsack!, dachte sie und fragte sich im nächsten Moment erschrocken: Was habe ich getan?

KAPITEL 23

PARIS
Herbst 1958

In einem Reiseführer über Paris las Romy, dass September, Oktober und November an der Seine das Synonym für *Entspannung* und *Wohlfühlen* war. Sie hätte gern noch *Glücklichsein* hinzugefügt.

Im Grunde traf das alles zu, wäre da nicht die stille Verzweiflung gewesen, die sie täglich mindestens einmal erfasste. Ihre Familie tat alles, damit sie sich weder entspannte noch wohlfühlte. Die Mammi, ihr Stiefvater, nicht einmal ihr kleiner Bruder schienen ihr das Glück zu gönnen, das sie in diesen Tagen umfing. Es senkte sich ein dunkler Schatten über ihre Fröhlichkeit, ihre Neugier und Unbeschwertheit, der ihr die Gefühle nahm, die sie gerade erst neu für sich entdeckte.

Sie lebte mit Alain in der Wohnung von Georges Beaume. Der war ein Tausendsassa, Journalist, Agent, Drehbuchautor, Übersetzer aus dem Englischen, er schien jeden und jede in der Stadt zu kennen und mischte anscheinend überall mit. Für Alain war er ein Mentor und ein Türöffner, für Romy wurde er von der ersten Begegnung an ein guter Freund. Er war Ende dreißig und wohnte in schönster Lage des 6. Arrondissements am linken Ufer in Saint-Germain-des-Prés direkt an der Seine: Das Haus am Quai Malaquais 3 war einer jener hohen Altbauten aus hellem Sandstein, die so typisch für Paris waren, der Blick auf die den Fluss säumenden Bäume und den Louvre gegenüber atemberaubend. Georges' Appartement war – wie die meisten in der Stadt – nicht sehr groß, und er schob zwei rote Samtsofas zusammen, damit Romy und Alain in einer Art Doppelbett schlafen konnten. Die Enge machte ihr nichts aus, sie suchte ja gerade die Nähe des Liebsten. Und sie wusste, dass diese Behelfsmäßigkeit ein unverzichtbarer Teil der Bohème wäre, für die sie ihr behütetes, wohlhabendes Leben als höhere Tochter und stets kontrollierter Filmstar aufgegeben hatte.

Das wirkliche Problem in Georges Beaumes Wohnung war das Telefon. Es klingelte immer dann, wenn ein Anruf für Romy am ungelegensten kam. Aber eigentlich war jede Stunde die falsche. Ihre Familie wählte die unterschiedlichsten Zeiten, um sie zu beschwören, nach Hause zu kommen, und – schlimmer noch – den Dreck vor ihr darzulegen, den die deutsche Skandalpresse über Alain Delon verbreitete.

Es begann gleich nach ihrer Ankunft. Kaum dass ihr Georges ein Glas Wein eingeschenkt hatte, klingelte das Telefon. Er nahm ab, meldete sich, sagte »*Bien sûr*« und reichte Romy den Hörer mit den Worten: »*Ta maman.*«

»Gott sei Dank«, seufzte Magda in ihre Sprechmuschel, nachdem sie Romys Stimme und ein kurzes »Ja, bitte?« vernommen hatte. »Gott sei Dank habe ich dich erreicht. Wir machen uns schreckliche Sorgen um dich!«

»Aber, Mammi, das braucht ihr nicht. Mir geht es gut. Ich bin bei Alain.«

»Das macht uns ja gerade solche Sorgen.«

»Unsinn«, widersprach Romy ruhig. »Es ist alles in Ordnung.« Sie lächelte Alain zu, der zurückgelehnt auf dem Sofa saß, nicht sie, sondern sein Weinglas betrachtete und dabei leise Konversation mit ihrem Gastgeber betrieb. Ihr ging das Herz bei diesem Anblick auf. Wie sehr sie ihn liebte!

»Romy, bitte, was soll daran in Ordnung sein, dass du entführt worden bist?«

Langsam dämmerte ihr, dass die Mammi nicht angerufen hatte, um sich von der sicheren Ankunft ihrer Tochter zu überzeugen. Die Zwietracht, die sie damit zu säen beabsichtigte, traf Romy tief. Doch es war der völlig falsche Zeitpunkt für eine Rechtfertigung. Sie war müde von der Aufregung und der Reise, überwältigt von der Größe der Entscheidung, die sie getroffen hatte, und wollte in dieser Mischung aus Beschwingtheit, Glück und Mattigkeit schwelgen, dabei Alains Hand halten und Georges' Rotwein trinken. Ganz sicher wollte sie nicht mit ihrer Mutter darüber diskutieren, ob sie richtig gehandelt hatte. Kidnapping. Was für ein absurder Gedanke. Für wie dumm hielten ihre Eltern sie eigentlich? Sie entschied sich für Flucht.

»Mammi?« Romy klopfte mit dem Finger gegen die Sprechmuschel. »Bist du noch da?«

»Natürlich, mein Schatz, ich …«

»Hallo? Hallo? Die Verbindung ist so schlecht …« Sie legte die Hand über das Telefon, so dass ihre Stimme gedämpft klang: »Mammi, lass uns ein andermal telefonieren. Die Verbindung ist wirklich ganz schlecht. Ich hab dich lieb. Bussi.« Sie schmatzte in den Hörer, dann legte sie auf. Hoffentlich würde ihre Mutter Ruhe geben.

Magda schien jedoch nicht daran zu denken, Romys Entscheidung zu akzeptieren. Zehn Minuten später klingelte das Telefon erneut. Zehn Minuten, in denen Romy nachdenklich in Alains Armen gefaulenzt und versucht hatte, sich zu erholen. Diesmal war ihr Stiefvater am Apparat.

»Wie kannst du das nur deiner Mutter antun?«, polterte Blatzheim. »Sie ist verzweifelt und in größter Sorge um dich!«

»Aber, Daddy, ich tue doch nichts anderes als Millionen anderer Mädchen in meinem Alter auch: Ich sitze mit meinem Freund zusammen ...«

»Daran sieht man wieder einmal, wie naiv du bist«, brüllte er in die Leitung. »Du hast keine Ahnung von der Welt, Romy. Du steckst mitten in einem fürchterlichen Schlamassel. Ich komme morgen nach Paris und hole dich nach Hause.«

Romy schnappte nach Luft. »Das wirst du nicht tun!«

»Wo wirst du eigentlich heute Nacht schlafen?«

»Bei Alains Freund Georges Beaume.«

»Siehst du!« Blatzheim schien zu triumphieren. »Du sagst selbst, dass er sein Freund ist. Dieser Kerl zieht dich in seine schmutzigen Geschichten rein, und du bist zu naiv, um zu verstehen, was vor deinen Augen abläuft. Du kannst dort nicht bleiben, Romy. Geh wenigstens heute Nacht in ein Hotel, und ich hole dich morgen ...«

»Nein«, widersprach sie energisch und wunderte sich, woher sie die Kraft dafür aufbrachte. »Nein. Das kommt nicht infrage. Bleib bei der Mammi und lass mich in Frieden. Gute Nacht.« Ohne ein weiteres Wort legte sie den Hörer auf die Gabel. Dabei fragte sie sich, was mehr wehtat: der Bruch mit ihren Eltern oder deren Anschuldigungen gegen den Mann, den sie liebte.

Nachdenklich betrachtete sie Alain und Georges. Die beiden Freunde sahen erwartungsvoll zu ihr herüber. Zwei Franzosen, der eine Anfang zwanzig und bildschön, der andere Ende dreißig und bestenfalls ganz gut aussehend, beide geeint in dem Willen, das französische Kino um die bestmöglichen Filme zu bereichern, beide alles andere als konservativ, aber ganz sicher nicht ein Paar, wie es ihr Stiefvater angedeutet hatte. Wer ist hier wohl schmutziger?, fuhr es ihr voller Bitterkeit durch den Kopf.

»*Puppelé*, komm her …« Alain streckte die Hand nach ihr aus.

Trotz der Wärme, die sie in seinen Augen sah, fühlte Romy sich durch das, was ihre Mutter und Blatzheim behauptet hatten, verunsichert und beklommen. Die Vernunft sagte Romy, dass ein harter Bruch mit ihrer Familie richtig war. Sie war alt genug, um selbstständig zu leben, eigene Wege zu gehen. Doch gleichzeitig wurde in ihr das schlechte Gewissen wach. Der Teil ihres Herzens, der nicht Alain gehörte, begehrte auf. War es richtig, so plötzlich alle Brücken hinter sich abzubrechen? Hätte sie nicht vorher mit ihren Eltern über ihre Zukunft reden müssen? Tat sie ihrer Familie vielleicht doch etwas an, wie ihre Mutter und ihr Stiefvater wechselseitig behaupteten, wenn sie in Paris ein unabhängiges Leben führte? Trug sie nicht auch Verantwortung für die Ihren? Kinder sollten ihren Eltern dankbar sein und sich ihnen verpflichtet fühlen, zumindest idealerweise. Ähnlich hatte sich Erzherzogin Sophie von Österreich über den Ehrenkodex des Kaiserpaares ausgedrückt. Ein Dialog mit Sissi, ein paar Zeilen in einem Drehbuch. Nur eine Sequenz aus einem Film. Doch in Romys Hirn und Herzen hallten die Sätze in diesem Augenblick nach, und sie begann sich schuldig zu fühlen, wofür auch immer. Andererseits wollte sie die gerade gewonnene Freiheit nicht aufgeben, und der Gedanke, Alain zu verlassen, schien ihr so bedrohlich wie der Tod.

*

Eigentlich hätten die ersten gemeinsamen Wochen ausnahmslos wundervoll sein können. Tagsüber rasten sie in dem kleinen grünen Cabriolet über die Boulevards oder streiften durch die Gassen des Viertels, über Lebensmittel- und Blumen-Märkte und an den

Bücherständen entlang des Seine-Ufers vorbei, nachts zogen sie durch Bars und Musiklokale, verbrachten Stunden in verrauchten engen Kneipen und dem legendären Künstlerclub Élysées Matignon. Romy fand es herrlich, zu tun und zu lassen, was immer sie wollte, ohne Rücksicht auf ihr Image, ihre Fans oder Reporter nehmen zu müssen. Ihr Gesicht war in Frankreich nicht annähernd so bekannt wie in Deutschland oder Österreich, niemand drehte sich nach ihr um, nirgendwo lauerten Pressefotografen. Sie war frei – und war es letztlich doch nicht.

Jeder Tag wurde für Romy zu einem Abenteuer – und einem persönlichen Desaster, wenn sich wieder ein Mitglied ihrer Familie meldete. Sei es am Telefon oder per Brief. Wenn keiner anrief und keine Post ankam, war es für sie genauso verstörend, weil sie befürchtete, dass nun doch der endgültige Bruch da war. So konnte sie die Freiheit dieser Tage kaum genießen, zugleich verzweifelte sie genau an diesem Unvermögen. Es war so unfassbar schwer für Romy, sich abzunabeln, erwachsen zu werden. Die Angst, die Mammi, den Daddy oder sogar ihren Bruder niemals wiederzusehen, für immer deren Zuneigung verloren zu haben, ließ nicht einmal in Alains Armen nach.

»Du bist wie ein Kind«, flüsterte er eines Nachts, als sie erschöpft von ihrer Leidenschaft auf dem Treppenabsatz zu den tiefen, jetzt geöffneten Fenstertüren saßen und eine Zigarette rauchten. Eine laue Brise wehte herein, nahm den Moschusduft im Raum mit und blähte das Bettlaken, das Romy um ihren Körper geschlungen hatte.

»Rein, naiv und bezaubernd«, fügte er nachdenklich hinzu.

Sie lehnte ihren Kopf an seine Schulter und dachte, dass sie vielleicht tatsächlich noch ein Kind war. Ein kleines Mädchen, das die Jugend übersprungen hatte, um sich nun wie eine Erwachsene zu benehmen. In den Jahren, die sie hauptsächlich im Filmstudio verbracht hatte, war ihr die Gelegenheit verwehrt worden, das ganz normale Leben eines Teenagers zu führen. Sie hatte keine Möglichkeit gehabt, sich maßvoll von ihrer Familie zu lösen, wie es die meisten anderen Menschen taten. Und auch jetzt ließen das die Ihren nicht zu. Dieses Entweder-oder, dieser ewige Zwiespalt machte ihr zu schaffen.

Um sich von der Grübelei zu befreien, boxte sie Alain albern in die Seite. »Du hättest längst bemerken dürfen, dass ich kein Kind, sondern eine Frau bin.«

Zärtlich legte er den Arm um sie. »Ich bin überfordert von meinen Gefühlen für dich. Diese großen Emotionen kannte ich noch nicht.«

Seltsamerweise klang es nicht wie eine Liebeserklärung, sondern wie eine Last, die ihn niederdrückte.

KAPITEL 24

Zehn Tage nach Romys Ankunft musste Alain wieder arbeiten. Er war für die Hauptrolle in dem französischen Spielfilm »Faibles Femmes« besetzt, der in den Ateliers in Boulogne-Billancourt gedreht wurde: eine Geschichte um drei Freundinnen, die sich in denselben Mann verliebten; als der jedoch eine vierte heiraten wollte, beschlossen die drei, ihn zu vergiften. Eine Paraderolle für einen Mann wie Alain, und Romy dachte sich, dass dieser Charakter für ihn viel leichter zu spielen war als der des Leutnants Lobheimer, weil er nun vor allem sich selbst darstellte – einen Mann, der mehr als einer Frau gefiel und es genoss. Eine Duplizität, die Romy durchaus eifersüchtig zurückließ.

Dass die vierte im Film eine äußerst wohlhabende Person war, irritierte Romy noch mehr. Natürlich war das Drehbuch lange vor ihrer Begegnung geschrieben worden, aber tatsächlich war in ihrer Beziehung noch sie diejenige, die mehr Geld besaß. Allerdings zogen Alains Gagen in diesem Herbst deutlich an. Die fünftausend Mark Taschengeld, die Romy aus ihrem selbst erarbeiteten, in der Schweiz angelegten Vermögen von ihrem Stiefvater jeden Monat erhielt, konnte sie dennoch gut gebrauchen – durch Romys Großzügigkeit und ihren Kaufrausch, der in einer Stadt wie Paris nun einmal befördert wurde, war das Geld schnell ausgegeben. Darüber, dass es sich bei der Höhe ihrer monatlichen Einnahmen um das durchschnittliche Jahreseinkommen in Westdeutschland handelte, machte sie sich keine Gedanken.

An den Drehtagen, wenn Alain sich nicht um Romy kümmern

konnte, übernahm Georges Beaume die private Regie. Er bummelte mit ihr durch Läden und zu den Sehenswürdigkeiten, saß mit ihr in Straßencafés und übersetzte ihr Artikel aus den französischen Zeitungen ins Englische. Wenn es um die Planung ihrer künftigen Karriere ging, war er ein besserer Gesprächspartner als Alain, zumal er einen guten Überblick über die anstehenden Projekte der französischen Filmindustrie und der Pariser Bühnen besaß. Ein Hindernis jedoch stellte die Sprachbarriere für Romy dar. Deshalb kaufte sie in einer Buchhandlung ganz in der Nähe ihrer Wohnung einen Stapel Lexika und Übungsmaterial für die französische Sprache, dazu fand sie einige literarische Klassiker im Angebot, die sie Alain mitbrachte. Er war nicht besonders belesen, und das versuchte sie auf diese Weise zu ändern, wobei sie überrascht war, wie gut es ihr gelang.

Die neue Welt, in der Romy sich nun bewegte, führte dazu, dass sie uneins mit ihrem Spiegelbild wurde. Das Leben in der französischen Metropole hatte einen Charme und eine Atmosphäre, die anders war als alles, was sie bislang erlebt hatte, an ihrem Äußeren hatte sich seit Sissis Zeiten jedoch kaum etwas verändert. Ohne Unterlass begegnete sie hier Frauen, die völlig anders aussahen als sie. Als sie in Paris gedreht hatte, war ihr das nie aufgefallen; als Star hatte sie stets nur auf sich geschaut, die private Romy jedoch ließ die Augen umherwandern. Und was sie sah, waren etwa die Existenzialistinnen in den Cafés am Boulevard Saint-Germain, die meist in Schwarz gekleidet und dramatisch mit dickem, schwarzem Lidstrich geschminkt und hell gepudert waren. Über die Avenue Montaigne, die Straße mit der höchsten Dichte an berühmten Modehäusern, flanierten derweil die gertenschlanken Mannequins mit ihren aufwendig gestylten Frisuren und knallrot gemalten Lippen in atemberaubender Garderobe. Die sahen eher aus wie Brigitte Bardot oder auch Jean Seberg. Aber selbst die ganz normalen Französinnen, die ihre Einkäufe in den preiswerteren Kaufhäusern an der Rue de Rivoli erledigten, zeigten in ihrer Alltagsgarderobe einen scheinbar angeborenen Esprit, der Romy ratlos zurückließ.

Sie wollte unbedingt zu der einen oder anderen Gruppe gehören, wusste jedoch nicht, wie sie es anstellen sollte, die Attitüde des süßen Wiener Mädels abzulegen. Für derartige Ratschläge fehlte ihr eine weibliche Bezugsperson, eine Freundin. Das war bislang immer die Mammi gewesen, aber die erwies sich gerade als schreiende, sich über alle Argumente Romys hinwegsetzende Furie, die ihr am Telefon nachstellte. Wie in einer Endlosschleife behauptete Magda, an Alains Seite werde Dantes Inferno über Romy hereinbrechen. Als sie nach einem dieser entsetzlichen Gespräche wieder einmal am Rande eines Nervenzusammenbruchs stand, beschloss Romy, zur Schere zu greifen – im übertragenen Sinne. Zwar war sie noch nicht bereit, die Verbindung zu ihrer Familie vollends zu kappen, aber sie konnte sich wenigstens die Haare abschneiden lassen.

Von demselben Apparat, an dem sie sich gerade mit ihrer Mutter gestritten hatte, vereinbarte sie einen Termin im führenden Salon der Stadt – für eine gewisse *Rose Albach*. Sie wollte unter gar keinen Umständen erkannt werden, zu unsicher war sie noch, ob sie das Richtige tat. Verblüfft stellte sie fest, dass sie als junge Frau ohne klangvollen Namen ebenso unkompliziert in den elitären Kundenkreis von Alexandre aufgenommen wurde wie als Filmstar.

Romys Ziel befand sich auf der rechten Flussseite in der eleganten Einkaufsstraße Rue du Faubourg Saint-Honoré zwischen der Rue Royale und der Place Vendôme. Von außen sah das Geschäft aus wie eine noble Buchhandlung: Mit dunklem Holz eingerahmte

Schaufenster und der schlichte Schriftzug *Alexandre* deuteten auf einen edlen Stil. Natürlich war Romy schon in diversen Friseurgeschäften gewesen, auch in Paris, und obwohl sich dieser Tempel der Schönheit nicht von vergleichbaren Läden unterschied, bestand doch eine ganz besondere Atmosphäre. Möglicherweise lag das an den internationalen Kundinnen, die mit Juwelen behangen vor den großen Spiegeln und unter den riesigen Trockenhauben saßen, vielleicht an dem mehrsprachigen, wenn auch gedämpften Stimmengewirr. Neben Französisch wurden die Unterhaltungen vor allem auf Englisch geführt. Trotz einer Atmosphäre andächtiger Konzentration herrschte reger Betrieb. Fast alle Stühle waren besetzt, der Chef persönlich sowie eine Reihe männlicher Mitarbeiter beschäftigten sich gewissenhaft mit den Haaren ihrer Kundinnen, Kosmetikerinnen in gelben Kitteln liefen mit einem Hocker in der einen und einem Korb mit ihrem Handwerkszeug in der anderen Hand zwischen den Reihen umher, erledigten die reservierten Maniküre- oder Pedikürebehandlungen.

Mademoiselle Albach wurde mit ausgesuchter Höflichkeit empfangen. Ihr wurde Kaffee angeboten, und sie versuchte sich tatsächlich zu entspannen. Dennoch schlug ihr das Herz bis zum Hals. Sie ließ ihre Hand durch ihr langes Haar gleiten und fragte sich, ob sie nicht lieber in Georges Beaumes Wohnung zurückgehen sollte. Alternativ könnte sie ihre Wünsche neu formulieren. Kein Haarschnitt, nur ein wenig Farbe, natürlich auch Handpflege.

Als sie bedient wurde, sagte sie nur: »*Couper, s'il vous plaît.*« Schneiden bitte!

Die neue Frisur würde einen Skandal auslösen.

Im Geiste ging sie ihre nächsten Rollen durch. Es bestanden Verträge für »Die Halbzarte«, darin spielte sie ein zeitgenössisches, etwas frecheres Wiener Mädel, dem standen kurze Haare sicher gut. In der deutsch-französischen Co-Produktion »Ein Engel auf Erden« sollte sie eine Stewardess geben, da war eine modische Frisur auch kein Problem. Deutlich schwieriger gestaltete sich ihr Aussehen als »Die schöne Lügnerin« Fanny während des Wiener Kongresses 1815 und vor allem als »Katja, die ungekrönte Kaiserin« an der Seite von Curd Jürgens. In diesen Rollen besetzte sie nicht nur ein Wiener Mädel, sondern auch eine Art russische Sissi-Kopie. Als Kaiserin von Österreich hatte sie jedoch in vielen Szenen eine Perücke getragen, das würde als Katja auch möglich sein, aber es kam Ärger auf sie zu, daran bestand kein Zweifel. Am meisten würden sich wahrscheinlich ihre Eltern aufregen.

Bei diesem Gedanken lagen Romys Nerven blank. Sie schrie auf, weil der Kamm des Friseurs ziepte. Sie wurde ruppig und unfreundlich. Schließlich zwang sie sich dazu, die Lippen zusammenzupressen und durchzuhalten. Sie schloss die Lider und versuchte, alle Strapazen auszublenden, die ihr der ersehnte Salonbesuch plötzlich bescherte.

»*Voilà!*« Fast zwei Stunden später präsentierte Alexandre sein Werk.

Aus dem Spiegel sah Romy eine Fremde entgegen. Nein, vielleicht nicht ganz. Ihr Gesicht war ihr natürlich vertraut, aber es wirkte reifer, nicht mehr so kindlich in seinem Ausdruck. Der lange Pony fiel ihr frech in die Stirn, ihr in weichen Locken gelegtes Haar reichte knapp bis über ihre Ohrläppchen. Der honigfarbene Ton war eine Nuance dunkler als das Blond von Christine Weiring und stand ihr besser, weil er ihrer brünetten Naturfarbe näher kam. Der neue Look war ungewohnt, aber er entsprach in jeder Hinsicht den Veränderungen, die ihr Körper und ihre Seele gerade erlebten. Diese Person war kein Mädchen mehr, sondern eine junge Frau.

»Sind Sie zufrieden, Mademoiselle?«

Ihre Augen flogen von ihrem Spiegelbild zu dem Friseur. »O ja. Sehr zufrieden.«

Mit neu erwachtem Selbstwertgefühl und sich sehr pariserisch fühlend, verließ Romy beschwingt den Salon. Sie schwebte regelrecht hinaus auf die Straße …

Sie übersah den Motorroller, der zwischen den Passanten über den Bürgersteig kurvte, als müsste der Fahrer hier eine Geschicklichkeitsprüfung ablegen. Er versuchte noch, Romy auszuweichen – und landete im Straßengraben. Ein wütendes Protestgeschrei folgte, von Fußgängern ebenso wie von Autofahrern, begleitet von Hundegebell und Hupen.

Doch die Geräusche erreichten Romy nur als leiser Hintergrund. Ihr Blick war fokussiert auf den Motorroller und seinen sich vom Boden aufrappelnden Fahrer. Sowohl dem Fahrzeug als auch dem Mann war sie vor nicht allzu langer Zeit schon einmal begegnet. Es war gestern am Quai Malaquais gewesen, wo das Moped die Statue der Republik umrundet hatte, als befände es sich in einem Karussell. Romy hatte sich nichts dabei gedacht, das Wundervolle an ihrem Aufenthalt in Paris war ja gerade, dass sie sich nicht verfolgt fühlte. Außer von den ständigen Telefonanrufen ihrer Familie.

Als sie nun vor dem Friseursalon stand und ihre Fassung wiederzuerlangen versuchte, fielen ihr andere Gelegenheiten ein, bei denen sie Männer hinter einer Straßenecke oder in einem Laden hatte verschwinden sehen, wenn sie sich umdrehte. Diese Häufung an seltsamen Begegnungen konnten kein Zufall mehr sein. War es möglich, dass ihr Stiefvater sie durch ein Detektivbüro überwachen ließ?

Sie überlegte, ob sie den Mopedfahrer zur Rede stellen sollte, entschied sich dann jedoch dagegen. Keine Diskussion mitten auf einer belebten Straße, das würde den Skandal nur vergrößern. Statt zurück in den Laden zu flüchten und sich ein Taxi vor die Tür zu bestellen, zog sie ein Kopftuch aus ihrer Handtasche, band es sich um und setzte ihre Sonnenbrille auf. Dann setzte sie ihren Weg langsam fort. Ihre Hochstimmung war dahin.

*

Es kam Romy vor, als hätte sich ein kleines Schneebrett gelöst, das sich im Sturz mit weiteren Schneemassen zu einer riesigen Lawine verband und mit unvorstellbarer Geschwindigkeit ins Tal raste. Romy war in einer Alpenregion aufgewachsen – sie kannte sich mit derlei aus. Auch wenn sie zunächst nicht einmal geahnt hatte, welche Dimensionen die Bedrohung durch die Presse annehmen würde.

Zunächst wurden Schnappschüsse von ihr in Paris veröffentlicht, allein beim Einkaufen, nachts an Alains Seite mit einer Zigarette in der einen und einem Weinglas in der anderen Hand, mit Alain im Auto, mit Alain und Georges. Häufig waren schon die Bilder nicht vorteilhaft, die Texte dazu waren indes noch diskreditierender. Eine Ikone, die nicht in Westdeutschland oder Österreich leben wollte, sondern der Liebe wegen nach Frankreich gegangen war, wurde in den deutschsprachigen Medien gnadenlos als Verräterin gebrandmarkt. Ihr Image des unschuldigen jungen Mädchens wurde auch durch ihre Wahl Alains beschädigt, eines für die Öffentlichkeit absolut inakzeptablen Kandidaten, der als französischer Krimineller verunglimpft wurde, als Kidnapper, als Usurpator, als Dieb. Wenn die Sissi-Darstellerin ihr Herz an einen echten Prinzen verloren hätte, hätte sie womöglich auf Verständnis der Presse hoffen können, doch da sie einen weitgehend unbekannten jungen Filmschauspieler erwählt hatte, zerriss man sich jenseits des Rheins die Mäuler über sie. Wenn sie doch wenigstens Horst Buchholz genommen hätte … Aber der hatte kürzlich eine andere geheiratet – eine Französin.

Die Freiheit, die Romy anfangs in Paris gespürt hatte, war dahin. Wenigstens war nach den ersten Veröffentlichungen klar, dass Daddy keine Detektei beauftragt hatte. Aber vielleicht hatte er ihr diese Pressemeute auf den Hals gehetzt. Ihre Familie schien nichts unversucht zu lassen, um ihren Frieden zu stören. Bei jedem einzelnen Telefongespräch prophezeiten sie ihr, dass sie todunglücklich werden würde, wenn sie sich nicht von Alain trennte und nach Hause kam. Sie *war* todunglücklich, allerdings nicht wegen Alain. Und Heimkehren war keine Option für sie. Natürlich wies Blatzheim ihre Anschuldigungen wütend von sich. Doch erst als Romy in einem Artikel ebenso schmähliche Verleumdungen über ihre Mutter las, die sie angeblich wie eine Gefängnisaufseherin oder Sklaventreiberin behandelte, glaubte sie seiner Verteidigung. Er hätte niemals zugelassen, dass dieser Schmutz über Magda geschrieben wurde.

Wenn Alain bei ihr war, bemühte sich Romy, sich über die Zeitungsberichte zu amüsieren. »Schau nur«, sagte sie zu Alain und Georges, als sie in einem Café auf den Champs-Élysées die neuesten Blätter durchsah, die sie an einem Kiosk erworben hatte, der internationale Presse führte. »Die Redaktion hat eine Umfrage unter meinen Fans gemacht: Die Mehrzahl ist unzufrieden mit der Wahl meines Freundes.«

»Frag mich mal, ob ich die Mehrzahl dieser Mädchen will«, antwortete Alain.

Unwillkürlich musste Romy lachen. Sie neigte sich vor, um ihn auf die Wange zu küssen. Irgendwo in ihrer Nähe vernahm sie das klickende Geräusch eines Kameraauslösers. Ihre Fröhlichkeit erstarb.

»Und meine Frisur mögen sie auch nicht«, murmelte sie bedrückt. »Dabei wollten seit Jahren immer alle aussehen wie ich.«

Nein, fiel ihr auf, als sie die Worte aussprach, ihre Verehrerinnen wollten gar nicht aussehen wie Romy Schneider, schon gar nicht wie Rosemarie Albach. Ihre weiblichen Fans wollten aussehen wie Sissi. Eine Fiktion.

*

Der angebliche Skandal, den die deutschsprachigen Zeitungen aufbauschten, wurde über kurz oder lang auch von den französischen Blättern aufgegriffen – mit allen dramatischen Konsequenzen für Romy und ihre persönliche Freiheit.

»Ich habe Angst, vor die Tür zu gehen«, vertraute sie Alain eines Nachts an.

Sie lagen auf den zusammengeschobenen Sofas, er war erschöpft und schläfrig, Romy dagegen war hellwach vor Sorgen.

Alain zog sie eng an sich. »Du brauchst keine Angst zu haben, *Puppelé*. Mir ist egal, was die Reporter schreiben. Sie halten mich sowieso alle für einen gallischen Gockel, der die Prinzessin verführt hat. Sollen sie doch.«

Er schaffte es immer, das Leben als etwas Leichtes darzustellen.

Unwillkürlich lächelte sie. »Du sprichst wie ein weiser alter Mann, *mon coq gaulois*.«

»Nenn mich nicht Hahn, bitte.« Er stöhne scheinbar gequält auf. »Und ich bin auch kein weiser alter Mann. Das klingt nach einem Großvater.«

»Was heißt *Opa* auf Französisch?«

»*Pépé*.«

»Dann werde ich dich ab sofort *Pépé* nennen …« Sie spürte seine Gegenwehr. Deshalb legte sie einen Finger auf seinen Mund und fügte hinzu: »*Pépé* und *Puppelé* – das klingt hübsch.«

»*Mon Dieu*«, stöhnte er spöttisch, bevor er an ihrem Finger zu knabbern begann und sie schließlich in jenen Taumel der Leidenschaft versetzte, in dem sie nicht mehr nachzudenken brauchte.

KAPITEL 25

Romys erster offizieller Auftritt als Freundin Alain Delons fand anlässlich des Pariser Filmballs im Cirque d'Hiver statt, einem prachtvollen Zirkusgebäude aus dem frühen 19. Jahrhundert. Nach außen hin unterschied sich die Veranstaltung wenig von den Festen dieses Namens in anderen Städten: Roter Teppich, Scheinwerfer, Presse und Autogrammjäger gehörten dazu wie Requisiten in ein Atelier. Die Damen trugen Abendkleider, die Herren Smoking. Alles war wie immer – nur dass Romy hier nicht der Stargast war. Sie war eine bekannte Schauspielerin, die an der Seite eines weniger bekannten, aber kometenhaft aufstrebenden Schauspielers durch diesen Rummelplatz an Eitelkeit, Starkult und Eleganz wie auf einem Laufsteg lief, aber sie war nicht – wie gewohnt – eine der wichtigsten Akteurinnen. Schlimmer noch: Sie fühlte sich fehl am Platz.

Jeder schien jeden zu kennen, schnell gesprochene französische Sätze flogen zwischen den Gästen ebenso hin und her wie die obligatorischen Küsschen rechts und links. Nicht nur, dass Romy kaum jemanden kannte und nichts verstand, sie kam sich vor wie ein kleines, pummeliges Wiener Mädel, das zwischen den Pariser Erscheinungen auf unangenehme Weise auffiel. Abgesehen von ihrer Frisur, die glücklicherweise ihre Biederkeit verloren hatte, wirkte sie wie der Inbegriff deutscher Spießigkeit. Der Esprit der französischen Mode fehlte ihr, ihre Robe hatte einen weniger raffinierten Schnitt als die Abendkleider der anderen Frauen, ihre Bewegungen waren nicht so selbstverständlich elegant wie die der

Pariserinnen. Alain hatte vermutlich recht, sie besaß noch die Attitüde eines kleinen Mädchens – und nie zuvor war ihr das so stark aufgefallen wie heute.

Dennoch war ihr Auftritt für sie besonders, weil sie an Alains Seite war. Niemand verbot ihr, an seinen Tisch zu gehen, natürlich saß sie neben ihm. Sie trank Champagner, ließ sich von der Musik mitreißen, beobachtete die anderen Paare und wünschte sich, dass Alain mit ihr tanzte. Zum ersten Mal brauchten sie auf die Öffentlichkeit keine Rücksicht zu nehmen. Sie mussten sich nicht mehr verstecken, konnten ihre Liebe leben – und sich nach Herzenslust amüsieren.

Als Alain sich von seinem Stuhl erhob, strahlte sie ihn erwartungsvoll an. Er hauchte ihr einen Kuss auf die Wange. »Ich bin gleich wieder da, ich möchte nur jemanden begrüßen«, sagte er – und drehte sich von ihr fort.

Nun ja, ein Filmball war ein berufliches Ereignis. Natürlich musste sich Alain auch um seine Karriere kümmern, nicht nur um die Frau, die er liebte. Auch wenn sich diese langweilte.

Sie sah ihm nach. Was sollte sie auch sonst tun? Außerdem war er sicher mit Abstand der schönste Mann des Abends. Und er gehörte zu ihr. Dieser Gedanke erfüllte sie mit Glück.

»Romy!« Georges setzte sich auf Alains Stuhl. »Du bist ja ganz allein. Amüsierst du dich nicht?«

»Alain kommt gleich zurück«, erwiderte sie, während sie Georges mit den Augen signalisierte, dass der Stuhl neben ihr eigentlich besetzt war und jederzeit wieder von Alain in Besitz genommen werden würde.

»Ja. Sicher. Ja.« Georges' Augen flogen umher und blieben irgendwo hängen.

Romy folgte seinem Blick. Durch sein Auftauchen war sie abgelenkt gewesen und hatte nicht verfolgt, wohin es Alain zog. Jetzt sah sie ihn – er sprach mit einer Frau, die trotz ihrer kühlen Distanziertheit etwas unfassbar Aufregendes besaß. Sie mochte etwa dreißig Jahre alt sein und trug ein schlichtes schwarzes Kleid mit einem tiefen Dekolleté, ihr langes, welliges Haar war ebenfalls schwarz, und aus ihrem schön geschnittenen, blassen Gesicht stachen ihre dunkel geschminkten Augen hervor. Sicher war diese Frau faszinierend, aber sie war nicht der Regisseur oder Produzent, den sie im Gespräch mit Alain vermutet hatte.

»Wer ist das?«

»Oh, das … du meinst die Dame, mit der sich Alain unterhält?« Georges zögerte, dann: »Das ist Juliette Gréco. Sie ist der musikalische Stargast und wird später ein paar ihrer wunderbaren Chansons singen.«

Romy runzelte die Stirn. »Kennen die beiden sich schon lange?«

»N-nein. Nicht so lange.«

Sie hatte nicht gewusst, dass sich ihr *Pépé* für Sängerinnen interessierte. Auch war ihr unbekannt, dass er möglicherweise das Fach wechseln wollte. »Was hat Alain mit ihr zu tun?«

»Vielleicht spricht er mit ihr über die Existenzialisten«, erwiderte der Freund leichthin. »Sie gilt schon länger als Muse Sartres …«

»Ich bitte dich«, fuhr sie ihn an. »Erzähl mir keine Märchen!«

In diesem Moment neigte Alain sich noch näher zu Juliette Gréco, während seine Hand gedankenverloren mit einer ihrer langen Locken spielte. Es war die Geste eines Mannes, der flirtete. Romy griff automatisch in ihr kurzes Haar.

»Alain verehrt Juliette Gréco auch als Schauspielerin«, behauptete Georges. »Er holt sich sicher nur einen Rat von ihr. Sie hat erfolgreich in Hollywood mit Mel Ferrer, Errol Flynn und David Niven gedreht, um nur einige zu nennen. Diese Kontakte wären auch eine gute Basis für Alain.«

Sie sah Georges scharf an. »Und? Wer bin ich?«

»*Ma petite*«, er nahm ihre Hand und drückte einen freundschaftlichen Kuss darauf, »sie ist elf Jahre älter als du – und Französin. Jeder in Frankreich kennt sie. Das Leben hier ist eben … anders.«

Das war es wohl tatsächlich. Aber deshalb musste sie noch kein Verständnis dafür haben, dass ihr Freund an einem Abend, den sie sich so schön ausgemalt hatte, mit einer anderen Frau flirtete. Sie erinnerte sich endlich, wie sie Juliette Gréco Anfang des Jahres in einer Nebenrolle in der Romanverfilmung »Bonjour tristesse« gesehen hatte. Der Streifen war von den Kritikern bejubelt worden, und Romy war dankbar gewesen, dass sie schon alt genug war, um ihn im Kino überhaupt sehen zu dürfen.

Na gut. Die andere war also ein Star. Aber Romy war auch ein Star, obgleich sie an diesem Abend zum ersten Mal nicht umjubelt wurde. Sie war nur eine ausländische Filmschauspielerin, die zwar eigentlich weltberühmt war, aber in Frankreich anscheinend doch nicht. Wie verletzend von Alain, sie für diese sicher alberne Unterhaltung mit Juliette Gréco einfach sitzenzulassen.

Romy wusste nicht, was sie tun sollte. Weglaufen? Einen Skandal verursachen? Die Demütigung aushalten? Sie hatte keine Erfahrung damit. Zum ersten Mal besuchte sie einen Ball ohne den Schutz und die Aufsicht ihrer Eltern. Nie zuvor war sie mit einem jungen Mann in dieser Form ausgegangen. Sie war allein. Ganz allein. Wie es schien, auch ohne Alain.

Wenn ihr wenigstens die gewohnte Aufmerksamkeit zuteilwürde. Das hätte ihr die Situation erleichtert. Doch offenbar zog

Juliette Gréco immer mehr Bewunderer an, inzwischen stand Alain nicht mehr allein bei ihr. Warum kam er nicht zu Romy zurück? Was sollte sie nur tun? Sie konnte ja kaum hingehen und ihn sich zurückholen.

Sie biss die Zähne zusammen und wartete.

Es dauerte nicht mehr lange, bis Alain wieder an ihrem Tisch erschien. Offenbar hatte sich das Objekt seiner Begierde anderen Gesprächspartnern inzwischen mit mehr Enthusiasmus zugewandt als ihm. Nun ging Juliette Gréco davon, um mit einem anderen Mann zu tanzen. Nicht mit Alain. Romy beobachtete, wie seine Augen das Paar verfolgten. Sie sah den nur mühsam unterdrückten Zorn in seiner Miene. Seine Eitelkeit schien schwer getroffen.

»Lass uns tanzen«, schlug er vor. Ohne ihre Antwort abzuwarten, zog er sie auf die Tanzfläche, nahm sie in seine Arme.

Sie legte ihren Kopf in den Nacken und sah ihn an. »Was machst du?«

»Ich möchte mit meinem *Puppelé* tanzen. Dafür sind wir hier. Mehr nicht.« Sein Ton zeugte nicht von guter Laune.

Sie ließ ihn schmollen. Er würde sich schon beruhigen. In diesem Moment waren sie zusammen, wiegten sich zum Klang eines langsamen Walzers im Takt. Sie lehnte sich an ihn, ihre Bewegungen verschmolzen mit den seinen. Die Eifersucht, die sie eben noch ganz *dasig* gemacht hatte, verflüchtigte sich. Ein kleiner Splitter blieb zurück, unbemerkt, bohrend. Sie ignorierte ihn, weil er gerade nicht wehtat. Schließlich war sie die Frau an seiner Seite, sie lag in seinen Armen und begann den Abend zu genießen, auch wenn sie sich ein wenig dazu zwingen musste.

Nach zwei weiteren Tänzen brachte er sie an den Tisch zurück, nahm jedoch selbst nicht Platz. »Ich komme gleich wieder«, ver-

sprach er – und verschwand im Getümmel der feiernden Film-
leute.

Warum passiert mir das?, fragte sich Romy im Stillen. Sie sah
sich nach einem bekannten Gesicht um, fand aber niemanden, der
sie aus dieser peinlichen Einsamkeit retten konnte. Dabei hatte sie
bislang in zwei deutsch-französischen Co-Produktionen gespielt,
besaß Verträge für weitere – warum, um alles in der Welt, traf sie
jetzt und hier niemanden, den sie kannte? Wie eine Aussätzige saß
sie an dem Tisch, ignoriert, unbeachtet, einsam. Ihr einziger Freund
schien der Champagner zu sein, der in Strömen floss und nicht nur
ihren Durst löschte.

Und dann sah sie ihn.

Alain bewegte sich in ihr Blickfeld. Es war sicher keine Absicht.
Wahrscheinlich war es ihm jedoch egal, ob er beobachtet wurde.
Romy wurde wahrscheinlich nur auf ihn aufmerksam, weil sich ein
anderes Paar, das ihr die Sicht versperrt hatte, fortdrehte. Alain
tanzte mit einer zarten rotblonden Person in einem in seiner
Schlichtheit unfassbar eleganten Abendkleid. Die beiden traten fast
auf der Stelle, er hielt sie umschlungen und wirkte völlig versunken.
Es schien, als würde Alain durch diesen Tanz das Vorspiel einer
Liebesnacht zelebrieren.

Die Frau legte den Kopf in den Nacken und lachte, bevor sie ihre
Stirn wieder an seine Schulter lehnte.

Der kurze Moment hatte genügt. Romy erkannte das Gesicht. Sie
hatte es erst kürzlich mit Alain und Georges im Kino gesehen. Es
gehörte Jeanne Moreau, die, wie Romy erfahren hatte, als eine der
besten Theaterschauspielerinnen der Nation gefeiert wurde. In »Les
Amants« von Louis Malle war sie von der Kritik gelobt worden; der
Film hatte den Spezialpreis der Jury bei den diesjährigen Filmfest-

spielen von Venedig gewonnen. Zweifellos beeindruckte Jeanne Moreau vor der Kamera. Das und ihre legendäre Bühnenkarriere waren sicher bewundernswert. Aber was bildete sich diese Person ein, sich derart ungeniert an den Hals des Mannes zu hängen, der Romy gehörte?

Mehr als je zuvor fühlte sich Romy angesichts der erotischen Eleganz der Französinnen, für die sich Alain so sehr interessierte, so klein und dick wie ein Wurm. Vielleicht hatte die Mammi ja doch recht: Romy gehörte nicht in diese Welt, nicht nach Paris und nicht zu einem Hallodri wie Alain Delon.

Tränen traten in ihre Augen, und es bedurfte mehr als nur schauspielerischer Technik, das zu verbergen. Sie bot all ihre Kraft auf, nicht aus der Haut zu fahren. Es war nicht zuletzt der Gedanke an ihren Vater, der sie rettete. Wolf Albach-Retty war schließlich auch ein Mann, der die Frauen liebte und der sich zumindest von seiner ersten Ehe mit Magda Schneider dabei nicht allzu sehr hatte einschränken lassen. Aber das war die ferne Lichtgestalt, die Romy anbetete. Wenn Alains Charakter tatsächlich nur ein bisschen wie der ihres Vaters war, würde sie vermutlich gar nicht umhinkommen, ihm alles zu verzeihen.

KAPITEL 26

SCHÖNAU IM BERCHTESGADENER LAND
Oktober 1958

Mammi, in Gedanken war ich immer bei dir«, schluchzte Romy. »Viel öfter, als du es weißt oder glaubst. Steh mir bei. Bitte. Sei bei mir.«

»Natürlich, mein Schatz, natürlich bin ich für dich da.« Magda drückte sie fest an sich, strich ihr über das Haar. »Es ist gut, dass du nach Hause gekommen bist.«

Romy war sich dessen nicht sicher. Aber die Zweifel an Alains Liebe und Treue nagten an ihr. Auf dem Ball hatte sie zwar noch gute Miene zum bösen Spiel gemacht, als sie Alain jedoch auf dem Heimweg vorwarf, er habe sie vernachlässigt, zeigte er nicht nur keinerlei Verständnis, er wurde wütend. Das war zu viel für sie, sie verließ ihn. Noch während sie spontan ihre Koffer packte und den nächsten Flug von Paris nach München buchte, war sie überzeugt, das Richtige zu tun. Doch nun wusste sie nicht mehr, ob es die richtige Entscheidung gewesen war. Womöglich war ihre Heimkehr falsch.

Schon am Flughafen Orly war sie unsicher geworden. Sie erinnerte sich, mit wie viel Hoffnung sie hier vor zwei Monaten gelandet war, ihr Herz übervoll mit Liebe für Alain. Nun also der Rückflug. Die Rückkehr zu ihrer Familie, in der jeder sagen würde, alle hätten es gewusst und sie von Anfang an gewarnt. Aber genauso wenig konnte sie einfach bei Alain bleiben, sie vertraute ihm nicht mehr, glaubte nicht mehr an ihn. Auf einmal wollte sie nicht einmal mehr in Paris sein, der Stadt, die sie doch so sehr liebte und in der sie sich nun plötzlich wie ein Fremdkörper fühlte. Es war wie ein Spiegelbild ihres Zusammenlebens mit Alain. Deshalb flog sie ab – und stellte bei ihrer Ankunft in Deutschland fest, dass sich die Vorwürfe ihrer Mutter in Grenzen hielten. Offenbar hatte diese ihre Munition in den Telefonaten und Briefen der letzten Wochen verbraucht.

Sie saßen im Jagdzimmer in Mariengrund beisammen. Nur Romy und die Mammi. Ihr Stiefvater und ihr Bruder waren nicht da, so dass Romy ihrem Kummer freien Lauf lassen konnte. Sie weinte in Magdas Armen, als wäre sie noch ein kleines Mädchen. Damals hatte sie sich oft vergeblich zu ihrer Mutter gewünscht, weil die gerade wieder einmal auf Tournee war. Während Romys Freundinnen aus dem Internat einmal im Monat nach Hause fahren durften, musste sie in Goldenstein zurückbleiben, allein mit ihrer Sehnsucht nach Zuwendung. Doch nun, bei diesem furchtbaren Liebeskummer, war Mutter für sie da und gab ihr Geborgenheit. Die Bösartigkeiten, die sie wechselseitig ausgetauscht hatten, waren vergessen. Doch Romys Tränen wollten einfach nicht versiegen.

Mit erstickter Stimme berichtete sie von den Vorfällen auf dem Filmball in Paris.

»Hm«, machte Magda. Sie wirkte nicht verärgert über den Freund ihrer Tochter, nur ihr Blick umwölkte sich, als sie fragte: »Hast du ihn zur Rede gestellt?«

»Natürlich«, versicherte Romy und schniefte. »Er hat gesagt, Männer sind eben so und …«

»O ja, das habe ich auch schon einmal gehört«, unterbrach die Mammi grimmig. »Dein Vater nannte es ›schwach‹. Er behauptete, alle Männer seien schwach.«

»Alain meinte noch, dass ein Mann heutzutage frei leben und lieben können müsste. Er nannte das die sexuelle Revolution.« Sie vertraute ihrer Mutter nicht an, dass Alain bei diesem Streit, den ein unglücklicher Georges Beaume übersetzte, natürlich noch seinen Lieblingssatz hinzufügte: »Du verstehst das nicht, du bist viel zu bürgerlich dafür.« Und sie verstand ihn tatsächlich nicht. Warum brauchte er andere Frauen, wenn er doch sie hatte? War sie wirklich eine verzogene, spießige Person, nur weil sie die volle Aufmerksamkeit des Mannes verlangte, den sie liebte?

Magda stieß ein zynisches Lachen aus. »Nun, diese moderne Revolution von Alain Delon scheint mir so alt wie die Menschheit zu sein. Deinem Vater liefen schon vor zwanzig Jahren die Frauen nach, damals sprach niemand von einer *sexuellen Revolution*, und er fand es trotzdem wunderbar. Ja, die Bewunderung beförderte auch seinen Männlichkeitswahn …«

»Ach Mammi, bitte«, warf Romy ein, hin- und hergerissen zwischen ihrer Loyalität für den Vater und der Befürchtung, dass ihre Mutter recht haben könnte. »Bitte sprich nicht so über den Pappi.«

»Ich kann dir nur sagen«, erwiderte Magda seufzend, »die fünf Jahre vor unserer Scheidung waren die schlimmste Zeit meines Lebens, und ich wünsche mir aus ganzem Herzen, dass dir so etwas erspart bleibt, Romy. Deshalb ist es richtig, dass du jetzt gegangen bist und keine Sekunde länger gewartet hast.«

Romy nahm wohl wahr, was ihre Mutter meinte, aber wieder wurden Zweifel in ihr wach. Sicher, Eifersucht war ein schreckliches Gefühl – und sie wollte den Mann, den sie liebte, nicht teilen. Aber Alain hatte ihr so viel gegeben. Er hatte ihr eine neue Welt zu Füßen gelegt, und das meinte ebenso das freie, ausschweifende Leben im nächtlichen Paris wie die erotischen Erfahrungen, die sie mit ihm erlebt hatte. Wollte sie wirklich darauf verzichten?

»Weißt du«, fuhr Magda fort, »es ist sehr angenehm, mit jemandem zusammen zu sein, auf den man sich verlassen kann. Das schätze ich an deinem Daddy über alle Maßen.«

»Ja«, sagte Romy, weil eine Antwort von ihr erwartet wurde und ihr sonst nichts dazu einfiel. Ihre Mammi betonte diese Zuverlässigkeit immer wieder, der Satz war nicht neu.

Romy wusste natürlich nicht genau, was die Liebesbeziehung ihrer Eltern ausmachte, aber Hans Herbert Blatzheim war ein völlig anderer Typ als der schöne Wolf Albach-Retty – oder Alain Delon. In dem Durcheinander ihres Gehirns erschien Romy die Verbindung zu einem anderen Partner plötzlich unfassbar langweilig. Es kam ihr mit einem Mal viel erstrebenswerter vor, wenigstens eine unglückliche Leidenschaft zu erleben, als in der eigenen Herzensruhe zu – na ja – schnarchen.

»Schlaf dich erst einmal aus«, schlug Magda vor. »Morgen sieht die Welt schon ganz anders aus.«

»Ja, Mammi«, wiederholte sie und schniefte.

»Übrigens ...«, Magda strich Romy über das kurz geschnittene Haar, »mit deiner neuen Frisur siehst du sehr hübsch aus. So erwachsen. Allerdings bin ich mir nicht sicher, ob du deinen Fans damit gefallen wirst.«

Der Zusatz brachte eine Saite in Romy zum Klingen. Sie musste daran denken, wie sehr sie bis zu ihrem Ausbruch nach Paris unter Magdas Knute gestanden hatte. Ihre Mutter meinte es gut, das war Romy klar, aber sie hatte es satt, sich immer nach den Wünschen und dem Geschmack anderer richten zu müssen. Im Internat hatte sie sich natürlich an die Regeln der Ordensschwestern gehalten und dies auch nicht infrage gestellt, aber während ihre Schulfreundinnen danach aufbrachen und ein mehr oder weniger selbstständiges Leben als Ehefrauen oder auch als arbeitende Frauen zu führen begannen, hatte sich Romy stets ihren Filmrollen und Mammis Ratschlägen unterordnen müssen. Das betraf nicht nur ihren Umgang und die Details ihres äußeren Erscheinungsbildes bis zur Frisur, sondern auch ihren Körper, der dem beständigen Urteil anderer ausgesetzt war. Obwohl sie so gern Torten aß, waren Kuchen und andere Naschereien tabu, wenn sie wieder einmal zu rundlich wurde. Ihren sogenannten Babyspeck hatte sie trotzdem nicht verloren, aber die Vorschriften und ständigen Maßregelungen blieben unvergessen. Und manchmal war der Druck, dem sie auf diese Weise ausgesetzt war, so unerträglich, dass sie nur noch fliehen wollte …

Hildegard Knef hatte alles, wovon Romy träumte: Sie war dreizehn Jahre älter als Romy, sehr attraktiv, hatte mit fünfzehn Jahren eine Ausbildung bei der Ufa in Babelsberg begonnen und die renommierte Schauspielschule dort besucht. Danach spielte sie anspruchsvolle Rollen, mit denen sie Filmpreise gewann, sie hatte in Hollywood gedreht und am Broadway auf der Bühne gestanden. Aber vor allem besaß Hildegard Knef etwas, das Romy fehlte – Freiheit.

Vor dem Filmball in Hamburg wurde Romy das Gefühl nicht los, ersticken zu müssen. Schuld war nicht nur das Korsett, in das sie für ihr zauberhaftes, mit Blüten besticktes Abendkleid geschnürt werden musste – es waren die Ratschläge, die ihr die Mammi in Vorbereitung auf die Veranstaltung gab, wozu ihr Stiefvater ihr stets beipflichtete, gleich einem ewigen Echo. Als besuchte Romy zum ersten Mal einen Filmball. Aber natürlich ging es wieder einmal um Horst Buchholz, mit dem sie sich nicht zu viel unterhalten und auch nicht zu ausgelassen tanzen durfte. Irgendwann hatte Romy das Gefühl, sie würde gleich anfangen zu schreien, wenn sie die Vorhaltungen nur noch eine weitere Sekunde über sich ergehen lassen müsste.

Um das zu vermeiden, wusste sie sich irgendwann nicht mehr anders zu helfen: Sie lief davon. Einfach fort. Wie sie war, in der Ballrobe, aber noch ohne Schuhe, flüchtete sie aus der Suite im Hotel Atlantic. Erst als sie auf dem Flur stand, wurde ihr bewusst, dass sie nicht die geringste Ahnung hatte, wohin in dieser Aufmachung. Nur erst einmal weg, zu Atem kommen, den Kopf frei kriegen. Ihr fiel ihre Kollegin Hildegard Knef ein, die sie so sehr bewunderte und die ein paar Zimmer weiter wohnte. Bei ihr klopfte sie an die Tür.

»Was wollen Sie denn bei mir?«, fragte die Knef überrascht.

»Ich halte es nicht mehr aus!« Romy stürzte an ihr vorbei, nahm aus den Augenwinkeln eine zweite Frau im Zimmer wahr, sah jedoch weder die eine noch die andere richtig, weil ihr die Tränen aus den Augen rannen. »Ich halte das nicht mehr aus«, wiederholte sie und warf sich auf das fremde Bett. »Sie lassen mich keinen Augenblick allein. Keine Sekunde. Keine Minute. Über alles muss ich Rechenschaft ablegen. Dabei bin ich doch kein Kind mehr ...« Sie schluchzte auf.

»Wer sind ›sie‹?«, erkundigte sich Hildegard Knef ruhig.

»Mein Stiefvater. Meine Mutter. Die Presseabteilung«, heulte Romy. »Überhaupt alle.«

»Ick bin die Ilse, die Garderobiere«, stellte sich die unbekannte Frau vor. Sie reichte Romy einen mit einer bernsteinbraunen Flüssigkeit gut gefüllten Wasserbecher. »Det is' Whisky. Nu' trink det ma. Det beruhigt die Nerven.«

Romy blickte in das Glas, roch den Alkohol. Vor Schreck ließ sie es beinahe fallen. »Ich darf nicht«, flüsterte sie. »Im Moment darf ich *nichts trinken außer Orangensaft. Und essen darf ich auch nichts. Ich werde zu dick, sagt die Mammi.«*

»Das ist Medizin«, behauptete Hildegard Knef.

»Vielleicht ein andermal«, lehnte Romy ab. Wie ferngesteuert gab sie das Getränk an die Frau namens Ilse zurück. »Danke.«

Sie hatte es geschafft, für einen winzigen Moment aus der Suite zu flüchten. Wollte einfach Luft holen in anderer Gesellschaft. Doch nun fehlte ihr der Mut, sich über die aufgestellten Regeln ihrer Mutter hinwegzusetzen und mit ihrer gestohlenen Freiheit etwas anzufangen.

Nachdenklich blickte Romy an die Decke ihres Kinderzimmers. Sie beobachtete die Schatten, die die untergehende Sonne durch das Fenster warf. Als Kind hatte sie Tiergestalten darin gesucht, jetzt dachte sie an Gläser und Flaschen. Es war schon seltsam, dass ihr ausgerechnet diese Szene im Hotel Atlantic in den Sinn kam und nicht die viel freundlicheren nächtlichen Champagnergelage mit der Mammi während ihrer USA-Tour Anfang des Jahres. Was vor allem blieb, war die Erinnerung an die Unfreiheit, die mit der ewigen Bevormundung einherging.

Sie vernahm das Klingeln des Telefons, rührte sich jedoch nicht aus dem Bett. Ihr Dämmerzustand lähmte sie. Die Mammi würde sie rufen, wenn es für sie war. Aber wer sollte sie schon anrufen? Wer sollte etwas mit ihr besprechen wollen, das nicht von ihrer Mutter geklärt werden könnte? Und dann nickte Romy ein.

KAPITEL 27

Zu ihrer eigenen Überraschung schlief Romy vierzehn Stunden lang. Eigentlich hatte sie geglaubt, der Kummer würde sie wach halten, aber genau der hatte sie so maßlos erschöpft, dass ihr Körper seinen Tribut forderte. Als sie erwachte, war ihr Herz zwar noch nicht geheilt, aber zumindest sah sie nicht mehr so verheult aus, wie ihr ein Blick in den Spiegel verriet. Erstaunlicherweise konnte sie sogar die Tränen zurückhalten, die sich prompt von Neuem einstellten, als ihr wieder bewusst wurde, dass sie Alain verlassen hatte. Nur nicht darüber nachdenken.

Sie zog sich ihren Morgenmantel über, schlüpfte in ihre Hausschuhe und tapste hinunter in den Wohnbereich des Bauernhauses. Je weiter sie die Treppe hinabstieg, desto wärmer wurde es und desto lebendigere Geräusche vernahm sie. Der Dackel entdeckte sie und sprang kläffend an ihr hoch, in der Küche hörte sie das Geklapper der Haushälterin mit den Töpfen; aus der *Stuben* drang die Stimme ihrer Mutter zu ihr herüber, die offenbar telefonierte. Es war schön, wieder zu Hause zu sein. Lächelnd trat Romy in das Wohnzimmer.

Magda war gerade im Begriff, den Hörer aufzulegen. »Guten Morgen, mein Schatz«, grüßte sie gut gelaunt. »Ich soll dich vom Ernst Marischka grüßen. Den hatte ich gerade am Apparat.«

»Danke schön«, erwiderte Romy artig. »Wie geht es ihm?«

»Er macht sich halt noch Gedanken über einen vierten Sissi-Film.«

Romy stöhnte auf. »Mammi, bitte, fangt nicht wieder damit an. Das hatten wir doch schon so oft.«

»Nun ja, nachdem sich deine … äh … deine Lebensumstände geändert haben, wäre es immerhin möglich, dass du auch in dieser Sache anderer Meinung bist.«

»Nein«, entfuhr es Romy unbeabsichtigt scharf. Sie trat an das mit hübsch bestickten Leinengardinen umrahmte Fenster und blickte hinaus auf die Terrasse, den Steinfries dahinter und die Wiese. Es regnete, und der Regen hinterließ Pfützen und feuchte Flecken. Die Wolken hingen so tief, dass sie nicht nur die Bergkulisse, sondern die Wipfel der Tannen im Garten einhüllten. An der Fensterscheibe perlte das Wasser ab und hinterließ Schlieren, die Romy an Tränen denken ließen, die über eine Wange rannen. »Nein«, wiederholte sie in gemäßigtem Ton, ohne sich umzudrehen. »Ich bin ganz sicher nicht anderer Meinung.«

»Denk bitte noch einmal darüber nach. Der Ernstl sagt zwar, dass er dich nicht zwingen wird, die Sissi noch ein weiteres Mal zu spielen, wenn du es nicht willst …«

»Das kann er ja auch gar nicht«, warf Romy trocken ein.

»… aber er sagt auch«, fuhr Magda unbeirrt fort, »dass du in deinem Leben noch alles spielen kannst, aber durch keine Rolle jemals mehr so emporgetragen werden wirst wie durch die der Sissi.«

Romy schwieg. Sie war dankbar, dass ihre Mutter im Hintergrund blieb und sich nicht neben sie stellte, sie etwa in den Arm nahm und durch die körperliche Nähe versuchte, ihre Entscheidung zu beeinflussen. So viel Freiraum ließ sie ihr immerhin. Andererseits war Romy kaum vierundzwanzig Stunden zu Hause und wurde schon wieder mit dem Filmangebot bedrängt, das sie schon so viele Male abgelehnt hatte. Sie wusste selbst nicht mehr, wie oft. Würde so ihre Zukunft aussehen? Stand ihr ein endloser Krieg mit ihrer Mutter und ihrem Stiefvater um ihre persönliche Integrität bevor? Die Pläne für den vierten Sissi-Film waren geradezu symbolisch für die endlose Aneinanderreihung von Bevormundung, Schulmeisterei und Vorschriften, die ihr anscheinend bevorstand. Es nahm kein Ende, begann alles wieder von vorn, kaum dass sie einen Fuß in ihr Zuhause gesetzt hatte. Es schien Romy, als warteten alle nur darauf, dass ihr Widerstand in sich zusammenbrechen und sie jedem Vorschlag zustimmen würde, weil sie es einfach nicht länger ertrug. Oder weil sie so klein gemacht war, dass sie trotz ihres Alters, trotz all ihrer Hoffnungen und Wünsche nur noch als Marionette ihrer Eltern funktionierte. Wie sie es in der Vergangenheit getan hatte. Aber da war sie noch ein Kind gewesen, nun war sie eine erwachsene Frau. Also würde sie sich auch so benehmen.

Sie öffnete den Mund, um ihrer Mutter zu sagen, dass sie nicht zurückgekommen war, damit alles wieder so wurde wie früher. Sie hatte sich verändert. Das musste die Mammi verstehen. Doch das Klingeln des Telefons hielt sie davon ab.

»Haus Mariengrund«, meldete sich Magda Schneider. Danach schwieg sie erstaunlich lange.

Eine eigentümliche Atmosphäre legte sich über die Stimmung im Raum. Romy spürte etwas, was von ihrer Mutter ausging und nichts Gutes verhieß. Offenbar handelte es sich um einen unangenehmen Anruf. Und sie fühlte den Blick der Mammi auf sich gerichtet. Unwillkürlich wandte sie sich zu ihr um.

Magda starrte zu ihr hin, aufgewühlt, verärgert. Schließlich sagte sie ins Telefon: »*One moment, please …*«

Sie hielt den Hörer mit einem Ekel von sich, als wäre der mit den Viren einer ansteckenden Krankheit kontaminiert. »Es ist für dich – Paris«, schnappte sie.

Alain!

Romys Herz machte einen Satz. Aufregung erfasste sie – und unendliches Glück. Doch ein Rest Stolz und die Erinnerung an die entsetzliche Eifersucht ließen sie zurückhaltender agieren, als sie es im ersten Moment wollte. Mit gedämpfter und ebenso gesetzter Stimme meldete sie sich mit einem französischen »allô«.

»*Salut*, Romy, hier ist Georges.«

Es war also nicht Alain. Die Enttäuschung trieb Romy die Tränen in die Augen. Sie drehte sich so, dass ihre Mutter sie nicht sehen konnte.

»Ja?«, fragte sie.

»Wie schön, dass ich mit dir sprechen darf. Geht es dir gut?«

»Ich denke schon …«

»Alain hat vergeblich versucht, dich zu erreichen. Er hat immer wieder angerufen.«

»Oh!« Sie wusste nicht, was sie mehr irritierte: Dass Alain versucht hatte, sie zu erreichen, oder dass sie seine Telefonate offenbar verschlafen hatte. Ausgerechnet als ihr Geliebter sich meldete, war sie wie ohnmächtig in ihrer Traumwelt versunken. Schicksal. Pech. Oder Absicht? Eine Vermutung stellte sich ein, die sie nicht wagte, zu Ende zu denken.

»Er befürchtet, dass du nicht mehr mit ihm sprechen willst. Oder deine Mutter will es nicht. Deshalb rufe ich an.«

»Das stimmt alles nicht«, beteuerte Romy, obwohl sich in ihrem Kopf ein anderes Bild festzusetzen begann. Hatte nicht gestern Abend mehrmals das Telefon geklingelt, als sie noch gar nicht geschlafen hatte? Ihre Mutter hatte behauptet, irgendein *Dödel* habe sich verwählt. War das Alain gewesen, der sich bemühte, Romy zu erreichen? Vielleicht. Sogar wahrscheinlich. Und da war sie wieder – die Bevormundung.

Sie schluckte. »Es tut mir leid, ich habe viel geschlafen. Aber nun hast du mich ja am Apparat. Was gibt es denn?«

»Alain ist todunglücklich. Er liegt in meinen Armen und weint. Genauso erging es ihm und mir, als er aus Wien nach Paris zurückkam und noch nicht wusste, dass du bereits auf dem Weg zu ihm warst. Ich bitte dich, Romy, komm zurück. Ich halte es sonst nicht mehr aus mit ihm.«

Unwillkürlich lachte sie. Georges, den sie wegen seiner sexuellen Orientierung heimlich *Georgette* nannte, mochte ein wenig übertreiben. Aber selbst wenn Alain einfach nur traurig war, bedeutete dies doch, dass er sie liebte und vermisste. Romy spürte ein Triumphgefühl, aber auch unendliches Glück in sich aufsteigen. Und Zuversicht.

»Ich wünschte, er würde mir …«, sie unterbrach sich, als ihr bewusst wurde, dass die Mammi sie sicher belauschte. Wahrscheinlich stand sie noch immer direkt hinter ihr. Romy wagte jedoch nicht, sich nach ihr umzuschauen. Sie seufzte. »Sag Alain«, hob sie an, wusste dann jedoch nicht weiter. Es gab so viel, das Georges ausrichten könnte. Aber nichts davon war für die Ohren ihrer Mutter bestimmt.

»Romy, *ma chère,* hab Verständnis«, erwiderte Georges, »Alain hatte bisher immer nur Beziehungen zu Frauen, die viel älter waren als er. Die selbst sehr frei mit der Liebe umgegangen sind. Womöglich hat das seine Sicht auf die Dinge verdorben. Das ist bei dir natürlich etwas anderes. Alain liebt deine Unschuld, aber es ist nicht einfach für ihn, damit umzugehen.«

Als wenn sie das alles nicht wüsste!

»Ich wünschte«, hob sie noch einmal an, diesmal mit festerer Stimme, »er würde mir das alles selbst sagen, Georges. Bitte richte ihm das aus.«

»Natürlich werde ich das. Darf er dich anrufen?«

»Ich habe nichts dagegen.«

»Gut. Das ist gut. Dann hoffe ich, dass wir uns bald wiedersehen. Wir haben dein Bett noch nicht von seinem fortgeschoben, Romy.«

»*Au revoir*, Georges.« Sie war überrascht, wie gut sie es schon schaffte, den Abschiedsgruß in der Manier der Pariser auszusprechen und dabei die R fast vollständig zu verschlucken. Klang es nicht schon fast so, als wäre Paris ihre Heimat? Schmunzelnd beendete sie das Gespräch.

»Du Arme!«, sagte Magda, legte ihre Hände auf Romys Schultern und drehte sie zu sich herum. »Es tut mir so leid, ich hätte dir dieses Telefonat gern erspart. Aber da du direkt neben mir gestanden hast, konnte ich dich nicht verleugnen.«

Romy erstarrte. »Alain hat angerufen«, sagte sie.

»Ja, ein paarmal. Er war furchtbar aufdringlich. Aber dieser Mann hat nun einmal kein Benehmen. Du kannst froh sein, dass du ihn los bist. Und deshalb wollen wir auch nicht mehr über ihn sprechen.«

Mit einer ruppigen Bewegung löste Romy sich aus der Umarmung. »Warum darf ich nicht selbst entscheiden, ob ich mit ihm sprechen möchte?«

»Weil ich als deine Mutter weiß, was das Beste für dich ist, mein Kind.«

»Ich bin kein Kind mehr!« Romys Stimme wurde schrill. »Ich will mit Alain sprechen, Mammi, und wenn er anruft, dann gibst du mir gefälligst das Telefon.«

Magda schüttelte den Kopf. »Mäßige dich, bitte. Da siehst du, wie sehr er dich selbst auf die Entfernung aufregt. Es wäre wirklich besser …«

Es wäre wirklich besser, ich fahre so schnell wie möglich nach Paris zurück, vollendete Romy den begonnenen Satz in Gedanken. Wenn Alain sie noch wollte, würde sie zu ihm zurückgehen. Daran bestand plötzlich kein Zweifel mehr. Er war der Schlüssel zu ihrer persönlichen Freiheit. Nur durch ihn konnte sie aus dem Gefängnis ihres Elternhauses ausbrechen. Sie hatte gar keine andere Wahl, wenn sie nicht so weitermachen wollte wie zuvor.

»Vergiss diese unsägliche Sache in Paris«, unterbrach Magda ihre Gedanken.

»Nein, Mammi, nein. Ich will mich nicht mit dir streiten, und du weißt, wie lieb ich dich hab. Aber ich will von dir nicht wie deine Sklavin behandelt werden.« Romy wünschte, sie könnte sich beherrschen, ihren Ton weniger laut und ungehalten klingen lassen. Aber sie war überfordert. Von ihren Eltern, von deren ewiger Einflussnahme auf ihr Leben und ihre Karriere, von Alain, ihrer ersten großen Liebe.

Ich bin doch nur eine junge Frau, die ihr eigenes Leben führen will, dachte sie verzweifelt.

KAPITEL 28

WIEN
November 1958

Es brach Romy fast das Herz, Alain kurz nach ihrer Rückkehr nach Paris wieder verlassen zu müssen. Diesmal war sie gezwungen, zu Dreharbeiten nach Wien zu fliegen. Es stand für sie außer Frage, dass sie jeden Vertrag, den sie unterzeichnet hatte, erfüllen wollte. Dass Alain seine letzte Arbeit gerade beendet hatte und deshalb endlich mehr Zeit für sie hätte, durfte dabei keine Rolle spielen. Und dennoch sehnte sie sich so sehr danach, mit ihm zusammen zu sein. Seit sie sich versöhnt hatten, wünschte sie sich nichts mehr, als an seiner Seite zu sein. Selbst zu den scheinbar endlosen Abenden mit französischen Regisseuren im Club Élysées Matignon begleitete sie ihn, obwohl sie dort nur als sein Anhängsel angesehen wurde. Ihrer beider Vergangenheit war grundverschieden, aber der unbedingte Wille auf eine große Schauspielkarriere einte sie wie kaum etwas anderes.

Sie hatte sich mit Alain ausgesöhnt, auch wenn sie seinen Lebenswandel mehr zähneknirschend denn aus Überzeugung akzeptierte. Er erklärte ihr, dass die Freiheit der Gegenentwurf zu einem Leben in Angst, Sorge und Langeweile sei. Dass die Freiheit, alle zu lieben, gleichzeitig zu einer tieferen Liebe zum Einzelnen führen würde. Während die bürgerlichen Zwänge nichts als Lüge und Betrug zur Folge hätten. Nicht zuletzt erinnerte Alain sie daran, dass sie in Paris war, weil sie die Freiheit suchte. Und er teilte ihr unumwunden mit, dass sie die freie Liebe ebenso ausleben könne – er würde sie nicht daran hindern.

Im ersten Moment war sie fassungslos. Alles, was Alain sagte, widersprach ihrer Erziehung ebenso wie allem, was sie über das Leben zu wissen glaubte. Dann verstand sie, dass Alains Ansichten zur Liebe den Theorien des Existenzialismus folgten. Jean-Paul Sartre und Albert Camus waren diejenigen, die in diesen Tagen unter den jungen Leuten den Ton angaben, und so war es kaum verwunderlich, dass Alain sich dem Gerede um die Freiheit anschloss.

»Überall auf der Welt betrügen Männer ihre Frauen und Frauen ihre Männer«, behauptete Georges, als er in ihrem Disput übersetzte und zu vermitteln versuchte, »und sie tun es seit Jahrhunderten mit der größten Selbstverständlichkeit. Niemand spricht darüber, aber alle wissen es und belügen sich gegenseitig. Die Augen wurden schon immer und werden weiterhin vor der Wahrheit verschlossen. Jetzt nennt eine junge Generation die Dinge beim Namen – freie Liebe. Keiner verstellt sich, niemand verrennt sich mehr in der Unwahrheit, alle sind offen für das Neue.« Es klang irgendwie einleuchtend.

Das Problem war nur, dass Romy kein Interesse an irgendeinem anderen Mann hatte und auch nicht praktizieren wollte, was sie schlichtweg für Untreue hielt. Für sie gab es nur Alain.

Ausgerechnet in ihrem neuen Film – einer reichlich naiven Komödie – ging es ebenfalls um die freie Liebe. In »Die Halbzarte« durfte sie sich zum ersten Mal von einer etwas frivoleren Seite zeigen, und das neben der Mammi, die als ihre moralisch gestrenge Mutter mit ihr vor der Kamera stand. Nach Romys Abreise aus Mariengrund und den harten Worten, die zuvor gefallen waren, hatte sie Bedenken, wie sich die Zusammenarbeit gestalten würde. Aber dann wurde ihr klar, dass ihre Familie und sie wie die Darsteller einer Tragödie Shakespeare'scher Dramatik agierten: Auf der

Bühne stritten sie sich in tödlichem Ernst, und in der Pause und nach dem Dolchstoß am Ende sanken sie sich in die Arme. Ihre Streitereien waren die Bühne, der Rest blieb davon unberührt. Daher war alles gut, als sie sich anlässlich der Dreharbeiten im Hotel Sacher wiedersahen. Sie umarmten sich und versicherten einander, wie lieb sie sich hatten.

Dennoch waren Magdas hochgezogene Augenbrauen unübersehbar, wenn Romy wieder einmal am Telefon war. Ihre Telefonate mit Paris waren ungewöhnlich häufig, lang – und teuer. Der stumme Vorwurf ihrer Mutter richtete sich natürlich gegen den Mann am anderen Ende der Leitung. Aber ebenso wie Romy jeden Drehtag für »Christine« mit der Frage »Wo ist Alain?« begonnen hatte, konnte sie jetzt nicht zur Arbeit für »Die Halbzarte« in die Ateliers am Rosenhügel aufbrechen, bevor sie nicht einmal *»Je t'aime«* gesagt und gehört hatte. Dass sie Alain dabei nach einer weiteren durchfeierten Nacht meist im Halbschlaf erwischte, beunruhigte sie nicht. Im Gegenteil. In ihrem Hinterkopf festigte sich der Gedanke, dass sie auf diese Weise eine gewisse Kontrolle ausübte. Und seltsamerweise störte er sich nicht daran.

Irgendwann hielt sie es jedoch nicht mehr aus ohne seine körperliche Nähe. Sie bat ihn, sie zu besuchen – und er willigte sofort ein. So problemlos hatte sie die Erfüllung ihres Wunsches nicht erwartet. Vor Freude tanzte sie durch die Verbindungstür ins Zimmer ihrer Mutter. »Alain kommt nach Wien«, verkündete sie glücklich und wirbelte zurück in ihren Bereich.

Magda folgte ihr. »Er wird doch wohl hoffentlich nicht hier bei dir schlafen.«

»Das wird er schon nicht«, versicherte Romy kichernd. »Er kann sich selbst ein Zimmer nehmen.«

»Unbedingt. Was sollen denn sonst die Leute denken? Du stehst hier schließlich unter ständiger Beobachtung, Romy. Dafür bist du ein Star, und er ...« Die Mammi zögerte und setzte dann ein etwas schnippisches, aber sehr deutliches »Nun ja« hinzu.

Romy bremste vor ihrem Nachttisch mit dem Telefonapparat darauf. »Ich werde dem Portier Bescheid geben, dass ein Zimmer für Monsieur Delon reserviert werden soll. Bist du zufrieden?«

»Ach Romylein«, seufzte Magda und rauschte zurück in ihr Zimmer.

KAPITEL 29

Als Alain eintraf, bezog er sein Hotelzimmer, und Romy war sich sicher, dass er es auch ohne ihre Reservierung abgelehnt hätte, in derselben Suite mit ihrer Mutter zu schlafen. Trotz verschlossener Verbindungstür. Außerdem hatte die Mammi in einem Punkt nicht unrecht – es gehörte sich nicht für ein unverheiratetes Paar, gemeinsam in einem Hotel wie dem Sacher zu übernachten. Die Sache mit der offen gelebten, revolutionären freien Liebe mochte in Paris in aller Munde sein, in Wien war sie es nicht – in dieser Welt durften nur verheiratete Paare miteinander schlafen. Eine Moral, die auch beim Happy End von Romys aktuellem Film eine Rolle spielte: Die halbzarte Romy heiratete ihren Filmpartner Carlos Thompson, bevor sie mit ihm ins Bett ging. Bei allen Anzüglichkeiten gab es auf der Leinwand am Ende geordnete Verhältnisse. Das hinderte Romy jedoch nicht daran, ihre privaten Nächte in Alains Armen zu verbringen.

Sie machten Wien unsicher, wie sie es nicht einmal im ersten Überschwang des vorigen Sommers gewagt hatte. Romy ging ohne ihre Mammi oder den Daddy aus, zeigte Alain den Jazz-Saloon von Fatty George, die Playboy-Bar und schließlich die Eden-Bar, den sicherlich elegantesten Nachtclub von Wien. Doch genau der war nicht unbedingt nach Alains Geschmack, zumal der Eintritt mit gewissen Regeln hinsichtlich des Erscheinungsbildes verbunden war. Das teilte sie ihm mit, als er sie in ihrem Zimmer abholte. Magda war bereits mit Bekannten zum Abendessen ausgegangen, so dass sie allein waren.

»Wie spießig!«, schimpfte er über den Dresscode. »Welche Krawatte macht mich denn zu einem besseren Menschen?«

Romy küsste ihn. »Das darfst du erst fragen, wenn du ein Star bist, *Pépé*.«

»Das werde ich. Darauf kannst du dich verlassen.«

»Ich weiß. Aber bis dahin bindest du die hier um.« Sie legte einen Schlips um seinen Hals. Den hatte sie bei dem traditionsreichen Herrenausstatter Malowan am Opernring, immerhin Hoflieferant unter Kaiser Franz Joseph, für Alain gekauft. »Ich bitte dich darum. Wien ist nun einmal ziemlich bürgerlich. Genau wie ich.«

Lächelnd legte er die Arme um sie und zog sie an sich. »Das werde ich dir noch austreiben …« Dennoch ließ er sich nach einem langen Kuss gefallen, dass sie ihm die Krawatte band.

Diese rasche Kapitulation überraschte Romy ebenso wie seine Geduld mit den Reportern. Natürlich wurden sie in Wien von mehr Fotografen verfolgt als in Paris, das öffentliche Auftreten des Liebespaares sorgte für viel Aufsehen. Dass ein Filmstar wie Romy, die als eine Art jungfräuliche Heilige verehrt wurde, mit einem bildschönen, wenn auch etwas undurchsichtigen jungen Franzosen zu einer wilden Ehe ins Ausland durchgebrannt war, befeuerte die Vorurteile und moralischen Verurteilungen der deutschsprachigen Presse. Der Bonner Kanzler Konrad Adenauer und der gerade gewählte französische Präsident Charles de Gaulle mochten sich noch so sehr um eine deutsch-französische Freundschaft bemühen, in Westdeutschland und Österreich wurde der einstige Kriegsgegner nach wie vor mit größter Skepsis betrachtet. Vor allem wegen ihrer Popularität als Sissi war Romy in einen politischen Strudel geraten, den sie nicht nur kaum nachvollziehen, sondern auch nicht beherrschen konnte. Entsprechend bitterböse und geschmacklos waren die Artikel – ebenso wie die Leserbriefe ihrer Fans. Allerdings war Romy so eingenommen davon, wie zugewandt und zärtlich Alain sich zeigte, so glücklich über ihr harmonisches Zusammensein, dass sie den großen Überschriften in den Zeitungen nicht sonderlich viel Aufmerksamkeit schenkte. Er war da – und sprang für sie über seinen Schatten, sie brauchte keine Bestätigung für seine Liebe in irgendwelchen Druckerzeugnissen zu lesen.

»Siehst du«, meinte Romy auf ihrem Rückweg von der Eden-Bar zum Hotel Sacher, »auch du kannst bürgerlich sein!«

Es war spät geworden. In den Gassen des 1. Bezirks war es dunkel und sehr still, als sie und Alain Arm in Arm heimschlenderten. Nur das Klappern ihrer Absätze auf dem Kopfsteinpflaster hallte von den Mauern der Hofburg wider, die Gaslaternen beleuchteten schwach die historischen Straßenzüge, an denen kein Auto vorbeifuhr. Die Fiaker waren längst in ihren Stallungen geparkt, kaum jemand war zu Fuß unterwegs. Für die Jahreszeit war die Nacht mild, die Sterne versteckten sich zwar hinter den Wolken, aber hin und wieder lugte der Mond hervor. Romy hatte das Gefühl, als wäre sie ganz allein mit dem Liebsten in ihrer wunderschönen Stadt unterwegs. Sie war beschwipst von ihrem Glück, aber auch von dem vielen Champagner, den sie getrunken hatten.

»Warum ist es dir so wichtig, dich an all diese Regeln zu halten?«, gab Alain zurück, während er die Krawatte lockerte und den obersten Knopf seines Oberhemdes öffnete. »Sei doch lieber, wie du wirklich bist – frei!«

Ich bin die Tochter meiner Mammi, dachte sie, das zuallererst. Zumindest war das bis jetzt so gewesen, auch wenn Romy nicht die Absicht hatte, dass es ewig so bleiben würde, so viel war ihr inzwischen klar geworden.

Sie sagte: »Ich werde dir zeigen, wie frei ich bin …« Sie löste sich aus seiner Umarmung, sprang fröhlich ein paar Schritte voraus, drehte sich um die eigene Achse. Der weite Rock ihres Cocktailkleides schwang, und der Haken, der ihren Pelzmantel zusammenhielt, öffnete sich durch die Bewegung ihrer ausgebreiteten Arme. Sie bekam einen Drehwurm, aber das machte nichts. Ausgelassen rief sie ihm zu: »Schau her, ich tanze mitten auf dem Albertinaplatz Walzer. Das ist Freiheit.« Ihre Stimme klang doppelt so laut wie sonst.

»*Liberté* ist doch etwas ganz anderes«, behauptete Alain.

Romy bremste, stand schwankend da. »Ich könnte auch noch singen«, schlug sie vor.

Er lachte. »Ich zeige es dir, *ma Puppelé.*«

Gespannt sah sie zu, wie er den Schlips seelenruhig löste. Dann zog er seinen Mantel und das Sakko aus, reichte ihr seine Sachen. Derart bepackt ließ sie sich auf den Stufen des Albrechtsbrunnens nieder wie auf einem Zuschauersessel in der ersten Theaterreihe.

Er nahm ein paar Schritte Anlauf, streckte den rechten Arm vor sich, den linken nach oben, hob das rechte Bein an und …

Romy stockte der Atem.

Er schlug ein Rad.

Und noch eines. Und ein weiteres.

O mein Gott!, fuhr es Romy durch den Kopf. Er bricht sich das Genick.

Dennoch war es unglaublich. Er war ein phantastischer Akrobat. Er war mutig. Albern. Jungenhaft. Und alles in allem wahnsinnig liebenswert.

Hoffentlich überlebt er dieses Kunststück, dachte Romy.

Um Atem ringend stand Alain schließlich wieder auf seinen Füßen. Langsam kehrte er zu ihr zurück, und sie sah den Triumph in seinem Gesichtsausdruck. Er wusste, dass wegen des berühmten Museums auch zu dieser nächtlichen Stunde durchaus eine Streife der Gendarmerie vorbeifahren konnte.

»Siehst du, *Puppelé*«, verkündete er, »das ist Freiheit!«

Sie wollte vor Erleichterung lachen, weil ihm nichts geschehen war. Gleichzeitig bewunderte sie seine körperliche Kraft und Geschicklichkeit. »Das kann ich nicht«, gab sie kleinlaut zu.

»Dann bringe ich es dir bei«, erwiderte Alain. Er reichte ihr die Hand und zog sie hoch. »Ich werde dir alles beibringen. Ich liebe dich. *Je t'aime.*«

»Ich dich auch«, flüsterte sie an seinem Mund.

KAPITEL 30

PARIS
Anfang 1959

Alain hatte ihr die Augen verbunden, als sie aus seinem Wagen ausgestiegen waren, und durch das schwarze Tuch konnte Romy tatsächlich nicht hindurchsehen. Er hielt sie an den Schultern und schob sie vor sich her. Längst hatte sie die Orientierung verloren, sie stolperte in die von ihm vorgegebene Richtung. Was wollte er nur mit dieser Aktion bezwecken? Wollte er sie zwingen, ihm blind zu vertrauen? Wenn es weiter nichts ist, dachte Romy, während sie beinahe über ihre eigenen Füße fiel, als er unvermittelt stehen blieb.

»*Voilà!* Auf drei kannst du alles sehen. *Un, deux ...*«, er hantierte mit dem Knoten an ihrem Hinterkopf, in dem sich eine Haarsträhne verfangen hatte, und sie biss die Zähne zusammen, um nicht aufzuschreien, »*trois!*« Das Tuch fiel hinab. »Da sind wir.«

Das Tageslicht blendete sie. Vor ihren Augen tanzten Sterne, sie zwinkerte, um sich umschauen zu können. Zu ihrer Verwunderung hatte Alain sie in eine ruhige, von Platanen gesäumte Straße geführt. Hier gab es keine Geschäfte, keine Cafés, nicht einmal den beliebten *Tabac*, in dem die Pariser ihre Zigaretten und Métro-Fahrscheine kauften und morgens einen *petit noir* tranken. Rechts und links der zweispurigen Fahrbahn standen die typischen sandsteinfarbenen Häuser der wohlhabenden Pariser, die Mitte des 19. Jahrhunderts erbaut worden waren und die Stadt grundlegend verändert hatten. Erdgeschoss und drei Stockwerke darüber, Toreinfahrten, durch die früher die Kutschen gefahren waren, daneben das Zimmer der Concierge. Romy hatte keine Ahnung, wo genau sie sich befand, Alain hatte sie kreuz und quer durch die Stadt chauffiert. Eines war jedoch sicher: Von der bunten Lebendigkeit des linken Seine-Ufers waren sie weit entfernt.

Sie drehte sich zu Alain um. Er wirkte zufrieden – und stolz. Romy war ratlos. »Was machen wir hier?«

»Ich habe dir gesagt, dass ich dir etwas zeigen möchte. Hier ist es.«

Auf dem Bürgersteig war es ruhig, kaum jemand war unterwegs. In der Ferne entdeckte sie eine elegant wirkende Dame, die ihren Pudel ausführte. Ansonsten befand sich niemand auf der Straße. Es war ein Sonntagnachmittag, aber Romy vermutete, dass es hier auch an anderen Tagen nicht deutlich belebter zuging. »Ich sehe nichts«, gab sie zu, betrübt, weil sie seine Freude nicht teilte und ihn vermutlich enttäuschte.

»Es ist vor dir. Avenue de Messine Nummer zweiundzwanzig.«

Das Eckgebäude, vor dem sie standen, war besonders schön, weil es direkt an einem kleinen Platz lag und an der Front eine Rundung besaß. Es war ein wenig schmaler als die Häuser daneben, aber ebenso hoch und hatte durchaus großbürgerliches Flair mit tiefen Sprossenfenstern und einem gemauerten Balkon, der Romy an das Veroneser Haus von Julia denken ließ. Letzteres war ungewöhnlich, da die meisten Austritte hierzulande von einem schmiedeeisernen Geländer umgeben waren.

»Ein hübsches Haus«, sagte Romy. »Wer wohnt dort?«

»Ich werde dort künftig wohnen. Und du auch, *ma Puppelé*. Denn es ist mein Haus.«

»Ich?« Sie starrte ihn an. »Du …? Aber wieso …? Das ist doch gar nicht dein Stil.«

Er grinste. Seine Augen waren so strahlend blau wie der sonnige Winterhimmel über ihm. »Georges meinte, ich solle anfangen, mein Geld anzulegen. Meine Gagen werden besser, die Angebote auch. Deshalb hat er mir ermöglicht, dieses Haus zu günstigen Konditionen zu kaufen. Außerdem brauchen wir irgendwann eine eigene Wohnung, du und ich, wir können nicht für immer bei Georges bleiben.«

»Wahrscheinlich hat er dir deshalb zu dem Kauf dieses Hauses geraten – er will uns loswerden«, scherzte Romy. Sie rettete sich in die Albernheit, weil sie nicht fassen konnte, was Alain ihr berichtete. Je mehr sie sich in der Gegend umsah und das Haus betrachtete, desto wohler fühlte sie sich, aber: »Es ist ... es ist so ... bürgerlich, *Pépé*.«

»Ich weiß. Aber wenn man ein Star sein will, muss man ein paar Abstriche machen. Sagt jedenfalls Georges. Und Jean-Claude meint das auch.«

Romy hob ihre Hand und legte sie zärtlich gegen seine Wange. Ein Star. Ja, ihr Geliebter war auf dem Weg, einer zu werden. Nicht einmal die schlechten Kritiken nach der Premiere von »Christine« schienen ihn daran zu hindern. Allerdings ging die deutsche Presse deutlich harscher mit ihm um als die französische: Er wurde als »Liftboy« bezeichnet, der einen Leutnant spielte. An Romy ließ man insofern noch ein gutes Haar, als man ihr eine gewisse Professionalität attestierte. Doch wurde ihr – wie auch Alain – vorgeworfen, ohne jegliche Emotion vor der Kamera zu agieren. Meine Güte, dachte sie ein ums andere Mal, wenn sie den ganzen Schmarrn las, noch keinen Film hatte sie mit so übervollem Herzen gedreht wie ausgerechnet diesen. Wie auch immer, der Streifen schien nicht sonderlich hilfreich für ihre künftige Karriere als ernstzunehmende *actrice* zu sein, selbst wenn die öffentliche Diffamierung ihres Privatlebens eine Rolle dabei gespielt haben mochte, warum ihre Arbeit nun so beurteilt wurde. Bei Alain hätte es wohl ebenso sein können, doch immerhin war dies die erste Hauptrolle, die er besetzte. Er erregte dadurch das Interesse von Regisseuren und Produzenten und stand nun tatsächlich vor mehreren großen Projekten. Allerdings behauptete er spöttisch, er würde wohl lieber als Zeitungsausträger denn als Schauspieler arbeiten, wenn die Kritiken für seinen nächsten Film ebenso negativ ausfielen.

Er nahm ihre Hand in die seine. »Freust du dich gar nicht? Wir ziehen oben in die schönste Wohnung. Das ist die mit dem Balkon.«

»O *Pépé*, es ist wundervoll …«

Ohne ihn loszulassen, fiel sie ihm um den Hals. Bis jetzt hatte sie gar nicht begriffen, was er ihr eigentlich sagte, doch langsam dämmerte es ihr: Er schuf für sie beide ein Heim. Sie würden nicht mehr auf den zusammengeschobenen Sofas in der Wohnung eines Freundes schlafen, sondern in ihrem eigenen Schlafzimmer. Alain hatte ein Haus gekauft – und sie war die Person, mit der er dort einziehen wollte. Keine andere. Sie allein war seine Gefährtin. Das war mehr, als sie noch vor wenigen Monaten gehofft hatte. Für einen kurzen Moment musste sie daran denken, dass dies im Film der Moment war, in dem der Held niederkniete und einen Heiratsantrag machte. Aber Alains Drehbuch war zweifellos ein anderes. Dass er ihr diesen Rahmen einer bürgerlichen Existenz bot, war bei seinem Freiheitsgedanken schon sehr, sehr viel. Ich brauche keinen Trauring, um mit ihm glücklich zu sein, entschied Romy. Er ist mein Mann. Ich bin seine Frau.

222

»Komm, ich zeige dir die Wohnung. Sie wird dir gefallen. Und später werden wir überlegen, wie wir sie einrichten wollen.«

Hand in Hand betraten sie das Gebäude, das von nun an ihr Zuhause wäre. Ein Nest, dachte Romy, es wird unser Nest sein. Und niemand darf uns darin stören.

KAPITEL 31

Sag mal, Romy«, fragte Georges Beaume, während er sein Weinglas auf den Vierertisch in der Brasserie Lipp stellte, »wie sieht es bei dir eigentlich mit den Geldanlagen aus? Du solltest auch eine Immobilie in Paris kaufen.«

Sie erschrak. Ihre Augen flogen ängstlich zu Alain, dessen Miene hinter einer undurchdringlichen Wolke aus Zigarettenrauch verborgen blieb. »Aber ich brauche doch gar keine eigene Wohnung!«

»Nein. Natürlich nicht. Es geht um eine Wertanlage – nicht um ein Eigenheim. Wie man hört, bekommst du die höchsten Filmgagen und Beteiligungen, die eine deutschsprachige Schauspielerin einstreichen kann. Da hat dein Stiefvater gut verhandelt. Respekt. Aber was machst du mit dem vielen Geld?«

»Keine Ahnung«, entfuhr es ihr. Erst als ihr bewusst wurde, wie naiv sie klang, räusperte sie sich und erklärte mit fester Stimme: »Ich habe mich niemals um meine Gagen gekümmert, weil ich alles, was das betrifft, Daddy überlasse.«

Sie sagte nicht, dass es ihr egal war, was mit ihren Einnahmen geschah. Genau genommen war es nicht wichtig für sie. Alles, was für sie in diesem Moment eine Rolle spielte, war, dass Georges ihr nicht durch die Blume klarzumachen versuchte, sie sei in Alains neuem Haus doch nicht erwünscht. Erleichterung erfasste sie – und die Erkenntnis, dass Vertrauen der Schlüssel für alles war. Seltsam, warum vertraute sie Blatzheim ihr Geld blind an, aber zweifelte an Alains Liebe bei dem geringsten Anlass? Dabei hatte er bislang nichts getan, das ihr Grund dazu geben könnte.

Die Brasserie Lipp, in der sie bei einem hervorragenden *diner* zusammensaßen, mochte auf den ersten Blick gediegener als die Cafés der Existenzialisten sein, doch der Eindruck täuschte. Das Restaurant lag nicht weit von Georges' Wohnung am Boulevard Saint-Germain und war seit Jahrzehnten das Synonym für elsässische Hausmannskost, gutes Bier sowie einen angesehenen Literaturpreis, der hier, wie in manch anderen französischen Restaurants, ausgelobt wurde. Verspiegelte Wände, viel Holz, Kugellampen und das Flair der zwanziger Jahre zogen Intellektuelle und Künstler ebenso an wie Touristen. Da die Stadt um diese Jahreszeit nicht überlaufen war, blieben die französischen Gäste weitgehend unter sich. Georges Beaume und Jean-Claude Brialy hatten sich eingefunden, um mit Alain und Romy ihren Neuanfang in der Avenue de Messine ausgiebig zu feiern. Inzwischen waren Alains beste Freunde auch die besten Freunde Romys geworden, sie siezten sich nicht mehr und besprachen auch Privates.

»Daddy versteht mehr vom Geschäft als ich«, setzte Romy in das betretene Schweigen hinzu, das nach ihrem ersten Kommentar unter den Männern entstanden war. »Er weiß, was zu tun ist. Ich erhalte jeden Monat einen Scheck von …« Sie brach mitten im Satz ab. Eigentlich hatte sie sagen wollen: *Ich erhalte jeden Monat einen Scheck von seinem Konto.* Plötzlich fragte sie sich jedoch, wieso die Anweisung von seiner Bankverbindung stammte und nicht von einer, die auf ihren Namen lief. Sie hatte sich noch nie darüber den Kopf zerbrochen, der Vorgang war ihr stets selbstverständlich vorgekommen. Doch mit einem Mal wunderte sie sich. Sie war doch bereits volljährig und wurde das nicht erst an diesem 23. September. Nachdenklich senkte sie die Lider und begann mit den leeren Austernschalen auf ihrem Teller zu spielen, den der Kellner noch nicht abgeräumt hatte.

Jean-Claude fand als Erster die Sprache wieder. »Außer Georges versteht hier keiner von uns etwas von Geldanlagen«, behauptete er gutmütig. »Die überlassen wir Fachleuten. Dennoch werfen wir gelegentlich einen Blick auf unsere Kontoauszüge. So schwer ist es dann auch nicht, die Auflistung der Umsätze zu verstehen.«

»Weißt du denn gar nichts darüber, wo deine Einnahmen bleiben?«, erkundigte sich Alain. An seine Freunde gewandt fuhr er achselzuckend fort: »Jetzt interessiert mich das auch.«

»Du drehst seit fünf Jahren drei Filme jährlich«, insistierte Georges. »Romy, du musst selbst nach Abzug aller Steuern ein enormes Vermögen besitzen. Warum weißt du nichts darüber? Das ist nicht in Ordnung.«

Romy spürte, wie sich die engen Bande zu ihrer Familie bemerkbar machten. Es war wie eine unsichtbare Hand, die ihre Gefühle in Fesseln legte. Sosehr ihr die Fragen ihrer Freunde auch berechtigt erschienen, sie wollte die unterschwelligen Vorwürfe gegen ihren Stiefvater nicht hören. Unwillkürlich begann sie Blatzheim zu verteidigen.

Sie schob die scharfkantigen Schalen der leeren Austern ordentlich auf ihrem Teller zurecht. Dann hob sie den Blick. »Mein Stiefvater besitzt eine Generalvollmacht. Er hat meine Gagen einer Bank in Zürich anvertraut«, erwiderte sie mit fester Stimme, obwohl sie nicht einmal genau wusste, ob ihre Einnahmen bei einem Institut in der Schweiz oder in Liechtenstein angelegt waren. Aber sie meinte, etwas über eine Bank in Zürich gehört zu haben. »Daddy hat dafür gesorgt, dass ich seit Anfang des Jahres meinen Wohnsitz ins Tessin verlegt habe, weil wir damit Steuern in Deutschland sparen. Es ist sicher nützlich, ein Konto im selben Land zu unterhalten, in dem man auch gemeldet ist.«

»Sind Steuerersparnisse und die damit verbundene Pfennigfuchserei Ausdruck solider Bürgerlichkeit oder das Gegenteil?«, murmelte Alain in sich hinein. Er betrachtete gedankenverloren den restlichen Rotwein in seinem Glas, dann trank er ihn in einem Zug aus.

Georges legte seine Hand auf die Romys. »Wenn du weiter mit den Austern spielst, wirst du dir in die Finger schneiden. Wo bleibt denn der Kellner? Der Tisch sollte endlich abgeräumt werden.«

»Wann siehst du deine Eltern wieder?«, wollte Jean-Claude wissen.

»Es ist geplant, dass ich im März nach Lugano fahre, wenn ich an der Riviera ›Ein Engel auf Erden‹ drehe. Von dort ist es nicht so weit, und die Fahrt ins Tessin ist, solange noch Schnee in den Niederungen liegt, über die Autostrada viel angenehmer als über die Alpenpässe und durch den Gotthardtunnel.«

»Dann kannst du deinen Stiefvater in Ruhe fragen, was mit deinem Geld geschieht«, schlug Georges vor. »Du kannst dir die Kontoauszüge und Depotübersicht zeigen lassen. Diese Unterlagen durchzusehen ist keine große Sache. Der aktuelle Aktenordner dürfte reichen, nehme ich an. Du blätterst die Dokumente durch – und schon weißt du, was los ist.«

Sie nickte still. Was Georges sagte, klang plausibel, trotzdem war sie unsicher, was sie tun sollte. Würde Daddy es nicht als Vertrauensbruch betrachten, wenn sie nach den Zahlungseingängen fragte? Verstand sie überhaupt genug davon, um zu begreifen, was mit ihren Gagen und den Beteiligungen an den Einnahmen an den Kinokassen passierte? Ihre Freunde hatten leicht reden. Georges musste als Agent ein guter Geschäftsmann sein, Jean-Claude hatte immerhin Abitur gemacht, und Alain besaß die Findigkeit eines

Mannes, der seit seinem vierzehnten Lebensjahr finanziell auf sich gestellt war. Romy indes war ohne die geringsten Geldsorgen aufgewachsen und hatte sich noch nie Gedanken darüber gemacht, woher ihr Lebensunterhalt kam und wohin ihre Gagen flossen. Buchhaltung war so gar nicht ihre Sache. Aber es war eine Saite in ihrem Innersten zum Klingen gebracht worden, die in Disharmonie zu ihrem unerschütterlichen Vertrauen in Hans Herbert Blatzheim tönte.

KAPITEL 32

LUGANO
März 1959

In dem kleinen Bergdorf Vico Morcote, den Monte San Salvatore im Rücken, stand Romys neues Elternhaus. Daddy hatte hier eine Villa im typisch luxuriösen Stil jener neureichen Bewohner des Tessins gebaut, die seit einigen Jahren aus nördlichen Gefilden zugewandert waren. Es gab eine riesige Fensterfront, durch die man einen famosen Blick auf den Luganer See und über den parkähnlichen Garten voller Palmen, Zypressen, Hibiskus und Glyzinien genießen konnte, zahlreiche Räume, einschließlich Gästezimmern, und eine Einrichtung, die sich mehr an der Gemütlichkeit deutscher und österreichischer Eleganz orientierte als an landestypischen Gepflogenheiten. Wie fast alle Häuser in dieser Gegend trug auch dieses einen Namen, der in schmiedeeisernen Lettern neben der Haustür angebracht war: *Maro*, eine Zusammensetzung aus den Anfangsbuchstaben der Namen Magda und Romy.

Blatzheims Arbeitszimmer war mit Eichenholz vertäfelt, auf seinem Schreibtisch standen in Silber gerahmte Fotografien seiner Frau und seiner Stieftochter neben einer Vase mit einem Strauß frischer Rosen. Romy erinnerte die Dekoration ein wenig an einen Traueraltar, ein Gedanke, der ihre Laune nicht gerade verbesserte. Aber gerade die Grimmigkeit würde ihr helfen, Daddy auf die Finanzen anzusprechen.

»Ich möchte wissen, was mit meinem Geld passiert ist«, erklärte sie ihm. Sie saß ihm gegenüber kerzengerade in einem der Besuchersessel. »Bitte zeige mir die Dokumente und Unterlagen, denen ich entnehmen kann, wo und wie es angelegt worden ist.« Im Geiste dankte sie Georges Beaume für den kurzen Nachhilfeunterricht in den entsprechenden Vokabeln. Dennoch stand ihr Selbstbewusstsein auf wackligen Säulen.

Blatzheim lächelte verbindlich. »Mach doch lieber Ferien, Romylein, du bist gerade erst angekommen. Um die geschäftlichen Dinge können wir uns später noch kümmern.«

»Nein.« Sie atmete tief durch und schluckte ihre Unsicherheit hinunter. »Nein, Daddy, das duldet keinen Aufschub. Ich möchte es *jetzt* erfahren.«

Er sah sich demonstrativ ratlos um. »Ich weiß gar nicht, ob ich die Akten hier habe …«, seine Worte schwangen in der Luft.

»Wo solltest du sie denn sonst haben?«

»Aha«, triumphierte ihr Stiefvater, »ich weiß es! Dieser Franzos' hat dir das eingeredet.«

Obwohl kein Zweifel daran bestand, auf wen Blatzheim anspielte, fragte sie scheinbar ahnungslos: »Wen meinst du bitte?«

»Mach dir nichts vor, Romy, Delon ist nur hinter deinem Geld her. Warum sollte eine Type wie der dich sonst wollen?«

Die Frage saß. Sie tat weh.

Es dauerte einen Moment, bis Romy sich wieder einigermaßen gesammelt hatte. Sie hätte ihrem Stiefvater vorhalten können, dass sie jung, hübsch, berühmt und sicher auch ganz nett war. Gab es nicht ganz offenkundig genug Gründe, die sie für Alain attraktiv machten? Geld spielte dabei bestimmt keine oder nur die geringste Rolle. Außerdem verdiente er selbst genug. Nicht mehr als sie, natürlich nicht. Aber er hatte die freie Verfügungsgewalt über seine Gagen. Sie jedenfalls besaß kein eigenes Haus, das sie sich ganz nach ihrem Geschmack ausgesucht hätte. Die Finca auf Ibiza hatte Daddy auf ihren Namen und von ihren Einnahmen erworben, ohne sie vorher zu fragen. Aber das war zu einer anderen Zeit gewesen. Nun war sie erwachsen und nahm ihr Leben in die eigenen Hände. Mit Alain.

»Es ist gemein, wie du über meinen Mann sprichst«, fuhr sie auf.

»Dein Mann? Ihr seid noch nicht einmal verlobt, oder? Von einem Heiratsantrag hast du der Mammi und mir noch nichts erzählt.«

Sie senkte die Lider und schwieg.

»Weißt du, Romy«, fuhr Blatzheim geduldig in väterlichem Ton fort, »die Zeiten haben sich geändert, und die Sorge ums Geld ist größer geworden. Die Filmproduzenten sparen! *Kniestich* waren die ja schon immer und wollten nur so geringe Gagen wie möglich rausrücken, aber dass das Fernsehen den Kinos die Zuschauer wegnimmt, macht uns allen zu schaffen. Deshalb ist es wichtig, dass wir auf dein Vermögen gut aufpassen. Und das tue ich, da kannst du dich ganz auf mich verlassen.«

Er wollte sie einwickeln. Und verwirren. Er wechselte das Thema, um sie von der ursprünglichen Bösartigkeit abzulenken, die ihr noch immer ins Herz schnitt. Erst war Alains angebliche Geldgier an allem schuld, dann verletzte er sie, indem er eine Heirat erwähnte, die nicht zur Debatte stand, schließlich sprach er von den Problemen der Filmwirtschaft. Mit alldem machte er Romy jedoch nur noch wütender.

»Ich habe ein Recht, zu erfahren, was du mit meinem Geld gemacht hast. Vom allerersten Film an. Ich möchte nichts anderes als wissen, was damit passiert ist. Das kann doch kein Drama sein.«

Blatzheim schüttelte den Kopf. »Du würdest es Alain Delon sagen, und dann …«

»Wenn du mir keine Einsicht in die Kontoauszüge gibst, entziehe ich dir meine Vollmacht.« Die Drohung war über ihre Lippen, bevor sie sich bewusst geworden war, was sie da sagte. Einen Atemzug später dachte sie, dass sie zu weit gegangen war. Sie sah es an der Ader, die an der Schläfe ihres Daddys anschwoll und deutlich pochte. Aus Furcht, dass er ihre Nachfrage und die Konsequenz daraus ausschließlich für Misstrauen halten könnte, sagte sie leise: »Es tut mir leid.«

»Ich werde dir den Schriftverkehr zukommen lassen«, erwiderte ihr Stiefvater sachlich. »Ich habe keine Geheimnisse.«

Sie nickte stumm.

Blatzheim räusperte sich. Dann: »Du solltest dich allerdings mehr um deinen Ruf als um deine Finanzen sorgen. Wenn die Hetze gegen dich in der Presse so weitergeht, werden dich die Produzenten bald für Kassengift halten. Selbst Ernst Marischka hat sein Angebot für den vierten Sissi-Film schon eine Weile lang nicht mehr wiederholt.«

»Gott sei Dank«, versetzte sie trotzig.

Er ignorierte ihren Einwand. »Wir müssen uns etwas überlegen, damit dich die Journalisten nicht mehr für eine Vaterlandsverräterin halten, die in wilder Ehe mit einem französischen Kriminellen in Paris lebt.«

»Daddy, bitte! Sprich nicht so über Alain!«

»Ich habe das nicht gesagt, mein Kind, das stand so in der Zeitung.«

»Das mag sein, aber es ist mir egal.« Sie sprang auf, legte ihre Hände auf die Tischplatte und richtete sich zu voller Höhe auf. »Was die Reporter in Deutschland und Österreich sagen, interessiert mich nicht. Meine Heimat ist Paris.« Sie funkelte ihn mit wütenden Blicken an.

Als sie aus dem Zimmer stolzierte, ärgerte sie sich, dass sie die Fassung verloren hatte. Daddy wollte sie provozieren – und es war ihm gelungen. Zum Kuckuck, dachte sie, warum hatte er gleich Alain ins Visier genommen! Den Mann, den sie über alles liebte, mit dem sie über die Flohmärkte gestreift war, um ihre erste gemeinsame Wohnung einzurichten. Unwillkürlich fiel ihr ein, wie sie Blatzheim vor ihren Freunden in Paris verteidigt hatte. Und nun passierte quasi dasselbe in Lugano. Nur andersherum. Eine Duplizität, die nichts anderes von ihr verlangte als ihre Loyalität. Zu dem einen wie dem anderen, obwohl sich die Männer unversöhnlich gegenüberstanden. Es war so verdammt verzwickt.

KAPITEL 33

Neben ihrem Frühstücksteller lag ein brauner Din-A4-Umschlag. Erstaunt nahm Romy ihn an sich und spähte hinein.

Offenbar handelte es sich um die Korrespondenz einer Holding namens Thyrsos mit einem Geschäftssitz in Vaduz in Liechtenstein. Sie hatte nicht die geringste Ahnung, was eine *Holding* genau war. Und deren Namen hatte sie auch noch nie gehört. Als sie jedoch die entsprechenden Briefbogen aus dem Kuvert zog und einen nach dem anderen durchzulesen begann, meinte sie zu verstehen, dass es sich um ein von ihrem Stiefvater gegründetes Unternehmen handelte, dessen wichtigste Aufgabe in der Kapitalbeteiligung an einem oder mehreren anderen Unternehmen bestand. Diese Kapitalbeteiligungen speisten sich offenbar aus ihren Filmgagen. Die Zahlenreihen und Umsätze waren schwer zuzuordnen, die angehefteten Schreiben in einem geschäftsmäßigen Ton verfasst, der für Romy wie eine Fremdsprache klang. Es war anscheinend doch viel schwerer, als Jean-Claude Brialy behauptet hatte, die Entwicklung ihrer Anlagen zu verstehen. Sie begriff jedenfalls wenig bis gar nichts von dem, was ihr in diesen Unterlagen präsentiert wurde.

Zögernd schob sie die Papiere zurück in den Umschlag. Sie saß allein bei einem späten Frühstück, ihre Eltern waren wohl ausgegangen oder mit etwas anderem beschäftigt, als ihr Gesellschaft zu leisten. Das war ihr recht. Da sie an ihren drehfreien Tagen lange schlief, passierte es durchaus häufiger, dass sie allein frühstückte, heute aber schätzte sie die Abwesenheit ihres Stiefvaters besonders, weil sie ihm noch immer böse war wegen seiner Kommentare über

Alain. Sie war lieber mit sich selbst beschäftigt als mit einem Streit mit dem Daddy.

Versonnen blickte sie aus dem Fenster in den Garten, der noch in seiner vorfrühlingshaften Ruhe erstarrt war. Die Sonne schien von einem blassen Himmel und warf ihre glitzernden Strahlen auf den zwischen den Berghängen dunkelblau schimmernden See mit seinen verwinkelten Wasserarmen. Es war zu früh im Jahr, die ersten Touristen würden sich erst ab der nächsten Woche und dann über Ostern im Tessin einfinden. Noch gehörte die Gegend den Einheimischen, kein Ausflugsboot störte die glatte Fläche des Lago di Lugano, und die Souvenirgeschäfte unter den Arkaden an der Promenade von Morcote waren unbevölkert. Auch die wohlhabenden und berühmten Zuwanderer blieben noch unter sich. Ihre Kaffeetasse mit beiden Händen umschlossen, überlegte Romy, dass sie in die Stadt fahren und bei Fumagalli ein Geschenk für Alain kaufen könnte. Natürlich keine Krawatte. Einen Pullover vielleicht. Die italienische Mode war schließlich doch etwas anders als die französische. Von Autogrammjägern und Verehrerinnen würde sie dabei noch nicht gestört werden.

Hundegebell ließ sie aufhorchen. Offenbar kamen ihre Eltern zurück. Damit war der Frieden, den Romy in sich gespürt hatte, dahin.

»Guten Morgen, Romylein«, flötete die Mammi, während sie in das Zimmer rauschte. »Daddy und ich waren gerade in der Migros einkaufen, und dabei haben wir etwas besprochen.«

Romy küsste sie auf die Wange. »Ihr geht in den Supermarkt, um etwas zu besprechen? Warum macht ihr das nicht zu Hause?«

»Ach, es ergab sich so.«

»Und was ist dabei herausgekommen?«

»Das wird dir der Daddy gleich erzählen.« Magda strahlte sie an. »Er führt nur ein paar Telefongespräche. Dann kommt er zu uns.«

Romy schielte zu dem braunen Kuvert. Es würde sich wohl keine Gelegenheit ergeben, ihn jetzt nach den Unterlagen zu fragen. Das könnte sie natürlich auch später noch, wenn die Mammi das Geheimnis gelüftet hatte, was Romys Eltern ausheckten. Andererseits war Romy sich noch gar nicht sicher, ob sie Blatzheim überhaupt auf die Thyrsos Holding ansprechen wollte. Sollte sie sich die Blöße geben, ihm zu gestehen, wie ahnungslos sie war? War es nach dem Theater, das sie angezettelt hatte, nicht geradezu peinlich zuzugeben, dass sie die Geschäftskorrespondenz nicht verstand? Bestenfalls würde er sie auslachen. Schlimmstenfalls wäre er verärgert. Beides würde sie in ihrer Gemütslage überfordern. Nicht heute. Nicht an ihren knapp bemessenen freien Tagen, bevor sie zu den Aufnahmen an die Côte d'Azur aufbrechen würde. Kurzerhand beschloss sie, ihm die Dokumente mit einem schlichten Dankeschön zurückzugeben. Dazu noch ein wissendes, verständnisvolles Lächeln. Das schaffte sie problemlos, sie war ja schließlich Schauspielerin.

»Der Blick ist heute so klar«, sinnierte ihre Mutter und schaute wie Romy aus dem Fenster. »Die Aussicht wirkt wie frisch geputzt, nicht wahr?«

»Wahrscheinlich ist das der Föhn. Deshalb ist es auch so warm.«

»Besseres Wetter können wir uns gar nicht wünschen«, behauptete die Mammi gut gelaunt.

»Wofür können wir uns kein besseres Wetter wünschen?«, erkundigte sich Romy automatisch.

Wie auf ein Stichwort erschien Hans Herbert Blatzheim auf der Bildfläche. Er rieb sich zufrieden die Hände. »Es ist noch nicht alles erledigt, aber ich habe die wichtigsten Gespräche geführt«, verkündete er. Dann legte er den Arm um Romys Schultern und fügte salbungsvoll und triumphierend hinzu: »Etwas ganz Großes wirft seine Schatten voraus!«

»Bitte kein vierter Sissi-Film«, murmelte sie.

»Nein, Romylein, keine Sorge«, versicherte Magda rasch.

»Deine Mutter und ich haben uns Gedanken über deinen Ruf gemacht«, hob ihr Stiefvater an. »Wir haben uns überlegt, was man gegen die Presse unternehmen kann, die dich mit Schmähungen überzieht. Öffentliche Erklärungen reichen ja kaum aus, wie du selbst am besten weißt ...«

»Ich lese den Schmarrn nicht mehr«, warf Romy kopfschüttelnd ein. »In Paris höre ich davon nichts, und ich will auch gar nicht wissen, welche Lügen schon wieder über mich verbreitet werden.«

Sie gestand ihren Eltern nicht, dass sie es zuweilen doch traf, wie wenig ihr die Öffentlichkeit das Glück an Alains Seite gönnte. Dass etwa Maria Schell in Hollywood und auch in Frankreich drehte, nahm der zwölf Jahre älteren Schauspielerin weder die Presse noch das Publikum übel. Warum war das bei Romy anders? Hin und wieder versuchte sie, eine Erklärung für diese Missgunst zu finden, aber wenn sie deshalb traurig wurde, schob sie den Gedanken rasch beiseite. Es lief ja ohnehin immer auf die Sissi und Romys national kontrollierte Jungfräulichkeit hinaus. Deshalb war jeder Versuch, zu verstehen, nichts als müßig. Alain hatte recht: Sie sollte frei sein, einfach leben und sich nicht mehr von Konventionen leiten lassen.

»Da du anscheinend nicht von dem Kerl lassen willst, solltet ihr euch offiziell verloben. Dann können die Journalisten nicht mehr mit dem Finger auf dich zeigen.«

Verblüfft starrte Romy den Daddy an. »Was?«

»Wir werden deine Verlobung mit Alain Delon offiziell verkünden und feiern«, erklärte Hans Herbert Blatzheim mit der Inbrunst eines Mannes, der überzeugt war von seinem Einfallsreichtum. »Die Reporter werden ein paar schöne Fotos machen und über das Ereignis berichten. Und damit hast du endlich wieder eine positive Presse.«

»Aber … aber … wir wollen das nicht. …«, stammelte Romy. Sie war vollkommen überfordert von den Plänen ihres Stiefvaters. Sie wand sich aus seinem Arm, trat einen Schritt von ihren Eltern fort. »Alain und ich brauchen keinen Trauschein. Wir sind ohne sehr glücklich.«

»Niemand spricht von einer Hochzeit, Romylein«, warf die Mammi ein. »Ihr sollt euch nur verloben und …«

»Das wird Alain niemals tun!«

Blatzheim grinste breit. »Du wirst dich wundern, mein Kind. Ich habe gerade mit ihm telefoniert. Er kommt morgen hierher. Zu eurer offiziellen Verlobungsfeier.«

»Wie bitte? Das glaube ich nicht.« Entgeistert schüttelte Romy den Kopf. »Eine Verlobung ist ihm viel zu bürgerlich. Da hat er dir einen Bären aufgebunden. Und ich wäre auch gern gefragt worden, bevor ihr solche Pläne schmiedet. Oder Alain irgendwelche Versprechungen macht, die er sowieso nicht einhalten will.«

»Er wird kommen!«, versicherte ihr der Daddy siegessicher. »Die Presse ist schon informiert. Mein Büro in Köln verschickt gerade ein entsprechendes Fernschreiben. In ein paar Tagen wird es hier vor Reportern nur so wimmeln. Verlass dich auf mich!«

»Alain nimmt uns alle auf den Arm«, entgegnete Romy. Sie fühlte

238

sich brüskiert, weil ihre Eltern nicht mit ihr gesprochen hatten, bevor sie eine Verlobung arrangierten, die die Hauptpersonen eigentlich nicht wollten. Schlimmer noch: Sie befürchtete, nächste Woche als sitzengelassenes *Franzosenliebchen* in den Schlagzeilen aufzutauchen. Das passte zwar zu ihrer aktuellen Produktion, in der es um einen Rennfahrer ging, der vor dem Altar von seiner Braut verschmäht wurde, aber angenehm wäre es ihr trotzdem nicht. Alain indes würde sich wahrscheinlich darüber kaputtlachen, wie er ihre bourgeoisen Eltern zum Narren hielt. »Warum sollte er denn seine Prinzipien aufgeben und zu dieser Farce hierherkommen?«, fragte sie betrübt.

»Vielleicht stimmt ja, was du annimmst, und er liebt dich«, schlug Magda vor.

»Der Kerl will Karriere machen«, versetzte Blatzheim. »Es wird sich für ihn nicht so rasch wieder die Gelegenheit bieten, für großes Aufsehen bei der internationalen Presse zu sorgen. An der Seite eines Stars wie dir kommt ihm eine Hauptrolle zu, die ihm nirgendwo sonst geboten wird.«

»Das hat er nicht nötig«, widersprach Romy.

»Wir sollten unbedingt ein Glas auf deine bevorstehende Verlobung trinken«, meinte Magda und fügte an ihren Mann gewandt hinzu: »Kümmerst du dich bitte um den Champagner?«

Romy begann zu zittern. Die Sache schien ausgemacht. Ob mit oder ohne Alain. Sie wagte nicht zu fragen, was der Daddy den Journalisten sagen würde, wenn Alain sie warten ließ und sich am Ende herausstellte, dass er niemals die Absicht gehabt hatte, nach Lugano zu fahren. Ihr kam der schreckliche Gedanke, dass Blatzheim die ganze Geschichte nur eingefädelt haben könnte, um ihr vor Augen zu führen, was für ein Lügner Alain war. Wenn sie die sitzengelassene Braut gab, müsste sie sich wohl tatsächlich von ihm trennen. Eine wahrhaft viktorianische Intrige.

Ich brauche mehr als ein Glas Champagner, dachte sie unglücklich, um diese Sache durchzustehen. Morgen entschied sich ihr Schicksal. Ihr war schon jetzt ganz schlecht vor Aufregung.

KAPITEL 34

Das Wetter blieb sonnig und für die Jahreszeit viel zu warm. Da sich das Hochdruckgebiet nicht nur auf das Tessin, sondern auch auf die Nord- und Westschweiz erstreckte, war es möglich, den kleinen privaten Flughafen in Lugano-Agno aus Paris kommend mit einem Privatflugzeug anzusteuern. Blatzheim hatte alles – zu seiner Zufriedenheit – arrangiert. Doch selbst als Romy vor dem kleinen Hangar vorfuhr, glaubte sie noch nicht daran, dass Alain tatsächlich aus der Cessna aussteigen würde, die auf der kurzen Rollbahn zwischen den Berghängen gelandet war und jetzt ausrollte, um kurz vor der Straße zum Stehen zu kommen, die das Flugfeld kreuzte.

Nachdem der Motor abgestellt war und die Flügel des Propellers sich nicht mehr drehten, ging die Tür auf. Atemlos erwartete Romy von ihrem silbernen Mercedes-Benz Cabriolet 190 SL aus, den sie am Rand der Landebahn geparkt hatte, das Eintreffen ihres Liebsten – oder die größte Schmach ihres Lebens.

Ein kleiner Tritt wurde ausgeklappt. Im nächsten Moment erschien der Kopf des Piloten mit den goldenen Tressen seiner Schirmmütze, der gleich darauf wieder zurückwich. Die Öffnung im Flugzeugrumpf füllte sich mit einer schlanken Gestalt in Jeans und Lederjacke.

Alain Delon sprang auf die Betonpiste. Er rückte seine Sonnenbrille zurecht, griff seine Reisetasche fester und sah sich um.

Unendliche Erleichterung erfasste Romy. Freude. Glück. Fassungslosigkeit. Sie konnte nicht glauben, dass sie ihn leibhaftig nur wenige Meter von sich entfernt sah.

Sie drückte mit der einen Hand auf die Hupe, während die andere den Wagenschlag öffnete. »*Pépé!*« Ihr Kosename für ihn klang wie ein Aufschrei, und ihre Füße konnten sie kaum so schnell tragen, wie sie Alain entgegenlief.

Er ließ die Tasche fallen, breitete die Arme aus.

Und ein paar holpernde Herzschläge später war sich Romy sicher, dass alles gut werden würde.

*

»Allein für den Flug hat es sich gelohnt, hierherzukommen«, sagte Alain, als er wenig später neben ihr im Auto saß. »Die Aussicht auf die verschneiten Gipfel war phantastisch. Man fliegt mitten durch die engsten Täler, direkt an den Bergen vorbei. Das ist genial.«

Sie hatte den Wagen beschleunigt, auch um ihn zu beeindrucken, was jedoch keine gute Idee war. Vor den Kurven, die zum Luganer See führten, musste sie nun so abrupt bremsen, dass Alain bemerkte: »*Attention, Puppelé!*« Er lachte. Offensichtlich gefiel ihm ihre Risikobereitschaft, auch wenn sie ihn damit heftig durchschüttelte.

Die Bergstraße forderte ihre Aufmerksamkeit, weshalb sie das Gespräch erst wieder aufnahm, als sie auf die Uferpromenade des Luganer Ortsteils Paradiso stießen. Alains Hand lag auf ihrem Oberschenkel, er hatte den Kopf entspannt zurückgelehnt und reckte sein Gesicht in die Sonne.

»Ich konnte nicht glauben, dass du tatsächlich in Lugano landen würdest«, nahm sie den Gesprächsfaden wieder auf.

»*Pourquoi pas?*«, gab er erstaunt zurück. »Warum nicht?«

»Eine Verlobung ist doch viel zu bürgerlich für uns«, erwiderte sie, die Augen starr auf die kurvige Straße am Fuß des San Salvatore gerichtet. Sie wollte ihn nicht ansehen, keine Ausflüchte oder Drohungen hören. Dennoch musste sie die Frage stellen: »Warum bist du gekommen?«

»Isch liebe disch«, antwortete er auf Deutsch.

Warum sagte er das in ihrer Muttersprache? Einem *Je t'aime* hätte sie zweifellos mehr geglaubt als den Wörtern, die ihm Jean-Claude damals beigebracht hatte und über die sie sich so oft lustig machten. Andererseits machte er ihr eine Liebeserklärung, die sie akzeptieren sollte, wie sie war. Er war da. Er wollte die Inszenierung ihres Stiefvaters mitspielen. Um ihretwillen. Nur das zählte! Seine weiteren Beweggründe waren unwichtig. Und eigentlich hatte er ihr den besten Grund der Welt genannt.

Doch in Romys Innerstem steckte jener Dorn, der den Anblick der schönsten Rose zerstörte, indem er die Annäherung schmerzhaft verhinderte. Sie fühlte sich nicht nur von ihren Eltern hintergangen. Auch Alains Zustimmung zu der Verlobung erschien ihr so hirnrissig, dass sie ihre Zweifel trotz seiner gut gelaunten Gegenwart nicht verlor.

*

Der erste Abend endete in einem Fiasko, weil Alain nicht in Anzug und Krawatte zum Essen erschien, sondern in einem alten Pullover, unter dem er nicht einmal ein Oberhemd trug, von einem Sakko darüber ganz zu schweigen. Romy wusste, dass er sich damit bewusst den Konventionen verweigerte – und bewunderte ihn für seine Dreistigkeit. Sie entspannte sich sogar. Er würde die Verlobung mitmachen, die von ihm erwartet wurde, nicht jedoch den Rest des Theaters. Dazu gehörte Mut, und dieses – von ihrem Daddy scharf kritisierte – Benehmen entsprach so sehr dem Alain, den sie kannte, dass sie deutlich ruhiger wurde. Selbst ihre Verwunderung über seine Ankunft war kein Thema mehr für sie, vielmehr fragte sie sich, wie sie hatte annehmen können, dass er sie vor versammelter Presse sitzen lassen würde. Alain und sie liebten sich, sie waren glücklich, sie würden zusammenbleiben, in welcher Form auch immer. Deshalb war alles gut.

Alain durfte nicht in ihrem Zimmer schlafen, ihm wurde ein Gästezimmer zugewiesen. Das hatte Romy nicht anders erwartet. Aber sie nahm an, dass ihren Eltern trotzdem insgeheim klar war, in welchem Bett sie diese Nacht verbrachte – in ihrem eigenen jedenfalls nicht. Vielleicht hatten die Mammi und der Daddy mit den Vorbereitungen für die Verlobung auch so viel zu tun, dass sie vergaßen, über die Details genauer nachzudenken. Immerhin mussten in Windeseile eine Pressekonferenz und eine anschließende Cocktailparty organisiert werden. Die Inszenierung der Verlobung war vor allem terminlich eine Mammutaufgabe.

Da Romy nicht beabsichtigte, ihren Eltern bei dem albernen Spektakel – außer durch ihre Anwesenheit – behilflich zu sein, schlug sie Alain am nächsten Tag vor, ihm die Umgebung zu zeigen. Das schöne Wetter lud förmlich zu einem Ausflug im Cabriolet ein.

Alain antwortete ihr nicht sofort. Er blickte gedankenverloren auf das Panorama des Sees. »Habt ihr ein Motorboot?«, erkundigte er sich dann.

»Natürlich.«

»*Mais oui*. Wie konnte ich nur annehmen, dass es nicht so ist!«

Verunsichert sah sie ihn an. »Möchtest du damit fahren?«

»Natürlich«, wiederholte er auf Deutsch und imitierte ihren selbstverständlichen Ton. Auf Französisch fügte er hinzu: »Du wolltest doch einen Ausflug machen. Es ist sicher schön, sich diese Gegend vom Wasser aus anzusehen.«

»Ja«, stimmte sie lächelnd zu. Sie war erleichtert, weil seine Erklärung plausibel klang. Im ersten Moment war sie irritiert gewesen, weil sie nicht wusste, was er mit seiner Frage bezwecken wollte. Aber es stimmte, was er sagte. Zwar würde es trotz des Sonnenscheins und der milden Temperaturen auf dem See wahrscheinlich ziemlich kalt werden, doch mit einem Schal und in ihrem warmen Pelzmantel wäre das kein Problem, und der Blick auf die Orte am Ufer und die kleinen Bergdörfer war von dem Motorboot aus tatsächlich viel schöner, als wenn sie mit dem Auto unterwegs wären.

Eine Stunde später kletterten sie in das ebenso elegante wie schnittige Riva-Boot ihres Stiefvaters. Die Mahagoniplanken glänzten wie polierter Bernstein, die verbauten Chromleisten und -hebel waren so blank geputzt, dass sie blendeten, das weiße Steuerrad und die weißen Ledersessel wirkten, als habe noch nie jemand darauf gesessen, auf der Panoramafrontscheibe klebte nicht ein Wassertropfen.

Alain hatte einen kleinen Pfiff ausgestoßen, als sie das Bootshaus betraten. Offenbar hatte er ein luxuriöses Motorboot wie dieses nicht erwartet. Romy bemerkte eine gewisse Anspannung an ihm, als er die Zündung anließ. Dann erfüllte das satte, tiefe Brummen des Motors den kleinen Raum. Ohne auf Romy zu achten, lenkte er die Jacht geschickt aus ihrer Garage und fort vom Steg auf den offenen See hinaus. Er wirkte so konzentriert, als habe er vergessen, dass sie neben ihm saß. Auch als er Fahrt aufnahm, schien er ganz mit sich allein zu sein.

Er fuhr das teure Boot über den Lago di Lugano wie seinen Sportwagen durch Paris: schnell, schnittig, rücksichtslos. Da der sommerliche Betrieb noch nicht eingesetzt hatte und auch die Fähren nur selten verkehrten, war es glücklicherweise ruhig auf dem See, so dass die Gefahr einer Kollision gebannt schien.

Doch als er das Boot immer mehr beschleunigte, erschrak Romy. Im ersten Moment kroch Angst durch ihre Glieder. Unwillkürlich rutschte sie tiefer in das Polster.

Doch dann sah sie von der Seite Alains strahlendes Gesicht unter den vom Wind zerzausten Haaren, nahm das Leuchten seiner Augen wahr – und ihr ging das Herz auf. Mit einem Mal nahm auch sie der Reiz des Tempos gefangen. Die hochspritzende Gischt bereitete ihr ebenso großes Vergnügen wie die Brise, die an den Enden ihres Kopftuchs zerrte. Alain versuchte nicht nur der Natur zu trotzen, sondern rang auch der Technik das Letzte ab. Romy verstand, dass er sich in diesem Moment unendlich stark fühlen musste, voller Macht. Es war großartig, mit welcher Leichtigkeit er agierte. Sie lachte aus ganzem Herzen in den blassblauen Himmel, als der Bug sich aufbäumte. Was für ein herrlich sinnliches Erlebnis.

Es war unmöglich, die Landschaft am Ufer zu genießen. Zu schnell flogen sie an den Bergen vorbei, die Dörfer wurden zu verschwommenen Punkten zwischen den Wäldern, die die Hänge bedeckten. Ihr ursprüngliches Vorhaben führte Alain ad absurdum. Einzig Wind und Wasser berührten ihre Sinne. Selbst die durch ihre Glieder kriechende Kälte spürte Romy nicht, die Aufregung trieb ihren Blutdruck in die Höhe und schickte Hitzewallungen über ihren Rücken.

Sie wusste nicht, wie viel Zeit inzwischen verstrichen war, als Alain in einem großen Bogen zurück nach Morcote raste.

Erst unmittelbar vor dem Steg, der zu Blatzheims Bootshaus gehörte, drosselte er den Motor etwas, nahm jedoch die Einfahrt der-

246

art sportlich, dass er die Plattform rammte. Das Holz knirschte und ächzte.

Romy hielt den Atem an. Die Aufregung verwandelte sich in Anspannung, das Glücksgefühl in Schrecken.

Ohne die Maße des Liegeplatzes zu beachten, lenkte Alain die Riva viel zu schnell unter die Überdachung. Das Boot schlingerte, der Rumpf knallte erst gegen die eine Wand, dann gegen die andere.

Romy wurde hin und her geschleudert und schrie auf vor Angst.

Der Bug stieß grob gegen die Vorderseite des Bootshauses. Dann erstarb das Geräusch des Motors.

Für einen Moment war es fast still. Nur der Klang der Wellen, das leise Pfeifen des Windes und Alains tiefer Atem waren zu vernehmen.

Dann knarrte das Holz über ihnen, als würde das Bootshaus jeden Moment zusammenbrechen. Vom Ufer wehten aufgeregte Stimmen heran.

»Mein Gott!«, entfuhr es Romy. »Du hast alles kaputt gefahren.«

»Das ist kein Grund, den Allmächtigen anzurufen, *Puppelé*!« Alain lachte scheinbar arglos. »Dein Stiefvater hat genug Geld, um alles wieder reparieren zu lassen.«

»Weißt du, was so ein Boot kostet?«, fragte sie mit bebenden Lippen.

»Nein. Und es interessiert mich auch nicht. Weißt du es denn?«

Stumm schüttelte sie den Kopf. Natürlich kannte sie keine Preise, aber ihr Daddy hatte gesagt, dass eine Riva der Rolls-Royce unter den Motorbooten war. Demzufolge hatte Alain nicht nur gerade den Steg und das Bootshaus demoliert, sondern das ziemlich exklusive Spielzeug eines anderen Mannes zerlegt.

Alain richtete sich auf, hielt ihr die Hand hin. »Komm. Wir sollten aussteigen, bevor der Kahn absäuft.« Dabei klang er so gut gelaunt, als würde es ihm das größte Vergnügen bereiten, bei diesem Untergang zuzusehen.

Trotz des ersten Schreckens ließ sie sich von seiner Fröhlichkeit anstecken. Sie nahm seine Hand und stieg über die Planken auf den demolierten Bootssteg. Auf die fatalen Ergebnisse der Kollisionen an der Mahagonihülle der Riva wollte sie keinen Blick verschwenden.

Hin und her gerissen zwischen dem Wunsch, ihrem unkonventionellen Freund zu gefallen und ebenso frei wie er zu leben, und andererseits die Harmonie in ihrer Familie zu erhalten, sprach sie ihn nicht mehr auf die mutwilligen Beschädigungen an. Eigentlich hatte Alain ja recht: Daddy besaß sehr viel Geld. Ansonsten könnte er die Reparaturen auch aus ihrem Vermögen bezahlen. Sie hatte genug, um Alains Eskapaden zu finanzieren.

KAPITEL 35

Wenn sich der Kerl nicht wenigstens vor den Reportern benimmt, kommt es auf der Pressekonferenz zu einem Skandal«, drohte Hans Herbert Blatzheim. »Ich werde nicht zusehen, wie er alles zerstört, was wir aufgebaut haben.«

»Es ist doch gar nichts Schlimmes geschehen«, wiegelte Romy ab. »Du brauchst dich nicht aufzuregen. Schau, Daddy, mir geht es gut.« Sie drehte sich um die eigene Achse. »Mir ist nichts passiert. Alle Knochen sind heil. Und meine Nase auch. Die von der Riva zwar nicht, die hat jetzt ein Loch, aber es ist nur ein Boot. Und ein Bootshaus mit einem Bootssteg. Das lässt sich doch alles reparieren.«

Das sah ihr Stiefvater anscheinend anders: »Ich habe große Lust, die Verlobung abzublasen. Dein Festhalten an diesem Kerl ist unerträglich.«

»Ich bleibe bei ihm«, erwiderte sie mit fester Stimme, »und wir brauchen weder Verlobungsringe noch ein Dokument, um unsere Liebe bestätigt zu wissen. Wir sind moderne Menschen, da ist es eben anders.« Das stimmte zwar nicht ganz, Romy träumte durchaus von einer Ehe und Kindern, aber dahin würde sie Alain schon noch bringen. Wenn es so weit war. Immerhin war er für sie sogar den langen Weg nach Lugano gereist. »Wir brauchen keine Pressekonferenz.«

»Papperlapapp! Niemand braucht eine positive Nachricht so sehr wie du.«

Romy war es so leid, über ihre Karriere zu diskutieren und ihren *Mann* vor ihrem Stiefvater in Schutz nehmen zu müssen. Keiner von ihnen wusste, ob ihr diese alberne Verlobung einen Vorteil bringen würde. Ganz gewiss würde die Pressekonferenz aber nicht dazu dienen, sie von Alain zu trennen. Wenn Blatzheim das insgeheim bezweckt hatte, irrte er gewaltig. Und nur weil Alain die Riva angefahren und den Liegeplatz demoliert hatte, sollte der Daddy nun wirklich nicht ihr Zusammensein in Frage stellen. Natürlich war es nicht richtig, dass Alain mutwillig gehandelt hatte – was nur sie allein wusste. Blatzheim hatte den Schaden gesehen, nicht, wie es dazu gekommen war. Dass sie Alain in dieser Situation vor dem Zorn ihres Stiefvaters beschützte, war für sie selbstverständlich.

Nachdem sie tief Luft geholt hatte, erklärte Romy: »Wir können die Gelegenheit natürlich auch dafür nutzen, die Anlage meiner Gagen bekannt zu geben. Ich bin sicher, die Reporter wollen alles über die Holding in Liechtenstein erfahren und auch wissen, wie du damit Steuern sparen willst.« Es war eine leere Drohung. Nichts davon war ihre Absicht. Doch sie fühlte sich ungerecht behandelt, und der Hinweis auf das Geld war die einzige Waffe, die sie gegen Blatzheim richten konnte.

Er starrte sie an. Für einen Moment schien er zu schwanken. Verwunderung spiegelte sich in seinem Gesicht, vielleicht sogar Fassungslosigkeit. Dann veränderte sich seine Miene, nahm den Ausdruck freundlicher, wenn auch distanzierter Seriosität an, mit dem er seine Geschäftsbeziehungen abwickelte. »Sorge dafür, dass sich der Kerl morgen anständig anzieht und benimmt«, forderte er.

Dann erhob er sich brüsk aus dem Sessel, in dem er saß, und trat an die Hausbar, um sich zu bedienen. Er verlor kein weiteres Wort, fragte nicht einmal, ob sie auch einen Drink wolle.

Obwohl er es nicht sah, nickte Romy stumm. Sie würde Alain weder um das eine noch das andere bitten, aber sie würde auf ihn aufpassen, damit der morgige Tag nicht durch seine existenzialistischen Prinzipien gesprengt wurde. Es hatte keinen Sinn, sich in dieser Sache gegen Daddys Wunsch zu stellen, und letztlich wäre der ganze Aufwand vergebens, wenn sich der Bräutigam als *enfant terrible* präsentierte. Romy hoffte, dass Alain diesen Aspekt des Theaters begreifen würde.

Es gab nichts mehr zu sagen. »Ich schau mal nach der Mammi«, murmelte sie und stand ebenfalls auf.

Als sie das Wohnzimmer verließ, drehte sich Blatzheim nicht nach ihr um.

*

Romys Eltern machten gute Miene zum bösen Spiel. Überhaupt taten sie das alle am Tag ihrer Verlobung: Sogar Alain erschien zu der Pressekonferenz, die auf Blatzheims Anwesen einberufen wurde, mit der Sanftheit eines Katers, der die Krallen eingezogen hatte. Oder wie ein Hündchen, das Männchen machte. Er trug einen hellgrauen Anzug, weißes Oberhemd mit gestärktem Kragen und ebensolchen Manschetten und eine lose gebundene dunkle Krawatte. Letztere schob Romy bei ihrem Zusammentreffen in der Diele liebevoll zurecht. Dann nahm sie Alain an die Hand und trat mit ihm vor den Spiegel.

»Wir sind ein schönes Paar«, stellte sie schmunzelnd fest. Sie selbst trug ein champagnerfarbenes Kleid mit U-Boot-Ausschnitt, dreiviertellangen Ärmeln und einer mädchenhaften Schleife über der Taille. Doch die elegante Robe verblasste vor dem Leuchten in ihren Augen. Als die Alains Blick fanden, glänzten sie noch stärker.

»Natürlich nur rein optisch gesehen«, fügte sie fröhlich hinzu.

»*Absolument*.« Alain nahm ihre Hand und führte sie an seine Lippen. In diesem Moment wirkte er wie der perfekte Schwiegersohn. Es war zweifellos nicht seine Lieblingsrolle, in seinem Inneren mochte es brodeln, doch den vorgegebenen Part bot er vortrefflich dar.

Die glückliche Braut brauchte Romy nicht zu spielen, was nicht nur an ihrem bezaubernden Äußeren und dem Verlobungsring an ihrem rechten Ringfinger lag. Es war ein in drei verschiedenen Goldtönen geschmiedeter Ring von Cartier, den sie nun als Zeichen ihrer Verbundenheit mit Alain trug. Sie wusste nicht, ob ihr Daddy die Kostbarkeit gekauft hatte oder Alain, aber sie fragte auch nicht danach, denn es machte keinen Unterschied. Sie strahlte, weil sie an der Seite des Mannes war, den sie liebte – in welcher Lebensform auch immer. Ihretwegen auch ganz konventionell. Vor allem aber mit vielen gemeinsamen Kindern. Auf dem Weg dorthin war nun der erste Schritt getan. Das dressierte Hündchen beginnt ein Rudel zu bilden, dachte sie amüsiert.

Hand in Hand traten sie ins Sonnenlicht. Dutzende von Fotografen schwärmten durch den weitläufigen Garten über dem Luganer See, zertrampelten Beete und lehnten sich in gefährlichen Aktionen über die Geländer, die das abschüssige Gelände sicherten. Auf Anweisung umarmten Romy und Alain einander, dann einen Baum und schließlich Magda, die in der Hollywoodschaukel thronte, tranken gemeinsam aus einem alten Kristallpokal, küssten sich. Es waren Bilder, die dafür bestimmt waren, in Großformat in internationalen Gazetten zu erscheinen. Zu Romys Überraschung machte Alain jede Pose widerspruchslos mit, und irgendwann tauchte in ihrem Hinterkopf die Stimme ihres Stiefvaters auf, der sich über Alains Ehrgeiz ausließ. Aber der Gedanke an Alains Karriere befeuerte ihren Eifer nur. Sollte der Geliebte doch von ihrer Berühmtheit profitieren, warum denn nicht? Er riskierte ja durchaus auch eine schlechte Presse, wenn die Veranstaltung heute misslang. Für sie machte er vor den Reportern Männchen – das allein zählte.

Zwischen dem Klicken der Kameraauslöser prasselten Fragen auf Romy, Alain und Magda ein. Die meisten Reporter wollten wissen, wann die Hochzeit stattfinden würde. Während Romy die Zähne zusammenbiss, ihr professionelles Lächeln zeigte, zerbrach sie sich den Kopf nach einer passenden Antwort. Ignorieren wäre auch eine Möglichkeit, sinnierte sie. Aber dieses Kernthema würde von den Reportern sicher nicht vergessen werden.

Als würde es sie frösteln, schlang Magda die Nerzstola fester um ihren Körper. Dann setzte sie ihr gütiges Filmlächeln auf und erklärte liebenswürdig: »An eine Heirat ist vorläufig nicht zu denken. Die Kinder sollen sich erst einmal richtig kennenlernen.«

Romy rollte mit den Augen. Als wenn sie und Alain sich nicht schon ziemlich gut kannten. Sie lebten immerhin seit einem halben Jahr zusammen.

»Alain hat meinem Leben eine ganz neue Richtung gegeben«, verkündete sie der versammelten Presse. »Vor ihm wusste ich nichts. Ich liebe ihn. Und ich bin sehr glücklich und dankbar, was immer auch kommen mag.«

Sie lächelte ihm zu. Er sah sie fragend an, weil er nichts verstand.

»Das alles hier ist nichts anderes als ein Schauspiel zur Befriedigung der öffentlichen Neugier«, flüsterte Alain zwischen zwei Aufnahmen in Romys Ohr. Es war ein Durcheinander an französischen und englischen Wörtern, offenbar wollte er sichergehen, dass sie ihn verstand. »Aber dieser Pomp und der große Ansturm an Journalisten sind bemerkenswert«, fügte er hinzu.

Sie lehnte ihren Kopf an seine Schulter. Trotz der Pressemeute hatte sie an seiner Seite das Gefühl völliger Innigkeit, als befänden sie sich irgendwo anders, weit weg auf einer kleinen, stillen Insel. Nur sie beide. Für immer. Dabei liebte Romy es, im Mittelpunkt zu stehen, und genoss die allgemeine Aufmerksamkeit durchaus. Darüber hinaus war die Inszenierung so perfekt, dass sie sicher war, dafür von ihrem Publikum geliebt zu werden. Und durch Alains vorbildliches Verhalten war die Harmonie in ihrer Familie wiederhergestellt.

»Dein Daddy interessiert sich nur für deinen Wert als Schauspielerin«, raunte Alain. »Wie es dir als Mensch dabei geht, will er gar nicht wissen.«

»Es geht mir sehr gut«, versicherte sie.

Sie blickte zu Blatzheim, der auf der oberen Terrasse stand, ein wenig selbstgefällig, arrogant, ein Glas in der Hand, anwesend, aber auf den Fotos nicht zu sehen. Er überblickte die Szenerie mit der Strenge eines Schlossherrn, der den Aufmarsch seiner Truppen verfolgte. Oder wie ein Marionettenspieler, der die Strippen zog und es vermeiden wollte, mit seinen Puppen auf einem Bild zu erscheinen. Irgendetwas an ihm wirkte allmächtig. Doch nur Romy wusste, dass er diese Macht über sie mit dem heutigen Tag verloren hatte.

*

Nach dem endlos scheinenden Fototermin blieb nicht viel Zeit, sich vor der angesetzten Cocktailparty noch ein wenig auszuruhen. Romy saß auf dem Sofa, die Beine hochgelegt, eine Champagnerschale in der Hand, und blickte verträumt aus dem Panoramafenster in die Dämmerung. Unterhalb des Anwesens und an dem gegenüberliegenden Seeufer flackerten die ersten Lichter in den Häusern auf, kleine, gelbe Punkte, die wie verstreute Glühwürmchen wirkten. Sobald es ganz dunkel war, würden die Sterne den schwarzen Himmel darüber zum Funkeln bringen wie Diamantsplitter auf einem Tablett aus Samt. Nachts wirkten die Berge darunter stets wie eine geheimnisvolle, mystische Wand …

»Wann beginnen Ihre nächsten Dreharbeiten?«, erkundigte sich Magda höflich bei Alain. Sie sprach Englisch mit ihm.

Er nahm seinen Arm von Romys Schulter, streckte sich wohlig und verschränkte die Hände hinter seinem Kopf. »Im Sommer geht es mit ›Plein Soleil‹ in Italien los. Der Film entsteht unter der Regie von René Clément nach dem Roman von Patricia Highsmith ›Der talentierte Mr. Ripley‹. Es ist eine tolle Geschichte.«

»Alain sollte eigentlich die Rolle des Millionärs spielen, der von Tom Ripley ermordet wird«, warf Romy ein. Ihre Schläfrigkeit war mit einem Mal verflogen. Sie war stolz auf ihren Mann, als sie fortfuhr: »Aber er ist zu René Clément gefahren und hat so lange auf ihn eingeredet, ihm die Hauptrolle anzuvertrauen, bis er sie bekommen hat. Nun spielt Maurice Ronet den anderen Part. Alain als Mr. Ripley nimmt die Identität seines Opfers an und gelangt über Umwege auch an dessen Geld und Freundin, das ist wirklich sehr spannend.«

»Ein charmanter Mörder also«, kommentierte Magda und fügte ebenso spitz wie vielsagend hinzu: »Nun ja …«

»Sehr interessant«, meinte Blatzheim von seinem Sessel aus. Er zog an seiner Zigarette, blickte Alain durch den Rauch nachdenklich an. »Wirklich sehr interessant.«

»Das finde ich auch«, stimmte Alain zu, nachdem ihm Romy die Bemerkungen ihrer Eltern übersetzt hatte. »Die Geschichte berührt mich persönlich sehr. Wenn ich nicht Schauspieler geworden wäre, hätte ich am liebsten ein Gangster sein wollen.« Er sagte dies mit Überzeugung, ohne Zweifel meinte er es ernst.

Mit aufgerissenen Augen starrte Magda den Verlobten ihrer Tochter an.

Romy kicherte. Ihr war klar, wie unpassend Alains Bemerkung in der eleganten Atmosphäre ihres Elternhauses war. Aber sie fand es äußerst amüsant, wie er sich wieder einmal über die herrschenden Konventionen hinwegsetzte.

»Wissen Sie was?«, fragte Hans Herbert Blatzheim, während er sich aufrichtete, um die Zigarette auf den Rand eines Aschenbechers zu legen: »Sie gehen mir auf die Nerven.«

In diesem Moment erklang der Gong der Türglocke.

»Lächeln!«, murmelte Magda automatisch.

Durch das Eintreffen der ersten Gäste wurde Alain einer Antwort auf den wenig schmeichelhaften Kommentar des Daddys enthoben. Romy tastete nach Alains Hand und drückte sie. Dann stand sie auf und straffte die Schultern.

Ab sofort war sie wieder das dressierte Hündchen. Der Unterschied zu früher bestand jedoch darin, dass sie nicht mehr allein war. Es gab einen zweiten Hund, der zwar bellte und manchmal biss, in seinem kleinen Rudel jedoch liebenswert und verlässlich war. Dieses Wissen machte sie unendlich glücklich.

II.
LUCHINO VISCONTI

KAPITEL 36

ISCHIA
Herbst 1959

Einen so ungewöhnlichen Drehtag hatte Romy noch nie erlebt. Natürlich hatte sie auch noch nie zuvor einen sogenannten *Cameoauftritt* gehabt. René Clément versicherte ihr, Alfred Hitchcock sei ein Meister dieser kurzen, versteckten Auftritte in seinen Filmen. Meistens lief aber nicht der Regisseur durch das Bild, sondern ein Star in einer knappen Gastrolle. Diese war hier entstanden, weil sie Alain für ein Wochenende in Italien besuchte. Für sie war es ein zärtlicher Ausflug auf dem Weg von ihren Außenaufnahmen in Wien zum Atelier in Paris, wo sie weiterhin als »Katja, die ungekrönte Kaiserin« neben Curd Jürgens vor der Kamera stand. Sie wollte Alain unbedingt treffen, weil sie es ohne ihn nur schwer aushielt. Und immerhin lagen schon mehr als zwei Wochen zwischen ihrer letzten Begegnung und heute.

Doch bis zu diesem Moment, als sie auf einem wackeligen Stuhl vor einer Bar die Beine ausstreckte und den Schiffen zuschaute, die in Ischia Porto einfuhren, hatte sie noch nicht viel Zeit allein mit ihrem Liebsten verbracht, da sie sozusagen vom Fleck weg engagiert worden war. Sie war eigentlich eine Statistin, sagte nicht einmal etwas, war nur Staffage in einer Schlüsselszene bei der Ankunft einer wichtigen Nebenrolle, die von Billy Kearns besetzt war, dessen Begleiterin sie darstellte. Zufällige dreißig Sekunden Ex-Sissi in einem Streifen, in dessen Vor- oder Abspann sie wahrscheinlich nicht einmal genannt werden würde. Aber letztlich war das nicht wichtig. Sie war wegen Alain hier – und wartete mit einer Karaffe Rotwein auf ihn.

Es war erstaunlich. Als sie vor zwei Jahren für die Dreharbeiten von »Scampolo« auf dieser Insel gewesen war, hatte sie keine fünf Minuten an der belebten *Riva Destra* vor einem Café oder einer Bar sitzen können, ohne dass sie von Fans umlagert wurde. Heute jedoch schien kaum jemand Notiz von ihr zu nehmen.

Manchmal blieben ein paar Touristen in höflicher Entfernung stehen, blickten zu ihr hin, steckten die Köpfe zusammen, beredeten etwas. Dann gingen die Leute jedoch weiter. So war das eben, wenn man in der Beliebtheitsskala der deutschen Filmschauspieler von Platz 1 auf 20 sank. In ihrem gerade in Westdeutschland uraufgeführten Streifen »Ein Engel auf Erden« wurde sie ausgebuht, sie hatte gehört, in dem einen oder anderen Kino verlangten die Zuschauer das Geld für ihre Eintrittskarten zurück. An schlechte Kritiken und eine böse Presse war sie mittlerweile gewöhnt, aber so viel Ablehnung setzte ihr dann doch zu.

Romy nahm ihre Sonnenbrille von dem Tischchen vor sich und setzte sie auf, um den Fremden nachzusehen, die sich in den Gassen zwischen den weißen Häusern der Altstadt verloren. Bei ihrem letzten Aufenthalt hier hatte sie sich auf dem Höhepunkt ihrer Karriere befunden, und die Kritiker hatten ihre Darstellung der »Scampolo« später bejubelt. Doch nun war sie kein junges Mädchen mehr, und wie »Die schöne Lügnerin« aufgenommen würde, war noch fraglich, obwohl sie darin wieder ein Wiener Mädel im 19. Jahrhundert spielte. Aber das war sie halt nicht mehr. Sie war zu einer modernen jungen Frau gereift – und für die schien es keine Rollen mehr zu geben. Jedenfalls keine anderen als einen Cameoauftritt im Film ihres Verlobten.

»Was ist los? Du siehst traurig aus.«

Alains Körper warf einen Schatten auf sie. Er beugte sich zu ihr, küsste sie auf die Wange, dann schob er sich einen Stuhl zurecht und setzte sich neben sie. »Es besteht kein Grund, Trübsal zu blasen«, behauptete er, während er dem Kellner ein Zeichen gab, dass er ein Glas brauche. »Alles läuft perfekt.«

»Ach ja?«, gab Romy müde zurück, noch mehr mit ihren eigenen Sorgen beschäftigt als mit seinem verhaltenen Jubel. Für sie waren die Dreharbeiten zu »Katja, die ungekrönte Kaiserin« eine Art Finale. Bislang hatte sie keine neuen Filmangebote erhalten. Ab Mitte Oktober wäre sie ohne Vertrag. In diesem Punkt hatte Daddy recht: Galt sie erst einmal als Kassengift, würde kein Produzent mehr auf sie setzen.

»Luchino Visconti hat weiteres Rohmaterial von ›Plein soleil‹ gesehen und ist sehr angetan. Er will mich unbedingt für seinen neuen Film haben. Ich habe Georges gesagt, er soll mit ihm verhandeln. Hatte ich dir schon erzählt, was für ein großartiger Regisseur Luchino Visconti ist?«

Es war nur eine rhetorische Frage, aber Romy antwortete genervt, um Alains Schwärmerei zu unterbrechen: »Ja, *Pépé*, du sprichst von nichts anderem als von Visconti. Selbst am Telefon wolltest du nicht wissen, wie es mir geht, sondern nur über diesen Mann reden.«

»Visconti ist nicht einfach nur ein Mann«, protestierte Alain. »Er ist ein geborener Graf, ein echter Grandseigneur …«

»Seit wann legst du Wert auf Adelsprädikate?«, gab sie schnippisch zurück.

Alain brach in schallendes Gelächter aus. Das einfache Glas, das ihm der Kellner gerade serviert und aus der Karaffe mit Rotwein gefüllt hatte, hob er an, als handele es sich um einen Pokal. »Visconti ist Kommunist. Dafür liebe ich ihn. Und für seine überbordenden Inszenierungen liebe ich ihn auch. Er bringt Opern auf die Bühne, Filme auf die Leinwand – und alle sind phantastisch. Auf das Genie Luchino Visconti! *Salute!*«, fügte er hinzu, bevor er trank.

»Sei nicht albern, du sprichst außer diesem einen Wort kein Italienisch«, entgegnete Romy knapp. Normalerweise hätte sie auf seinen Enthusiasmus mit Humor reagiert – oder ihn ignoriert. Aber Alains nicht enden wollende Anbetung Viscontis versetzte ihr einen Stich.

Von den Plänen Luchino Viscontis mit Alain hatte ihr Georges Beaume schon berichtet. Der geborene Conte Visconti war ein Schüler des großen französischen Regisseurs Jean Renoir, und seine Schauspielerführung schien tatsächlich unerreicht, egal, ob er auf der Bühne oder in einem Atelier arbeitete. Für Alain würde die Zusammenarbeit einen großen künstlerischen Schritt bedeuten. Die Hauptrolle in der italienisch-französischen Co-Produktion »Rocco und seine Brüder« war ein echter Meilenstein für ihn. Darüber freute sie sich natürlich. Dennoch begann Eifersucht an Romy zu nagen.

Noch vor einem Jahr war sie der Star gewesen und Alain ein aufstrebender junger Schauspieler. Mit René Clément begann er nun die ernst zu nehmende künstlerische Laufbahn, nach der sie vergeblich strebte, seit sie nach Paris gezogen war. Und während er die Chance bekäme, seine Karriere weiter in diese Richtung voranzutreiben, durfte sie nur zusehen und besaß nicht die geringste Aussicht, ebenbürtig zu agieren.

Alain schien nicht zu bemerken, welche Gefühle in Romy tobten. »Luchino Visconti hat wunderbare Ideen«, erzählte er begeistert weiter, nachdem er sein Glas abgesetzt hatte. »Er ist wirklich und wahrhaftig ein Mann, der mehr in mir sieht als jeder andere Regisseur …«

»Würdest du bitte endlich damit aufhören?«, fuhr sie ihn an.

»Ich bitte dich, er ist …«

»Es ist mir egal, was oder wer er ist! Ich kann den Namen Visconti nicht mehr hören.« Ihre Stimme begann sich zu überschlagen.

»Aber Romy …« Alain griff über den Tisch und nahm ihre Hand, hielt sie fest zwischen seinen warmen Fingern. Doch was als Beruhigung gedacht war, regte sie nur noch mehr auf. Sie entzog sie ihm. »Lass mich! Ich rede erst wieder mit dir, wenn ich nichts mehr von Visconti hören muss.«

»Du solltest ihn kennenlernen! Ich werde dich mit ihm bekannt machen, und dann wirst du ganz anders …«

»Nein.« Sie hätte gern mit der Faust auf den Tisch gehauen, aber im letzten Moment wurde ihr klar, dass der dafür zu fragil war. Wahrscheinlich hätte sie nichts anderes erreicht, als den Rotwein in hohem Bogen herunterzuwerfen. Am besten noch auf ihre weiße Hose. »Nein! Ich verzichte. Ich will ihn nicht kennenlernen.«

Mit versteinerter Miene und ohne ein Wort schüttelte er den Kopf.

Über Romy brach in diesem Moment alles herein, was derzeit in ihrem Leben schieflief. Genau genommen klappte nichts, gar nichts, ihre Träume und Hoffnungen versiegten wie Regentropfen im Sand. Sogar das romantisch geplante Wochenende auf dieser Mittelmeerinsel war getrübt durch Alains Bewunderung für Luchino Visconti. An diesen seltenen gemeinsamen Tagen wollte Romy jedoch, dass er nur sie wahrnahm, dass niemand sonst durch seinen Kopf spukte. Sie wollte der wichtigste Mensch seines Lebens sein.

»Wenn du so an Visconti hängst, brauchst du mich ja nicht mehr. Ich nehme die nächste Fähre zurück auf das Festland.«

Sie sprang auf und hätte den Tisch nun beinahe doch umgeworfen. Die aufsteigenden Tränen schluckte sie herunter, als sie mit hoch erhobenem Haupt wie von einer Szene der Sissi-Filme abging. Natürlich war es die Schauspielerin, die sie in diesem Moment rettete – die junge Frau kämpfte innerlich mit einem Weinkrampf.

Nach ein paar Schritten fiel ihr auf, wie gut sie schon in Alains Muttersprache streiten konnten. Dabei versuchte sie ihre Französischkenntnisse ganz sicher nicht zu verbessern, um sich mit ihm zu streiten.

KAPITEL 37

ROM
Februar 1960

Das Bauernhaus ihrer Mutter im Berchtesgadener Land und die Villa ihrer Eltern am Luganer See mochten Alain zu bürgerlich sein – der Palazzo, in dem Luchino Visconti in der Via Salaria lebte, war jedoch zweifellos zu hochherrschaftlich, als dass er Alain gefallen dürfte. Romy blickte an den hohen aprikosenfarbenen Mauern vorbei auf die von Wein umrankte Trutzburg dahinter – und staunte.

Nicht nur das mit Türmen und mehreren Seitenflügeln errichtete dreistöckige Gebäude irritierte sie, sondern Alains ehrfurchtsvolle Haltung. Warum zeigte er sich von dieser Opulenz bei Visconti beeindruckt, während er den viel bescheideneren Pomp ihres Daddys verurteilte? Beide Männer arbeiteten hart in ihren Berufen, sicher; aber der eine hatte sich seinen Aufstieg zu großen Teilen selbst erwirtschaftet, während der andere, mit allen finanziellen Vorzügen einer adligen Geburt ausgestattet, seiner Begabung nachgegangen war. Ein Arbeiterkind war Visconti noch viel weniger als der Wirtssohn Blatzheim. Stand für Alain die politische Einstellung tatsächlich über dem Lebensstil? Die Residenz von Conte Don Luchino Visconti di Modrone war jedenfalls ganz sicher kein Ausdruck einer kommunistischen Gesinnung.

Während sich Alain benahm, als würden sie eine Kirche betreten, trottete Romy mit zwiespältigen Gefühlen hinter ihm her. Sie hatte sich von ihm überreden lassen, den Regisseur endlich kennenzulernen. Letztlich musste sie sich fügen, um Alain überhaupt zu Gesicht zu bekommen. Er war für die Vorbereitungen zu den Dreharbeiten von »Rocco und seine Brüder« in Italien unterwegs und kam kaum noch nach Hause. Der Comer See, Mailand, Civitavecchia und schließlich Rom waren die von ihm besuchten Orte. Romy wartete indes in Paris voller Sehnsucht auf ihn – und langweilte sich. Weder die Treffen mit ihren neuen Freunden noch der Französischunterricht füllten sie aus, Dreharbeiten standen für sie keine an. Der Besuch im Palazzo Visconti bot sich da zweifellos als Abwechslung an, auch wenn sie sich leicht verärgert eingestand, dass ihr die Rolle des hübschen Anhängsels nicht sonderlich gefiel.

Ihre Überheblichkeit fiel in sich zusammen, als sie von einem vornehm aussehenden Diener eingelassen wurde und neben Alain die Eingangshalle betrat. Plötzlich befand sie sich in der feudalen Kulisse eines Films über den italienischen Hochadel: Antiquitäten, Gemälde, Blumenbouquets in Hülle und Fülle. Alles um sie her wirkte reich und protzig, aber auch von erlesener Schönheit. Die Erkenntnis, dass sie sich in einer realen Wohnung befand, ließ Romy sich seltsam klein fühlen. Sie war nicht mehr die Kaiserin Sissi, sondern die von der Filmbranche gemiedene Romy Schneider, geborene Rosemarie Albach. Eine junge Frau, die plötzlich schüchtern wurde.

»*Permesso*«, sagte der Diener und öffnete eine Flügeltür am Ende der Halle.

Romy blickte in einen riesigen Raum mit schweren Barockmöbeln mit gelben Bezügen und goldenen Verzierungen, auf dem Boden lagen in Grautönen gehaltene Teppiche und an den Wänden hingen dicht an dicht wertvolle Gemälde.

»*Signor Delon e signorina Schneider*«, meldete der Angestellte.

In einem der Sessel vor dem breiten Fenster, das in den dämmrigen Park hinausführte, richtete sich ein Mann auf. Romy sah ihn an – und wusste im selben Moment, dass sie nie zuvor einen attraktiveren Menschen gesehen hatte.

Luchino Visconti war jenseits der fünfzig, vital, fast drahtig, er trug eine graue Flanellhose, Blazer, Oberhemd und ein Seidentuch um den Hals geschlungen. Als er sich bei dem Eintreten seiner Gäste erhob, wurde seine beachtliche Körpergröße deutlich, die von Neuem dafür sorgte, dass Romy sich verschwindend klein vorkam. Viscontis Gesicht war scharf geschnitten und kantig, Falten zogen über seine Stirn und seine Mundwinkel entlang; am auffallendsten waren jedoch seine eindringlichen Augen unter den dichten, dunklen Brauen. Er wirkte wie die lebendig gewordene Statue eines antiken römischen Feldherrn, war dazu mit einer Ausstrahlung gesegnet, die Romy den Atem nahm.

Er wünschte schlicht: »*Bonsoir, Mademoiselle, enchanté.*« Doch ob Visconti sich freute, sie kennenzulernen, musste sie bezweifeln. Er musterte sie abschätzig, was für Romys Selbstbewusstsein nicht gerade förderlich war. Als er sie aufforderte, in einem der wuchtigen Sessel Platz zu nehmen, und sie darin versank, fühlte sie sich auf die Winzigkeit eines Wurms reduziert. Oder auf die Rolle einer Statistin. Mit der Begrüßung schien der Höflichkeit aus der Sicht des Gastgebers Genüge getan. Denn während der nächsten Stunden wechselte Visconti nicht ein Wort mit Romy. Zum Schweigen verdammt, saß sie da, rauchte eine Zigarette nach der anderen, trank einen vorzüglichen Wein und wartete darauf, in die Unterhaltung der beiden Männer einbezogen zu werden. Vergeblich.

Visconti und Alain sprachen auf Französisch über das Theater – und das war beileibe kein Thema, bei dem sie ihre Meinung einbringen konnte, weil sie sich darin schlichtweg nicht auskannte. Selbst wenn sie eine brillante Bemerkung auf der Zunge gehabt hätte, wäre sie wahrscheinlich nicht mutig genug gewesen, diese auch vorzubringen, noch dazu in der fremden Sprache, so gut sie sie inzwischen auch beherrschte. Die beiden Männer, der Lehrling und sein Meister, bildeten eine Einheit, in der kein Platz für sie war. Als hätten Visconti und Alain eine Mauer um sich errichtet, die sie nicht zu durchbrechen imstande war.

»Du bist für die Bühne geschaffen«, behauptete Visconti und sah Alain so eindringlich an, als wären sie allein in dem riesigen Raum. »Ich bearbeite gerade das Stück ›'Tis Pity She's a Whore‹ von John Ford für das Théâtre de Paris. Ford ist ein Zeitgenosse Shakespeares, und die Geschichte handelt von einer tragischen Geschwisterliebe und von Inzest. Alain, die Rolle des jungen Giovanni, die Hauptrolle, ist dir auf den Leib geschrieben.«

Aha, fuhr es Romy durch den Kopf, Alain ist schon reif für das Theater, und ich bin die Schnulzenkaiserin, mit der dieser hohe Herr gar nicht erst spricht. Ihre Hände zitterten, als sie sich in einer Mischung aus Wut, Enttäuschung und Nervosität an der alten eine neue Zigarette ansteckte.

»Ich fühle mich geehrt«, erwiderte Alain, sichtlich beeindruckt von dem Lob, »und ich werde alles tun, dich nicht zu enttäuschen.«

»Das ist das Mindeste, das ich von dir erwarte.«

Sie hätte gern gedacht, dass Visconti ein aufgeblasener Schnösel sei. Doch selbst dieser arrogante Kommentar wirkte aus seinem Mund nur wie selbstverständlich. Es war seltsam: Obwohl sich alles in ihr gegen diesen Mann sträubte, konnte sie sich seiner dominanten Anziehungskraft nicht entziehen.

Nur deshalb willigte sie später ein, Alain am folgenden Tag zu einem gemeinsamen *diner* in den Palazzo zu begleiten. Sie befürchtete zwar, wieder nur als stille Beobachterin geduldet zu werden, aber da war etwas, das sie anzog – und ihren Ehrgeiz anstachelte. Zum ersten Mal in ihrem Leben wurde sie derart konsequent ignoriert. Und dabei hatte sie sich noch nie so stark gewünscht, wahrgenommen zu werden.

KAPITEL 38

Wusstest du, dass Luchino einer der engsten Freunde von Maria Callas ist?«

Heiliger Strohsack, dachte Romy, was hat dieser Luchino Visconti aus Alain gemacht? Laut sagte sie: »Ich wusste nicht, dass du dich für die Oper interessierst.«

Sie hatten gerade ein Taxi vor ihrem Hotel ergattert und befanden sich nun auf dem Weg vom Excelsior zu einem weiteren Abendessen im Palazzo Visconti. Dem dritten schon, und Romy fragte sich inzwischen, ob die Mühe, die sie sich bislang gegeben hatte, jemals fruchten würde.

An den bisherigen Abenden war sie von Visconti ebenso übersehen worden wie bei ihrer ersten Begegnung. Er sprach mit Alain über die bevorstehenden Dreharbeiten, vor allem aber über seine Idee, das Anfang des 16. Jahrhunderts in London angesiedelte Stück »Schade, dass sie eine Hure war« nicht nur für die Pariser Bühne zu adaptieren, sondern auch zeitlich und räumlich zu verlegen. Visconti schwebte vor, die Geschichte in Parma zu Zeiten der frühen italienischen Renaissance spielen zu lassen. Alain ließ sich mitreißen, hörte zu, diskutierte, lachte – und Romy schwieg. Stundenlang gab sie die stumme, interessiert lauschende, bezaubernde Freundin des neuen Lieblingshelden des berühmten Regisseurs. Sie ließ sich nicht anmerken, wie anstrengend jedes Treffen für sie war, wie sehr sie sich manchmal langweilte. Sie spielte ihre Rolle, hin und her gerissen zwischen ihrer Liebe zu Alain, ihrer Neugier auf das Theaterstück und ihrem unbändigen Willen, Visconti ein wenig

Aufmerksamkeit abzutrotzen. Doch erfolgreich war sie damit nicht. Anscheinend hörte auch Alain nicht mehr zu, wenn sie etwas sagte.

»Da die Callas stark kurzsichtig ist und keine Kontaktlinsen verträgt«, plauderte Alain ungeachtet ihres Einwurfs, »hat Luchino bei einer Inszenierung in der Scala in Mailand Taschentücher mit einem bestimmten Duft auf der Bühne verteilt und sie so sicher durch die Kulissen geleitet. Ist das nicht großartig?«

»Ich bezweifle nicht, dass er Schauspieler oder Sänger sehr gut führen kann«, erwiderte sie, obwohl sie annahm, dass Alain ihre Meinung gleichgültig war.

»Der Verkehr in Rom ist noch mörderischer als in Paris«, stellte er prompt fest.

»Ja«, murmelte Romy in sich hinein, »ich liebe dich auch.«

Tatsächlich fuhren sie nicht, sie standen im Stau auf der Via Veneto, nur gelegentlich bewegten sich die Wagen Stoßstange an Stoßstange vorwärts. Obwohl es relativ kühl war, bevölkerten die Gäste die Außenplätze der Bars und Cafés zum Aperitif, die Neonbeleuchtungen der Geschäfte flackerten fast gleichzeitig mit den Straßenlaternen auf. Romy fand das Treiben regelrecht *wurlig*, überall wimmelte es von Autos und Menschen. Dies war die Hauptstadt des Königreichs Italien, abseits der Antike und der alten Salzstraße mit ihren Palazzi gelegen, heute die Metropole der neuen Republik und ihres pulsierenden Lebens.

Romy blickte aus dem Fenster und dachte zum x-ten Mal, dass sie mit Alain auf einen Drink in Harry's Bar einkehren sollte, statt wie gehabt die Dekoration bei einem – allerdings hervorragenden – Essen abzugeben.

Der Abend schien wie erwartet zu verlaufen: Sie saßen an einer langen Tafel in dem luxuriösen Speisesaal des Palazzo Visconti,

mehrarmige Kerzenleuchter erhellten das blütenweiße Leinen-
tischtuch, das massive Silberbesteck, die Kristallgläser und das edle
Porzellan. Schöne junge Männer in Livrée schwärmten engelgleich
um den Hausherrn und seine Gäste, bedienten mit ausgesuchter
Höflichkeit, aufmerksam und mit atemberaubendem Charme. Die
Unterhaltung bestritten Visconti und Alain wieder einmal allein.
Heute ging es vor allem um eine möglichst hochkarätige Besetzung
der vielen Nebenrollen in dem Theaterstück und natürlich der
weiblichen Hauptrolle, Giovannis Schwester Annabella. Es wurde
abgewägt, sich ausgetauscht, italienische und französische Namen
flogen hin und her, ein wenig Klatsch gehörte dazu. Es waren die
Geschichten, zu denen sich Romy noch viel weniger äußern konnte
als zu allem anderen.

»Romina!«

Ihr fiel fast die Gabel aus der Hand, als ihr bewusst wurde, dass
Visconti sie mit diesem ungewohnten Namen ansprach. Es war das
erste Mal, dass er – außer bei der knappen Begrüßung – das Wort
an sie richtete.

»Wie wäre es, wenn du die Partnerin von Alain in dem Stück
spielen würdest?«, fragte der Regisseur.

Romys Augen flogen zu Alain. Der grinste schelmisch.

Im ersten Moment wusste sie nicht, ob sie lachen oder weinen,
aufstehen und gehen oder bleiben sollte. Es war ganz offensichtlich,
dass sich die beiden Männer über sie lustig machten. Wahrscheinlich war es Viscontis Art, sie auf irgendeine Weise in die Unterhaltung einzubeziehen. Wenigstens das. Endlich. Deshalb beschloss
sie, sich keine Blöße zu geben. Die beiden sollten nicht glauben,
dass sie keinen Humor besaß, selbst wenn der Witz auf ihre Kosten
erfolgte.

»Du lieber Himmel!« Sie lachte aus vollem Halse, wie es sonst nur Liselotte Pulver im Film gelang. »Das ist unmöglich. Ich habe noch nie in meinem Leben auf einer Bühne gestanden.«

»Ich auch nicht«, warf Alain ein.

Visconti sah sie ernst an. »Du wärst die ideale Besetzung, Romina.«

War es etwa kein Scherz? Romys Lachen verklang, sie schüttelte den Kopf. »Das ist keine gute Idee«, erklärte sie mit fester Stimme. »*Quelle absurdité!*« Natürlich war die Vorstellung unsinnig, dass eine Deutsche ohne jede Bühnenerfahrung in einem englischen Stück in französischer Sprache mit einem italienischen Regisseur auftreten sollte. Wenn er sich nicht über sie lustig machte, verkannte er ihr Talent. Oder zumindest das, was sie bisher daraus hatte machen dürfen. Auch wenn sie es sich noch so sehr wünschte – für ein derartiges Projekt war sie als Schauspielerin noch lange nicht reif genug.

Unter dem Tisch trat Alain nach Romys Fuß. Ihr war klar, dass er sie auf ihren Fehler aufmerksam machen wollte – einem Luchino Visconti widersprach man nicht.

Doch Visconti war anscheinend geduldiger als erwartet. Er ignorierte ihren Einwand und meinte gedankenverloren: »Dein Haar ist perfekt.«

Unwillkürlich fuhr Romys Hand nach oben. Sie trug nicht mehr die blondierte Kurzhaarfrisur, sondern wieder ihren dunklen Naturton. Ihr Haar war in der Mitte gescheitelt und fiel in weichen Wellen auf ihre Schultern. Es konnte doch nicht möglich sein, dass der große Luchino Visconti, der überall als Regiegenie gefeiert wurde, sie wegen ihrer Haare engagieren wollte?

»Romina, würde es zu deinen Terminen passen, wenn wir das Stück in der nächsten Saison realisieren könnten?«

Sie hatte keine Termine. Jedenfalls keine, die einem Engagement am Théâtre de Paris im Wege stünden. Aber die Zeit, von der sie ohnehin viel zu viel hatte, war ja gar nicht das Problem. Hilfe suchend blickte sie zu Alain, doch der beschäftigte sich mit den imaginären Gräten seines Fischfilets. Unwillkürlich dachte sie an ihre Großmutter, an das Wiener Burgtheater und auch an die Mammi. Magda Schneider hatte in ihrer Jugend am Leopold-Mozart-Konservatorium in Augsburg eine Gesangsausbildung erhalten, wo sie auch erste Bühnenerfahrungen als Soubrette am Stadttheater gesammelt hatte. Bevor sie zum Film ging, hatte sie später am renommierten Theater am Gärtnerplatz in München und im Theater an der Wien gearbeitet. Romy kannte ihre Meinung. Sowohl Rosa Albach-Retty als auch Magda Schneider würden Enkelin und Tochter für wahnsinnig halten, wenn die sich ohne jegliche Ausbildung auf die Bretter wagte, die für sie die Welt bedeuteten.

Viscontis Angebot war kein Vorschlag, sondern erschien Romy wie ein Todesurteil. Nicht nur wegen ihres Publikums, das es ja ohnehin nicht mehr zu geben schien, sondern auch wegen ihrer Familie.

»Ich kann das nicht«, versetzte sie. »Mein Französisch ist nicht gut genug, ich weiß nicht einmal, wie man sich auf einer Bühne bewegt, geschweige denn, wie man ohne eine Kamera spielt. Es wäre künstlerischer Selbstmord, wenn ich die Rolle übernehmen wollte.«

Sein hypnotischer Blick tauchte in ihre Augen. »Du hast also keinen Mut«, stellte Visconti sachlich fest.

Von Anfang an hatte sie sich nur an der Unterhaltung zwischen ihm und Alain beteiligen, irgendetwas Belangloses sagen wollen. Doch mit seinem plötzlichen Interesse an ihrer Person schien Visconti in ihre Seele vorzudringen, und nichts war mehr einfach. Obwohl er sie drei Abende lang nicht beachtet hatte, traf seine Bemerkung einen wesentlichen Punkt ihres Charakters: Sie war viel zu jung in die Erwachsenenwelt gestoßen worden, um ängstlich zu sein. Furcht hatte sie sich noch nie geleistet.

»An Mut mangelt es mir nicht, nur am Können.«

Visconti legte seine Leinenserviette neben sein Gedeck. »Gut.« Er klang, als habe er einen Geschäftsabschluss getätigt. »Dann machen wir es.«

Alain pfiff leise durch die Zähne.

»Aber …«, protestierte Romy.

»Zunächst musst du in Paris die Bühnensprache lernen«, fuhr Visconti ungeachtet ihres Einwands fort. Es schien, als akzeptiere er ihr Nein einfach nicht. »Du solltest so schnell wie möglich damit anfangen, Romina, denn erst wenn du die Sprache beherrschst, fangen wir mit den Proben an. Dann sehen wir, was du kannst und was nicht. Ich verspreche dir: Sollte sich nach zwei Wochen herausstellen, dass du wirklich nicht für die Bühne gemacht bist, entlasse ich dich aus dem Vertrag und gebe die Rolle der Annabella einer anderen Schauspielerin.«

Ihr Kinn fiel herab, ihre Knie begannen unter dem Tisch so stark zu zittern, dass sie gegeneinanderschlugen. Sie presste die Lippen zusammen, weil sie nicht wollte, dass ihre Zähne klapperten. Was Luchino Visconti ihr vorschlug, war eine Mischung aus Zauberei und der Erfüllung eines Traumes. Doch die Realisierung überforderte sie. Und nun kroch auf einmal eine vage Angst durch ihren Körper. Das Gefühl, vor dem größten Versagen statt dem größten Triumph ihres Lebens zu stehen, schnitt ihr die Luft ab. Sie wusste, dass sie dankbar für die Chance sein sollte, die Visconti ihr bot. Es war ein Wettstreit der Emotionen, aus dem die Freude über das Angebot ganz gewiss nicht als Sieger hervorging. Dennoch handelte sie unter dem magischen Blick des Regisseurs wie unter Zwang. Sie hatte ja ohnehin keine Wahl.

Stumm nickte sie.

*

Viele Stunden und intensive Gespräche später, an denen nun auch Romy beteiligt worden war, schritt sie an Alains Arm durch das Tor in der Mauer auf ein Taxi zu, das mit laufendem Motor am Straßenrand wartete. Der Sonnenaufgang hatte bereits eingesetzt und tauchte den graublauen Himmel in ein sattes goldgelbes Licht, das wie mit Schlieren von grauen und violetten Wolken durchzogen war. In den Zypressen im Garten des Palazzo Visconti zirpten die Vögel in fast unerträglicher Lautstärke. Es kam Romy vor, als erwachte sie aus tiefer Bewusstlosigkeit und kehrte in die Realität zurück.

»War das deine Idee?«, wollte sie wissen.

»Was?«, gab Alain zurück.

»Hast du Luchino vorgeschlagen, dass ich die Annabella spielen soll?«

Sie hatten das Taxi erreicht, so dass Alain einer Antwort enthoben wurde. Er öffnete die hintere Wagentür für sie und zwängte sich nach ihr auf den Rücksitz des kleinen italienischen Autos. Dann sagte er zu dem Fahrer: »*Buon giorno, Albergo Excelsior, Via Veneto, prego.*« Mit dem Morgengruß und den italienischen Wörtern für *Hotel* und *bitte* hatten sich seine Sprachkenntnisse erschöpft.

Der Fahrer trat auf das Gaspedal. Die Via Salaria war fast menschenleer. Nur ein typischer dreirädiger Kleintransporter zuckelte vor ihnen über die Straße, was zu einem scharfen Bremsmanöver führte. Romy wurde gegen Alains Schulter geworfen. Einen unverständlichen Fluch ausstoßend, überholte der Chauffeur das Vespacar, um anschließend mit überhöhter Geschwindigkeit der Innenstadt entgegenzubrausen.

Romy nahm den wilden Fahrstil kaum wahr. »Natürlich warst du es«, murmelte sie in sich hinein. »Dumme Frage. Wer denn sonst?«

»Er hat mit mir nicht über dich gesprochen«, erwiderte Alain.

»Das muss er aber«, protestierte sie. »Vor heute … eigentlich gestern – oder? Na, jedenfalls hat er mich vor diesem Abend ja nicht einmal angesehen.«

»Ein Mann wie Visconti lässt sich bei der Auswahl seiner Schauspieler durch niemanden beeinflussen. Er erkundigt sich manchmal nach meiner Meinung oder der eines anderen Freundes oder Mitarbeiters, aber trotzdem tut er nur, was er selbst für richtig hält. Über dich haben wir nie gesprochen. Ich bin genauso überrascht wie du.«

An den Fenstern flogen die Pinienalleen des Parks der Villa Borghese vorbei. Romy sah hinaus und fühlte sich wieder seltsam entrückt von der Wirklichkeit. Der Gedanke an eine Bühnenrolle und die Zusammenarbeit mit einem der genialsten Regisseure seiner Zeit brachte sie zum Träumen. Doch hier in diesem Taxi fühlte sie nicht mehr die Magie Viscontis, durch die schließlich alles möglich zu sein schien. Jetzt war sie wieder die Filmschauspielerin, die noch nie auf einer Bühne gestanden und eine große Familientradition zu vertreten hatte.

»Ich kann das nicht.«

»Natürlich kannst du es«, widersprach Alain und drückte zärtlich ihre Hand. »Ich glaube an dich. Und Luca auch. Man macht ihm keine Vorschläge, und man widerspricht ihm nicht. Wenn du dich an die Regeln hältst, wird es eine wunderbare Zusammenarbeit, *Puppelé*, verlass dich darauf. Er ist großartig. Du wirst schon sehen.«

KAPITEL 39

Romy war zu aufgeregt, um sich hinzusetzen. Sie stand neben dem Bett in ihrem Hotelzimmer, den Telefonhörer in der Hand, und trat nervös von einem Fuß auf den anderen, wartete darauf, dass die Verbindung mit dem Berchtesgadener Land hergestellt würde. Als sich das Fräulein vom Amt meldete und daraufhin ein Klicken in der Leitung erklang, fühlte sich Romys Kehle wie zugeschnürt an. Sie brachte nur ein zögerliches »Mammi?« hervor.

»Ja, grüß dich Gott, Romylein«, rief Magda fröhlich aus. »Was machst du in Rom?«

Die vertraute Stimme brachte all die Zweifel wieder an die Oberfläche, die Romy im Laufe des Tages verdrängt hatte. Die Aufregung wich einer gewissen Panik. Nicht nur, dass ihr die künstlerische Tragweite ihrer – nein, Viscontis – Entscheidung wieder bewusst wurde, sondern auch die Konsequenzen für ihre Familie. Es war undenkbar, dass die Enkelin Rosa Albach-Rettys auf einer Bühne versagte. Doch genau das befürchtete Romy jetzt wieder, ihrer eigenen flüchtigen Zuversicht zum Trotz.

Sie schluckte. »Ich bin bei Alain und habe Luchino Visconti getroffen«, berichtete sie wahrheitsgetreu. Im selben Moment bedauerte sie den Telefonanruf. Sie wusste ja bereits, was ihre Mutter sagen würde.

»Sachte, Romylein, sachte. Bevor du einmal auf eine große Bühne gehst, solltest du erst Schauspielunterricht nehmen und dich irgendwo in der Provinz bewähren.« Magda nahm sie in den Arm und küsste

sie sanft auf den Scheitel. Es war einer der Momente größter Innigkeit zwischen Mutter und Tochter. Gerade hatte Romy gewagt, der Mammi ihren größten Traum anzuvertrauen. »Vergiss das Theater, bleib beim Film, Kind, da kannst du alles erreichen.«

»Wie schön«, flötete die Mammi am anderen Ende der Leitung. »Die Begegnung mit Visconti war sicher sehr interessant …«

»So war es«, warf Romy rasch ein. »Er ist ein großartiger Mensch und ganz sicher ein wundervoller Regisseur.«

»Ja. Aber deshalb hast du mich doch bestimmt nicht angerufen? Romylein, hast du Kummer? Ist irgendetwas zwischen dir und Alain?«

Romy entfuhr ein bitteres Lachen. Natürlich dachte ihre Mutter zuerst daran, dass sie sich mit Alain gestritten haben könnte. Fast ein Jahr nach der Verlobung hofften ihre Eltern vermutlich täglich auf die erlösende Nachricht, dass Romy und Alain sich getrennt hatten. Die Bösartigkeiten ihrer Anfangszeit hatten zwar nachgelassen, aber selbst Alains Besuch zu Weihnachten in Lugano und der gute Eindruck, den er mit Sakko und Schlips unter dem Christbaum gemacht hatte, täuschten nicht über die verlorene Harmonie in ihrer Familie hinweg. In ihren Briefen suchte Romy immer wieder das Verständnis ihrer Mammi, wollte den Bruch kitten, den sie selbst herbeigeführt hatte. Tatsächlich gelang ihr das so weit, dass sie eine aufregende Neuigkeit wie das Engagement Viscontis ihrer wichtigsten Vertrauten unmittelbar mitteilen wollte. Doch wieder waren es die alten Vorbehalte, die ihr das Gespräch verdarben.

»Zwischen Alain und mir ist alles in Ordnung«, sagte sie steif. »Ich wollte dir nur sagen, dass mir Luchino Visconti ein Angebot gemacht hat. Er will mich für die Hauptrolle seiner nächsten Bühneninszenierung in Paris.«

»Seiner – was?«

»Visconti ist überzeugt davon, dass ich es schaffen kann!«

Pause. Die Mammi schwieg. Lediglich ein Knacken und Knarzen in der Leitung waren zu hören.

Nach einer Weile fragte Magda: »Habe ich dich richtig verstanden: Du willst in einem Pariser Theater unter der Leitung eines großen Regisseurs dein Bühnendebüt geben?«

Warum klang das aus dem Mund ihrer Mutter so widersinnig? Sicher hatte die Mammi recht, aber sollte die Erfahrung eines Mannes wie Visconti nicht eigentlich darüber stehen? Mit ihrer nächsten Frage machte Magda schließlich Romys Zögern ein Ende: »War das Alains Idee?«

»Es war Luchino Viscontis Idee. Und ich finde sie großartig. Abgesehen davon wäre es ein Affront gegen ihn, das Angebot abzulehnen.«

»Aber Romy, das ist Wahnsinn!« Ihr fiel auf, dass Magda nicht *Romylein* sagte.

Tränen traten in Romys Augen. Enttäuscht und gleichzeitig verärgert sank sie auf die Bettkante, den Telefonhörer fest umschlossen, als wäre er die Hand ihrer Mutter, die sie umklammerte, um sie aufzurütteln. Ihre eigenen Befürchtungen waren anfangs zwar in dieselbe Richtung gegangen wie nun die Warnung ihrer Mutter, doch es auszusprechen war etwas anderes. Außerdem wollte Romy nichts davon hören, wie närrisch sie war. Sie hatte zu Hause angerufen, weil sie Freude, Zuversicht und Stolz erwartete, ja, sogar Unterstützung.

»Ich habe zugestimmt und werde nicht von meinem Versprechen

abweichen. Du hast mir doch immer beigebracht, dass man Verträge unbedingt erfüllen muss.«

»Das war etwas ganz anderes«, behauptete die Mammi empört. »Du musst von allem, was du Visconti zugesichert hast, sofort zurücktreten! Kind, du ruinierst dich!«

»Ich denke nicht daran.« Weder an das eine noch an das andere, fuhr es ihr durch den Kopf.

»Dann nehmen Daddy und ich das nächste Flugzeug nach Rom. Wir werden uns mit Visconti treffen. Ich kann doch nicht zulassen, dass du innerhalb so kurzer Zeit nun schon den zweiten großen Fehler deines Lebens begehst.«

»Gar nichts werdet ihr«, schnaubte Romy. Die Bevormundung ihrer Mutter musste ein Ende haben. »Ich bin mein eigener Herr, ich kann tun und lassen, was ich möchte. Ich kann mich ruinieren, wo, wann und wie immer ich will.«

»Kind, Visconti ist dafür berüchtigt, dass er Menschen zerstört ...«

Romy holte tief Luft und knallte den Hörer auf die Telefongabel.

Einen Atemzug später brach sie in Tränen aus. Sie sank zur Seite und barg ihr Gesicht in den Kissen.

KAPITEL 40

HAMBURG
August 1960

Was für eine seltsame Duplizität der Ereignisse, sinnierte Romy. Alles schien sich so zu fügen, wie sie es sich erträumte. Kaum hatte Luchino Visconti sie für die nächste Theatersaison engagiert, interessierte sich die Regie-Ikone der deutschsprachigen Bühnen für sie. Reiner Zufall, aber beeindruckend.

Bei einem Treffen mit dem Filmproduzenten Gyula Trebitsch im Hotel Atlantic in Hamburg war sie Fritz Kortner zum ersten Mal begegnet. Eigentlich war Romy in der Hoffnung auf die Hauptrolle in einem neuen Spielfilm angereist – und verließ die beiden Männer mit einem handschriftlichen Vertrag für ihre Mitwirkung in dem Fernsehspiel »Die Sendung der Lysistrata«. Das war erst wenige Wochen her – und nun fanden bereits die Proben für ihre erste Rolle statt, die so gar nichts mit dem Wiener Mädel der Vergangenheit zu tun hatte. Neben Barbara Rütting, die als Lysistrata engagiert worden war, und Ruth-Maria Kubitschek als Lampito gab Romy die Myrrhine.

Da im Studio Hamburg gerade kein Atelier frei war, wich das Team in die Ernst-Moritz-Arndt-Turnhalle des Turnerbunds Hamburg-Eilbeck aus. In diesem riesigen Backsteingebäude versammelten sich die Filmschaffenden in einem Saal, während in anderen Räumen Hand- und Volleyball gespielt wurden, Boxtraining stattfand oder Gymnastik betrieben und an den verschiedensten Geräten geturnt wurde. Romy fand es irgendwie hilfreich, ihre Schauspielübungen Wand an Wand mit Sportlern zu machen. Das Wissen um die jungen Frauen, die sich jenseits ihrer Probenbühne schwitzend in ihren Disziplinen abmühten, half ihr, die erste Scheu und Nervosität vor dem sogenannten *ernsten Fach* abzulegen und die Schweißperlen auf ihrer Stirn als quasi dem Umfeld geschuldet zu betrachten.

Kortner hatte das Stück aus der griechischen Antike in die Moderne verlegt: Es handelte von drei Ehepaaren, die sich zu einem Fernsehabend trafen, um sich eine Ausstrahlung der Verfilmung von Aristophanes' Komödie anzusehen. Dieselben Schauspieler traten auf beiden Zeitebenen auf, einmal im Fernsehapparat und einmal im Wohnzimmer. Im Original verweigerten sich die Frauen ihren Männern, um den Krieg zwischen Athen und Sparta zu beenden. Vor dem Bildschirm in Fritz Kortners Fassung versuchten die drei Freundinnen dasselbe, um zu verhindern, dass eine Erfindung des Ehemannes der Hauptfigur von den USA als Chemiewaffe eingesetzt würde. Obwohl ein Lustspiel und mit ziemlich anzüglichen modernen Dialogen und erotischen alten Versen ausgestattet, war die Brisanz der politischen Botschaft unverkennbar: Da Romy auch in Paris deutschsprachige Zeitungen las, wusste sie von der Debatte um die Pläne Bundeskanzler Adenauers, die Bundeswehr mit Atomwaffen auszurüsten. Für sie persönlich war jedoch die Tatsache, dass sie in einer Szene ihren Busen entblößte, weitaus bedeutsamer.

Die ersten Proben fanden noch in Alltagskleidung statt. Die Schauspielerinnen und Schauspieler waren ebenso bequem wie die anderen Mitwirkenden angezogen, lediglich der Regisseur wirkte in Anzug und Krawatte stets wie aus dem Ei gepellt. Allerdings ließ sich an der Farbe seines Sakkos Kortners Laune meist schon beim Betreten der Sporthalle ablesen.

»Oje«, seufzte Romys Kollegin Barbara Rütting, während sie ihre Handtaschen in ihren Spinden ablegten und langsam zu ihren Plätzen für die Textprobe schlenderten, »heute trägt er Grau. Ist dir schon aufgefallen, dass er immer Grau trägt, wenn er schlechter Laune ist?«

»Bei den Dialogen, die wir sprechen müssen, wundert mich seine schlechte Stimmung nicht. Die sind alle so ... so ...«, Romy suchte nach dem richtigen Wort.

»Frauenfeindlich«, stellte die elf Jahre ältere Barbara Rütting fest.

»Ich wollte *peinlich* sagen.«

Barbara Rütting lachte. »Ja. Das auch.«

Sie setzten sich in einem Halbkreis auf schlichte Holzstühle, um ihre Rollen probeweise zu sprechen. Es war wie bei einer Probe im Theater, wobei Romy die einzige der drei Hauptdarstellerinnen war, die damit keine Erfahrung hatte. Vor allem fiel es ihr schwer, auf Anhieb den richtigen Ton zu treffen. Sie war es gewohnt, vor der Kamera ihre Monologe zwar fehlerfrei zu sprechen, aber jeden Satz später zu synchronisieren, eine deutliche Aussprache war deshalb nicht immer nötig. Doch obwohl für das Fernsehen dieselben Regeln wie für die Leinwand galten, legte Fritz Kortner Wert auf eine sehr korrekte, überdeutliche und betonte Lautgebung. Der Regisseur, der selbst häufig nasal sprach, verlor bei jeglicher Form der Nuschelei rasch seine Geduld.

»*Durch und durch verbuhlt ist dies Geschlecht, dem Mann nur hingegeben und zu nichts Großem fähig*«, rezitierte Barbara Rütting. Zu Beginn des Satzes sprach sie einigermaßen korrekt, doch je mehr sie sagte, desto undeutlicher wurde sie. Es war klar, dass ihr diese Aussage über Frauen nicht behagte.

Romy warf einen Blick zu Ruth-Maria Kubitschek, die gestern in Tränen ausgebrochen war, als sie »... *und kehret endlich heim in ihre Betten …*« voller Inbrunst hatte deklamieren sollen. Die etwa 411 vor Christus von Aristophanes ersonnenen Verse klangen in der gewünschten Diktion noch gestelzter und unnatürlicher, als sie es in den Ohren der Frauen von heute ohnehin waren. Mit undurchdringlicher Miene lauschte Romys Kollegin dem Vortrag der Lysistrata. Ruth-Maria Kubitschek war nicht nur sieben Jahre älter als Romy, sondern auch eine ausgebildete Schauspielerin mit einiger Theatererfahrung, die obendrein mit einem angehenden Regisseur der Komischen Oper in Ostberlin verheiratet war. Und doch schien auch sie angespannt zu sein und von Kortner bis an ihre Grenzen gefordert zu werden.

Erwartungsgemäß brauste der Spielleiter nach Barbara Rüttings Vortrag auf: »Was ist das wieder für eine Nuschelei? Jedes einzelne Wort ist wichtig, jede Silbe und jeder Buchstabe. Also, bitte, noch einmal von vorn!«

»*Durch und durch verbuhlt ist dies Geschlecht*«, hob die Lysistrata nun mit akzentuierter Betonung an, »*dem Mann nur hingegeben und zu nichts Großem fähig.*«

Heiliger Strohsack, fuhr es Romy durch den Kopf, wie soll ich denn so auf der Bühne in Paris sprechen können? Was tue ich nur, wenn Luchino Visconti denselben Ton von mir verlangt? Auf Französisch!

Wenn sie zurück nach Hause kam, würde sie sofort mit dem von Visconti verlangten Sprachunterricht und dem Sprechtraining beginnen, aber trotzdem fürchtete sie, Anforderungen, wie Fritz Kortner sie hier stellte, nicht auf Deutsch und schon gar nicht in der Fremdsprache gerecht zu werden. Doch dann dachte sie sich: Es ist wie ein steiler Berg, auf den ich klettern muss – unglaublich beschwerlich, aber nicht unmöglich.

»Die Passage, dass Myrrhine *schon längere Zeit keinen achtzölli-gen Tröster* hatte, streichen wir«, erklärte Kortner, nachdem er mit den weiteren Versuchen Barbara Rüttings endlich einverstanden war. »Das können wir dem Publikum wohl doch nicht zumuten.«

Er sagte glücklicherweise nicht, dass so viel sexuelle Anspie-lung zu keiner Schauspielerin weniger passte als zu der weltbe-rühmten Sissi, aber sie hörte es aus seinen Worten heraus. Zum ersten Mal war Romy jedoch nicht böse über die Gleichsetzung ihrer Person mit der Figur. Sie hatte tatsächlich gerade mit dieser Aussage einige Schwierigkeiten gehabt, denn bei aller Disziplin, mit der sie sich in ihre Rollen und die Forderungen der jeweiligen Regisseure fügte, gab es dennoch Grenzen – und den Gedanken an die Mammi. Obwohl sich ihre Beziehung wieder einmal abge-kühlt hatte, wollte Romy ihrer Mutter nach wie vor gefallen. Wenn sie das momentan schon nicht im realen Leben schaffte, so doch wenigstens auf dem Bildschirm, der Leinwand oder der Bühne.

Die Proben dauerten an diesem Tag vierzehn Stunden. Immer wieder sprachen die Schauspielerinnen und Schauspieler ihre Di-aloge, probierten Szenen, wiederholten Sätze, Gesten und Bewe-gungen, folgten den akribischen Anweisungen ihres Regisseurs. Als Romy schließlich todmüde zu ihrem Hotel aufbrechen wollte, hielt Kortner sie zurück: »Auf ein Wort.«

Irritiert sah sie zu ihm auf. Was, um alles in der Welt, hatte sie falsch gemacht? »Ja bitte?«

Kortner legte seinen Arm um ihre Schultern. »Ich wollte Ihnen nur noch etwas sagen, Schneiderin.« Er legte eine Kunstpause ein, dann: »Der Teufel soll Sie holen, wenn Sie nichts aus Ihrem Talent machen.«

»Danke schön«, erwiderte sie, wobei sie, wie sie merkte, ein wenig nuschelte. Es war der Respekt vor dem großen Regisseur, der sie verlegen machte. »Es ist schon ein Kompliment für mich, dass Sie mich überhaupt engagiert haben. Und wenn Sie das jetzt so meinen, bin ich sehr glücklich.«

»Ich habe mit Ihrer Großmutter seinerzeit am Burgtheater gearbeitet, aber dort hätte uns niemand einen Satz durchgehen lassen, bei dem die Hälfte der Silben verschluckt wird. Denken Sie immer an eine deutliche Sprache, Schneiderin, Ihre schöne Stimme ist ein großes Kapital.«

KAPITEL 41

PARIS
Herbst 1960

Als Romy mit den Vorbereitungen für die Bühnenarbeit in Paris begann, tat sie dies in der Annahme, dass sich ihre Französischkenntnisse inzwischen enorm verbessert hätten. Sie hatte die Leere des vergangenen Jahres mit vielen Unterrichtsstunden gefüllt und durch das Zusammenleben mit Alain, ihren Alltag und die Treffen mit seinen Freunden ständig dazugelernt. Seit ihrer ersten Begegnung mit Mademoiselle Guyot wurde sie jedoch von dem nicht sonderlich ermutigenden Gefühl beherrscht, noch nie einen zusammenhängenden Satz auf Französisch korrekt ausgesprochen zu haben.

Die Phonetiklehrerin, die Romy auf Empfehlung Viscontis in einer Dachwohnung nahe der Tuilerien besuchte, war eine Frau mittleren Alters und mit unscheinbarem Habitus. Das Haar trug Mademoiselle Guyot in einer altmodischen Hochsteckfrisur, ihre Garderobe war schlicht, seltsam farblos und unauffällig. Dafür war ihre Stimme umso gewaltiger. Einerlei, ob sie sie dafür einsetzte, eine ihrer zwanzig Katzen zu rufen oder zu verscheuchen, ihre Schülerin zu schelten oder zu loben – ihr gelang stets eine beeindruckende Klangmelodie.

»Mit Ihnen müssen wir ganz von vorn anfangen«, erklärte die Sprachtrainerin einer verblüfften Romy. Sie saßen sich an Mademoiselles Schreibtisch gegenüber, zwischen ihnen kletterten die Katzen herum. »Es gibt die sogenannte Spontan- und die Herzenssprache, wobei es jeweils um den Ausdruck großer Gefühle geht. Beides ist bei Ihnen Deutsch …«

»Aber nein«, unterbrach Romy rasch, »meine Herzenssprache ist Französisch.«

Mademoiselle Guyot schüttelte den Kopf. »Nein. Sicher nicht. Allein deshalb, weil Sie das R viel zu stark rollen. Das tut man im Französischen nicht – und schon gar nicht auf einer Pariser Bühne.«

Im deutschsprachigen Theater war das anders. Das hatte Romy bei Fritz Kortner gelernt. Oder war das rollende R ein Überbleibsel seiner Wiener Herkunft, das sie dankbar aufgriff, weil es ihr so leichtfiel? Schon als Sissi hatte sie diese Mischung aus Bayerisch und Österreichisch gesprochen, und der gefärbte Ton der Kaiserin hatte ihr keinerlei Probleme bereitet, weil es ihr eigener war. Doch das half ihr auf einer französischen Bühne nun nicht weiter.

»Im Französischen ist das Nasale von großer Bedeutung«, fuhr Mademoiselle Guyot fort. »Und hierbei ist wiederum die Unterscheidung der Buchstaben M, N und NG wichtig – auch wenn ihre verschiedenartige Aussprache für die meisten Deutschsprachigen zunächst kaum zu hören ist. Die Arbeit des Gaumensegels ist daher von Bedeutung. Fangen wir also mit dem Gaumensegeltraining an: Üben Sie Indianerlaute, und gähnen Sie laut. Das sind Übungen für das Dach des Mundes.«

»Kein rollendes R und nasale Laute«, wiederholte Romy beklommen. Das war das Gegenteil dessen, was sie verinnerlicht hatte. »Natürlich, Mademoiselle Guyot.«

»Um die französische Aussprache richtig zu erlernen, eignen sich am besten die Fabeln von La Fontaine. Es sind kurze, prägnante Sätze. Beginnen wir mit ›Der Wolf und das Lamm‹. Ich spreche die ersten Verszeilen vor: *Ein Lämmchen löschte in der Flut/*

Des klaren Quells des Durstes Glut … Würden Sie bitte wiederholen?«

Romys Schwierigkeiten begannen schon bei *Un agnelet,* ein
Lämmchen, wobei sie der Wechsel zwischen nasalen und betonten
Lauten zum Verzweifeln brachte und die Hälfte der Buchstaben
verschlucken ließ.

»Das Gehör ist ebenso wichtig wie die Stimme«, behauptete Mademoiselle Guyot. »Deshalb werden wir auch ein Hörtraining machen. Ich spreche die Sätze von La Fontaine noch einmal, und Sie
sprechen mir nach. Vielleicht gelingt es Ihnen anschließend, die
Unterschiede auszumachen.«

Desillusioniert und reichlich entmutigt verließ Romy ihre Lehrerin. Auf der Treppe gähnte sie vor sich hin, zumal sie tatsächlich
müde war. Die Indianerlaute behielt sie sich für ihr Schlafzimmer
in der Avenue de Messine vor, wo sie nicht damit rechnen musste,
von dem Dienstmädchen gestört zu werden, das Alain engagiert
hatte. Ihr Liebster war ohnehin nicht da, Alain befand sich in Mailand bei Visconti. Am Telefon hatte er ihr erzählt, dass Luchino
seine Wunden leckte, weil seinem Film »Rocco und seine Brüder«
der Goldene Löwe bei den Filmfestspielen von Venedig verwehrt
worden war. Und Alain tröstete ihn. Nicht zuletzt mit einem Haufen Geld, das er in ihre gemeinsame Bühnenproduktion investieren
wollte.

In Alains Abwesenheit traf sich Romy regelmäßig mit Georges
Beaume. Sie hatte den Freund inzwischen damit beauftragt, auch
sie als Agent zu vertreten, und er hatte den Vertrag mit Visconti für
sie ausgehandelt. Die Klausel, die Visconti ihr bei ihrem vierten
Abendessen im Palazzo in Rom zugesichert hatte, sie könne aussteigen, wenn es mit der Sprache nicht klappte, war aufgenommen

worden. Doch je mehr Zeit sie bei Mademoiselle Guyot verbrachte, desto verbissener arbeitete Romy daran, die Sprachbarriere zu überwinden. Sie wollte es schaffen, auch wenn es noch so schwer war. Georges erwies sich als hilfreich und vermittelte ihr den Kontakt zu dem Schauspieler und Regisseur Raymond Jérôme, der mit ihr zusätzlich die Vokabeln der Bühnendialoge pauken würde. Da Georges das Stück von John Ford aus dem Englischen ins Französische übersetzt hatte, wusste er sehr genau, welches Studium Romy noch benötigte. Außer den Fabeln von La Fontaine.

»Sie müssen Ihre Mundmuskulatur besser trainieren«, ermahnte Mademoiselle Guyot sie indes. »Stülpen Sie die Lippen nach vorn wie bei einem Kussmund, dann ziehen Sie die Lippen in die Breite und schließlich ganz ein. Anschließend lassen Sie die Lippen flattern. Das hilft, um nach vorn zu sprechen.«

Sie drückte Romy ein Mikrophon in die Hand und nahm deren Versuche auf. »Man glaubt es nicht – die Materialien aus Deutschland sind die besten«, stellte Mademoiselle Guyot abschätzig fest. »Mit den Tonbändern von Telefunken lassen sich exzellente Ergebnisse erzielen.«

Welche Übungen auch immer ihren Aufnahmen vorausgingen, in Romys Ohren klangen die eigenen Versuche stets wie das Bemühen – und Versagen – einer völlig fremden Person. Es machte keinen Unterschied, ob sie ohne oder mit einem Korken zwischen den Zähnen sprach. Die Metallsonde, die Mademoiselle Guyot in ihren Mund gesetzt hatte, um Romys Zunge in die beim Sprechen richtige Position zu bringen, fühlte sich eklig und furchtbar an und war eigentlich nichts als entwürdigend. Und immer waren es dieselben Verszeilen, die sie inzwischen auswendig und dennoch nicht perfekt aufsagen konnte. Langsam kam sich Romy vor wie in einem schrecklichen Versuchslabor – oder wie in einem falschen Film.

Dennoch schwor sie sich, durchzuhalten. Für Alain. Als Beweis, dass die Mammi falschlag. Dass Romy in der Lage war, erwachsene Entscheidungen zu treffen. Und ein bisschen auch für sich selbst und ihre eigenen Träume.

KAPITEL 42

Wenn Romy erwartet hatte, Alains ersten Abend nach seiner Rückkehr nach Paris in romantischer Zweisamkeit verbringen zu dürfen, wurde sie enttäuscht. Er wollte seine Heimkehr im Élysées Matignon feiern.

In dem Nachtclub, dessen Einrichtung von viel dunkelrotem Samt, goldenen Lüstern und überlebensgroßen nackten Göttinnen beherrscht wurde, herrschte so großes Gedränge, dass man die riesigen Bilder kaum noch sehen konnte. Eine dichte Wolke aus Zigarettenrauch hing über den Gästen wie Dunst über einer morgendlichen Landschaft, Musik und Stimmengewirr waren so laut, dass man sein eigenes Wort kaum verstand. Alain wurde mit großem Hallo von allen Seiten begrüßt. Spätestens nach den Diskussionen um »Rocco und seine Brüder« bei und nach den Filmfestspielen von Venedig war der Name *Delon* in aller Munde. Hände streckten sich ihm entgegen, klopften anerkennend auf seine Schulter, Wangen erwarteten ein Küsschen von ihm. Alain war ein Star.

Ich bin mit dem erfolgreichsten jungen Schauspieler Frankreichs zusammen, stellte Romy still fest. Verlobt, fügte sie in Gedanken hinzu, während sie als strahlende Schönheit neben ihm oder hinter ihm herlief. Auch wenn es ihr schwerfiel und sie mit der Rolle des Anhängsels immer noch nicht gut zurechtkam – inzwischen war sie es gewöhnt, nicht die Hauptperson zu sein. Dennoch versetzte es ihr einen Stich, dass ihre Wichtigkeit letztlich nur darauf beschränkt war, zusammen mit Alain das schönste Paar der Nacht zu geben.

Zielsicher schob er sich durch die Menge zu einem Tisch, zog

Romy an der Hand hinter sich her. Sie entdeckte Georges, der dort vertieft in ein Gespräch mit dem Regisseur René Clément war, den Romy bereits durch die Dreharbeiten zu »Plein Soleil« auf Ischia kannte. Daneben saß ein lebhaft mitdiskutierender junger Mann, dem Romy noch nie begegnet war. Er wirkte kleiner und schmächtiger als die anderen, sein volles Haar war ordentlich gescheitelt, und er besaß eine für sein Gesicht auffallend mächtige Nase. An seiner Seite befand sich eine bildschöne, blutjunge Frau, die aus großen Augen ihre Umgebung bestaunte.

Das unbekannte Paar wurde ihnen als Roman Polanski, ein in Paris geborener Pole, der bereits einige beachtete Kurzfilme inszeniert hatte, und dessen Frau Barbara Lass vorgestellt.

»Was für ein Glück, dass Alain endlich wieder da ist«, rief René Clément über den Lärm hinweg und hob sein Glas. »Trinken wir auf deine pünktliche Heimkehr zu dem Beginn unserer neuen Produktion.«

Romy sah Alain erstaunt an. Sie neigte sich zu ihm, fragte in sein Ohr: »Warum hast du mir nicht erzählt, dass du gleich wieder vor der Kamera stehen wirst?«

»Es ist mein Job. Welcher Mann sagt seiner Frau ausdrücklich, dass er jeden Tag ins Büro geht? Ich gehe zur Arbeit ins Atelier. Da gibt es keinen Unterschied. Das ist doch normal.«

»Ja, aber …« Verwirrt brach Romy ab. Sie wusste ihre Verstörung nicht in Worte zu fassen.

Der weiteren Unterhaltung entnahm sie, dass es sich bei Cléments Film um eine italienisch-französische Co-Produktion mit dem Originaltitel »Che gioia vivere« handelte, in der die Polin neben Alain die weibliche Hauptrolle besetzte. In ihrer Heimat wurde Barbara Lass anscheinend als »polnische Sophia Loren« gefeiert, nun startete sie in Frankreich durch. Immerhin ist sie wenigstens verheiratet, dachte Romy mit einer gewissen Erleichterung. Gedreht würde vor allem in Rom. Alain würde also wieder wochenlang nicht zu Hause sein. Nicht bei ihr. Und nicht …

»Was wird aus deinen Theaterproben?«, entfuhr es Romy entsetzt.

Eine Zigarette zwischen den Lippen, nuschelte Alain: »Das ist ein netter Ausflug in ein anderes Fach. Mehr nicht.«

Ärger erfasste Romy. Warum nahm ihr Liebster nicht ernst, was ihr wichtig war? Was würde geschehen, wenn Alain absprang? Würde Visconti das Projekt auch ohne ihn durchziehen? Hätte er überhaupt ausreichend Mittel ohne Alains finanzielle Investition? Die Vorstellung, dass ihre Mühe mit dem Sprachtraining umsonst gewesen sein könnte, verdarb ihr das Wiedersehen mit Alain gründlich.

Offenbar nahm er die Veränderung wahr, die in ihr vorging. Er legte den Arm um ihre Schultern und flüsterte ihr zu: »Schau, *Puppelé,* die große Karriere werde ich nur im Kino machen können, nicht im Theater. Beim Film verdient man schließlich auch mehr. Das solltest gerade du wissen.«

Er hatte ja keine Ahnung, dass sie noch vor nicht allzu langer Zeit für die Gage einer Komparsin vor die Kamera getreten wäre, wenn sie endlich ein Filmangebot bekäme. Heimgekehrt von den Fernsehaufnahmen in Hamburg und abgelenkt durch die Vorbereitungen für das Theaterstück, dachte sie derzeit kaum noch daran.

»Aber deine Termine, die Proben mit Visconti …«, insistierte sie, unterbrach sich, setzte hektisch die gerade frisch gefüllte Champagnerschale an die Lippen und trank sie auf einmal aus.

»Natürlich lasse ich Luca nicht im Stich. Was denkst du von mir?« Romys anfängliche Empörung schwappte zu Alain über, er war sichtlich verärgert.

»Du wirst aber nicht richtig bei der Sache sein, wenn du so viele Verträge auf einmal erfüllen musst.«

»Was bildest du dir ein? Du brauchst mich nicht auf meine Verpflichtungen hinzuweisen.«

Sie stritten sich – und schrien sich an, weil sie sich in einem gesenkten Ton nicht verständlich machen konnten. Kaum dass Alain wieder in Paris weilte, zankten sie schon. Auseinandersetzungen waren für sie zum Alltag geworden. Wir benehmen uns wie ein altes Ehepaar, dachte Romy dabei immer wieder, auch wenn die darauffolgende Versöhnung ein verlässlicher Teil dessen war, was sie als Glück an Alains Seite empfand. Es war ihr längst nicht mehr unangenehm, dass der Streit vor anderen ausgetragen wurde. Da sich Alain gern mit vielen Menschen umgab, wurden seine Freunde eben auch Zeuge dessen, was Alain sich als Mann nicht bieten lassen wollte.

Sie gestand es sich ungern ein, insgeheim wusste sie jedoch, dass es die Eifersucht war, die sie so wütend machte. Nicht auf die polnische Sophia Loren, sondern auf das Bemühen Luchino Viscontis und René Cléments um Alain. Vielleicht hatten die hinterhältigen Klatschbasen ja recht mit ihrer bösartigen Vermutung, Visconti habe Romy nur für das Theaterstück engagiert, weil er Alain einen Gefallen erweisen wollte und dieser durch seine Beteiligung an den Produktionskosten überdies für ihre Gage bezahlte. Natürlich hatten auch Romy diese Angriffe hinter vorgehaltener Hand erreicht.

Und so waren es nicht nur ihre Eitelkeit und ihr Verstand, die damit verletzt wurden. Nicht einmal ihr wundes Herz wog so schwer. Es war ihre Seele, in der dieser Pfeil saß.

KAPITEL 43

Fast schlimmer noch als Alains Betriebsamkeit erschien Romy die Tatsache, dass die Mammi wieder einen Film drehen würde. Ohne sie. Dabei hatte der hämische Atelierklatsch einst behauptet, ohne Romys Erfolg gäbe es Magda Schneider im deutschsprachigen Nachkriegsfilm gar nicht mehr. Zuletzt hatten sie beide gemeinsam in »Die Halbzarte« vor der Kamera gestanden, danach war jede ihrer eigenen Wege gegangen. Doch während Romy nun auf neue Angebote wartete, würde ihre Mutter unter der Regie von Hermann Leitner, Romys erstem Schwarm, in Wien arbeiten. Ihre Filmtochter sollte diesmal Corny Collins spielen – und Romy hatte die Rolle nicht einmal ablehnen können, weil sie nicht gefragt worden war. Da war sie wieder, diese schreckliche Eifersucht, die sich von dem geliebten Mann auf ihre ebenso geliebte Mutter ausdehnte.

»*Ein Maultier, dessen Last ein Sack voll Hafer war/Zog einst mit einem anderen Maultier übers Feld,/Das größere Werte trug, in bar/ Ein hübsches Sümmchen Steuergeld …*«, rezitierte Romy vor dem Spiegel in ihrem Zimmer La Fontaines Fabel von den Maultieren.

Sie hatte zuvor alle Übungen gemacht, die Mademoiselle Guyot für unabdingbar hielt, doch weder flatternde Lippen noch ein Kussmund oder das Abarbeiten von Lautreihen, als wären es Tonleitern, brachte den gewünschten Erfolg bei der Aussprache. Es bedurfte keines ausgebildeten Gehörs, um festzustellen, dass sie von der französischen Bühnensprache noch weit entfernt war. Ihre Artikulation ließ zu wünschen übrig, ihr Engagement im Théâtre de Paris befand sich daher noch in der Schwebe, und die Angebote für große Filmrollen blieben aus. Es war zum Verzweifeln. Was hatte der Herrgott eigentlich mit ihr vor?

Ebenso genervt wie entmutigt nahm sie das Glas Bordeaux, das sie auf der Kommode abgestellt hatte, und trank es aus. Dann warf sie es mit einem Fluch, der nach einem Wiener Fiakerkutscher klang, gegen die Wand. Die Scherben flogen auf das Möbelstück und auf den Boden. Romy beachtete sie ebenso wenig wie die kleinen roten Flecken, die sich von dem Weinsatz auf der Tapete verteilten. Sie fühlte sich seltsam befreit nach diesem Ausbruch von Hysterie.

»Wenn ich die Sprache nicht lerne, kann ich mich nur noch als Platzanweiserin im Theater bewerben«, sagte sie laut zu sich selbst. Dann hob sie erneut an: »*Ein Maultier, dessen Last ein Sack voll Hafer war …*«

Diesmal unterbrach das Schrillen des Telefons ihren Versuch.

Seufzend stieg sie über die Scherben zu ihren Füßen und trat an den Apparat. »*Oui?*«, meldete sie sich und hoffte im selben Moment, dass sich entweder Alain mit einem Liebesgruß oder Georges mit einem Angebot melden würde. Beschwingt durch diese Hoffnung klang sie fröhlicher, als ihr zumute war.

»Romylein! Wie schön, dass ich dich erreiche.«

Erschrocken über die Erkenntnis, dass es ihre Mutter war, rief sie: »Ist etwas passiert?«

»Was soll denn sein?«

Romy atmete tief durch. »Du rufst in letzter Zeit so selten an. Deshalb dachte ich, du meldest dich mit schlechten Nachrichten.«

»Uns geht es allen ausgezeichnet. Ich soll dich von deinem Bruder grüßen und natürlich vom Daddy, von den Hunden und …«

Während Magda alle Zwei- und Vierbeiner aufzählte, die für einen Gruß infrage kamen, dachte Romy despektierlich: *Wenn man von der Stelzen spricht, kommt die ganze Sau daher.* Sie hatte zwar nicht über ihre Mutter gesprochen, aber die österreichische Redewendung über eine *Schweinshaxn* traf wohl dennoch zu. Seufzend setzte sie sich auf die Sessellehne neben dem Telefontischchen und wartete mit wippenden Beinen darauf, dass Magda sämtliche guten Wünsche übermittelt hatte.

Endlich sagte die: »Der Daddy wird dich auch noch anrufen, aber ich wollte dich schon einmal vorwarnen. Er hat einen Brief von unserem Freund, dem Autor Curt Riess, erhalten und soll dich schön grüßen …«

»Ach?«, warf Romy ein. »Von dem auch.«

Magda ignorierte den Einwand. »Curt Riess hat sich in Hamburg ausgiebig mit Gustaf Gründgens unterhalten. Gründgens – stell dir vor! – soll an dir interessiert sein. Ich weiß natürlich nicht, ob der Herr Kortner ein gutes Wort für dich eingelegt hat und ob es um die Verfilmung seiner Faust-Inszenierung geht, aber allein Gründgens' Interesse ist eine große Ehre. Curt Riess möchte gern vermitteln und dich mit Gründgens bekannt machen.«

Unwillkürlich hörte Romy auf, mit ihren Beinen zu wippen. Sie rutschte tiefer in den Sessel, saß dort ganz still. Ihre Mutter hatte zweifellos recht. Wenn sie der Generalintendant des Deutschen Schauspielhauses in Hamburg kennenlernen wollte, war dies eine unfassbar große Ehre. Bedeutete die lange Abstinenz von der Kinoleinwand, dass sich plötzlich die zuvor fest verschlossenen Tore der bedeutenden Theater für Romy öffneten? Machte den Bühnenregisseuren ihre schlechte Presse weniger aus als den Filmproduzenten? Es war unfassbar. Ihr Herz tat einen Satz und begann anschließend vor Aufregung wild zu pochen.

300

»Bevor Daddy dich anruft, solltest du dir schon einmal überlegen, wann du nach Hamburg kommen kannst.«

Die Stimme der Mammi weckte Romy aus der Illusion, schon so rasch in die Fußstapfen ihrer Großmutter treten zu dürfen. »Ich kann nicht«, sagte sie trotzdem und horchte in sich hinein. Erstaunt stellte sie fest, dass sie kein allzu großes Bedauern fühlte. Paris war ihr Zuhause. Nicht Hamburg, München oder Wien. Hier wollte sie auf der Bühne stehen und nirgendwo sonst. »Im Moment kann ich nicht verreisen. Die Proben mit Visconti beginnen demnächst, und auch bis dahin sind meine Tage ausgefüllt.«

»Aber Romylein, du wirst dir doch ein paar Tage freinehmen und dann nach Hamburg fliegen können. Es ist ja alles noch zu früh, doch müssen wir auch sehen, welche Chance sich dir bietet. Die kannst du nicht ausschlagen.«

»Ich bin sehr stolz und dankbar. Doch du und Daddy habt mir beigebracht, dass Verträge erfüllt werden müssen. Jetzt habe ich erst einmal bei Luchino Visconti unterschrieben.«

»Und der Himmel weiß, was ihn dazu verleitet hat, dich zu engagieren. Ich habe übrigens gehört, dass er sich die Muster von ›Die Sendung der Lysistrata‹ angesehen hat. Aber ich habe dich ja vor Visconti gewarnt.«

Die Neuigkeit überraschte Romy. Wenn Luchino Visconti nach Hamburg gereist sein sollte, um sich die ersten Materialien anzusehen, hatte er vielleicht wirklich an seiner Entscheidung gezweifelt. Oder er war einfach neugierig gewesen, wie Romy sich in einer ganz anderen und viel ernsthafteren Rolle machte. Hatte er sich wirklich vergewissern wollen, wie ihr das gelang, könnte natürlich stimmen, dass er sie zunächst nur wegen Alain engagiert hatte. Aber da er ihren Vertrag bislang nicht aufgelöst hatte, schien sie den Regisseur überzeugt zu haben. Und bestimmt war ihm zugetragen worden, dass ihre Fortschritte bei Mademoiselle Guyot zu wünschen übrig ließen. Er hätte seine Meinungsänderung also problemlos mit ihren Sprachproblemen begründen können.

»Ich habe Herrn Kortner sehr viel zu verdanken«, murmelte Romy nachdenklich in sich hinein.

»Sicher. Sicher«, stimmte ihre Mutter zu. »Fritz Kortner will dich auch weiterhin beschäftigen, Kind. Jedenfalls gibt es da wohl Überlegungen. Du bist auf einem unvorstellbar guten Weg. Mach dir das jetzt nicht mit deinem Eigensinn kaputt. Ich bin mir nicht sicher, ob ein Mann wie Luchino Visconti geeignet ist, dich auf der Theaterbühne zu führen. Und dann die Fremdsprache. Überleg es dir bitte!«

»Meine Entscheidung steht fest«, erwiderte sie matt.

Erwartungsgemäß nahm Magda den Einwand nicht wahr. »Wir können alle in Ruhe darüber reden, wenn wir uns in Mariengrund sehen, gell? Bis Weihnachten ist zwar noch eine Weile hin, aber …«

»Ich werde Weihnachten nicht bei euch sein«, unterbrach Romy ihre Mutter mit fester Stimme. Es würde das erste Heilige Fest sein, das sie nicht mit ihrer Familie beging. Doch die von Visconti angesetzten Proben ließen keine Abwesenheit von Paris zu, nicht einmal über die Feiertage. Zum ersten Mal wurde sie sich der Tragweite bewusst. Ja, jetzt war sie wohl richtig erwachsen. Und auf sich gestellt. Mit Alain an ihrer Seite. Dieser Gedanke verlieh ihr Kraft. »Verzeih, Mammi, aber ich muss jetzt auflegen. Die Arbeit ruft. Wir telefonieren ein andermal. Und grüß bitte alle schön zurück.«

»Aber, Romy …«, schnappte Magda.

Diese war schon im Begriff aufzulegen. Doch sie gab einem plötzlichen Impuls nach und umklammerte den Hörer ganz fest. »Bleib mit deinen Gedanken und deiner Liebe bei mir, Mammi. Ich bin damit immer bei dir. Es darf nichts zwischen uns sein. Nur diese Bevormundung geht halt nimmer.«

»Es sind Warnungen, Romy, nichts sonst. Wir machen uns Sorgen um dich. Ich hab dich lieb. Gehab dich wohl.«

In der Leitung klickte es. Das Gespräch war beendet.

Den Telefonhörer noch in der Hand, das Surren der getrennten Verbindung im Ohr, wiederholte Romy leise:

> *»Ein Maultier, dessen Last ein Sack voll Hafer war*
> *Zog einst mit einem anderen Maultier übers Feld,*
> *Das größere Werte trug, in bar*
> *Ein hübsches Sümmchen Steuergeld …«*

KAPITEL 44

Hören Sie«, verlangte Mademoiselle Guyot und schaltete das Tonbandgerät ein, »hören Sie gut zu.«

Zunächst erklang eine weibliche Stimme, die radebrechend La Fontaine vortrug.

»Das ist aber kein Vorbild für mich«, meinte Romy in einer Mischung aus Spott und Ärger, weil sie das Gefühl hatte, in ihren Bestrebungen, so viel wie möglich während ihres Sprechtrainings zu lernen, aufgehalten zu werden. Dabei hatte sie nicht mehr viel Zeit. Die Proben sollten in ein paar Tagen beginnen.

»Erkennen Sie die Sprecherin nicht?«

»Nein.« Romy schüttelte den Kopf. »Nein. Nie gehört.«

Mademoiselle Guyot drückte einige Knöpfe, das Tonband lief im Schnelldurchlauf weiter. Nach einer Weile, in der Romy mit wachsender Ungeduld die Katzen beobachtete, die über den Schreibtisch tobten, hielt die Lehrerin das Band an. Kurz darauf erklang eine Aufnahme, die Romy als diejenige vom Vortag identifizierte. Mademoiselle Guyot hatte wie immer das Ergebnis ihres stundenlangen Trainings aufgezeichnet. Es klang gar nicht einmal so schlecht, befriedigte aber noch lange nicht Romys hohen Anspruch an sich selbst. Zumindest ein geschultes Ohr hatte sie inzwischen.

»Das haben wir doch gestern schon angehört«, bemerkte sie ein wenig unwillig. »Lassen Sie uns lieber weitermachen und korrigieren, was nötig ist.«

Der Lautsprecher verstummte.

Langsam wandte sich Mademoiselle Guyot ihrer Schülerin zu. »Beide Aufnahmen sind von Ihnen. Die erste haben wir zu Beginn unserer Lektionen gemacht, die andere, wie Sie richtig feststellten, gestern Nachmittag.«

Sprachlos blickte Romy von den Katzen auf. Plötzlich saß sie ganz ruhig. Sie hatte ihre eigene Stimme nicht erkannt. Es war, als höre sie eine Fremde sprechen. Wie seltsam. Und wie erstaunlich der Unterschied zu der neuesten Übung war.

»Wie Sie selbst hörten, haben Sie enorme Fortschritte gemacht, Mademoiselle Schneider. Ich kann Ihnen nicht viel mehr beibringen als das, was Sie in den vergangenen sechs Wochen gelernt haben. Jetzt ist es Zeit für die Proben im Theater. Darauf können wir gegebenenfalls aufbauen. Aber ich glaube nicht, dass es notwendig sein wird.«

Es war das erste Mal, dass Romy ihre Lehrerin offen lächeln sah. Mademoiselle Guyot war stolz auf sie. Wer hätte das gedacht?

*

Inzwischen ein Filmstar, fuhr Alain keinen MG Roadster mehr, sondern raste mit einem nagelneuen schwarzen Cabriolet von Ferrari durch Paris. Der 250 GT Spyder California hatte stattliche 280 PS unter der Haube und entsprach ebenso dem Status seines Besitzers, wie er dessen Geschwindigkeitsrausch ermöglichte. Dennoch konnte Alain aus Rücksicht auf seinen Führerschein auch mit diesem Wagen nicht jede rote Ampel überfahren, deren Weg er kreuzte. Als er sich – mit Romy auf dem Beifahrersitz – auf dem Weg zu ihrer ersten Probe im Théâtre de Paris befand, schien jede einzelne Ampel auf Rot umzuschalten, wenn er denn nur in ihre

Nähe kam. Außerdem herrschte so starker Feierabendverkehr, dass ein zügiges Vorankommen unmöglich war, und sie erreichten die Rue Blanche mit deutlicher Verspätung.

»Visconti wird uns den Kopf abreißen«, behauptete Romy, als sie hinter Alain durch das stille Foyer hastete.

»Ganz sicher nicht«, gab Alain zurück, klang aber nicht so selbstbewusst, wie seine Worte glauben machen wollten.

Das Théâtre de Paris war um die Jahrhundertwende eine Rollschuhbahn gewesen, und genauso sah das mit hübschem Stuck verzierte Gebäude von außen auch aus. Das Innere war längst mehrfach umgebaut worden und genügte mit über tausenddreihundert Sitzplätzen und modernster Bühnentechnik den höchsten Ansprüchen. Der Theatersaal lag im Halbdunkel, die Bühne wurde von einer Notbeleuchtung erhellt, ein paar Scheinwerfer warfen kaltes Licht auf die lange Tafel, die dort in der Mitte aufgebaut war. An der einen Seite des schmucklosen Tisches saßen elf Schauspieler, darunter Größen des französischen Theaters, die Romy selbst in Alltagsgarderobe und ungeschminkt erkannte. Auf der anderen Seite befand sich Luchino Visconti auf einem Stuhl in bequemer Haltung, den Arm auf die übergeschlagenen Knie aufgestützt, die Stirn in der Hand. Über der Szene hing eine Aura aus eisigem Schweigen wie eine Schlechtwetterfront. Niemand sagte bei Romys und Alains Eintreten ein Wort, lediglich die stummen, vorwurfsvollen Blicke ihrer Kollegen richteten sich auf sie.

»Es tut uns leid«, rief Alain ein wenig theatralisch aus, »der Verkehr war mörderisch.«

»Steht das in deinem Textbuch?«, wollte der Regisseur wissen.

»Nein. Entschuldigung.«

Es war das erste Mal, dass Romy beobachtete, wie Alain auf die Größe eines kleinen Schuljungen zu schrumpfen schien. Er ließ sich auf dem freien Platz neben Valentine Tessier, der Grande Dame der französischen Bühne, nieder, während für Romy nur der Stuhl weit entfernt von Alain neben dem Theaterstar Pierre Asso blieb. Er war ein Mann im Alter ihres Daddys, der mit einer langen Nase und stechenden Augen etwas derart Strenges an sich hatte, dass sie von der ersten Sekunde an Alains Nähe und die Sicherheit, die er ihr gab, vermisste. Ihr kam es vor, als wäre die Luft an Pierre Assos Seite eisig, und sie begann zu frieren.

Um nicht unhöflich zu wirken und ihre Nervosität zu beruhigen, wünschte sie freundlich: »*Bonsoir.*« Doch ihre Begrüßung stieß auf taube Ohren.

»Wir beginnen mit der Leseprobe.« Viscontis volltönender Tenor hallte über die Bühne. »Erster Akt, erste Szene: Pater Bonaventura und Giovanni treten auf. Pierre, Alain, bitte …«

Konzentriert lauschte Romy dem Dialog. Sie hatte noch ein wenig Zeit, bevor sie an der Reihe wäre. Die Figur der Annabella tauchte erst relativ spät in der zweiten Szene auf, nachdem sich ihre Verehrer lauthals um sie stritten und es beinahe zu einem Wettkampf gekommen wäre. Ihre Gouvernante Putana sprach die ersten Sätze, bevor Annabella über ihr Leben sinnierte.

»… *Ihr müsst achtgeben auf Euch, meine Liebe*«, sagte Putana schließlich. »*Ihr werdet mir sonst noch bald im Schlaf gestohlen.*«

Hingerissen vom Klang ihrer Stimme lauschte Romy dem Monolog von Valentine Tessier. Als die Schauspielerin geendet hatte, fühlte sich Romy wie eingehüllt in die wundervolle Sprache. Wie sollte es ihr möglich sein, sich jemals auf diese Weise im Französischen auszudrücken? Vor lauter Bewunderung übersah sie ihren

Einsatz. Es dauerte eine Weile, bis Romy bemerkte, dass sich wieder eine eisige Stille über den Tisch senkte.

»Schon wieder zu spät, Romina?«, fragte Visconti bissig. »Jetzt war es aber wohl nicht der Verkehr.«

Niemand lachte.

Vielleicht war es tatsächlich eine Lüftungsanlage, die von einem Bühnenarbeiter eingeschaltet worden war und nun den Dezemberwind aus der Rue Blanche zu den Schauspielerinnen und Schauspielern bei der Leseprobe lenkte. Möglicherweise war es aber auch die Abneigung der Kolleginnen und Kollegen, die Romy kälter noch als Viscontis Tadel traf. Sie fröstelte. Das Zittern lief durch ihren Körper, und wie bei einem grippalen Infekt schien ihr Hals zuzuschwellen.

»*Doch, Gouvernante, so ein Leben gibt mir keine Zufriedenheit*«, krächzte sie. Die Stimme schien ihr zu versagen, die bei Mademoiselle Guyot akribisch erlernte Tonalität der französischen Sprache war vergessen. Romy fühlte sich wie ein Kind, das sein Gedicht nicht gelernt hatte und es nun trotzdem vor der ganzen Familie aufsagen sollte.

Sie schluckte und fuhr fort: »*Meine Gedanken sind auf was anderes aus …*« Sie klang wie eine Touristin ohne Sprachkenntnisse, die französische Floskeln aus einem Reiseführer ablas, und nicht wie eine Schauspielerin, die den Text aus einem Bühnenbuch vortrug.

Unbeirrt fuhr Valentine Tessier an der richtigen Stelle fort. Sie ignorierte Romys Fehler – wie alle anderen auch. Doch sie zu übersehen machte die Blamage für Romy nicht geringer. Es war ihr noch nie passiert, dass sie ihren Text nicht sprechen konnte. Weder im Deutschunterricht noch bei den Theateraufführungen im Internat und im Filmstudio schon gar nicht. Und dann passierte es ausgerechnet in diesem Kreis. Es war furchtbar.

Die Gouvernante musste deutlich längere Monologe sprechen als Annabella, was Valentine Tessier mit ihrer Professionalität sehr zur Zufriedenheit des Regisseurs gelang.

Je perfekter die Ältere sprach, desto hilfloser fühlte sich Romy. Selbst kurze Sätze wie »*Bitt' euch, redet nicht so viel*« oder »*Pfui, wie du schwatzt*« und »*Sicher, die Frau hat ihren Morgentrunk zu früh genommen*« brachte sie nur als Stammelei über die Lippen. Wenn sie sich einmal nicht verhaspelte, betonte sie die Wörter auf der falschen Silbe.

Keiner sagte etwas zu ihrem peinlichen Versagen. Niemand half ihr. Da sie alle in einer Reihe saßen, konnte Romy keinen Blickkontakt zu Alain aufnehmen. Hilfe suchend schaute sie zu Visconti, doch der strafte ihre wenig erquicklichen Bemühungen mit demselben Schweigen wie ihre Kolleginnen und Kollegen. Er beachtete sie nicht einmal, sah sie nicht an. Wie alle anderen auch. Es kam ihr vor, als wollte niemand etwas mit ihr zu tun haben. Mit dieser Deutschen, die nie zuvor auf einer Bühne gestanden hatte und sich anmaßte, in einem der renommiertesten Theater von Paris eine Hauptrolle auf Französisch spielen zu wollen.

Fritz Kortner meinte, ich habe Talent, rief sich Romy still ins Gedächtnis. Gustaf Gründgens zeigt Interesse. Das waren Größen der Theaterwelt, die Luchino Visconti das Wasser reichen konnten. Mit dem Unterschied freilich, dass Kortner und Gründgens in Romys Muttersprache arbeiteten. Doch war es wirklich nur das Französische? Sie zerbrach sich den Kopf über ihre Unfähigkeit. Wahrscheinlich hatte die Mammi recht, und es war nicht richtig von ihr, gleich nach den Sternen zu greifen und nicht erst von der

Pike auf lernen zu wollen, was auf den Brettern, die auch für sie die Welt bedeuteten, notwendig war. Doch inzwischen hatte sie keine andere Wahl mehr. Sie musste es hier schaffen.

Nach der Leseprobe ließ sie sich viel Zeit. Sie bewegte sich langsamer, legte ihr Textbuch seelenruhig zusammen und wartete, dass die anderen Schauspielerinnen und Schauspieler endlich gingen. Alain war in ein Gespräch mit jemandem vertieft, den Romy nicht kannte, wahrscheinlich ein Mitarbeiter Viscontis. Sie sah nur flüchtig zu dem Geliebten hin, ihre Aufmerksamkeit galt dem Regisseur. Als der nicht mehr umlagert wurde, stürzte sie auf ihn zu.

»Luca«, hob Romy mit einer Mischung aus Unterwürfigkeit und offener Zuneigung an, die dem einstigen Verhalten der Filmprinzessin Sissi gegenüber Kaiser Franz Joseph nicht ganz unähnlich war, »ich möchte mich für die Verspätung entschuldigen.«

Visconti maß sie mit undurchdringlichem Blick – und schwieg.

Einen Moment lang fürchtete Romy, er würde sie mit ebensolcher Eiseskälte strafen, mit der die Kolleginnen und Kollegen – und auch er – sie vorhin ignoriert hatten. Sie biss die Zähne zusammen. Fieberhaft überlegte sie, wie sie ihn zu einer Reaktion bringen könnte.

»Gut«, sagte Visconti plötzlich, »es ist passiert. Wir wollen es vergessen. Aber merk dir eines, Romina – und auch du, Alain …«

Unwillkürlich drehte Romy den Kopf. Ohne dass sie es bemerkt hatte, war Alain neben sie getreten.

»Merkt euch eines«, fuhr Visconti fort. »Das passiert nie, nie, nie wieder!«

Seit ihrer Schulzeit hatte sich Romy nicht mehr so abgekanzelt gefühlt. Sie sah Alain an, doch der hatte die Lider gesenkt und nickte. Ein Knabe, der seine Strafe akzeptierte.

»Ihr seid morgen eine Stunde vor dem eigentlichen Probenbeginn hier«, entschied Visconti, ohne einen freundlicheren Ton anzuschlagen. »Dann proben wir erst einmal allein.« Er schlang seinen schwarzen Kaschmirschal fester um seinen Hals und wandte sich ab.

Irgendetwas in Romy sagte ihr, dass sie ihm nachlaufen, erklären sollte, reden, über was auch immer. Nur nicht zurückbleiben mit diesem Gefühl von Schuld und dem schlechten Gewissen.

Doch Alain griff nach ihr, seine Hand hielt die ihre in eisernem Griff. »Lass ihn. Du kannst heute an der ganzen Sache nichts mehr ändern. Wir machen es morgen einfach besser.«

Sie liebte ihn dafür, dass er »wir« sagte, obwohl nur sie sich fürchterlich blamiert hatte.

*

Zwei Wochen lang erlebte Romy die Hölle auf Erden. Sie saß an dem langen Tisch mit ihren Kolleginnen und Kollegen, las ihren Text und bewies allen täglich auf ein Neues, dass sie nicht leisten konnte, was von ihr verlangt wurde. Immer deutlicher schien ihr, dass sie sich auf ein Unternehmen eingelassen hatte, dem sie nicht gewachsen war. Ihre Begabung mochte für die Kamera reichen, nicht aber für die Bühne. Sie schaffte es ja nicht einmal, selbst die kürzesten Sätze richtig auszusprechen – wie würde es erst sein, wenn sie mit den richtigen Proben begannen und es um ihre Gesten und Bewegungen ging? Die allzu deutliche Antipathie der anderen traf sie mehr noch als die Strenge Viscontis. Romy war es von den Dreharbeiten gewohnt, stets der Liebling aller zu sein. Ihr Wunsch nach Harmonie gehörte zu ihren größten Sehnsüchten – und gerade dort, wo es ihr am schwersten fiel, etwas richtig zu machen, und sie es gleichzeitig am dringendsten wollte, erreichte sie nur Ablehnung.

Nach zwölf Stunden Proben lernte sie zu Hause weiter, las, lauschte in sich hinein, trainierte ihr Gehör, um ihre Sprache zu verbessern, wie Mademoiselle Guyot es sie gelehrt hatte. Als es klopfte, war sie verärgert über die Störung. Doch dann sah sie Alain in der Tür stehen, in der einen Hand zwei Gläser, in der anderen eine geöffnete Champagnerflasche, der Schaum floss über seine Finger.

»Du musst etwas trinken, sonst kannst du nicht gut sprechen«, sagte er und trat ein.

Er hatte natürlich recht, und zu ihrer Verwunderung begriff sie, dass er sie nicht ablenken oder gar auf eine Probe stellen, sondern einfach nur unterstützen wollte. Sie tranken zusammen, redeten über das Stück, dann lasen sie zusammen einige Szenen. Alain schien gleichsam ihr Freund, Kollege, Ratgeber und Liebhaber sein zu wollen.

Am nächsten Abend tauschte sie den Sessel in ihrem Zimmer gegen das Sofa in dem Salon, wo sie, den Kopf in seinem Schoß und das Textbuch in den Händen, ihre Passagen las und sich von Alain korrigieren ließ. Obwohl er ebenfalls weder eine Schauspielschule besucht hatte noch Bühnenerfahrung besaß, half er ihr mit seinen klugen Kommentaren, die ebenso Lob wie Tadel waren. Er hatte bereits mit Visconti gearbeitet und war dadurch auf gewisse Weise geschult darin, zu verstehen, was der Regisseur von seinen Schauspielern erwartete, auch wenn es sich um einen Film gehandelt hatte. Zu Romys größter Überraschung erwies sich Alain nun als Retter, der ihr nicht nur professionell half, sondern sie hielt, wenn sie schwankte, mit ihr lachte, wenn sie eine innere Barrikade lösen musste, und der sie liebte, wenn sie verzweifelte. Die gemeinsame Arbeit schweißte sie zusammen, sie halfen sich, lernten miteinander, tranken dabei zu viel Champagner und Rotwein und fanden eine Zweisamkeit, die sie so bislang nicht kannten.

Alains Unterstützung half ihr über die Ablehnung der anderen Mitwirkenden hinweg. Sie arbeitete in dem Bewusstsein, nicht allein zu sein, auch wenn ihr Liebster weit von ihr entfernt bei den Leseproben saß und sie – selbst in den gemeinsamen Szenen – keinerlei persönlichen Kontakt aufnehmen, nicht einmal einen Blick mit ihm wechseln konnte. Aber sie wusste, dass er bei ihr war.

Und so war es der Gedanke an Romys eigene Empfindungen, die Annabella inbrünstig ausrufen ließen: »*Du hast gesiegt. Auch ohne Schlacht. Denn das, wozu du drängst, hat mein erobert Herz schon lang beschlossen.*«

Sie vollendete ihren langen Monolog über die inzestuöse Liebe zu ihrem Bruder Giovanni mit großem emotionalem Ausdruck, bei dem aus der Erinnerung an Alains Hände auf ihrem Körper Giovannis Hände wurden, Alains Wärme und Zärtlichkeit sich in Giovannis Wärme und Zärtlichkeit verwandelten.

Als sie geendet hatte und ein wenig atemlos von ihrem Skript aufsah, fiel ihr ein Zettel auf, der neben ihrer Kladde lag. Es war nur ein winziges Blatt mit einer offenbar hastig hingeworfenen handschriftlichen Notiz:

»*Das war gut.*«

Erstaunt blickte sie sich um. Dabei erhaschte sie ein kurzes Lächeln auf Pierre Assos schmalem Gesicht. Er senkte die Lider zur Zustimmung.

Ihr Herz flog dem älteren Mann zu. Sie glaubte ihm zwar nicht, aber sie war ihm unendlich dankbar für die Aufmerksamkeit, die er ihr schenkte. Die Anerkennung durch diesen erfahrenen und berühmten Kollegen bedeutete ihr viel. Beflügelt von seinen Worten nahm sie ihren Einsatz an der richtigen Stelle wieder auf und sprach ihre Sätze fast noch besser.

Dennoch gelang es ihr noch nicht, den kleinen Teufel abzuschütteln, der auf ihrer Schulter saß und ihr immer wieder in ihr Ohr flüsterte: »Du schaffst es nicht! Du wirst es nie schaffen!«

KAPITEL 45

Romy war so mit ihren Proben beschäftigt, dass sie den Sturm der Entrüstung, der sich derweil in der Bundesrepublik über »Die Sendung der Lysistrata« ergoss, nur am Rande wahrnahm. Die meisten Anstalten des öffentlich-rechtlichen Fernsehens verweigerten zunächst die Ausstrahlung, so dass die Uraufführung stattdessen im Universum-Filmtheater in München stattfand. In manchen Zeitungsartikeln, die Romy von einem deutschen Ausschnittdienst zugeschickt wurden, las sie, dass Kortners Fernsehspiel sittlich anstößig und politisch einseitig sei. Andere Zeitungen feierten die Inszenierung als *das* künstlerische Ereignis des Winters. Natürlich regten sich manche Redakteure auch über die Freizügigkeit der einstigen Sissi auf, und die *Bild-Zeitung* nannte Romy Schneider sogar »einen erlöschenden Filmstar«. Es schien einerlei zu sein, was auch immer sie tat – es wurde mit negativen bis bösartigen Kommentaren bedacht. Romy warf die Schnipsel in den Papierkorb, vergaß grollend die Myrrhine und konzentrierte sich auf Annabella.

Durch die harte Arbeit an ihrem Text hatte sie einiges an Selbstvertrauen wiedererlangt. Mit jedem Satz, den sie besser sprach, und jedem Zettel, den Pierre Asso ihr heimlich zuschob, verlor sich ihre Anspannung. Als Visconti nach vier Wochen mit den Bühnenproben begann, fühlte sie sich gut vorbereitet auf ihre Rolle. Sie wappnete sich mit dem Gedanken an ihre Großmutter und an ihren Vater, der im Alter von zwanzig Jahren am Burgtheater debütiert hatte. Es lag an ihr, das Familienerbe der Rettys weiterzuführen. Sie musste es schaffen!

Manchmal meldete sich jedoch noch der kleine Teufel, der ihr Schmach und Schande vorhersagte. Sie beschloss, ihn auszulachen. Vor allem, als Visconti von ihr verlangte, die erste Bühnenprobe, die eigentlich ohne Kostüme geplant war, nicht in den Hosen zu spielen, die sie trug, sondern in einem Reifrock. Für Romy war nichts einfacher als das. Im entsprechenden Gewand hatte sie sich stets ganz automatisch als die Figur gefühlt, die sie darstellen sollte, die richtigen Bewegungen waren dann wie selbstverständlich von allein gekommen, ohne dass sie sonderlich darüber nachdenken musste. Und historische Kleider waren nun wirklich kein Problem für sie.

Der Ex-Sissi kann nichts Besseres passieren als ein Reifrock, dachte sie, gut gelaunt auf ihren Einsatz wartend. Noch an keinem Tag im Théâtre de Paris hatte sie sich so sicher gefühlt.

Visconti saß jetzt nicht mehr mit seinen Schauspielerinnen und Schauspielern auf der Bühne, sondern am Regiepult in der fünften Reihe im Parkett des riesigen Theatersaals, der im Halbdunkel lag. Die Scheinwerfer an der Decke und der Rampe sorgten dafür, dass er für Romy wie ein Schatten wirkte. An seiner Reaktion auf die Dialoge zwischen Annabellas Verehrern zu Beginn der zweiten Szene, die ihrem Auftritt vorangingen, erkannte sie, dass er mit seinem Schweigen viel mehr ausdrückte als andere Regisseure mit Lautstärke. Visconti war in der Lage, seine Verachtung oder seinen Ärger, selbst seine Zufriedenheit ohne ein einziges Wort mitzuteilen.

Nachdem Vasques und Grimaldi ihren Streit mit einem Theaterdegen ausgefochten hatten, traten Florio, Donado und Soranzo auf. Dem kurzen Dialog zwischen den Männern sollten Annabella und Putana folgen.

Romy machte ein paar Schritte voran und hatte dennoch das Gefühl, noch immer weit hinten in den Kulissen zu stehen. Sie starrte über die Bühne und kam sich vor wie eine Langstreckenläuferin. Warum war ihr noch nicht aufgefallen, wie riesig der Raum war, in dem sie sich bewegen musste? Dagegen war selbst das größte Atelier überschaubar, die Fläche für Außenaufnahmen viel kleiner bemessen. Wie viele Kilometer würde sie hinter sich bringen müssen, um ihrer Rolle hier gerecht zu werden? Es war, als würden sich vor ihr zwar keine Berge erheben, aber kaum zu bewältigende Wege erstrecken.

Sie kannte ihren Text, konnte ihn inzwischen sogar sicher deklamieren, aber sie wusste nicht, wie sie sich bewegen und was sie mit ihren Armen machen sollte. Wo war die Kamera, die ihre Mimik einfing? Plötzlich waren ihr die eigenen Hände lästig. Sie kam sich schrecklich linkisch vor.

Valentine Tessier brillierte natürlich als Gouvernante. Die Sicherheit der älteren Schauspielerin trieb Romy Tränen in die Augen.

Endlich kam die Stelle, an der Annabella mit ein paar Tanzschritten herumwirbeln sollte. Erleichtert atmete Romy auf. Das konnte sie. Jetzt würde sie allen zeigen, wie gut sie war. In unzähligen Stunden hatte sie sich im Reifrock durch die Filmstudios gedreht und war dabei immer phantastisch gewesen. Etliche Szenen bewiesen das auf der Leinwand.

Sie trug Schuhe mit hohen Absätzen, was eine grazile Bewegung erleichterte.

Doch als sie zu ihrer Drehung ansetzte, wurde die Bühne nicht kleiner, es kam Romy vor, als hampelte sie auf der Stelle herum. Aus Angst, in dem ihr zur Verfügung stehenden Raum zu schnell zu agieren, trampelte sie langsam und ungeschickt vorwärts.

Ich bin ein Elefantenbaby, dachte sie entsetzt.

Aber sie konnte nichts dagegen tun. Von dem mit atemberaubender Eleganz dargebotenen Walzer der Kaiserin Elisabeth war sie in diesem Moment weit entfernt. Je verzweifelter sie versuchte, die gute alte Sissi zu imitieren, desto ungeschickter agierte sie.

Wie konnte eine Technik, die sie einst perfekt beherrscht hatte, auf einmal derart aus ihrer Erinnerung getilgt sein? Es war, als hätte sie mit der Rolle auch die grazilen Bewegungen von einst aus ihrem Kopf und ihrem Körper verbannt.

Aus dem Zuschauerraum wehte ihr eisiges Schweigen entgegen. Und Romy hörte daraus Verachtung, Enttäuschung und Wut. Es war die Schande, die sie seit Wochen befürchtete.

*

Das Telefon klingelte in dem modernen Apartment, und eine schmale Frauenhand hob den Hörer ab. »Allô?«, meldete sich eine Französin.

»Kommen Sie bitte ins Theater, Mademoiselle.« Es war Luchino Visconti. »Kommen Sie rasch. Wie erwartet hat Romy Schneider versagt.«

Die Bilder drehten sich wie in einem Kaleidoskop, die Stimmen rauschten, als seien mehrere Tonspuren übereinandergelegt worden. In Romys Kopf herrschte ein heilloses Durcheinander. Zwischen Schlafen und Wachen war sie sich nicht sicher, ob es nur ein Traum war. War sie nicht vielmehr Zeugin ihres eigenen künstlerischen Untergangs geworden? Sie schlug die Augen auf, blickte in tiefe Dunkelheit und wusste nicht, wo sie sich befand. War es ihr Schlafzimmer oder Luchinos Suite im Hotel Berkeley? Sie konnte es nicht sagen.

Sie hörte Schritte, nahm die zweite Person im Raum wahr, ohne sie zu sehen. Aber es war auch nicht nötig, Viscontis Zorn auf sie in Augenschein zu nehmen. Sie wusste ja, dass sie versagt hatte. Außerdem hatte sie mit eigenen Ohren gehört, wie er ihre Zweitbesetzung informierte. Er kam, um sie aus dem Theater zu werfen.

Unwillkürlich begann sie zu weinen.

Hände legten sich um ihre Oberarme.

Er würde Gewalt anwenden, um sie aus seiner Inszenierung zu entfernen. Was hatte sie denn anderes erwartet?

Ihr Tränenausbruch steigerte sich in ein hysterisches Schluchzen.

»*Puppelé*, hör auf!« Er hob ihren Körper aus dem Kissen, schüttelte sie. »Es ist alles gut. Ich bin es. Dein *Pépé*.«

Die Lampe auf ihrem Nachttisch flammte auf. Durch das geschlossene Fenster drang die Sirene eines Krankenwagens in das Zimmer. Laut, aber in ihrer Normalität seltsam beruhigend.

Mit verschwommenem Blick erkannte sie Alain, der mit nacktem Oberkörper auf ihrem Bettrand saß, sie hielt und besorgt ansah. Ihre Kehle war plötzlich wie zugeschnürt, sie fühlte sich heiser, ihre Nase lief wie die eines erkälteten kleinen Mädchens. Aber wenigstens die Tränen versiegten nun.

»Du hast im Schlaf geschrien«, erklärte Alain und ließ sie los. Plötzlich wirkte er hilflos in seinem Bemühen, sie vor dem Alpdruck zu retten.

Romy schniefte, schluckte. Fast wunderte sie sich, dass sie sich in ihrem eigenen Schlafzimmer befand. Schließlich gestand sie: »Ich habe geträumt, dass Luca meine Zweitbesetzung anruft und mich ablösen lässt. Und ich dachte, es wäre wahr.«

»Warum sollte er das tun?«

»Weil ich versage. Alain, ich habe mich auf ein Unternehmen eingelassen, dem ich nicht gewachsen bin. Du siehst doch selbst, wie ich untergehe. Alle hatten recht: die Mammi, Daddy, die Leute von der Presse und auch die Kollegen. Ich bin keine Bühnenschauspielerin.«

»Unsinn. Du bist wunderbar.« Alain zog sie wieder an sich, so dass sie ihre feuchte Wange gegen seine Halsbeuge lehnte. »Es ist schwer. Dreharbeiten sind anders, aber du wirst das schaffen. Wir schaffen das. Mach dir keine Sorgen.«

Wieder sagte er *wir*, wie neulich bei den Leseproben, aber dieses Mal wusste sie, dass er es so meinte, weil die Umstellung auf die raumgreifenden Bühnenbewegungen auch für ihn nicht leicht war. Zugleich brachte dieses *Wir* eine Saite in Romy zum Klingen, die noch etwas ganz anderes meinte. *Wir* bedeutete eine Einheit. Nicht die freie Liebe und ein wildes Zusammenleben. *Wir* hieß für sie Heirat, ein Kind, vielleicht ein Sohn, der so schön war wie Alain, eine eigene Familie. In diesem Moment bedeutete das Wörtchen *wir* nicht das Synonym für ein Schauspielerpaar mitten in seiner ersten gemeinsamen Bühnenerfahrung, sondern eine gemeinsame Zukunft.

Sie drehte den Kopf und küsste ihn auf die empfindliche Stelle neben seiner Schlagader. Seine Liebe würde ihr helfen, den Druck für ein paar Stunden zu vergessen. Sie musste Schlaf finden, ohne in Alpträume zu entgleiten, um die anstrengenden Proben durchzustehen.

Wir schaffen das, dachte sie lächelnd. Wir …

KAPITEL 46

PARIS
Anfang 1961

Er holte aus, um sie zu schlagen.

Sie hatte es kommen sehen und versuchte, sich unter seiner Faust hindurchzuducken.

Doch statt ihr Gesicht zu treffen, gelang es ihm, ihre Haare zu packen. Er griff fester zu, zerrte, zog – und schleuderte sie wütend von sich.

Romy knallte auf den Boden.

Sie biss die Zähne zusammen, um nicht laut aufzuschreien. Vor Schmerzen. Und aus Frust.

Denn sie war einfach nicht in der Lage, sich mehrmals zu drehen und dann elegant über die Bühne zu fliegen. Nach Jean-François Calvés vorgetäuschtem Angriff stolperte sie jedes Mal über die eigenen Füße, anstatt nach einer Art Sprung am anderen Ende der Rampe zu landen. Nach etlichen Versuchen fühlte sich ihr Körper so wund an, als sei sie tatsächlich verprügelt worden. Sie mochte gar nicht an die blauen Flecken denken, die ihre Schultern, Arme und Hüften nach der x-ten Probe verunstalteten.

Sie kauerte auf der falschen Position – und das eingeplante wahnsinnige Gelächter, das sich ihrer Kehle entringen sollte, wurde zu dem leisen Wimmern einer geschundenen Person.

»Ich höre dich nicht«, kam es von dem Regiepult.

Anscheinend hatte er sie in dieser Szene noch nie gehört. Seine Bemerkung war eine Wiederholung der knappen Kommentare davor. Vielleicht hörte er sie ja nicht, weil sie bislang auch nicht wie vorgegeben gefallen war.

»Noch einmal auf Anfang«, fügte Visconti hinzu. Auch diese Anweisung kam nicht zum ersten Mal.

Dankbar ergriff Romy die Hand ihres Kollegen, der ihr auf die Beine half. Ihre Knie zitterten.

Eine der Schlüsselszenen in »Schade, dass sie eine Hure ist« fand zwischen Annabella und ihrem frischgebackenen Ehemann Soranzo statt. Den hatte sie geheiratet, um zu verbergen, dass sie von ihrem Bruder Giovanni schwanger war. Als Soranzo die Wahrheit herausfand, schlug er sie.

Für Jean-François Calvé, einen der bekanntesten französischen Film- und Theaterschauspieler, stellte es eigentlich kein Problem dar, so zu tun, als würde er Romy von einer Ecke der Bühne in die andere schleudern.

Romy indes kam sich vor wie mitten in einer Katastrophe. Die weiten Wege im Bühnenraum verlangten von ihr, dass sie sich drehte und dadurch Fahrt aufnahm, um auf dem richtigen Platz zu landen. Dort sollte sie über die Brutalität, die ihr widerfuhr, lachen. Jedenfalls in der Theorie.

»Ich kann das«, versicherte Romy ihrem Bühnenpartner, wobei sie vor allem sich selbst Mut zusprach, bevor sie auf ihre Ausgangsposition trat.

»Du hast es schon viel besser gemacht«, behauptete er und lächelte ihr zu. Dann veränderte sich seine Miene, er umfasste ihren Arm, zerrte sie einen Schritt mit sich und begann mit zorniger Stimme seinen Monolog: »*Komm, Dirne du, verschriene Hure …*«

Es war nicht das letzte Mal.

Romy hatte längst aufgegeben, ihre Versuche zu zählen. Obwohl sie sich für relativ durchtrainiert hielt, waren es schließlich nicht mehr nur blaue Flecken, die ihren Körper malträtierten. Irgendwann tat ihr alles weh. Ihre Knochen, Muskeln, von deren Existenz sie zuvor keine Ahnung gehabt hatte. Angetrieben von dem Gedanken an ihren Alptraum, durch ihre unbekannte Zweitbesetzung ersetzt zu werden, unternahm sie einen Versuch nach dem anderen. Sie war Reiterin, natürlich war sie in ihrem Leben mehr als einmal von einem Pferd gefallen, in der Realität deutlich schmerzhafter sogar als im Film. Aber was Visconti auf dieser riesigen Bühne von ihr forderte, nötigte ihrem Körper viel mehr ab als ein Sturz aus dem Sattel. Ihr wurde schwindelig von den vielen Drehungen, sie bewegte sich schließlich in einer Art Ekstase, ohne nachzudenken, was sie tat – und wie in einem Wahn kamen die Laute über ihre Lippen. Sie kroch auf allen vieren, weil sie sich nicht mehr anders fortbewegen konnte, und gab völlig losgelöst ein hysterisches Lachen von sich – bis sie keine Stimme mehr hatte.

Danach war es still.

Romy versuchte, ihren schweren Atem zu unterdrücken. Das Schweigen des Regisseurs lastete schwer auf ihr. Die Mitwirkenden auf und hinter der Bühne hielten die Luft wohl ebenso an wie sie. Doch sicher hämmerte keinem das Herz so laut wie Romy das ihre.

In ihren Ohren rauschte es, dann hörte sie Schritte.

Sie hielt die Lider gesenkt. In ihr Blickfeld traten die handgenähten Schuhe des Regisseurs.

»Nicht schlecht, Romina«, sagte Visconti.

Jean-François Calvé klatschte Beifall – und die anderen fielen in den Applaus ein.

So fühlt es sich also an, dachte Romy, eine richtige Schauspielerin zu sein.

*

Alain reichte ihr einen Eisbeutel. »Leg das auf deine Schulter, dann werden die Schmerzen vergehen.«

Es tat ihr alles weh. Alles. Romy kam es vor, als befände sich an ihrem Körper keine Stelle, die nicht wehtat. Dennoch waren ihre Schultern tatsächlich am schlimmsten betroffen. Nicht nur von den zahlreichen Stürzen waren sie in Mitleidenschaft gezogen – sie trug in der Szene einen Morgenmantel, gefertigt aus schwerem Samt und mit dicken Nähten, die auf ihrer Haut scheuerten. Zu den blauen Flecken und geprellten Knochen gesellten sich deshalb noch blutige Striemen, die bei jeder Berührung fürchterlich brannten. Auch dafür war Alains provisorischer Notfallpack eine Wohltat, vor allem aber für ihr Herz. Sie erlebte ihn so fürsorglich wie niemals zuvor. Dabei war er selbst sehr angespannt, da er seine Zeit zwischen den Bühnenproben und der Arbeit an dem Spielfilm »Halt mal die Bombe, Liebling« aufteilen musste. Umso tiefer berührte es sie, wie liebevoll sein Umgang mit ihr war.

Romy lag auf dem Sofa in ihrem Salon und blickte versonnen durch das schöne große Sprossenfenster, hinter dem die Lichter der nächtlichen Straße funkelten. Sie fühlte sich wie nach der Heimkehr von einem großen Abenteuer – mit Blessuren zwar und völlig erschöpft, aber unendlich glücklich. Der Weg, den sie beschritt, war hart, doch galt das nicht für jeden, der Besonderes leisten wollte? »Ich hätte nie gedacht, dass ich eine so kräftige Stimme habe«, murmelte sie gedankenverloren.

Mit einem Plopp löste sich der Champagnerkorken aus der Flasche. Während Alain zwei Gläser füllte, stimmte er zu: »Das hätte ich auch nicht gedacht.«

»Wenn wir uns streiten, werde ich dich künftig anbrüllen«, kündigte sie grinsend an.

»Dann werde ich dich auslachen.«

Sie richtete sich auf, um ihm ein Glas abzunehmen. Die Bewegung tat in ihrer Schulter weh, was sie jedoch ignorierte. »Du amüsierst dich doch ohnehin immer, wenn ich versuche, laut zu werden.«

»*Mais oui*. Weil du dann selbst lachen musst …«

»… und meine wohlüberlegte Antwort damit nicht mehr so wichtig ist«, vollendete sie seinen begonnenen Satz.

Er beugte sich über sie und küsste sanft ihre Lippen. »Natürlich. Das ist der Beweis, dass ich immer im Recht bin, *Puppelé*. Und jetzt sage ich dir, dass du deine Schulter kühlen und viel Champagner trinken sollst. Auch damit habe ich recht, denn gut behandelt werden die Schmerzen ganz schnell vergehen.«

*

Ihre Blessuren konnte Romy ignorieren, nicht aber die Tatsache, dass sie als Schauspielerin wohl doch noch nicht so weit war, wie sie sich einbildete. Wie beflügelt von ihrem Erfolg bei der gewalttätigen Szene zwischen Annabella und Soranzo, gelangen ihr bei den nächsten Proben alle Passagen zwar deutlich besser als zuvor. Aber dann kam sie an die Stelle, an der sie ein Lied singen sollte – und alles war anders.

Sie hatte diesen Tag als den zweiundsechzigsten Probentag in ihrem Kalender markiert, es blieben noch etwa drei Wochen bis zur Premiere am 9. März. Davon waren noch mindestens acht Tage für die Proben reserviert, dann würden drei Vorauführungen vor einem ausgesuchten Publikum und anschließend die öffentliche Generalprobe stattfinden, bevor sich der Vorhang für die *Première* hob. Der Gedanke daran verursachte Romy Bauchschmerzen. Immerhin hatten sie noch nicht einmal das ganze Stück bis zum Ende probiert.

Die Zeit drängte – und deshalb war es nicht verwunderlich, dass Visconti nach der Textpassage Annabellas, die sie zuletzt probten, forderte: »Weiter.«

Romy blinzelte über die Scheinwerfer an der Rampe hinweg in den Saal. Die kleine Lampe auf dem Regiepult war ausgeschaltet, so dass Viscontis Gestalt nichts als eine schwarze Silhouette war, die mit der dunklen Umgebung verschmolz.

»Du hast gestern nicht gesagt, dass wir hier weitermachen wollen«, erinnerte sie ihren Regisseur.

»Weiter, habe ich gesagt.« Seine Stimme war emotionslos.

Romy zögerte. Natürlich hatte sie das Lied, das jetzt kommen sollte, gelernt, aber sie traute ihrer eigenen Courage nicht. Jedenfalls nicht beim Singen. Deshalb fasste sie sich ein Herz und bat den Schatten im Zuschauerraum: »Können wir nicht an dieser Stelle unterbrechen und morgen weitermachen? Ich kann das Lied noch nicht so gut.«

Die Antwort war Schweigen. Sowohl auf der Bühne als auch im Parkett. Die anderen Mitwirkenden waren wahrscheinlich sprachlos über ihre Impertinenz. Niemand wagte es, Visconti zu widersprechen. Doch Romy war sich sicher, dass er ihre Bitte nicht als die Frechheit einer ungebildeten Schauspielerin empfand, sondern den Wunsch dahinter sah, sich zu verbessern.

»Wenn du das Lied nicht sofort singst«, brüllte Luchino Visconti, »dann brauchst du es nie zu singen. Nie mehr in deinem Leben. Verstehst du?«

Nein, sie verstand überhaupt nichts. »Aber …«, hob sie hilflos an.

»Du kannst nach Hause gehen!«

Das meinte er nicht so. Natürlich meinte er es nicht so. Sie waren schon viel zu weit mit den Proben fortgeschritten, als dass er ihre Zweitbesetzung guten Gewissens hätte einarbeiten können. Oder war die unbekannte junge Schauspielerin, vor der sich Romy mehr fürchtete als vor dem Fegefeuer, heimlich eingewiesen worden? Kannte sie ihre Rolle mitsamt dem Lied längst besser als die eigentliche Annabella?

Panik ergriff Romy. Sie stand auf ihrem Platz an der Rampe, ließ die Arme herabhängen und starrte blicklos in den Zuschauersaal, der ihr jetzt wie ein tiefer Schlund vorkam. Trotz der Furcht, die erbarmungslos nach ihr griff, war sie wie gelähmt. Kein Ton drang aus ihrer Kehle. Stattdessen kroch ein fürchterlicher Schüttelfrost über ihre Glieder und hinterließ eine Gänsehaut.

»Geh nach Hause und komm nie wieder«, donnerte Visconti. »*Au revoir!*«

Ihre bebenden Lippen formten einen Laut. Leise intonierte sie das italienische Volkslied, das in der fraglichen Szene eingebaut war. Es klang jedoch nicht wie ein Gesang, sondern ähnlich dem Gewimmer von neulich, das eigentlich Gelächter hatte sein sollen.

Die anschließende Regieanweisung war deutlich: »Noch einmal von vorn.«

Wenn Romy später daran dachte, wusste sie nicht mehr, ob sie das Lied zehnmal oder zwanzigmal gesungen hatte. Visconti zwang sie zu immer neuer Wiederholung. Sie fühlte sich wie ein geschol-

tenes Kind, das seinen Teller nicht leer gegessen hatte und zur Strafe
gezwungen wurde, die doppelte Portion zu verschlingen. Nicht
einmal über Mittag durfte sie eine Pause einlegen. Die anderen
Schauspielerinnen und Schauspieler wurden nach Hause geschickt,
Alain musste in die Theaterschneiderei zur Anprobe seiner Kostüme. Romy blieb mit Visconti, seinem Assistenten und ihrem für
die Szene wichtigen Kollegen Daniel Sorano zurück. Und es war
immer wieder dasselbe: ein Dialog, ein Lied. Der Text gelang ihr
ganz gut, die musikalische Einlage erwies sich als katastrophal.
Romy, die mit jugendlicher Unbeschwertheit in ihren Filmen gesungen hatte, versagte bei diesem Liedchen auf der Bühne.

»Auf Anfang«, forderte Visconti. Und wenn sie nach den gespro-
chenen Sätzen stockte, brüllte er: »Weiter! Weiter!«

Tränen rannen ihr über die Wangen. Ihr Kopf fühlte sich an, als
würde er gleich platzen. Sie wünschte sich in die Prügelszene zurück, die es ihr wenigstens erlaubt hatte, einen Moment auf dem
Boden zu liegen. Doch ausruhen durfte sie sich nicht. Sie stand an
der Rampe und tat, wie ihr geheißen, obwohl sie sich dabei immer
schlechter fühlte – und natürlich nicht besser wurde.

Visconti zeigte kein Mitleid mit ihr. Er trieb sie vor sich her wie
der Hirte ein widerspenstiges Schaf. Dabei war sie gar nicht bockig,
sondern einfach nur unfähig. Jedenfalls fühlte sie sich so. Sie betete
alle Heiligen, die ihr einfielen, stumm um Hilfe an. Am liebsten
wäre sie vor Visconti auf die Knie gefallen, um ihn anzuflehen, ihr
die Unterstützung zu gewähren, die sie brauchte. Doch nichts dergleichen war ihr möglich. Sie war auf sich gestellt, verzweifelt, ratlos und von einem entsetzlichen Minderwertigkeitsgefühl nieder-
gedrückt.

Wieder begann sie von vorn.

Und während Romy ihre ersten Zeilen in der wundervollen französischen Bühnensprache rezitierte, die sie inzwischen so gut beherrschte, passierte etwas mit ihr. Die Kopfschmerzen, die hinter ihren Schläfen pochten, verflüchtigten sich. Sie fühlte, wie sich eine Blockade löste, die schwer auf ihrer Brust gelegen hatte. Ihre Lungen füllten sich mit Luft, als wäre es die Frische hoch droben in den Alpen und nicht das rauchgeschwängerte, nach Schweiß, Holz, Terpentin und Puder riechende Ambiente einer Bühne. Es war, als würde sie sich selbst zuschauen, wie sie Annabella spielte. Nein, nicht spielte. Sie dachte gar nicht mehr darüber nach, was sie tat. Sie war Annabella, die voller Inbrunst ihre leidenschaftliche, inzestuöse Liebe pries.

Die Textzeilen flossen ihr über die Lippen, das Lied danach entpuppte sich als selbstverständliche Folge an Worten, die Melodie war die Zugabe dessen. Sie sang mit voller Stimme, bewegte sich dabei mit der gewohnten Sicherheit und als befände sie sich nicht auf einer riesigen Bühne, sondern in einem kleinen Atelier. Nach dem Lied brach sie nicht mehr ab, sondern setzte ihre Passage fort. Dabei kam sie sich vor, als wäre sie allein auf den Brettern, die die Welt bedeuteten. In ihrer Welt. In ihrer Vorstellung saß nicht nur der Regisseur in der fünften Reihe, sondern über tausenddreihundert Menschen waren im Parkett und in den Rängen verteilt, die ihren Worten lauschten und Annabellas Emotionen an ihren Bewegungen ablesen wollten. Dennoch sprach und sang Annabella nur für eine einzige imaginäre Zuschauerin – für Romy Schneider.

Plötzlich war die Szene beendet.

Ein wenig erstaunt fand Romy zu sich zurück. Fassungslos über den Mut, der ihr geholfen hatte, ihre Hemmungen zu besiegen, brach sie zusammen. Ihre Beine gaben einfach nach.

Vollkommen entkräftet sank sie zu Boden. Die Tränen, die kurzfristig versiegt waren, drangen von Neuem aus ihren Augen. Sie schlug die Hände vors Gesicht und weinte bitterlich, mit den Nerven am Ende.

»Wir machen Schluss für heute«, entschied Visconti. Dann sagte er: »Das war gut, Romina.«

Mit einem Mal wusste sie, dass sie endlich angekommen war. Jetzt war sie ein Teil der Bühne, des Stücks, der Inszenierung. Sie war eine Schauspielerin, deren harte Arbeit sich lohnte. Sie war nicht mehr das Wiener Mädel, das sich selbst spielte und dafür zwar viel Disziplin aufwandte, aber eigentlich keine künstlerische Leistung erbrachte.

Leb wohl, Sissi, dachte Romy.

Dann rappelte sie sich auf. Sie beschloss, sich zu betrinken. Im Bistro neben dem Theater wollte sie auf Alain warten und währenddessen den gesamten Vorrat an Champagner austrinken, den ihr der Kellner servieren konnte. Schließlich hatte sie nicht nur ihre Nerven zu beruhigen, sondern einen Triumph zu begießen – und ein neues Lebensgefühl zu feiern.

*

Später wollte sie noch einmal auf die Bühne. Das Gefühl in sich aufsaugen, dort endlich den Platz gefunden zu haben, den sie so lange ersehnt hatte. Einfach weiterproben. Allein. Mit Alain. Ganz egal. Einfach nur spüren, dass sie endlich eine richtige Schauspielerin geworden war.

Doch der nächtliche Wachdienst hatte alle Eingangstüren des Theaters bereits abgeschlossen, hinter den Fenstern herrschte Dunkelheit. Die Lampen in den Schaukästen mit den Ankündigungen der geplanten Aufführungen und der großen Premiere brannten jedoch – und Romy fuhr zärtlich mit dem Finger über die Spiegelung des Plakats mit ihrem Namen. Wer immer ihre Zweitbesetzung war, sie würde vergeblich darauf warten müssen, dass Viscontis erste Wahl versagte.

KAPITEL 47

Pünktlich zur Generalprobe reiste die Mammi an. Obwohl sie eigentlich an dem freien Tag nach den Voraufführungen landete, konnte Romy sie nicht vom Flughafen abholen, da sie wegen einer aufgerissenen Naht am Mieder eines Kostüms zur Schneiderin musste. Erst am späten Abend traf sie Magda zu Austern und Champagner im Le Prunier. Vor der türkisgoldenen Kulisse des eleganten Restaurants an der Avenue Victor Hugo nahe des Arc de Triomphe tafelten, schwatzten und lachten Mutter und Tochter, als hätte es niemals ein Zerwürfnis zwischen ihnen gegeben. Nach der langen Zeit, die sie nicht zusammen gewesen waren, fühlte sich das harmonische Wiedersehen für Romys Seele an wie Balsam. Es war so schön, dass sie Alain nicht einmal übelnahm, an diesem Abend eigene Wege gegangen zu sein.

Magda erzählte von Daddy, der sie gebeten hatte, ein wenig kürzer im Beruf zu treten, damit sie mehr Zeit für ihn habe, und von Romys Bruder Wolf-Dieter, der Medizin studierte. Sie berichtete von den Hunden und allerlei Nebensächlichkeiten aus dem Berchtesgadener Land, die Romy zwar gleich wieder vergaß, die für sie in diesem Moment aber so schön heimelig klangen wie ein Märchen.

Romys Thema war die Zusammenarbeit mit Visconti und die Proben, wobei sie ausließ, dass sie dabei im wahrsten Sinne des Wortes bis aufs Blut gelitten hatte. Vielmehr schwärmte sie von Alain, der auf der Bühne eine blendende Figur abgab. »Du wirst Augen machen, Mammi«, prophezeite sie strahlend. »Alain sieht immer mehr aus wie der Pappi.«

Im ersten Moment schien ihre Mutter verwirrt, dann hoben sich erstaunt ihre Augenbrauen: »Hast du etwas von deinem Vater gehört?«

»Von Pappi?« Romys Stimme wurde leiser. »Nein.«

»Ach Romylein«, seufzte Magda.

Wie zur Verteidigung von Wolf Albach-Retty richtete Romy sich auf. »Ich hab viele Fotos vom Pappi, auf denen man die Ähnlichkeit zwischen ihm und Alain ganz genau erkennen kann.«

»Sicher. Sicher.«

»Natürlich hat er sich nicht bei mir gemeldet. Er hat viel zu tun. Zwei Filme macht der Pappi ja noch mindestens im Jahr.«

Stumm drehte Magda ihr Glas zwischen den Fingern. Schließlich hob sie den Kopf, lächelte versöhnlich und fragte: »Wollen wir noch eine Flasche Champagner bestellen?«

»Danke, Mammi, aber für mich nicht mehr«, wehrte Romy ab.

»Bist du mir bös, weil …«

»Nein. Nein«, unterbrach Romy rasch. »Überhaupt nicht.« Das war nicht gelogen. Nicht einmal um des lieben Friedens willen. Die Erinnerung an ihren Vater trug sie in ihrem Herzen, und sie wusste, dass sie Wolf Albach-Retty nicht näher wäre, wenn sie mit der Mammi über ihn sprach oder gar stritt. Dass Magda ein anderes Bild von ihrem Ex-Mann hatte, der ebenfalls längst wieder verheiratet war, als die gemeinsame Tochter, war sicher vollkommen normal. Mit Alain und mir passiert das nicht, dachte Romy zuversichtlich, wir werden uns immer lieben.

Als sie Magdas kritischem Blick begegnete, fügte sie hinzu: »Mir ist irgendwie nicht gut. Die ganze Aufregung geht mir auf den Magen.«

»Oje, dann hat es dich aber arg erwischt, Romylein.« Plötzlich mischte sich in den Ausdruck tiefen Mitgefühls im Gesicht ihrer

Mutter Entsetzen. »Du wirst doch nicht etwa …?« Sie sprach es nicht aus, aber das Wort *schwanger* hing unmissverständlich in der Luft wie ein Damoklesschwert.

»Das glaube ich kaum«, versicherte Romy und legte dabei unter dem Tisch ihre Hände schützend auf den Bauch. Tatsächlich spürte sie plötzlich ein Ziehen in ihrem Unterleib. »Nein, Mammi, es ist ganz sicher nicht, was du meinst. Ich habe nur Lampenfieber.« Sie sah Magda direkt in die Augen und hoffte, ihrer Mutter die Wahrheit auf diese Weise deutlich zu machen.

Magda atmete tief durch. »Also, ich brauche auf den Schrecken noch ein Glas Champagner. Möchtest du wirklich nichts mehr?«

*

Die drei erfolgreichen Voraufführungen hatte Visconti von der Proszeniumsloge aus verfolgt. Obwohl er verdeckt am Rande der Bühne saß, war er Romy so nah wie die Zuschauer in der ersten Reihe gewesen. Sie hatte seine Kraft gespürt, die sich auf sie übertrug. Doch unmittelbar vor der Generalprobe – und sogar währenddessen – kehrten ihre Versagensängste zurück. Das Lampenfieber, das die Mammi für eine Schwangerschaft gehalten hatte, nahm Romy mit jeder Szene mehr mit, so dass sie ihre Konzentration nicht mehr wiederfand. Und als sie in der Maske saß, fürchtete sie, sich jeden Moment übergeben zu müssen. Das war zwar neu für sie, im Atelier hatte sie dergleichen nie erlebt, aber letztlich war ja alles an ihrer Rolle der Annabella neu für sie.

In der fünften Szene des fünften Akts sollte nach gut drei Stunden Spieldauer Romys letzter Auftritt in dem Stück erfolgen. Es war die dramatische Situation, in der sich Annabella und Giovanni nach seinem Anfall von Eifersucht auf ihren Gatten in eine Welt träumten, in der sie sich lieben durften. Schließlich erstach er sie, um ihre Ehre zu retten. So weit das Textbuch, so weit die Regieanweisungen.

Der wortgewaltige Dialog zwischen den Geschwistern begann zunächst auf einem Bett, auf dem Romy halb saß, halb lag.

»*Was höhnst du mich hier im Unglück – ohne allen Sinn für die nahende Gefahr, die dich bedroht*«, sprach sie laut und artikuliert, wie es ihr beigebracht worden war.

»*Welche droht so wie dein Abfall von mir?*«, begann Alain seinen Monolog. Er besaß eine schöne Bühnenstimme, die Romy jedes Mal wieder beeindruckte. Seine langen Sätze über Verrat und Liebe berührten sie stets von Neuem. Einen Dolch in der Hand, ließ er sich auf dem Bett neben ihr nieder.

Zu spät bemerkte sie, dass er auf den Enden ihrer langen Haare saß. Sie trug eine Perücke mit einer Zopffrisur wie von einem Renaissance-Gemälde. Als sie sich das erste Mal damit im Spiegel gesehen hatte, fühlte sie sich an das berühmte Bild der Kaiserin Sissi mit der sogenannten *Steckbrieffrisur* erinnert.

Sie hielt ihren Kopf gerade, damit die falsche Haarpracht nicht verrutschte. Alain würde das Missgeschick sicher gleich bemerken und von ihr abrücken.

Die Handlung ging voran. Alain sprach seinen Text leidenschaftlich und aufwühlend, sie antwortete. Hin und wieder vergaß sie das Malheur, gefangen in ihrer Rolle.

Schließlich beugte er sich über sie zu einem letzten Kuss, während seine Hand den Dolch der schrecklichen Tat führte.

Romy war ganz und gar konzentriert auf Annabellas Sterbeszene. Sie sprach ihren Text. Dann sprang sie auf, um auf einem Betschemel zu knien und Gott mit ihren letzten Worten um Vergebung für Giovanni zu bitten.

Ein kühler Windhauch traf sie.

Die Perücke lag auf dem Bett. Romy stand daneben.

Ein oder zwei Atemzüge lang fragte sie sich, was sie tun sollte. Warten, bis der gesamte Zuschauersaal in schallendes Gelächter ausbrach? Sie war sich der Komik ihres Anblicks absolut bewusst, des Seidenstrumpfs über dem eigenen Haar, der wild von ihrem Kopf abstehenden Klemmen. Du bist Annabella, erinnerte sie sich, ganz egal, was passiert. Und Annabella stirbt!

»*Vergib ihm, Gott!*«, rief sie aus. Ihre Stimme drohte zu brechen, als sie die letzten Worte hinzufügte: »*Mir meine Schuld ... Oh, Bruder, du, gegen die Natur ... Oh Himmel, Gnade!*«

Sie brach zusammen – und stellte erstaunt fest, dass absolute Stille herrschte. Niemand lachte. Kein Pfiff aus dem Publikum ruinierte die Szene. Nirgendwo ein Zuschauer, der sich mit einem Zuruf lustig machte. Es war so still, dass Romy das Rauschen in ihren Ohren hörte.

Heiliger Strohsack, fuhr es ihr durch den Kopf, sie sind so gefesselt, dass sie das Missgeschick gar nicht bemerkt haben. Wir haben sie gepackt!

Anscheinend hatte auch Alain inzwischen begriffen, was passiert war. Mit einer kaum wahrnehmbaren, winzigen Verzögerung setzte er zu Giovannis Monolog an. Nach dreizehn Textzeilen ging er ab.

Der Vorhang schloss sich.

Im Zuschauerraum brandete Applaus auf.

*

Hin- und hergerissen zwischen ihrer Verwunderung über das großartige Publikum und ihrem Ärger über das Malheur, schleuderte Romy die Perücke auf den Toilettentisch in ihrer Garderobe. Im selben Moment durchzuckte ein Schmerz ihren Leib, der sie buchstäblich in die Knie zwang.

Sie musste sich abstützen, um nicht zusammenzubrechen. Dann sank sie auf den Stuhl. Sie holte Luft, versuchte, tief in ihren Unterleib hineinzuatmen. Ganz ruhig. Einmal, zweimal.

Die Maskenbildnerin kam, um ihr die Perücke wieder aufzusetzen. Während die junge Frau an ihrem Kopf hantierte, versuchte Romy weiter, den Schmerz wegzuatmen. Da sich ihr Zustand nur langsam besserte, bat sie um ein Aspirin und spülte die Tablette mit einem schal gewordenen Rest in der Champagnerschale hinunter, aus der sie sich vor der Vorstellung Mut angetrunken hatte. Jetzt fühlte sie sich gewappnet für die Verbeugungsarie.

Visconti kam hinter die Bühne, gratulierte und umarmte die Schauspielerinnen und Schauspieler. Die Generalprobe war ein großer Erfolg – und fast ohne die typischen Katastrophen abgelaufen. Mit einer Ausnahme.

Er fasste vorsichtig in Romys falsches Haar. »Das war nicht schlimm, Romina, mach dir keine Gedanken«, sagte er und küsste sie auf die Wange.

Inzwischen bereitete ihr das Unwohlsein deutlich mehr Sorgen als ihr skalpierter Kopf. Natürlich kam es vor, dass Lampenfieber zu Übelkeit führte – aber doch nicht zu solchem Bauchgrimmen. Vor allem nicht, wenn die Arbeit doch beendet war und Erleichterung und Entspannung einsetzen sollten. Irgendetwas war nicht in Ordnung mit ihr. Unwillkürlich fiel ihr die Bedrohung durch ihre

Zweitbesetzung ein. Doch sie biss die Zähne zusammen und ignorierte das eine wie das andere.

Sie wusste nicht, ob die Tablette oder die Ablenkung durch Verbeugungen, Beifall und Glückwünsche dafür sorgten, dass der Schmerz nachließ. Jedenfalls dachte sie nicht mehr daran – bis sie überwältigt vor Glück in ihre Garderobe zurückkehrte und ihr Kostüm sowie die Perücke ablegte.

Eingehüllt in einen Bademantel setzte sie sich an den Toilettentisch. Sie zog den Seidenstrumpf von ihrem Kopf, wobei ein paar Nadeln und Klemmen in ihrem Haar hängen blieben. Als sie sich vorbeugte, um nach dem Topf mit der Abschminkcreme für das Bühnen-Make-up zu greifen, spürte sie wieder das Ziehen in ihrem Unterleib. Es war eine Vorankündigung wie ein Grollen vor dem Donner.

Tief durchatmen, befahl sie sich stumm. Wenn sie konzentriert atmete, würde der Schmerz wieder verschwinden.

Im nächsten Moment hatte sie das Gefühl, als würden Eisennägel durch ihren Leib wirbeln. Sie schnappte nach Luft, meinte, zu ersticken.

Jemand klopfte an die Tür.

Romy war nicht in der Lage zu antworten.

Die Tür öffnete sich anfangs nur einen Spaltbreit. Doch dann flog sie ganz auf.

»Romylein, ich … o Gott, Kind!« Die Mammi stürzte herein, kniete neben dem Stuhl, auf dem Romy gekrümmt hockte, nieder. »Was ist mit dir?«

»Ich hab so Bauchweh …«

»Komm, steh mal auf.« Magda legte die Arme um sie, schob und zog sie hoch. »Versuch, ein paar Schritte zu gehen. Wenn es nicht ist, was ich befürchtet hatte, und sich das Problem gerade von selbst löst, dann …«

»Unsinn«, murmelte Romy. Sie war plötzlich zu schwach, um so energisch zu antworten, wie sie gern wollte. Zwar war sie den Anweisungen ihrer Mutter gefolgt, doch sie musste sich an der Stuhllehne abstützen, weil sie nicht einmal mit Magdas Hilfe aufrecht stehen konnte. Die Schmerzen schnitten ihr durch den Leib.

»Hoffentlich ist es nicht der Blinddarm.«

Romy schüttelte vehement den Kopf. Vor ihren Augen begannen goldene Sterne zu tanzen. Das kam sicher von den grellen Glühbirnen am Schminkspiegel, in die sie zu lange geschaut hatte.

»Es ist nur die Aufregung«, beteuerte sie. Inzwischen konnte sie kaum noch sprechen, zudem klapperten ihre Zähne. Zu den Schmerzen gesellte sich plötzlich Schüttelfrost. Außerdem stieg mit jedem Wort schwallartig Übelkeit in ihr hoch.

Auf wundersame Weise füllte sich ihre Garderobe. Die Gesichter verwischten sich zu einer bleichen Masse. Romy hatte nicht die geringste Ahnung, wer alles um sie herumstand. Ihr war schwindelig, sie fühlte sich unendlich schlecht.

Doch sie wollte die vielen hilfreichen Hände nicht. Genau genommen konnte sie nicht einmal erkennen, wer sich da um sie bemühte. Erst Alains Arme fühlten sich so vertraut an, dass sie sich fallen ließ. Bei dem Geliebten war sie sicher.

Im nächsten Moment herrschte Dunkelheit.

∗

Romy kam zu sich, als zwei Sanitäter sie auf eine Trage hoben. Obwohl sie die Nadel einer Kanüle in ihrer Vene spürte, begann sie zu zappeln. Wieder fiel ihr die Zweitbesetzung der Annabella ein, und sie dachte, die unbekannte Schauspielerin hätte ihr die Helfer geschickt, um sich selbst zu retten – und nicht sie. Es war wie in einem Alptraum.

Sie schrie auf: »Was soll das? Ich bin nicht krank!«

Noch während sie ihre Stimme hob, durchzuckte dieser fürchterliche Schmerz erneut ihren Leib. Sie zog die Knie an, versuchte, sich zusammenzurollen, doch einer der Sanitäter drückte sie zurück. »Es geht Ihnen gleich besser, Mademoiselle.«

Wenn sie doch daran glauben dürfte!

»*Puppelé*«, Alain stand neben ihr, strich ihr über den Kopf, »du kommst jetzt ins Krankenhaus. Mach dir keine Sorgen, ich bleibe bei dir.«

Aus ihrem lautstarken Protest wurde ein Wimmern. »Das ist unmöglich. Ich muss arbeiten. Ich darf nicht krank werden. Du weißt, dass ich nicht krank werden darf.«

»Romylein!« Die Mammi war auch noch da. »Du *musst* ins Krankenhaus«, bestätigte sie mit Nachdruck. »Es besteht tatsächlich der Verdacht auf eine Blinddarmentzündung.«

Keine Verschwörung gegen sie. Zumindest war es nur ein Komplott ihres eigenen Körpers gegen sie und nicht der Angriff einer ruchlosen Schauspielerin. Erleichterung verschaffte dieser Gedanke Romy jedoch nicht.

»*Pépé*! Ich muss morgen Abend auf die Bühne. Es wird die teuerste Premiere sein, die Paris je gesehen hat. Was soll ich da im Krankenhaus?« Doch wieder brach ihre Stimme, und der Widerspruch wurde zu einem kleinlauten Klagelied.

Alain antwortete ihr nicht – und auch sonst niemand. Vielleicht hatte sie keiner gehört.

Es herrschte ein ziemlicher Trubel, wie sie fand. In dem hässlichen, nüchternen Flur, von dem die Garderoben abgingen, standen die anderen Mitwirkenden Spalier, als Romy hinausgetragen wurde. Liegend, vor Schmerz erstarrt, die Wangen feucht von Tränen, nicht die stolze Hauptdarstellerin einer gelungenen Generalprobe, sondern ein körperliches Wrack. Sie hörte aufgeregtes, erschrockenes Gemurmel, dazwischen aufmunternde Zurufe. Am Bühneneingang nahm Romy noch eine Menschentraube wahr, dann verschwammen die Leute, auf deren Mäntel die Autoscheinwerfer gelbe Schatten malten, vor ihren Augen mit der nächtlichen Finsternis.

KAPITEL 48

Genau zu der Stunde, in der Romy operiert wurde, meldeten Rundfunk und Fernsehen die Absage der Premiere von »Schade, dass sie eine Hure war«.

In ihrem Narkosetraum und später in der Tiefschlafphase nach dem ersten Aufwachen, noch unter dem Einfluss beruhigender Schmerzmittel, träumte sie von einer Katastrophe: Ein Theaterstück, dessen Produktion bis zur Premiere bereits sechzig Millionen Francs gekostet hatte, musste abgesetzt werden, weil die Hauptdarstellerin krank geworden war. Als Romy am nächsten Morgen mit einem schweren Sandkissen auf dem Bauch erwachte, wurde sie sich bewusst, dass genau dies der Realität entsprach.

Romy dachte an all die Mitwirkenden vor und hinter den Kulissen, die ihre Erkrankung wohl vorläufig den Job gekostet hatte. »Hassen mich jetzt alle?«, erkundigte sie sich bei Alain, der mit einem Strauß roter Rosen zur Besuchszeit erschien.

Sie lag in ihrem Bett, war todunglücklich und wusste nicht, ob sie sich so elend fühlte, weil sie sich schuldig fühlte, oder einfach nur, weil sie frisch operiert war und die Umstände so unangenehm waren.

»Nein, *Puppelé*, nein. Niemals. Sie lieben dich«, versicherte er ihr.

Trotz seiner wohlmeinenden Worte traute sie sich nicht, Alain zu fragen, ob er bereits mit ihrer Zweitbesetzung probte. Trotzig antwortete sie: »Ich werde rasch gesund. Das verspreche ich dir. Es geht bestimmt ganz schnell. Sagst du das bitte auch Luca?«

Alain hauchte ihr einen Kuss auf die Stirn. »Du kannst es ihm selbst sagen, er wird dich morgen besuchen.«

Als Luchino Visconti am nächsten Tag erschien, fand er kaum Platz in dem kleinen Krankenzimmer.

Romy war inzwischen mit Blumen regelrecht überschüttet worden. Sie konnte kaum glauben, was sie erlebte: Stündlich kam eine Schwester herein mit dem Arm voller Sträuße, die abgegeben oder geliefert worden waren. Natürlich schickten ihr enge Freunde wie Georges Beaume oder Jean-Claude Brialy die besten Genesungswünsche, aber auch weitläufige Bekannte und Kollegen wie etwa Simone Signoret mit Yves Montand und Jean Marais hofften auf gute Besserung. Einige aus der Theatertruppe hatten zusammengelegt, andere wie etwa Pierre Asso sandten ihr exklusive Blumengrüße. Einzig Jean Cocteau fiel aus dem Rahmen und ließ ihr eine Zeichnung überreichen. Dazu schrieb er:

> »*Liebe Romy, beeile dich, zu unser aller Freude*
> *wieder gesund zu werden.*
> *Frankreich befiehlt dir, dass du wohlauf bleibst.*
> *Ich umarme dich ...*«

Es war eigentlich unvorstellbar, dass ausgerechnet so etwas Banales wie eine Blinddarmoperation Romy vor Augen führte, dass sie einen festen Platz in ihrer neuen Heimat gefunden hatte. Die kulturelle Instanz der *Grande Nation* brachte ihr eine Liebe entgegen, von der sie nicht einmal zu träumen gewagt hatte. Nun gehörte sie dazu. Sie war angekommen in Paris. Die Anteilnahme ihrer Freunde und Bewunderer, vor allem aber die Nachricht Cocteaus, berührte nicht nur Romys Seele, sie war ein großer Trost und

gleichzeitig Ansporn, so schnell wie möglich wieder gesund zu
werden.

Dennoch fürchtete sie sich vor Viscontis ebenso erwarteter wie
verständlicher schlechter Laune. Diese versuchte er bei seinem
Krankenbesuch zu verbergen. Aber er setzte sich nicht auf den an-
gebotenen Stuhl, sondern blieb neben ihrem Bett stehen. Ein Zeichen, dass er für seinen Besuch nicht viel Zeit eingeplant hatte.

»Ich koste das Theater durch meine Erkrankung unglaublich viel
Geld, nicht wahr?«, fragte Romy beklommen. Heute konnte sie
schon etwas aufrechter sitzen, aber das änderte nichts daran, dass
sie sich in diesem Moment unendlich schwach, hilflos und angeschlagen fühlte.

»Ja«, erwiderte er ruhig. »Ja, ich denke, es werden zusätzlich rund
zwölf Millionen Francs sein.«

»Oh!«

Visconti zuckte gleichmütig mit den Schultern. »Das ist eben so,
Romina. Je schneller du gesund wirst, desto besser für uns alle.«

Es war der Moment der Entscheidung. Sie musste ihr Trauma
überwinden und zum Wohle aller Mitwirkenden agieren. Noch nie
war ihr so deutlich und gleichzeitig mit aller Härte bewusst geworden, welche Verantwortung sie als Hauptdarstellerin eines Thea-
terstücks trug. Sie schluckte, bevor sie hervorstieß: »Kann meine
Zweitbesetzung die Kosten nicht reduzieren?«

»Wer?« Im ersten Moment schien Visconti überrascht. Dann
schüttelte er verwundert den Kopf. »Es gibt keine Zweitbesetzung.«

Romys Kinn klappte herunter. »Wie bitte?«

»Wen sollte ich denn mit der Annabella besetzen außer dir, Romina? Du siehst Alain ähnlich. Es gibt niemanden sonst, der infrage
kommt.«

Seine Beobachtungsgabe war legendär, aber sie hatte nicht damit gerechnet, dass er so genau hinschauen würde. Diese Ähnlichkeit, von der er sprach, war ihr ja selbst nicht einmal bewusst gewesen, und erst als er sie erwähnte, wusste sie sofort, dass er recht hatte. Irgendwo hatte sie einmal gelesen, dass sich Paare, die sehr glücklich miteinander waren, immer mehr anglichen. Es kam ihr vor, als blickte Luca direkt in ihr Herz. Verlegen senkte sie die Lider.

»Da ist es wieder!«, rief Visconti triumphierend aus. »Auf deiner Stirn bildet sich dasselbe V wie bei Alain, wenn du die Brauen zusammenziehst.«

Unwillkürlich flog ihre Hand zu ihrem Gesicht. »Dann ist es nur das …«, murmelte sie.

»Nein. Ich habe dir von Anfang an vertraut.«

Es war also nicht nur die Ähnlichkeit, die den Regisseur bewogen hatte, die Rolle nicht mit einer anderen zu besetzen. Da war keine hoffnungsfrohe junge Schauspielerin, die in Romys Schuhe und unter Annabellas Perücke schlüpfen wollte und darauf wartete, endlich auf die große Bühne treten zu dürfen. Die Vorstellung, dass sie sich wochenlang verrückt gemacht hatte wegen einer Person, die überhaupt nicht existierte, trieb Romy die Tränen in die Augen. Durch den Schleier starrte sie Visconti fassungslos an.

»Es gibt nur dich«, wiederholte er. »Deshalb solltest du möglichst rasch genesen. Meinst du, drei Wochen reichen dafür aus?«

Sie spürte, wie ihre Wangen zu glühen begannen. »Ich glaube schon … ja …«, stammelte sie. Genau genommen hätte sie jedem Vorschlag zugestimmt, den Visconti ihr machte.

»Dann setzen wir die Premiere am neunundzwanzigsten März fest. Was hältst du davon?«

»Ja«, wiederholte sie. »Ja.«

Natürlich besaß sie nicht die geringste Ahnung, ob sie es wirklich bis dahin schaffte. Sie musste mit ihrem Arzt sprechen, erfragen, wann sie das Krankenhaus verlassen durfte, Pläne für eine kurze Rekonvaleszenz schmieden, Alain informieren, die Mammi anrufen …

Visconti ergriff ihre bleiche Hand, die zur Faust geballt auf der Bettdecke gelegen hatte, und hauchte einen Kuss darauf: »Ich erwarte dich pünktlich zurück im Theater, Romina.«

*

Drei Tage nach dem Besuch Luchino Viscontis verließ Romy das Krankenhaus, ungewöhnlich früh zwar nach Vollnarkose und Blinddarmoperation, aber auf eigenen Wunsch. Ihr wurde geraten, sich noch mindestens zwei Wochen Zeit zur Erholung zu nehmen, bevor sie wieder arbeiten würde – sie begrenzte die Zeit auf zehn Tage. Und statt nach Mariengrund zu fahren, wie es die Mammi natürlich vorschlug, blieb sie bei Alain daheim in Paris.

In der Avenue de Messine fehlte es ihr an nichts. Alain kümmerte sich rührend um sie, verscheuchte sogar das Dienstmädchen, um ihr selbst den Kaffee oder ein Croissant ans Bett zu bringen. Er marschierte mit ihr durch ihre Wohnung, um ihren Kreislauf zu trainieren, und trug sie die Treppen hinunter, als sie sich einen Spaziergang an der frischen Luft wünschte. Dabei stützte er sie, und sie fühlte sich unendlich geborgen.

»Ich hätte nie geglaubt, dass du so fürsorglich sein kannst«, gestand sie ihm eines Tages, als sie unter den Bäumen in Richtung Parc Monceau schlenderten, wo der Rosengarten noch schlief, aber auf den Wiesen überall Krokusse die Köpfe in die Sonne streckten.

Sein Arm lag um ihre Schultern, und er zog sie noch fester an sich. »Ich bin wohl kein Mann nur für eine Frau, aber ich bin der beste Freund, wenn ein Mensch, den ich liebe, in Not gerät.«

Das war mehr, als Romy zeitweise von ihm geglaubt hatte. Wir sind tatsächlich schon wie ein altes Ehepaar, sinnierte sie, während sie sich an ihn lehnte. Dabei stellte sie fest, dass die Lederjacke, die Alain trug, von deutlich besserer Qualität war als die alte Version desselben Modells. Er hatte seinen Stil nicht verändert, aber er kaufte teurer ein. Alain war ein Star geworden und genoss den Luxus, der damit verbunden war. Begriff er eigentlich, welche Veränderung da mit ihm vorging? Wusste er, was auf ihn zukam? Romy kannte seit ihrem vierzehnten Lebensjahr nichts anderes; eigentlich war diese Lebenssituation für sie auch schon davor als Tochter ihrer berühmten Eltern völlig normal gewesen. Aber für einen jungen Mann wie Alain war es womöglich schwierig, sich als Star selbst zu finden, weil sich alles, woran er einst geglaubt hatte, änderte und er es zwangsläufig hinterfragen musste.

»Ich liebe dich, *Pépé*.«

Er deutete auf die vor ihnen liegende Parkanlage. »Mehr als die Bäume, die Wiesen, die Natur?«

Ihr Schritt wurde langsamer, ihre Stimme besorgter: »Ich verstehe nicht …«

»Du liebst das Landleben, nicht wahr?«, insistierte er.

»Ja … Meine Güte, ich bin zwischen Kühen und Bergen aufgewachsen. Wieso fragst du?« Sie blieb stehen, sah ihn forschend an.

Er grinste. »Was hältst du von einem Haus auf dem Land? Wir könnten dort Hunde halten, und du könntest ein Pferd haben. Und unsere Freunde könnten zu Besuch kommen, wenn uns langweilig wird.«

»Du meinst – ein Wochenendhaus?« Die Vorstellung, aus der inzwischen wunderschön eingerichteten Wohnung ausziehen zu müssen, behagte ihr nicht.

»Ja. Natürlich. Ja. Was sonst?« Er wirkte ein wenig unsicher und sprach wohl deshalb hastig weiter: »Mir ist das ehemalige Pfarrhaus in Tancrou angeboten worden.«

Romy wusste nicht, was sie mehr verwirrte: dass der einem bürgerlichen Lebensstil so kritisch gegenüberstehende Alain nach einem Anwesen auf dem Land strebte oder dass er sich ausgerechnet für das ehemalige Wohnhaus eines Priesters interessierte. Sie beschloss, erst einmal vorsichtig nachzufragen: »Wo ist Tancrou?«

»Das ist eine winzige Gemeinde, fünfundfünfzig Kilometer von Paris entfernt, direkt an der Marne gelegen, dort wohnen nur zweihundert oder dreihundert Leute. Wir haben dort unsere Ruhe, wenn wir es wollen.«

Sie schlang die Arme um seinen Hals. Die Operationsnarbe ziepte, als sie sich streckte und auf die Zehenspitzen stellte, um ihn zu küssen. »Sobald es möglich ist, sollten wir nach Tancrou fahren und uns das Haus ansehen.«

Während sie sprach, war ihr jedoch klar, dass Alain seine Entscheidung sicher schon getroffen hatte. Wenn er etwas wollte, nahm er es sich und fackelte nicht lange.

Dann also nun die Île-de-France statt des Berchtesgadener Lands. Es fühlte sich richtig an.

KAPITEL 49

Natürlich gingen Alain und Romy auch das Textbuch durch. Er saß auf dem Sofa, sie lag darauf, den Kopf in seinen Schoß gebettet. Gemeinsam wiederholten sie die Dialoge von Giovanni und Annabella.

Wenn sie zu müde für das Rollenstudium war, las er ihr aus den französischen Zeitungen vor. Die Absage der Premiere hatte für einen enormen Presserummel gesorgt. Man könnte fast meinen, ich sei absichtlich krank geworden, um die Werbetrommel noch ein bisschen lauter zu rühren, dachte Romy, während sie von den Artikeln hörte, in denen über ihre dramatische Erkrankung geschrieben wurde. Von einer Blinddarmentzündung bis zum Blinddarmdurchbruch war alles dabei, dennoch hielten sich diese Berichte im Großen und Ganzen an die Wahrheit.

Deutlich skandalöser wurde in den deutschsprachigen Zeitungen über Romy berichtet. Die Clippings, die sie dem dicken Kuvert entnahm, das ihr vom Ausschnittbüro zugeschickt worden war, verärgerten sie. Nicht nur, dass ihr Zusammenbruch als Feigheit – oder eleganter formuliert: als »diplomatische Blinddarmentzündung« – interpretiert wurde. Die meisten Redakteure spekulierten über eine Fehlgeburt. Besonders dreist war die Behauptung, ihr Blinddarm sei bereits vor acht Jahren entfernt worden und könne daher nicht noch einmal operiert werden, was als Beweis für die abgebrochene Schwangerschaft herhalten musste. Romy dachte an die Mammi, die im ersten Moment ja auch an ein Baby gedacht hatte, und versuchte, die Lügen nicht so wichtig zu nehmen. Doch ein unterschwelliger Zorn auf die Presse blieb.

Immerhin lenkten sie die Falschmeldungen von der näher rückenden Premiere ab. Romy wurde zunehmend nervöser. Ihr fehlte die Kraft, die sie durch die Proben begleitet hatte, was sie nun beim Spielen jedoch mit der Sicherheit wettmachen konnte, die sie bei der Generalprobe empfunden hatte. Am Galaabend wurde ihr Bauch dick verbunden, damit die Prügelszene nicht zu schweren Verletzungen wie etwa einem Narbenbruch führen konnte. Dennoch war sie nervös wie noch nie. Um sich vor dem eigenen Lampenfieber zu schützen, bat sie Alain und Visconti, ihr nicht zu sagen, welche Prominenz im Publikum saß.

Dass ihre Mutter und ihr Bruder gekommen waren, bereitete ihr schon Unbehagen genug. Letztlich wollte sie vor keinem Menschen so brillieren wie vor der Mammi. Na ja, vor ihrem Vater natürlich auch. Aber Wolf Albach-Retty war mit den Vorbereitungen zu den Dreharbeiten des Heimatfilms »Der Orgelbauer von St. Marien« in Wien beschäftigt und nicht in der Lage, für einen einzigen Abend nach Paris zu seiner Tochter zu fliegen. Dafür hatte sie Verständnis und hoffte aus ganzem Herzen, dem Pappi keine Schande zu machen.

Während der ersten Szene schritt sie langsam und mit ihren Gedanken bereits bei dem ersten Auftritt Annabellas von ihrer Garderobe hinter die Bühne. Sie hörte die Dialoge von Pater Bonaventura und Giovanni, schließlich jene von Vasques, Grimaldi, Florio, Soranzo und Donado zu Beginn des zweiten Akts. Valentine Tessier in dem Kostüm der Putana war neben sie getreten, in ein leises Gespräch mit der Maskenbildnerin und dem Inspizienten verwickelt.

Obwohl sich Romy bemühte, sich auf Annabella zu konzentrieren, nahm sie Bruchstücke der Unterhaltung wahr. Die drei unterhielten sich über die Prominenz, die im Zuschauersaal saß: »Hast du Ingrid Bergman gesehen?« – »Anna Magnani ist da ...« – »Jean Marais sitzt neben Jean Cocteau und Édith Piaf ... Michèle Morgan ist auch da ...« – »Ich habe Curd Jürgens mit seiner wunderschönen französischen Frau Simone Bicheron gesehen ... Und ist das nicht Shirley MacLaine in der Loge?« Und so weiter.

Romy begannen die Knie zu zittern. Wie sollte sie vor all diesen großen Namen bestehen können? So muss sich jemand fühlen, der in den Wahnsinn getrieben wird, dachte sie.

Am liebsten hätte sie den Theaterleuten zugerufen, sie sollten den Mund halten, doch natürlich konnte sie das keinesfalls tun. Sie machte »Psst!«, erreichte damit jedoch nicht mehr als einen erstaunten Blick der Kollegin.

Sie legte die Hände wie einen Trichter neben ihre Wangen und über die Ohren, versuchte, sich in einen inneren Tunnel zu begeben, in dem nur sie und die Konzentration auf ihre Rolle Platz fanden. Sie würde es schaffen. Sie musste es schaffen. Für die Mammi. Für den Pappi. Für Adolf und Rudolf Retty, ihren Urgroßvater und Ururgroßvater, die die Schauspielerdynastie begründet hatten. Sie musste mehr als ihr Bestes geben. Für Alain. Und für Luchino Visconti, der an sie glaubte und ihr mehr gegeben hatte als jeder andere, als sie annahm, die Branche habe sogar die Sissi vergessen.

Und dann war der Moment da, den sie ebenso fürchtete wie herbeisehnte. Florio, Donado, Soranzo und Vasques gingen ab. Annabella und Putana traten auf. Gleißendes Scheinwerferlicht empfing sie.

»*Wie gefällt euch das, Kindchen?*«, hob Valentine Tessier zu ihrem Monolog an.

Es gefällt mir gut, fuhr es Romy kurz durch den Kopf. Es gefällt mir sehr gut.

Sie meinte nicht das Ringen der Verehrer um Annabellas Gunst. Es war die Stimmung auf der Bühne, die sie empfing und verzauberte, die ihr ungeahnte Kraft verlieh und sie ganz in ihrer Rolle versinken ließ. Das Licht auf den Brettern, die Dunkelheit im Zuschauersaal, der Duft von Schminke, Schweiß, Farbe und Holz. Es war wie ein Rauschmittel.

Romy Schneider war vergessen. Das Ziehen in ihrem Bauch existierte nicht mehr. Da war nur Annabella …

*

Der Zuschauersaal bebte. Nach dreieinhalb Stunden Aufführung belohnte das Publikum die Mitwirkenden mit frenetischem Applaus. In den Beifall mischten sich die obligatorischen Buhrufe, aber es gab so viele Vorhänge, dass Romy schließlich vergaß zu zählen, wie oft sie sich verbeugte. Im Grunde war es auch egal. Sie fühlte sich unendlich erleichtert, es geschafft zu haben, losgelöst aus ihrem Körper, wie über der Szenerie schwebend. Mit jedem Mal, wenn sie vor die Rampe trat und die Ovationen entgegennahm, wurde deutlicher, wie sehr sich die Mühe, der Kampf und die Verzweiflung der vergangenen Monate gelohnt hatten. Sie verbeugte sich, verteilte Kusshände und versuchte, die Tränen zurückzuhalten. Sie war glücklich. Aus ganzem Herzen. Der Herrgott hatte ihr die Erfüllung ihres Traumes geschenkt.

Überwältigt kehrte sie in ihre Garderobe zurück. Endlich konnte sie sich gehen lassen, weinen und lachen und tanzen und aus Dankbarkeit stille Gebete in den Nachthimmel über Paris schicken. Sie vergrub ihr Gesicht in den Händen. Sie erinnerte sich an die Ovationen, die sie als Sissi genossen hatte, Uraufführungen, zu denen sie nur in die Lichtspielhäuser hatte gehen können, wenn die Polizei ihre Fans mit Absperrungen aufhielt und Karlheinz Böhm sie vor der Menge abschirmte. Es war eine wundervolle Zeit gewesen. Aber nun war eine neue Romy geboren. Nicht mehr Sissi, fuhr es ihr durch den Kopf.

Es klopfte. In der Erwartung, dass die Mammi und ihr Bruder zu den ersten persönlichen Gratulanten gehören würden, rief sie auf Deutsch: »Kommt herein!«

Die Tür schwang auf. »Guten Abend.«

Sie erkannte die Eintretende sofort. Es war nicht ihre Mutter, sondern eine sehr große, etwas burschikos wirkende, schlanke Person mit ausdrucksvollem Gesicht und dunkelblondem Haar. Es war niemand anderes als die schwedische Filmschauspielerin und Oscar-Preisträgerin Ingrid Bergman.

»Guten Abend«, wiederholte Romy verlegen. Sie fuhr mit den Fingern über ihre Augen und verschmierte dabei ihr Make-up.

»Lassen Sie nur, ich weiß, wie Sie sich fühlen«, sagte der Hollywoodstar in fließendem, fast akzentfreiem Deutsch. »Sie waren wunderbar. Und ich weiß, was Sie vor dem heutigen Abend ausgestanden haben müssen. Ich habe als junges Mädchen in Schweden Theater gespielt und dann viele Jahre später hier auf dieser Bühne wieder damit angefangen. Ich kenne die Angst …« In beredtem Schweigen brach sie ab, lächelte Romy verständnisvoll an.

»Danke schön.« Mehr brachte Romy nicht über ihre bebenden Lippen.

»Es gehört sehr viel Mut dazu, vor das kritische Pariser Publikum zu treten und dann auch noch auf Französisch zu spielen.«

Impulsiv sprang sie auf, umarmte die Besucherin. Sie war völlig durcheinander – und weinte bitterlich an der Schulter der dreiundzwanzig Jahre älteren und dreizehn Zentimeter größeren Ingrid Bergman.

So fand sie die Mammi. Auch Magda liefen Tränen über die Wangen. Der Freude, der Rührung, der Erleichterung. Romy flog in die Arme ihrer Mutter, während sich ihre Garderobe mit Gratulanten füllte.

Schließlich erschien Alain. Er war noch in seinem Kostüm, wirkte abgekämpft und müde, der Schweiß strömte ihm aus allen Poren, die Haare hingen ihm feucht ins Gesicht. Zu Romys größter Überraschung umarmte er sie beide – sie und ihre Mutter, die noch immer eng umschlungen vor dem Toilettentisch standen.

Stolz schwang in seiner Stimme, als er über ihre Köpfe hinweg ausrief: »Heute ist Romy die Königin von Paris. Meine Königin.«

Niemals zuvor war sie so glücklich gewesen.

III.
COCO CHANEL

KAPITEL 50

PARIS
Frühling 1961

Das Telegramm lag zuoberst mit der üblichen Post auf dem Tisch. Romy nahm es kaum wahr, weil sie noch unausgeschlafen und leicht verkatert von der gestrigen Nacht war. Natürlich war es schon Mittag, und die Sonne schien so hell durch das große Sprossenfenster im Salon, dass sie die Lider zusammenkneifen musste und sofort beißenden Kopfschmerz verspürte. Trotzdem war es eigentlich noch zu früh für sie. Aber irgendwann musste sie den Tag beginnen, sie konnte schließlich nicht nur am Abend und in der Nacht leben.

Durch das Theater hatte sich ihr Alltag umgekehrt. Während Dreharbeiten meist tagsüber stattfanden, begann die Arbeit auf der Bühne erst abends. Sie hatte ursprünglich angenommen, nur für vier Wochen im Théâtre de Paris engagiert zu sein und dann wieder zu einer gewissen Normalität zurückkehren zu können, doch wie es aussah, würde die Spielzeit von »Schade, dass sie eine Hure war« erheblich verlängert werden. *Tout Paris* wollte Annabella lieben und sterben sehen. Ihr Theater rühmte sich derzeit mit den höchsten Einnahmen aller Spielstätten der Stadt.

Das war nach den ersten Kritiken nicht zu erwarten gewesen. Die Journalisten waren sich in der Bewertung in zwei Punkten einig: Generell traf das Stück auf wenig Begeisterung, aber ebenso einheitlich war die hohe Meinung über die Hauptdarstellerin. Da fielen Begriffe wie *Begabung* und *ausgezeichnete Schauspielerin*. Das Resümee eines Feuilletonisten kannte Romy inzwischen sogar aus-

wendig: »*Sie war die entfesselte Schamlosigkeit selbst und gleichzeitig die Verkörperung rührendster Reinheit, jung, schön, zärtlich ...*«
Das Stück selbst wurde indes als langweilig bezeichnet.

Alain kam leider ebenso schlecht weg, und auch die anderen Akteure fanden wenig Anklang. Im ersten Moment war Romy hin- und hergerissen zwischen der Freude über die Lobeshymnen auf ihre Leistung und der kritischen Bewertung ihres Mannes, die sie als ungerecht empfand. Doch schließlich rief sie sich ins Gedächtnis, was Curd Jürgens einmal zu ihr gesagt hatte, und zitierte diesen Satz für Alain zum Trost: »Die Zeitungen können schreiben, was sie wollen, Hauptsache, sie schreiben meinen Namen richtig.«

»Es ist mir egal, ob die Sache mit der Bühne läuft«, erwiderte Alain. »Ich setze auf den Film. Genau genommen wäre es mir sogar lieber, wenn die Aufführungen sich nicht so in die Länge ziehen. Georges bekommt jeden Tag aufs Neue Anfragen für mich ...«

»Aber, *Pépé*«, widersprach sie, »wenn das Stück ein Erfolg wird, musst du für das Theater da sein und kannst nicht zur gleichen Zeit Filmangebote annehmen.«

»Ich kriege das schon hin.« Er überlegte kurz, dann: »Was meinst du? Soll ich den Sherif Ali in ›Lawrence von Arabien‹ unter der Regie von David Lean spielen? Entweder Montgomery Clift, Marlon Brando oder Albert Finney soll die Hauptrolle übernehmen, das ist noch nicht entschieden. Aber es ist ein tolles Projekt.« Er sprach mit einer Begeisterung, als habe er ihr gar nicht zugehört oder als wäre ihm egal, wofür sie einstand. Dass er ihre Leidenschaft nicht teilte, tat ihr weh.

»Und was wäre die andere Möglichkeit?«, fragte sie lahm. Die Enttäuschung über seinen mangelnden Enthusiasmus für die gemeinsame Arbeit nagte an ihr.

»›Liebe 1962‹ von Michelangelo Antonioni scheint auch ein sehr interessanter Stoff zu sein. Die Dreharbeiten finden im Sommer in Rom statt.«

»Wenn unser Stück bis dahin noch läuft«, insistierte sie, »kannst du nicht nach Rom gehen.«

»Vergiss das!« Er blickte sie finster an. »Dann werden in Paris ohnehin Theaterferien sein.«

Ihr Gespräch war ein paar Tage her, und heute wollte sich Alain mit Georges zu einem späten Frühstück oder frühen Mittagessen treffen. Romy wusste es nicht genau, er hatte es gestern Abend in einem Nebensatz erwähnt. Es war nur in zweiter Linie ein Gespräch unter Freunden, vor allem sollte es um die Zukunftsplanung von Filmstar und Agent gehen. Damit war Alains Zukunft auf der Leinwand gemeint, wohl kaum die auf der Bühne.

Romy spürte, dass sie sich in entgegengesetzte Richtungen entwickelten. Als würden sie von Magneten an verschiedenen Polen angezogen. Für Alain war der Film das wichtigste Mittel zum künstlerischen Ausdruck, während sie fast täglich von Neuem erlebte, dass es für sie die Bühne war. Ich bin eben eine Retty, fuhr es ihr durch den Kopf. Aber was sollte aus ihrer Beziehung werden, wenn Alain andere Wege gehen wollte? Natürlich konnten sie nicht darauf vertrauen, ständig zusammen engagiert zu werden. Das war nun einmal das Los von Schauspielerpaaren. So war es auch bei der Mammi und dem Pappi gewesen – mit den bekannten Folgen. Die gemeinsame Arbeit mit Alain auf der Bühne empfand Romy jedoch als eine unendlich glückliche Zeit, deren Fortsetzung sie sich aus ganzem Herzen wünschte. Am liebsten für immer.

Während sie gedankenverloren durch ihre Wohnung streifte, versuchte sie, sich an das hereinflutende Tageslicht zu gewöhnen.

Sie trug noch ihren Pyjama und einen Morgenmantel, der ihr offen von den Schultern hing, und war barfuß. Sandra, das Dienstmädchen, hatte ihr eine Tasse Kaffee gebracht, die Romy nun mit beiden Händen umschloss. Auf dem Weg zu ihrer Zigarettendose und dem Feuerzeug entdeckte sie die Post.

Sie stellte ihr Getränk neben den Briefen ab, griff nach dem Telegramm und riss das Kuvert auf.

+++ *Willst du für mich die Rolle in »Boccaccio« spielen? Luchino* +++

Verblüfft starrte sie auf den Text. Las ihn einmal, zweimal, dann noch einmal. Obwohl ihr die französischen Vokabeln geläufig waren, verstand sie kein Wort. Sie blinzelte, weil sie befürchtete, ihre Augen spielten ihr einen Streich. Doch der Text blieb immer derselbe.

Wenige Tage nach ihrer Theaterpremiere war Visconti aus Paris abgereist, um in Rom ein neues Projekt voranzutreiben. »Boccaccio 70« hieß der Episodenfilm, an dem vier Regisseure mit vier Geschichten und einem gewissen Staraufgebot beteiligt waren. Visconti plante dafür die Verfilmung der Novelle »Am Rande des Bettes« von Guy de Maupassant. Bei ihrem Abschiedsessen hatte er Romy deutlich zu verstehen gegeben, dass sie für die Hauptrolle nicht infrage kam: »Ich stelle mir die Figur kühl und damenhaft vor, sehr beherrscht und keinesfalls zu jung.«

Das alles war Romy nicht. Dennoch kränkte es sie, dass er sie nach den hervorragenden Theaterkritiken nicht auch für einen Film in Betracht zog.

Romy besorgte sich die Novelle, weil es sie interessierte, woran ihr Mentor arbeitete – und wofür sie nicht geeignet sein sollte. Es handelte sich um die Geschichte einer wohlhabenden Frau, die entdeckt, dass sich ihr Mann mit Huren vergnügt, woraufhin sie ebenfalls Geld für ihre körperliche Gunst von ihm verlangt. Romy gefiel das Thema, aber sie fand keine Gelegenheit, mit Visconti darüber zu sprechen. Wozu auch? Sie war ja eh nicht der richtige Typ.

Nun dieses Telegramm.

Sollte es ein Scherz sein, war es ein schlechter, entschied sie für sich.

Wenn es keiner war, konnte es sich nur um ein Versehen handeln. Um einen Irrläufer. Sicher der Fehler seines Sekretärs. Schließlich stand da keine Anrede, nur ihre Adresse in der Avenue de Messine.

Romy legte das Telegramm zur Seite und begann sich der anderen Post zu widmen. Rechnungen, Briefe von Fans, späte Glückwünsche zu ihrem Erfolg auf der Bühne, eine Nachricht vom Daddy mit dem Angebot, in einem Heimatfilm mitzuwirken. Doch selbst die freundlichen Mitteilungen konnten ihren Ärger über das Missverständnis mit Viscontis Büro nicht beheben. Enttäuscht und gleichzeitig verärgert nahm sie ihre Tasse wieder auf.

Der Kaffee war inzwischen kalt geworden. Es wurde Zeit für ein ordentliches österreichisches Frühstück. Nicht für die Kleinigkeiten, die in Frankreich am Morgen angeboten wurden.

Romy rief nach Sandra, wobei ihr Ton den Eindruck erweckte, ihr Dienstmädchen wäre Visconti, mit dem sie eine Auseinandersetzung vom Zaun brechen und austragen wollte.

*

Zwei Nachmittage später klingelte das Telefon. Romy, die gerade an ihrem Schreibtisch saß und ihre Privatkorrespondenz erledigte, hob – mit ihren Gedanken bei einem Brief an ihren Bruder – ab. »*Oui*?«

»Du sollst gefälligst antworten, wenn du ein Telegramm von mir bekommst, Romina!« Es klang wie das Bellen eines angriffslustigen Hundes.

»Luca?«, fragte sie verdattert. Sie legte den Stift aus der Hand, spielte nervös mit der Telefonschnur. Sein Ton behagte ihr nicht. »Bist du das?«

»Wer sonst?«

»Es tut mir leid … ich …«, hilflos brach sie ab. Was sollte sie sagen? Sie hatte ja nicht die geringste Ahnung, was ihn dermaßen aufregte.

»Ich habe dir ein Telegramm geschickt!«

»Jaaa …«, antwortete sie gedehnt.

»Warum hast du nicht geantwortet?« Er klang so erbost, dass es Romy vorkam, als erzittere der Telefonapparat unter seiner wütenden Stimme.

»Ähm … ja …«, haspelte sie und wusste gleichzeitig, dass sie sich zusammenreißen musste, um ein halbwegs respektables Gespräch zu führen. Sie schluckte, holte tief Luft, dann: »Ich dachte, das Telegramm sei ein Witz. Oder ein Versehen. Auf jeden Fall war ich mir sicher, dass es keine ernst gemeinte Frage an mich war …«

»Du sollst nicht so viel denken«, blaffte er. Etwas freundlicher, aber keinesfalls ruhiger fügte er hinzu: »Ich habe mir die Sache überlegt. Es ist viel appetitlicher, wenn die Rolle von einer jungen Frau gespielt wird und …«

»Was?«

»Romina, ich mache keine Scherze, und es ist auch kein Irrtum.«

362

Plötzlich saß sie kerzengerade auf ihrem Schreibtischstuhl. Die Hand, die an dem Kabel herumgefummelt hatte, sank hinab, lag ganz still auf der Tischplatte neben Papier und Bleistift. Unbewusst hatte sie die Haltung eines Schulmädchens eingenommen, das vor seinem Direktor saß und gerade erfuhr, dass es die Hauptrolle in der nächsten Schulaufführung bekommen sollte.

Als sie in der Aula ihres Internats begonnen hatte, Theater zu spielen, war sie unendlich glücklich gewesen. Die Verwandlung in immer neue Charaktere schenkte ihr eine Freiheit, die sie in ihrem jungen Leben, abgeschoben von den Eltern, auf keine andere Weise finden konnte. Diese Anfänge auf der Bühne waren ein wichtiger Meilenstein auf dem Weg zu dem Filmstar, der dann als Sissi weltberühmt geworden war. Inzwischen war Visconti in ihr Leben getreten und hatte im Théâtre de Paris ihren weiteren Weg geebnet. Und nun bot er ihr die Chance, auch im Film mit einem ganz anderen Sujet zu brillieren. Es war unfassbar großartig. Über die Entscheidung brauchte sie nicht eine Sekunde lang nachzudenken.

»Wann soll ich wo sein?«

»Die Dreharbeiten finden während der Pariser Theaterferien in der Cinecittà hier in Rom statt.«

»Ich komme!« Erst nach ihrer Zusage fiel ihr ein, dass Alain wahrscheinlich zur selben Zeit in denselben Ateliers drehen würde. Er hatte angedeutet, dass er die Rolle des Sherif Ali in »Lawrence von Arabien« aus Zeitgründen wohl absagen müsse und dafür mit Michelangelo Antonioni arbeiten wolle. Was für ein unvorhergesehenes, wundervolles Zusammentreffen.

»Du brauchst einen neuen Look«, sagte Visconti in ihre Gedanken.

»Natürlich«, stimmte sie rasch zu. Sie dachte an ihren Lieblings-modeschöpfer Heinz Oestergaard in Berlin, aber sie kannte Visconti inzwischen gut genug, um ihm keinen Vorschlag zu unterbreiten. Der Regisseur wusste genau, was er wollte, und bestimmte mit gna-denloser Härte, was zu tun war. Eine zu rasche Empfehlung würde er als Affront auffassen. Mit diplomatischem Geschick würde Romy ihn jedoch bearbeiten und in dieser Frage sicher ihren Willen durchsetzen.

Da antwortete er: »Ich habe einen Termin für dich bei Coco Chanel arrangiert. Meine alte Freundin Gabrielle entwirft die Kos-tüme für den Film. Sie erwartet dich nächste Woche Mittwochnach-mittag in ihrer Boutique in der Rue Cambon. Bitte sei pünktlich um drei Uhr da. Mademoiselle Chanel legt sehr viel Wert auf Stil. In jeder Hinsicht.«

Die macht Kleider für alte Frauen, dachte Romy entsetzt. Doch sie schwieg.

Es war sinnlos, Visconti zu widersprechen. Aber in ihrem Ge-dächtnis meldete sich seine einstige Beschreibung der Filmfigur: »… keinesfalls zu jung …« Nun, er würde schon sehen, was er von seiner Wahl hatte. Wenn *der neue Look* zu altbacken wäre, konnte sie – ohne Widerspruch zu befürchten – immer noch Heinz Oestergaard ins Gespräch bringen.

KAPITEL 51

Der Begriff *Boutique* täuschte darüber hinweg, dass sich in der Rue Cambon Nummer einunddreißig ein Imperium befand – fünf Etagen Chanel. In hellen Beigetönen gehaltene Wände und Böden, dazu schwarze Regale und Tische. Bildschöne Verkäuferinnen im legendären *kleinen Schwarzen*, das vor über fünfunddreißig Jahren erfunden worden und bis heute nicht aus der Mode gekommen war, bedienten Kundinnen aus aller Welt, vornehmlich amerikanische Touristinnen, wie Romy den gedämpften Gesprächen entnahm. Über allem schwebte der würzig-süße Duft von Chanel N° 5: Anscheinend wurde das Toilettenwasser regelmäßig neu versprüht. Romy, die selbst das nach Lilien duftende Mitsouko von Guerlain trug, auch das Lieblingsparfüm der Mammi, rümpfte ein wenig die Nase ob des blumigen Rosen- und Jasmindufts.

Romy wusste über Coco Chanel, die eigentlich Gabrielle Chanel hieß, was man in den Zeitschriften lesen konnte: Mademoiselle hatte als Hutmacherin begonnen und ihr erstes Geschäft bereits vor dem Großen Krieg in Deauville eröffnet, und sie hatte niemals geheiratet. Sie wohnte im Hotel Ritz und entwarf nach einer längeren Pause seit ein paar Jahren wieder regelmäßig neue Kollektionen, die in Frankreich teilweise mit Skepsis, in Amerika jedoch mit Begeisterung aufgenommen wurden. Zu Chanels Kundinnen gehörte Marlene Dietrich, die immerhin acht Jahre älter als Romys Mutter war und ihr daher als Beweis diente, dass die Mode von Viscontis Kostümbildnerin ganz sicher nichts für sie selbst wäre. Dennoch sah sie sich mit höflich-zurückhaltendem Interesse um und nannte ihren Namen, als sie nach ihren Wünschen gefragt wurde.

Unverzüglich wurde sie die weit schwingende Treppe hinauf in die erste Etage geführt. Von einem riesigen Raum, der in denselben Farben gestaltet war wie der Laden darunter, gingen mehrere Türen ab, die anscheinend in Ankleidezimmer führten. Ein monumentaler Spiegel, Kristalllüster, viele Vorhänge und vor den Fenstern moderne Jalousien sorgten für ein angenehmes Licht. Ein Paravent mit asiatischen Motiven brachte Farbe in das Ensemble der gedeckten Töne. Romy wurde von weiteren hilfsbereiten jungen Frauen in schwarzen Kleidern erwartet, man offerierte ihr Champagner, den sie dankend annahm, eine Zigarette, die sie sich anzündete, und dann wurde sie gebeten, eine Minute zu warten. Es wurden mindestens fünf – oder eine Zigarettenlänge.

Sie saß auf einem ausladenden elfenbeinfarbenen Sofa, drückte den Stummel in einem mit chinesischen Motiven bemalten Porzellanaschenbecher aus und fragte sich gerade, was sie hier eigentlich tat, als sich eine Flügeltür öffnete. Hereinspaziert kam eine bemerkenswerte Erscheinung.

Gabrielle Chanel würde in diesem Sommer achtundsiebzig Jahre alt werden, und dennoch wirkte sie nicht wie eine alte Frau. Sie war ebenso zierlich wie schlank, fast ein wenig mager, und von einer natürlichen Eleganz, die sich auf unfassbare Weise in jeder ihrer Bewegungen ausdrückte. Ihre Haut war gebräunt, fast oliv, und das halblange Haar lackschwarz. Falten und Krähenfüße zogen sich wie Spinnennetze über das schöne Gesicht, die Lider über aufmerksamen dunklen Augen waren schwer. Sie trug ein bequem wirkendes Kostüm aus eierschalenfarbenem Bouclé-Tweed mit schwarzen Applikationen und darunter eine schwarze Seidenbluse, um den

Hals eine mehrreihige Perlenkette. Erstaunlich war, dass sie in ihren eigenen Räumen einen auf ihre Garderobe abgestimmten Hut aufhatte, unter dessen Krempe sich der Rauch einer Zigarette kräuselte, die Mademoiselle mit den rot geschminkten Lippen festhielt.

»*Bonjour*«, grüßte Coco Chanel knapp und nahm die Zigarette zwischen die Finger. »*Enchanté!*«

Zögernd erhob sich Romy. »Es freut mich auch sehr, Sie kennenzulernen«, erwiderte sie höflich. Sie wusste nicht zu sagen, ob sie diese Dame sympathisch fand – auf jeden Fall war Coco Chanel faszinierend. Allein dieser stechende Blick, dem Romy sich nicht entziehen konnte, war beeindruckend.

Coco Chanel musterte sie von Kopf bis Fuß. »Sie sehen sehr deutsch aus.«

»Ich denke auf Französisch«, erwiderte Romy eifrig und wunderte sich dabei selbst, warum sie Mademoiselle plötzlich so unbedingt gefallen wollte. »Mein Herz befindet sich in Paris. Ich habe lediglich einen deutschen Pass.«

Als habe sie Romy nicht gehört, behauptete die Modeschöpferin: »Es wird nicht einfach sein, die elegante Erscheinung aus Ihnen zu machen, die Luchino Visconti sich wünscht.« Sie betrachtete Romy fast misstrauisch: »Ziehen Sie sich aus. Ihre Dessous können Sie anbehalten. Dort ist eine Garderobe. Meine Directrice wird zunächst Ihre Maße nehmen – dann sehen wir weiter.« Sie wandte sich ab, um ihre Zigarette im Aschenbecher auszudrücken, nahm sich jedoch sofort eine neue aus der Dose daneben. Das Tischfeuerzeug flammte auf, eine Rauchwolke verhüllte ihr Gesicht.

Während Romy ihr Kleid ablegte, dachte sie mit einer gewissen Erleichterung, dass sie das folgende Prozedere bestens kannte. Ob von unzähligen Anproben bei Kostümbildnerinnen oder in der

Theaterschneiderei, und im Atelier von Heinz Oestergaard – sie war es gewohnt, still zu stehen und zuzuschauen, wie eine Assistentin ihren Leibesumfang, Taille, Schulterbreite, Arm- und Beinlänge mit einem Maßband feststellte und notierte. Das war die Grundlage für die Schnitte, nach denen ihre Garderobe gefertigt wurde. Ruhig stellte sie sich vor einen Spiegel neben dem Fenster mit den halb geschlossenen Jalousien, straffte die Schultern und reckte den Kopf.

»Oh!«, rief Mademoiselle Chanel entrüstet aus. »Was haben Sie für Beine?«

Verwirrt blickte Romy an sich hinunter. »Ich weiß nicht … Was ist mit meinen Beinen?«

»Sie sind zu dick, Mademoiselle Schneider, und zu stämmig. Sehr teutonisch.«

Romy biss sich auf die Lippe und schwieg.

»Überhaupt scheinen Sie mir zu wohlgenährt zu sein«, stellte Coco Chanel fest.

»Ich bin nicht dick!«, gab Romy trotzig zurück.

»Das zu beurteilen, überlassen Sie mir, mein Kind.«

Einen kurzen Moment lang überlegte Romy, ob sie gehen sollte. Ihr Gewicht war ja schon immer ein Problem gewesen, und ihre Hoffnung, dass sich ihre kindliche Pummeligkeit mit den Jahren verlor, hatte sich noch nicht erfüllt. Sollte Coco Chanel Maße wie ihre eigenen zur Voraussetzung für die Anfertigung einer Filmgarderobe machen, war Romy hier definitiv verkehrt.

Andererseits besaß das Kostüm von Mademoiselle schon einen gewissen Schick. Und Visconti schien auf den Geschmack seiner alten Freundin zu schwören. In ihrer Verunsicherung wusste Romy nur, dass sie ihren Regisseur keinesfalls verärgern wollte. Er ver-

368

traute ihr. Also musste sie ihm auch vertrauen. Deshalb zwang sie sich zu einem freundlichen Lächeln und einem devoten: »*Oui, Mademoiselle.*«

Die Directrice, eine Frau im Alter von Romys Mammi, ebenfalls klein und zierlich und ganz in Schwarz gekleidet, arbeitete konzentriert und schnell. Kommentarlos reichte sie ihrer Chefin die Maße, die sie auf einem Blatt Papier in einem Klemmhefter notiert hatte.

Coco Chanel senkte ihren Kopf über die Notizen, die Hutkrempe beschattete ihr Gesicht, darunter quoll der Rauch hervor. Die Zigarette hatte sie sich wieder zwischen die Lippen geschoben, um die Hände frei zu haben. »Wir müssen zunächst an Ihrer Figur arbeiten«, nuschelte sie. »Ein Diätplan ist sicher erst einmal das Beste. Wenn Sie ein paar Kilos verloren haben, können wir weitersehen.«

Die Erinnerung an die rigorosen Verbote ihrer Mutter, an eine Ernährung, die eigentlich nur aus Orangensaft bestanden hatte, verursachte Romy körperliche Schmerzen, ihr Magen zog sich peinvoll zusammen. »Das geht nicht«, erklärte sie und schämte sich gleichzeitig für die Verzweiflung, die in ihrer höhergeschraubten Stimme erklang. »Ich kann nicht hungern und jeden Abend dreieinhalb Stunden auf der Bühne stehen.«

»Wer sagt, dass Sie hungern sollen, Mademoiselle? Ich sprach von einer Diät. Im Grunde halten alle Pariserinnen ständig Diät. Mal mehr, mal weniger. Ich werde Ihnen sagen, was Sie essen sollen, und Sie werden sehen, wie schnell Sie Ihren Babyspeck verlieren.«

Romy schluckte die bissige Wiederholung des bösen Wortes hinunter. Babyspeck! Was bildete sich diese Frau eigentlich ein? Nur aus Rücksicht auf das Alter Mademoiselle Chanels verkniff sie sich einen Kommentar. Und der Gedanke an Luca ließ sie durchhalten.

KAPITEL 52

Rondeurs de bébé?« Alain brach in schallendes Gelächter aus. »Hat sie wirklich Babyspeck gesagt?«

»Ja.« In Romy vermischte sich das zerknirschte Gefühl des kleinen, pummeligen Mädchens mit dem Ärger auf Mademoiselle Chanel und ihrem Befremden über deren Urteil. »Ja. Sie hat Babyspeck gesagt.«

Anscheinend fand Alain diese Bezeichnung für ihren Körper dermaßen lustig, dass er vor Vergnügen auf das Lenkrad eindrosch und sich kaum halten konnte vor Lachen. Er amüsierte sich so sehr, dass er mit seinem Ferrari alberne Schlangenlinien über die Landstraße fuhr.

Sie waren auf dem Weg zu ihrem Landhaus, um sich die Renovierungsarbeiten an dem alten Gebäude neben der Kirche anzusehen, das Alain gekauft hatte. Inzwischen war Romy schon etliche Male in Tancrou gewesen, diesem kleinen Ort mitten im Nirgendwo, umgeben von Mischwäldern, direkt an der Marne gelegen. Schon auf den ersten Blick hatte sie sich in die hübschen Häuser mit den Schieferdächern und Fensterläden verliebt, in die überschaubare Hauptstraße mit Bäckerei, Metzger, kleinem Lebensmittelgeschäft und dem unverzichtbaren *tabac*, in dem es vom Streichholzbriefchen über einen *café* an der Bar bis zum Dorfklatsch alles gab. Sie freute sich auf dieses Refugium fern ihres Alltags in Paris und dabei nah genug, um innerhalb einer Stunde dort sein zu können. Und sie freute sich auf grüne Wiesen wie im Berchtesgadener Land, Vogelgezwitscher vor ihren Fenstern, Butterblumen und Gänseblümchen und auf romantische Spaziergänge mit Alain am Flussufer …

Der Gedanke an die malerische Landschaft und ihre bevorstehenden Wanderungen brachte sie auf ihre Begegnung mit Coco Chanel zurück: »Die Frau ist verrückt! Sie hat behauptet, ich könne nicht richtig gehen. Nicht so, wie eine elegante Pariserin läuft. Was bildet Mademoiselle sich ein? Ich habe eine Kaiserin gespielt!«

»Sie war wohl ein wenig streng mit dir«, stimmte Alain zu. »So sind Französinnen eines gewissen Alters manchmal. Dabei dachte ich immer, nur Lehrerinnen wären so.«

»Nichts passte ihr! Meine Frisur soll ich auch ändern. Nächste Woche habe ich einen Termin bei Alexandre.«

Obwohl er den Wagen gerade beschleunigte, wandte Alain den Kopf zu ihr. »Hm«, meinte er. Wieder auf die Straße blickend, fügte er hinzu: »Mir hast du auch mit dem kurzen Schnitt gefallen.«

»Aber Luca hat mich doch gerade engagiert, weil ich ihm mit Mittelscheitel und den langen Haaren gefiel!«

»Für eine Rolle, die eine Renaissance-Schönheit verkörpert.«

»Ach, du verstehst das nicht«, grollte Romy und rutschte tiefer in den Sitz.

Genau genommen hatte Alain natürlich recht. Sie sollte eine junge Gräfin spielen, die sich trotz ihrer Noblesse in eine Käufliche verwandelte, und die wäre nicht nur elegant gekleidet, sondern würde auch eine Frisur nach dem neuesten Schick tragen müssen. Da der Handlungszeitraum auf einen einzigen Abend angelegt war, konnten einzig der Kostümwechsel und natürlich schauspielerisches Können die Verwandlung veranschaulichen. Für ein verändertes

Make-up oder ein neues Styling bliebe kein Spielraum. Die große Dame, die sich zur Hure machte, sollte allerdings bis zur letzten Sekunde Dame bleiben. Auch das sagte einiges darüber aus, wie Romy auszusehen hätte. Nun gut, sicher folgte Mademoiselle Chanel vor allem den Anweisungen Viscontis, aber sie hätte diese durchaus weniger despotisch vorbringen können. Hoffentlich verlangte sie nicht auch noch einen Striptease von Romy, um sich zu vergewissern, wie sie in der Rolle der Pupé ein von Coco Chanel entworfenes Kleid auszog. Dabei hatte Romy etwas Ähnliches schon einmal erlebt. Es war vor ihrem bedeutsamen Abflug zu dem Pressetermin für »Christine« nach Paris gewesen und ein großer Spaß …

Das Atelier von Heinz Oestergaard befand sich in seiner Privatwohnung in der Winkler Straße im Westberliner Stadtteil Grunewald. Romy war oft hier. Nicht nur zur Anprobe, sondern auch, um die Beine hochzulegen und zu reden. Der Modeschöpfer war fast zwanzig Jahre älter als sie, er war für sie zu einem väterlichen Freund geworden, auf dessen Rat sie zu hören bereit war und mit dem sie viel lachte und Blödsinn machte.

Hingerissen betrachtete Romy die Schneiderpuppe, auf der eine gewagte Robe hing, ein enges Cocktailkleid mit tiefem Ausschnitt aus einem schmeichelnden, weich fallenden Stoff.

»Probier es an«, schlug Oestergaard vor.

»Ich werde das nie tragen können«, lehnte sie ab. In ihrer Stimme lag Bedauern.

»Kneif mal die Pobacken zusammen, denk an Marilyn und Mae West und posiere wie ein leichtes Mädchen.« Oestergaard strahlte sie an und deutete auf eine Säule, die zur Dekoration und wohl auch als

tragendes Element für die Decke diente. »Das ist deine Straßen-
laterne, wo du die Kerle anmachst.«

Während er eine Schallplatte mit schwüler Barmusik auflegte, zog
sich Romy an dem Toilettentisch einen dicken Lidstrich, legte mehr
Rouge und einen knallroten Lippenstift auf. Eine Mitarbeiterin aus
dem Salon steckte ihr die langen Haare zu einer lockeren Frisur auf.
Als sie sich so zurechtgemacht im Spiegel betrachtete, war Romy nicht
nur fasziniert von ihrer Ausstrahlung, sie fand sich auf einmal ganz
erwachsen, ein wenig verrucht – und wunderschön.

Das Kleid verwandelte sie in einer Weise, wie es sonst nur ihre
Kostüme im Film taten. Mit einem Mal war sie Lolita und Cécile aus
»Bonjour tristesse« in einer Person. Sie hatte beide Bücher gelesen,
obwohl skandalöse Geschichten um leichtlebige junge Mädchen na-
türlich nicht die Art Literatur waren, die die Mammi für sie vorsah.
Mit ungeahnter Frivolität flirtete Romy nun mit der Säule, zwinkerte
ihren Zuschauern zu, spielte, lächelte, kokettierte – und fühlte sich
unendlich wohl dabei.

Oestergaard applaudierte. »Romylein, wenn's mit dem Film nicht
mehr klappt, dann fängst du in dem Kleid eine neue Karriere an.«

Alain hatte eine Reihe von Handwerkern bestellt, die aus den alten
Zimmern der dreistöckigen Priorei moderne Räume machen sollten, in denen er und Romy sich wohlfühlen würden. Sie hatte um
die Restaurierung der alten Holzbalken gebeten, damit der länd-
liche Charme erhalten bliebe. Ebenso staunend wie glücklich
wanderte sie an Alains Seite durch ihr neues Refugium und stellte
fest, dass die Renovierung überaus gelungen war, im Erdgeschoss,
im ersten Stockwerk und im Dachgeschoss gleichermaßen perfekt.

Er hielt ihre Hand, während sie in der unteren Etage über die frisch abgezogenen und geölten Dielenböden schritten. »Hier stelle ich mir eine Vitrine für meine Waffensammlung vor, und diese Wand möchte ich zur Präsentation der Gewehre und Revolver reservieren, die ich noch anschaffen werde«, plauderte er.

»Ich wünsche mir ganz viele Deckenleuchter aus Muranoglas«, murmelte Romy in sich hinein, da sie sich für sein Hobby nicht sonderlich interessierte.

»Über den Esstisch gehört ein Geweih«, befand Alain und fügte – da er anscheinend bemerkte, wie wenig Romy sich für seine martialischen Einrichtungsvorstellungen begeisterte – beharrlich hinzu: »Wir brauchen unbedingt ein großes Geweih. Am besten von einem von mir selbst erlegten Hirsch.«

»Kannst du jagen?«

»Woher soll ich das wissen, bevor ich es versucht habe?«

Sie schüttelte stumm den Kopf.

Alain ließ sie los, um eine der Terrassentüren zu öffnen. Milde Luft wehte ihnen entgegen, Vögel zwitscherten in den Bäumen, die Wiese jedoch, die einmal eine Rasenfläche werden sollte, war noch ein matschiges Brachland. Dafür waren die Steine auf der Terrasse bereits neu verlegt worden. Alain trat hinaus und breitete die Arme aus, als wolle er sein Grundstück mit einer einzigen Geste an sich drücken.

»Es ist wunderschön«, sagte Romy aus vollem Herzen, als sie neben ihn trat.

Er ließ die Arme auf ihre Schultern sinken und zog sie an sich. »Gleich zeige ich dir, wo ich den Hundezwinger aufstellen lassen möchte. Ein Rudel Dobermänner …«

»Oh, wirklich?«, gab sie zögernd zurück. Sie war mit Hunden aufgewachsen, liebte die Tiere. Aber mit einem Dackel oder einem

Boxer zu spielen war etwas völlig anderes, als einen Dobermann zu halten. Die Rasse galt als gefährlich und machte ihr Angst. Doch genau das wollte sie Alain nicht gestehen. Sie würde sich an ihre neuen Gefährten schon gewöhnen, entschied sie im Stillen, wenn es Alain solche Freude machte.

»Wenn sie scharf sind, kann man mit ihnen kämpfen, das ist für diese Hunde wie spielen«, erwiderte Alain, der ihre Vorsicht anscheinend spürte. »Sie sind sehr auf die Rangordnung bedacht, deshalb wird mir nichts im Umgang mit ihnen passieren. Schließlich bin ich ihr Alphatier.« Er amüsierte sich über seine Beschreibung. Lachend ließ er sie los.

»Ja«, stimmte Romy seufzend zu.

»Und dort hinten zwischen den Bäumen soll eines Tages mein Turm stehen.«

»Ein Turm? Was für ein Turm?«

»Mein Elfenbeinturm.« Er wirkte sehr ernst und verträumt, als er ihr in die Augen blickte: »Oder der Turm der schlafenden Schönen im Wald – und ich bin der Prinz und küsse dich wach. Kennst du das Märchen?«

Sie lächelte. »Du meinst Dornröschen.«

»Keine Ahnung. Ich meine ›La Belle au bois dormant‹, die Geschichte einer Königstochter, die bei ihrer Taufe von einer Hexe verflucht und von einer Fee in einen hundertjährigen Schlaf versetzt wird.«

»Das ist Dornröschen.« Romy stellte sich auf die Zehenspitzen, um Alain zu küssen. »Die Idee mit dem Turm klingt wunderbar. Du solltest ihn bauen lassen.«

»Das übersteigt derzeit leider meine Möglichkeiten, Puppelé. Georges meint, ich hätte sowieso schon zu viel Geld ausgegeben.«

Sie schlang die Arme um seinen Hals. »Wozu hast du mich? Ich habe genug für uns beide. Wie teuer ist denn so ein Turmbau zu Tancrou?«

»Eineinhalb bis zwei Million Francs, glaube ich.«

Im Kopf rechnete sie den Betrag in Deutsche Mark um. Es waren etwa fünfhunderttausend DM. Eine ziemlich hohe Summe, aber Romy hatte noch immer keine Ahnung von ihren Finanzen und wusste auch nichts mit der Frage anzufangen, ob etwas teuer oder preiswert war. Ihr Daddy verwaltete ihre Einnahmen und schickte ihr regelmäßig einen großen Scheck. Diesen monatlichen Betrag gab sie mit beiden Händen aus. Wozu sonst besaß sie drei Scheckhefte?

Sie strahlte Alain an. »Die Kosten sollten kein Problem sein. Ich schenke dir deinen Turm, *Pepé*.«

»Aber, Romy …«

»Keine Widerrede. Mit meinen Gagen kann ich mir alles leisten. Daddy hat sie gut angelegt. Weißt du, für irgendetwas muss es ja gut sein, dass ich mich für Luca von Mademoiselle Chanel in eine dünne Französin verwandeln lasse. Wenn ich schon keinen Kuchen essen darf, möchte ich mich über etwas anderes freuen dürfen.«

Mörtel statt Schokolade, fuhr es ihr durch den Kopf. Was für eine lustige Diät.

»Ich will dein Geschenk nicht«, wehrte er nun zu ihrer Verwunderung ab. Er trat einen Schritt zur Seite, als wolle er Distanz zwischen sie beide bringen. »Wenn ich die Bauarbeiten nicht selbst bezahlen kann, möchte ich keinen Turm. Vergiss es!«

Im ersten Moment war sie bestürzt. Es war wie die Wolke am Himmel, die sich vor die Sonne schob. Doch dann dachte sie, dass sie Alain umstimmen würde, wenn sie die fragliche Summe erst zur Verfügung hatte. Sie würde Daddy anrufen und um die rasche Auszahlung bitten. Dann würde Alain ihr Geschenk gewiss annehmen.

KAPITEL 53

Fünfhunderttausend Mark?«, wiederholte Blatzheim. Er klang, als habe er die Summe am Telefon nicht richtig verstanden. Deshalb wiederholte er wohl: »Eine halbe Million?«

»Ja«, bestätigte Romy leichthin und fügte offenherzig hinzu: »Wir wollen einen Turm bauen.«

Einen Moment lang war es still in der Leitung. Dann rauschte der schwere Atem ihres Daddys hindurch, und schließlich polterte er: »Bist du des Wahnsinns?«

Romy hatte zwar nicht erwartet, dass es leicht sein würde, ihren Stiefvater um eine so hohe Summe zu bitten, aber genauso wenig, dass er es ihr so schwer machte. Dabei ging es doch nur um Geld – und zwar um ihres. Niemand war sterbenskrank oder so etwas. Ihre Gagen waren immens, trotz hoher Steuerzahlungen und der Auszahlungen an sie sollte doch immerhin genug da sein, dass sie Alain seinen großen Traum erfüllen konnte.

In der Hoffnung, die Angelegenheit friedlich klären zu können, hob sie sanft an: »Es ist so schön auf dem Land. Ich bin glücklich dort. Und Alain …«

»Ahhh! Habe ich mir's doch gedacht: Der *Jeck* steckt dahinter …«

Sofort flammte Ärger in ihr auf. »Nein«, unterbrach Romy. »Nein, nein, nein. Und nochmals nein. Alain hat damit nichts zu tun.«

»Ich denke, du willst mit ihm ein Luftschloss bauen. Das hast du doch eben selbst gesagt.«

»Einen Turm – ja. Aber er weiß nicht, dass ich die Arbeiten bezahlen will.« Sie zwang sich, ihre Stimme zu dämpfen, damit Alain tatsächlich nichts davon erfuhr. Er befand sich in seinem Zimmer bei seinem Rollenstudium, und es war durchaus möglich, dass er das Telefongespräch zufällig mit anhörte. Die Altbauwände waren nicht dick genug für einen lautstarken Streit über Hunderte von Kilometern zwischen Paris und Köln.

Es stimmte zwar nicht ganz, dass Alain keine Ahnung von ihrem Vorhaben hatte, aber er lehnte ihre Unterstützung nach wie vor vehement ab. Dennoch war sie überzeugt davon, ihn bald umstimmen zu können. Wenn das Geld erst einmal zur Verfügung stand, würde er seinen albernen Stolz schon vergessen. Doch diese Überlegungen verschwieg sie vor Blatzheim.

»Papperlapapp. Natürlich steckt dieser Franzose dahinter. Werd erst einmal erwachsen, dann wirst du schon sehen, dass ich recht habe und nur das Beste für dich will.«

Romy schnappte nach Luft. Sie war diese selbstgefälligen Sätze so leid. »Ich habe keine Lust, darauf zu warten, bis ich fünfundvierzig bin, um allein über mein Geld zu verfügen. Oder bis du glaubst, dass ich endlich alt genug dafür sein könnte.«

Obwohl ihr klar war, dass dies die schlechteste Reaktion auf die Absage ihres Stiefvaters war, knallte sie den Telefonhörer auf die Gabel. Es war unfair von ihm, dass er die Verantwortung für alles, was Romy tat und ihm nicht passte, Alain zuschob. Als könne sie nicht allein über ihr Leben bestimmen. Es war zum Heulen.

Unwillkürlich brach sie in Tränen aus.

*

Da Alain und sie nach wie vor gemeinsam auf der Bühne standen, war Romy abends nicht erreichbar. Nach fast jeder Vorstellung ging sie mit ihm und Kollegen oder Freunden noch auf einen oder mehrere Entspannungsdrinks, entweder in das neben dem Théâtre de Paris liegende Bistro Chez Pied, in den Club Élysées Matignon oder in die Bar Les Calanques, die der Bruder des Schauspielers und Sängers Tino Rossi gemeinsam mit dem zwielichtigen François Marcantoni betrieb, einem Helden der Résistance und Nachkriegsschieber, dessen Attitude eines Gentleman-Gangsters Alain Bewunderung abrang. Die nächtlichen Streifzüge waren notwendig, um die Anspannung abzuschütteln und von ihren Rollen zurück in die Realität zu finden.

Meist war es fast schon Morgen, wenn sie nach Hause kamen. Zwei Tage nach ihrem unangenehmen Telefongespräch mit dem Daddy fand Romy bei ihrer Heimkehr einen Zettel ihres Dienstmädchens vor. Sandra hatte notiert, dass »*Madame Schneider*« mehrmals versucht habe, Romy zu erreichen. Die Mammi wollte also wieder einmal zwischen Romy und dem Daddy schlichten. In der Regel bekam Romy danach ihren Willen. Am liebsten hätte sie ihre Mutter sofort angerufen, aber da das um drei Uhr nachts keine gute Idee war, nahm sie eine Schlaftablette und ging zu Bett. Ihr nächtlicher Heißhunger auf Süßes ließ sich, ebenso wie die Diät von Mademoiselle Chanel, am besten mit medikamentöser Hilfe überstehen.

Am nächsten Mittag rief Romy dann Magda an, die Tasse mit ihrem dampfenden Morgenkaffee neben dem Telefon. Sie war noch im Pyjama, wie meist um diese Uhrzeit, und reichlich unausgeschlafen.

»Daddy meinte, ich gehöre in eine Anstalt eingeliefert«, kam Magda nach einem herzlichen *Grüß Gott* zur Sache, »weil ich meinte, er solle dich diesen Turm bauen lassen.«

»Ach, Mammi, ich wünsche mir das so sehr.«

»Du musst aber zugeben, dass er aus geschäftlicher Sicht durchaus recht haben könnte«, gab Magda zu bedenken. Sie sprach sehr sanft und liebevoll, als wollte sie sowohl Romy als auch ihren Ehemann bei jedem Wort in den Arm nehmen. »Daddys Argumente sind nicht von der Hand zu weisen. Aber natürlich musst du an Alains Seite stehen, das verstehe ich auch.«

»Weißt du, Mammi, hier geht es um mein zukünftiges Leben …«

»Das weiß ich, Kind. Und es ist an der Zeit, dass ihr euch dazu bekennt. Wann wollt ihr heiraten?«

Verblüfft sank Romy auf den Stuhl neben dem Telefontischchen. »Wie kommst du denn darauf?«

»Du sprachst von deinem künftigen Leben.«

»Ja, aber …«, Romy unterbrach sich. Sie fuhr sich mit der freien Hand nervös durch das verstrubbelte Haar, während die andere den Hörer fest umklammert hielt. »Was hat denn das eine mit dem anderen zu tun? Wir sind glücklich, so wie es ist.«

»Ach Romylein …«

»Was?«

Die Mammi seufzte. »Ihr seid nun seit drei Jahren zusammen. Wird es nicht langsam Zeit, dass ihr heiratet?«

»Nein. Wozu?« Romy versuchte, sich gleichgültig zu geben, aber im selben Moment wurde ihr klar, dass sie diese Souveränität nicht lange durchhalten würde. Vor allem nicht vor ihrer Mutter, die sie schließlich besser kannte als jeder andere Mensch auf der Welt. Sie verstand die Frage der Mammi nur zu gut. Schließlich wurde sie bisweilen von derselben Überlegung umgetrieben.

»Romylein, ihr seid ein Paar! Er nimmt alle Vorteile einer Ehe mit, aber heiraten will er dich nicht. Das ist auf Dauer nicht akzeptabel.«

»Die amtliche Form des Zusammenlebens ist überholt. Das ist uns alles viel zu bürgerlich.« Romy merkte, wie hohl die Worte in ihren eigenen Ohren klangen. Wie eine Entschuldigung für Alains fehlendes Bekenntnis, sie heiraten zu wollen. Die Einsicht stach ihr ins Herz wie Giovannis Dolch.

»Also, wenn fünfhunderttausend Mark nicht bürgerlich sind, dann weiß ich auch nicht mehr.«

»Es geht um mein Geld und mein Leben«, stellte Romy klar und fühlte sich dabei nicht halb so selbstbewusst, wie sie es sich gewünscht hätte. »Verstehst du nicht, dass ich über beides verfügen möchte, wie ich es mir wünsche?«

Magda schwieg lange. Viel zu lange für ein Ferngespräch. Doch Romy wartete.

Nach einer Weile stimmte ihre Mutter zu: »Ich werde mit Daddy reden, damit er dir den Scheck schickt. Aber ich kann dir nichts versprechen.«

Trotz der Warnung war Romy sicher, dass sich die Mammi für sie einsetzen würde. Wie immer.

KAPITEL 54

Wird Monsieur Delon Sie heiraten?«, erkundigte sich Coco Chanel. Die Frage klang ganz nebensächlich, wie eine Floskel, völlig bedeutungslos. Anschließend nuschelte sie noch etwas, was jedoch nicht zu verstehen war, da sie statt der obligatorischen Zigarette ein oder zwei Nadeln zwischen den Lippen hielt. Sie war damit beschäftigt, die Kostümärmel wieder an der zuvor aufgetrennten Schulternaht zu befestigen.

Dass die Modeschöpferin ihre Kreationen an der Person drapierte und nicht an einer Puppe oder auf dem Zeichentisch, hatte Romy inzwischen gelernt. Selbst die Tatsache, dass sie dabei den anscheinend obligatorischen Hut nur selten abnahm, wunderte Romy kaum noch. Die unerwartete Frage ließ sie jedoch zusammenzucken. Prompt stach ihr eine Nadel in den Oberarm.

»Au!«

»Sie müssen still halten«, mahnte Mademoiselle Chanel. »Das Wichtigste an einem Kleid oder einer Jacke sind die Ärmel, die müssen sitzen. Leider kann heutzutage keiner mehr vernünftige Ärmel schneidern. Der Einzige, der diese Technik beherrscht, ist Cristóbal Balenciaga ...«

»Tatsächlich?«, warf Romy höflich ein.

Sie hoffte, dass sie die alte Dame damit von der ursprünglichen Frage ablenken könnte. Was sie jetzt auf keinen Fall gebrauchen konnte, war eine zweite Mutter, die sich nach einer bevorstehenden Hochzeit erkundigte. Denn zurzeit spekulierten die deutschsprachigen Medien wieder verstärkt über das Thema. Gewürzt wurden die Klatschmeldungen mit Romys angeblich beharrlicher Weigerung, einen Film in München, Westberlin, Hamburg oder Wien zu drehen. Sie dementierte und begründete ihre Absagen mit den unpassenden Angeboten, doch auch daraus wurden Artikel geschrieben, die jeglichen Wahrheitsgehalt vermissen ließen, überaus spekulativ und sogar beleidigend waren. Mit Alain sprach sie niemals über die Hochzeit. Nicht über die Schmähungen und auch nicht über die Erwartungshaltung von Presse und Fans, geschweige denn über die Sehnsucht der liebenden jungen Frau. Sie befürchtete, ihn zu verärgern, wenn sie das Thema Ehe nicht auf sich beruhen ließ.

Dennoch berührte sie Mademoiselles Frage tief. Vor allem, da sie so kurz nach dem Telefongespräch mit der Mammi aufkam. Und es war das erste Mal, dass Coco Chanel überhaupt ein persönliches Wort an Romy richtete. Bislang war es nur um Körpermaße, Diäten, Stoffe, Schnitte und Modelle gegangen. Romy würde in der Kurzgeschichte Viscontis fünf verschiedene Kostüme benötigen, und die Modeschöpferin hatte dafür einen Zweiteiler, ein Cocktailkleid, ein langes Unterhemd, einen Bademantel und ein Negligé entworfen. Diese Gewänder mussten nun angepasst werden, was Coco Chanel wiederum direkt am Körper der Trägerin erledigte. Die beiden so verschiedenen Frauen verbrachten dabei viel Zeit miteinander.

»Cristóbal Balenciaga ist der einzig wahre Couturier. Die anderen sind alle Schaumschläger«, behauptete Mademoiselle Chanel mit klarer Stimme. Offenbar hatte sie die Stecknadeln aufgebraucht. »Sein Protegé Hubert de Givenchy macht sich ganz gut, aber die Entwürfe keines anderen erreichen Balanciagas Eleganz.«

»Als ich ein junges Mädchen war, wollte ich immer ein Kleid von Dior«, sinnierte Romy.

»O mein Gott!« Mademoiselle Chanel wandte sich wie angeekelt ab, um sich an einem Beistelltisch aus einer Zigarettendose und mit dem Feuerzeug zu bedienen. In einer Geste der Empörung stieß sie den Rauch aus. »Dieser Mann hat uns alles genommen, was wir in Jahrzehnten mühsam erreicht haben. Nachdem ich die Frauen von den Korsetts befreit hatte, atmeten ganze Generationen im wahrsten Sinne des Wortes auf. Und was tut Christian Dior? Er schnürt alle wieder in enge Mieder. Als hätte es die zwanzig, dreißig Jahre davor nicht gegeben. Und diese weiten Röcke. Achtzig Meter Stoff völlig verschwendet. Keine normale Person könnte damit auf Reisen gehen ...« Ihre Worte verloren sich in hektischen Zügen an ihrer Zigarette.

Romy verschwieg, dass ihr Diors *New Look* damals ziemlich gut gefallen hatte. Verbrachte sie ihre Ferien mal nicht im Internat, sondern in Mariengrund, hatte sie stets in den Modezeitschriften geblättert, die in ihrem Zuhause herumlagen, und sich ausgemalt, diese Kleider auch einmal tragen zu dürfen. Später waren ihre Röcke in den Sissi-Filmen sogar noch weiter und ausladender gewesen, als von Dior jemals entworfen. Unwillkürlich verglich sie sie mit dem Kostüm, das sie nun anprobierte. Der von Coco Chanel kreierte Stil war viel enger, umspielte aber Hüfte und Beine auf eine sehr bequeme Art. Mit der verordneten Diät hatte sie in kurzer Zeit eine schlanke Silhouette erreicht, die kaum noch an das etwas rundliche Wiener Mädel erinnerte. Dabei war sie keinesfalls so dürr wie befürchtet geworden. Mademoiselles Ratschläge wirkten erstaunlich gut.

»Möchten Sie auch eine?«

Überrascht registrierte Romy, dass Coco Chanel die Zigarettendose in ihre Richtung hielt.

»Sehr gern. Danke.«

Es war eine angenehme Pause. Die beiden Frauen schwiegen eine Weile, und jede schien ihren Gedanken nachzuhängen. Sie standen in dem von Beigetönen, Spiegeln und hellem Licht dominierten schalldichten Anproberaum, und Romy genoss die angenehme Ruhe. Der Zigarettenqualm schlängelte sich in dünnen Wolken nach oben und verlor sich über ihren Köpfen.

Romy überlegte gerade, wieso sich Gabrielle Chanel in ihrem hohen Alter noch ganz ausdrücklich mit *Mademoiselle* ansprechen ließ, als diese ihre Eingangsfrage plötzlich wiederholte: »Wird Alain Delon Sie heiraten, Mademoiselle Schneider?«

»Uns ist die herkömmliche Form der Ehe viel zu bürgerlich«, erwiderte Romy automatisch.

Coco Chanel maß Romy mit so eindringlichem Blick, als sähe sie sie zum ersten Mal an. Als konzentrierte sie sich jetzt nicht mehr auf die Äußerlichkeiten, sondern schaute in Romys Herz – und ihre Seele. Prompt resümierte Coco Chanel: »Sie glauben diesen Unsinn nicht wirklich, oder?«

»Sie sind auch nicht verheiratet«, stellte Romy fest.

»Ja.« Der Ausdruck in Mademoiselles fein geschnittenem Gesicht verhärtete sich. »Ja, das stimmt. Ich habe nie geheiratet.«

Obwohl sich Romy bislang nicht für das Privatleben dieser ungewöhnlichen Frau interessiert hatte, beschlich sie plötzlich der brennende Wunsch zu erfahren, warum Mademoiselle Chanel anscheinend niemals den richtigen Mann gefunden hatte. Eine so erfolgreiche, wohlhabende Modeschöpferin und faszinierende Frau sollte doch viele Anträge in ihrem Leben bekommen haben. Und noch heute war sie eine schöne Frau. Doch Romy traute sich nicht, so persönlich zu werden. Stattdessen vermutete sie vage: »Wahrscheinlich wollten Sie niemals heiraten.«

»Wissen Sie, ein Mann ist stets nur das Accessoire einer schönen Frau, doch in einem Punkt sollte man sich nichts vormachen: Wenn er nicht heiraten will, passiert gar nichts. Da hilft keine Geduld, kein Verständnis, noch nicht einmal moderne Metaphern sind von Nutzen. Umgekehrt ist es ein wenig schwieriger, da eigentlich die meisten jungen Frauen gern heiraten möchten.« Coco Chanel lächelte, ihre dunklen Augen glühten wie Kohlen. »Schon allein wegen des Kleides, nicht wahr?«

Romy lachte. »Ich habe schon so oft eine Braut gespielt, dass ich den Kleiderwunsch eigentlich nicht mehr habe.«

»Möchten Sie Kinder?«

»Ja ...«

»Mit Alain Delon?«

»Ja ...«

»Dann wollen Sie ihn auch heiraten. Das steht außer Frage.«

Der kurze, unerwartete Dialog entspann sich mit der Geschwindigkeit einer Maschinengewehrsalve. Romy hatte intuitiv geantwortet und befand sich nun plötzlich in der Situation, ihr Innerstes nach außen gekehrt zu haben. Die Plauderei in angenehmer Atmosphäre und die zwanglose Zigarettenpause hatten etwas in ihr geöffnet, das sie vor einer Fremden eigentlich hatte verschlossen halten wollen. Um ihre Verlegenheit zu überspielen, wandte sie sich zu dem kleinen Tischchen, bückte sich und drückte ihre Kippe im Aschenbecher aus. Das Klappern des Porzellans war das einzige leise Geräusch in dem sich bis zur Peinlichkeit steigernden Schweigen zwischen ihr und Coco Chanel.

»Wir haben offenbar eine Gemeinsamkeit«, sagte Mademoiselle unvermittelt. »Als ich so jung war wie Sie, habe ich auch bedingungslos geliebt. Arthur Capel war ein Gentleman durch und durch, er legte mir die Welt zu Füßen, und alles, was aus mir geworden ist, habe ich ihm zu verdanken. Geht es Ihnen nicht auch so mit Monsieur Delon?«

Die Welt lag mir schon vor unserer ersten Begegnung zu Füßen, fuhr es Romy spontan durch den Sinn. Aber sie biss sich auf die Zunge und unterließ diesen Hinweis auf die eigene Popularität. Als sie über Coco Chanels Bemerkung nachzudenken begann, fand sie jedoch durchaus die angesprochene Gemeinsamkeit: Ohne Alain wäre Romy nicht nach Paris gekommen, ohne ihn hätte sie Luchino Visconti wohl niemals kennengelernt. Was bisher aus ihr geworden war, hatte sie tatsächlich Alain zu verdanken. Jedenfalls sofern es die erwachsene Romy betraf.

»Ja«, bestätigte sie schließlich, »Sie haben recht. So geht es mir auch.«

»Trotzdem heiratet er Sie nicht«, stellte Coco Chanel sachlich fest.

»Ich sagte doch, dass wir …«, hob Romy an, unterbrach sich dann aber, weil sie die Ausflüchte selbst nicht mehr hören konnte. »Trotzdem heiratet er mich nicht«, bestätigte sie leise und zutiefst betroffen, weil sie die Wahrheit ausgesprochen hatte.

Coco Chanel steckte sich eine neue Zigarette an. »Boy – so nannten alle seine Freunde Arthur –, Boy liebte mich, daran bestand für mich niemals ein Zweifel. Dennoch heiratete er eine andere Frau. Eine Dame, von der er meinte, sie passe besser zu seinem Leben.«

»Das tut mir leid.«

Mademoiselle zuckte mit den Schultern. »Als ich irgendwann nach seinem Tod wieder zu lieben gelernt hatte, stand mir erst das Zarenreich und später das Britische Empire im Wege. Die Staatsraison zwang sowohl Dimitri Romanow als auch Hugh Grosvenor, sich von mir abzuwenden. Beide heirateten später andere Frauen, wurden aber unglücklich in ihren Ehen. Sie sind längst gestorben. Ich dagegen lebe, wenn auch allein. Offensichtlich gehöre ich zu den Frauen, die ihr Nachthemd mit mehr Verstand auswählen als den Mann, den sie lieben.« Die Bitterkeit klang aus ihrer Stimme wie der Ton aus einem nicht gestimmten Klavier.

So viel Offenheit hatte Romy trotz des persönlichen Themas nicht erwartet. Zuerst starrte sie Coco Chanel verwirrt an, dann begriff sie, wie viel Schmerz in der Lebensbeichte lag. Anscheinend verbarg die alte Dame ihre Gefühle sehr geschickt unter der schönen Fassade ihrer Garderobe und letztlich auch hinter dem Ehrgeiz, mit dem sie ihre Geschäfte betrieb. Noch eine Gemeinsamkeit, dachte Romy spontan. Auch sie hatte begriffen, welche Bedeutung ihrem Ehrgeiz in ihrem Leben zukam, sie wusste, dass es ihr vor allem darum ging, etwas Großes zu leisten. Zum ersten Mal hatte sie diese Empfindung befriedigt, als es ihr gelungen war, sich in die Rolle der Annabella hineinzuversetzen. Inzwischen verstand sie noch genauer als zuvor, wohin sie in ihrer Karriere wollte. Doch das alles änderte nichts an ihrer Sehnsucht nach dem privaten Glück. Erschrocken stellte sie fest, dass es Coco Chanel wohl ebenso erging. Zum ersten Mal fragte sie sich, ob Alain womöglich auch eines Tages eine andere Frau heiraten würde.

»Kommen Sie, Mademoiselle Schneider, lassen Sie uns mit der Anprobe fortfahren. Wir sollten unsere Zeit nicht vergeuden. Ich möchte Ihnen nur noch sagen, wie sehr ich die Disziplin, mit der Sie an Ihre Verwandlung gehen, zu schätzen weiß.«

Überrascht blinzelte Romy. Das Kompliment trieb ihr Tränen der Rührung in die Augen. Es war seltsam, wie es Coco Chanel mit einem Mal gelang, ihr Innerstes zu berühren.

KAPITEL 55

Als ganz Frankreich in die Sommerferien aufbrach, schlossen auch die Pforten des Théâtre de Paris. Nach einhundertzwanzig Vorstellungen war Schluss mit »Schade, dass sie eine Hure war«. Hubert de Malet, der Direktor des Theaters, hätte das Stück gern noch in der nächsten Saison angesetzt, aber Alain lehnte kategorisch ab.

Selbst Romys Bitten änderte nichts an seinen Karriereplänen, die sich ausschließlich ums Kino drehten. »Georges sagt, dass ich dem Vergleich mit anderen Theaterschauspielern auf Dauer nicht standhalten kann. Das ist mir recht.«

»Aber ich möchte auf der Bühne bleiben«, protestierte Romy. »Es ist das, was ich von ganzem Herzen will.«

»Du willst nicht mich von ganzem Herzen?«, gab er spöttisch zurück. »Muss ich etwa eifersüchtig sein?«

»Auf das Theater?«, fragte sie kopfschüttelnd. »Natürlich nicht.« Und auch auf sonst niemanden, fuhr es ihr durch den Kopf. Denn im Gegensatz zu ihm gab es für sie niemanden, mit dem sie die Freiheiten ihres jungen Lebens lieber oder auch nur genauso gern auskosten wollte. Und so sprachen sie ihre unterschiedlichen Karrierepläne ebenso wenig ein weiteres Mal an wie Alains Affären.

Am nächsten Tag flog er nach Rom zu seinem nächsten Filmprojekt.

Romy blieb allein in Paris zurück, beschäftigt mit ihrer Verwandlung in eine Französin und der Lektüre des Drehbuches zu »Der Job«, Viscontis Episode in »Boccaccio 70«.

390

Sie traf Georges zum Mittagessen, der ihr von der französischen Theaterikone Sacha Pitoëff vorschwärmte. Der Regisseur wollte mit einem Stück von Anton Tschechow, das er für das Théâtre Moderne inszeniert hatte, auf Tournee gehen. Er plante eine Umbesetzung in »Die Möwe«. Bislang wurde die Rolle der Nina von seiner Ehefrau Luce Garcia-Ville gespielt, nun fragte er Romy Schneider für die Gastspielreise im nächsten Jahr an. Was für eine Ehre, dachte sie überglücklich und sagte freudig zu, obwohl Alain bei diesem Bühnenprojekt nicht mit von der Partie sein würde.

Bei ihrer nächsten Anprobe berichtete sie Coco Chanel von der Fortsetzung ihrer Theaterkarriere. Mit Mademoiselle verband sie inzwischen eine erstaunlich innige Beziehung: Es war noch nicht Freundschaft, aber zwischen ihnen war ein vertrauliches Verhältnis entstanden, wie Romy es sonst nur mit der Mammi hegte. Und da Coco Chanel keine Verwandte war, schien sie Romy eine neutralere Zuhörerin und Ratgeberin zu sein, als es jede Mutter, Tante oder Großmutter hätte sein können. Auch mit Heinz Oestergaard hatte Romy seinerzeit eine enge Beziehung verbunden, ihm hatte sie die Geheimnisse ihres jungen Lebens anvertraut wie etwa die gelegentliche Sehnsucht nach einem ganz normalen Teenager-Alltag. Sie erinnerte sich noch genau, wie wichtig es ihr damals war, nicht nur auf Filmbällen tanzen zu müssen, sondern auch einmal den Abschlussball einer Tanzschule erleben zu dürfen. Dieser Traum hatte sich nie erfüllt, und ihre Verbindungen nach Berlin waren inzwischen rar geworden. Dafür war Coco Chanel kein Ersatz. Doch da war ein anderes Band, das sie um sich zu weben begannen. Mademoiselle erwies sich als kluge und weise Gesprächspartnerin, deren Urteil Romy zu schätzen lernte, eine Rolle, die niemand sonst von ihren Bekannten in Paris auch nur annähernd ausfüllen konnte. Romy fieberte den Anproben in der Rue Cambon inzwischen regelrecht entgegen, und auch die Modeschöpferin schien großes Vergnügen an dem Austausch mit der Jüngeren zu finden.

»Es gibt eine Zeit für die Arbeit und eine Zeit für die Liebe, mehr Zeit hat man nicht«, sagte Coco Chanel ernst, nachdem Romy ihr euphorisch von den Tourneeplänen berichtet hatte. »Sie sollten versuchen, dem einen oder anderen nicht zu viel Gewicht zu verleihen. Sonst bleibt entweder die Arbeit auf der Strecke – oder die Liebe. Am Ende sind es Sie allein, die der größte Verlust trifft, wofür auch immer Sie sich entscheiden.«

Die ehrgeizige Frau sprach aus Erfahrung. Das war Romy klar. Sie selbst wollte nichts so sehr, wie auf der Bühne zu stehen und wieder vor der Filmkamera. Aber sie wollte auch mit Alain zusammen sein, selbst wenn das durch ihre Engagements an verschiedenen Orten erschwert wurde. In der Vergangenheit hatte sie die Zeit, die sie von ihm getrennt war, mit Nichtstun füllen müssen. In Zukunft würden sie wohl beide gleichermaßen beschäftigt sein, was von Romys Fortschritten in ihrer beruflichen Entwicklung zeugte. An Heirat wäre dabei allerdings noch weniger zu denken als zuvor.

»Ich weiß nicht, was richtig ist«, gestand Romy in der Anprobe der Boutique Chanel. »Im Theater und im Kino scheint mir alles zu gelingen, aber im Leben bin ich ratlos.«

»Gehen Sie Ihren eigenen Weg. Am Ende wird nur das Sie vor den Enttäuschungen schützen, die Ihnen die Männer zufügen.«

»Das habe ich vor.« Romy lächelte. Das war ein Rat, den ihr die Mammi so nicht gegeben hätte.

Coco Chanel betrachtete sie mit aufmerksamem Blick. Diesmal schien sie jedoch nicht in Romys Seele zu schauen, sondern vor allem ihr eigenes Kunstwerk zu taxieren. Sie wandte sich zu ihrer Assistentin, die stets stumm im Hintergrund blieb. »Die Perlen, bitte.«

Sie legte die mehrreihige Perlenkette, die ihr gereicht wurde, um Romys Hals und erklärte: »Schmuck soll eine Frau nicht wohlhabend erscheinen lassen, sondern schmücken. Deshalb habe ich immer gern falschen Schmuck getragen … Es fehlen noch die Armbänder.« Mit einer ungehaltenen Geste forderte sie diese ein. Dann gab sie die Preziosen an Romy weiter, die sich ein wenig erstaunt eine mit Perlen verzierte Gliederkette um das Handgelenk wickelte.

»*Voilà!*«, meinte Mademoiselle Chanel. »Ein Mädchen sollte zwei Sachen sein – elegant und fabulös. Das haben Sie geschafft – und dabei alles Teutonische abgelegt.« Sie schob Romy vor den Spiegel, der zuvor bei der Anprobe tabu gewesen war.

Eine andere Frau sah Romy entgegen. Nein, nicht wirklich eine andere. Ihr Gesicht war natürlich dasselbe, obwohl das Make-up mit dem dicken Lidstrich und der vielen Wimperntusche es ganz anders wirken ließ. Es war schmaler, nicht mehr so kindlich. Ihr brünettes Haar, das in einem bis über die Ohren reichenden Stufenschnitt und in weiche Locken frisiert war, unterstrich den erwachsenen Ausdruck und hatte dabei einen gewissen Esprit, der weit von den alten Zöpfen und den mit unendlich viel Haarspray fixierten Frisuren entfernt war. Die Krönung der lässigen Eleganz war jedoch das Chanel-Kostüm aus Bouclé-Tweed mit der farblich abgestimmten Seidenbluse darunter. Romy hob die Arme, ging auf den neuen halbhohen cremefarbenen Pumps mit der schwarzen Kappe zwei Schritte vor und wieder zurück. Es war erstaunlich, sie fühlte sich in dieser Garderobe auf Anhieb so wohl, als trüge sie ihren Lieblingsbademantel. Nein, es war keine andere Romy – es war eine erwachsene.

Und doch ließ sie ihr Anblick reagieren wie einst das herzliche junge Mädchen: Überwältigt vor Freude über das Ergebnis wochenlanger Anproben, Diäten und Friseursitzungen fiel sie Mademoiselle Chanel ungestüm um den Hals. »Ich danke Ihnen. Ich danke Ihnen sehr.«

»Wir haben lediglich getan, was unser Freund Luchino Visconti von uns erwartete. Nun müssen Sie nur noch Ihren Beitrag im Atelier leisten. Aber zuvor trinken wir ein Glas Champagner zusammen, nicht wahr? Kommen Sie dafür bitte nachher in meine Privaträume.«

Romy stockte der Atem. Diese Einladung war eine Ehre – und darüber hinaus eine große Freude für sie. Wenn sie das der Mammi erzählte …

»Ach … und noch etwas«, sagte Coco Chanel, während sie Romys Hände sanft von ihren Schultern löste, »die Fingernägel macht sich eine Dame mit einem farblosen Lack und einem weißen Stift. Rot oder Pink dürfen nur die Fußnägel sein.«

KAPITEL 56

ROM
August 1961

Die *Cinecittà*, die Filmstadt Roms, befand sich im Südosten der antiken Metropole, und Romy hatte das Gefühl, dass hier auf dem begrenzten Raum das italienische Lebensgefühl noch spürbarer war als etwa auf der Piazza Navona. Wenn sie der Wagen der Produktionsgesellschaft durch den Torbogen am Eingang fuhr, der wie alle anderen Gebäude in dem *Terra di Siena* genannten typischen rötlichen Ockerton gestrichen war, kam sie sich bereits vor wie in einem Dorf in der Toskana. Tatsächlich gab es auf dem Studiogelände nicht nur die Ateliers sowie die Hallen, Werkstätten und Kulissen, sondern auch das Haus des Regisseurs Federico Fellini, der gleich neben seinem Arbeitsplatz wohnte. Fellini drehte ebenfalls eine Episode für »Boccaccio 70«, in der Anita Ekberg die weibliche Hauptrolle übernommen hatte. In der dritten Geschichte spielte Sophia Loren, die Frau des Produzenten Carlo Ponti, unter der Regie von Vittorio De Sica.

Es schmeichelte Romy, neben dieser geballten Ladung Sexappeal engagiert worden zu sein. Bisher hatte sie stets nur das hübsche junge Mädchen gegeben, das sich meist tugendhaft verhielt und ebenso liebte. Zur Frau gereift, war sie auf der Bühne als Annabella zwar in den eigenen Bruder verliebt gewesen, hatte die Grenzen musterhaften Benehmens jedoch nie überschritten. Als Pupé sollte sie sich indes nicht nur elegant, sondern verführerisch zeigen, lasziv, sinnlich und auch offenherzig. Das passte zwar alles in den

Rahmen, den der Filmtitel und die anderen Darstellerinnen vorgaben, war aber absolutes Neuland für Romy. Und nur ihr tiefes Vertrauen in die Regieanweisungen Luchino Viscontis – und mehrere Gläser Champagner – ermöglichten es ihr, sich vor der Kamera zum ersten Mal in ihrem Leben nackt auszuziehen.

»Sie sind schön. Seien Sie auch noch eine selbstbestimmte Frau. Dann haben Sie das Ideal erreicht«, hatte Coco Chanel ihr bei ihrem Abschied mit auf den Weg gegeben. Es folgten zwei Küsse auf die Wangen und das Versprechen, dass Romy sich nach ihrer Rückkehr aus Rom melden möge. Ein Mittagessen im Ritz war bereits verabredet.

Die Sätze der berühmten Modeschöpferin im Kopf, verwandelte sich Romy vor der Kamera in Pupé, die ihre Weiblichkeit erotisch in Szene setzte. Sie zog ihr Bouclé-Kostüm mit Raffinesse aus, trug ihr Hemdröckchen wie ein Abendkleid und verbot sich alle Gedanken an die Mammi und den Daddy. Die Badewannen-Szene würde ihren Eltern nicht gefallen, das stand so fest wie der Stephansdom. Aber zum ersten Mal war sie nicht mehr das naive Wiener Mädel, sondern eine junge Frau, die sich ihres Körpers und dessen Wirkung bewusst war und sich nicht scheute, ihn als Waffe einzusetzen. Es war der vollendete Wechsel ihres Images als Filmschauspielerin.

Visconti sorgte dafür, dass so wenige Leute wie möglich am Set waren, und so war es für Romy gar keine so große Sache, die Hüllen fallen zu lassen. Immerhin nahm Kameramann Giuseppe Rotunno sie auch nur von hinten auf. Ihren Rücken und das nackte *Popscherl*. Es war eine ähnliche Einstellung wie damals bei Hildegard Knef als »Sünderin«, doch von dem Film hatte Romy nur gehört, sie hatte ihn nie gesehen. Was die Knef konnte, würde ihr auch gelingen, beschloss sie.

Ganz in ihre Rolle als Pupé versunken, war es für sie selbstverständlich, ihren Morgenmantel abzulegen, bevor sie in die Badewanne stieg. Sie bewegte sich mit einer gewissen Natürlichkeit – und fühlte sich frei. Sie genoss es sogar, ihren schönen jungen Körper zu zeigen.

»Das war sehr gut«, lobte Visconti am Ende der Szene.

Romy, inzwischen wieder in einen Bademantel gehüllt, strahlte ihn an. Sie begegnete seinem dunklen Blick und dachte, wie bedauerlich es war, dass dieser schöne Mann für die Damenwelt verloren war. Den könnte ich lieben, fuhr es ihr durch den Kopf, als er sie in den Arm nahm und auf den Scheitel küsste.

*

Am nächsten Drehtag sollte in der geschmackvollen Kulisse einer prätentiösen Wohnung die Szene gedreht werden, in der sich Pupé mit dem Butler stritt. Visconti hatte Gemälde und Teppiche aus seiner eigenen Villa in das Atelier bringen lassen, um den optischen Rahmen nach seinen Vorstellungen zu vervollkommnen. Die weiß-goldenen Türen waren sogar eigens für die Dreharbeiten in Florenz angefertigt worden. So entstand das Ambiente eines großbürgerlichen, laut Drehbuch nicht nur wohlhabenden, sondern auch aristokratischen Ehepaares. Ein Bild, in das sich Romy in Coco Chanels Bouclé-Kostüm hervorragend einfügte.

Heute arbeitete Visconti wieder mit der gesamten Mannschaft. Auch waren Gäste zugelassen. Produzent Carlo Ponti erschien, um einen Blick auf die Dreharbeiten zu werfen. Und dann stand plötzlich Alain in der Studiotür. Er küsste Romy und umarmte Luca.

»Ich habe für den Rest des Nachmittags frei und dachte mir, ich schau mir mal an, was ihr beide macht.«

»Wenn du im Dunkeln hinter der Kamera bleibst, habe ich nichts dagegen«, versicherte Visconti.

»Es ist so lange her, dass wir beide gemeinsam in einem Atelier standen, dass ich gar nicht mehr weiß, wie das ist.« Romy stellte sich auf die Zehenspitzen und küsste Alain. Dabei verrutschte ihr Hut, den sie in der bevorstehenden Szene tragen musste.

Sofort eilte die Garderobiere herbei, um die sogenannte Pillbox an den richtigen Ort zu drücken.

Alain beugte sich zu Romy und flüsterte ihr so laut zu, dass es die Umstehenden hören konnten: »Schade, dass ich dich nicht schon gestern besuchen konnte, als du allen gezeigt hast, was mir gehört, *Puppelé*. Leider musste ich arbeiten.«

»Bitte alle auf ihre Plätze«, brüllte der Aufnahmeleiter. »Wir fangen an. Achtung! Aufnahme.«

Es war eigentlich nur ein kurzer Dialog.

Pupé sagte in beißendem Ton zu ihrem Butler: »*Sie langweilen sich doch bei mir, nein? Haben Sie vielleicht nicht genug Geld*?«

»Aus!«, brüllte Visconti. Er war aus seinem Regiestuhl aufgestanden, trat neben den Kameramann.

Romy sah ihn überrascht an. »Was ist los?«

»So geht das nicht. Romina, deine Aussprache ist schlecht. Kümmere dich gefälligst darum, betone die Bösartigkeit in deinen Worten!«

»Das habe ich getan«, widersprach sie, ohne darüber nachzudenken, dass Visconti keine Kritik duldete. Aber sie war sich sicher, den richtigen Ton getroffen zu haben.

Visconti maß sie mit versteinertem Gesichtsausdruck. Im Studio war es für einen Moment so still, dass man die sprichwörtliche

Stecknadel hätte fallen hören. Es schien, als hielte jeder den Atem an. Dann brüllte der Regisseur: »Du machst genau, was ich dir sage, Romina, und nichts anderes!«

Sie starrte ihn an. Ihre Lippen bebten. Vor Zorn, Empörung und Blamage. In dieser Form vor Carlo Ponti angeschrien zu werden, hatte sie nicht verdient. Der Produzent würde denken, dass sie absolut unfähig sei. Die Warnungen von Kollegen kamen ihr in den Sinn, die sich mit dem deckten, was die Mammi zu ihren Plänen gesagt hatte: »Dreh nicht mit Visconti! Der macht dich fertig. Wenn der Film abgedreht ist, bist du am Ende.« Trotz ihrer Erfahrungen bei der Zusammenarbeit am Theater hatte Romy nicht daran glauben wollen. Im Gegenteil. Sie hatte auf der Bühne von Visconti profitiert und wollte genau das vor der Kamera erreichen. Deshalb raunte ihr eine innere Stimme zu, dass sie sich nicht aufrege, sondern einfach tun sollte, was er verlangte. Es wäre besser so.

Obwohl sich alles in ihr dagegen sträubte, nahm sie wieder ihre Position ein. Sie sah zur Kamera …

… und sah Visconti, der noch immer danebenstand und einer Person im Hintergrund zuzwinkerte.

Diese Person war Alain.

Es war, als wollte Visconti sagen: »Siehst du, mein Lieber, so muss man das Mädchen anpacken, dann spurt sie!«

Romy fühlte sich, als habe sie in eine Zitrone gebissen. Alles in ihrem Leib zog sich zusammen. Die Zuneigung, die sie noch gestern für Luca empfunden hatte, war mit einem Mal wie weggewischt. Er gängelte sie, um Alain zu beweisen, dass er der Marionettenspieler war und sie willenlos an seinen Fäden hing. Es war entwürdigend. Und respektlos. In diesem Moment hasste sie Visconti aus ganzer Seele.

KAPITEL 57

Die nächsten Tage sprach Romy kaum mit Visconti. Sie mied ihn, sofern es möglich war, und reduzierte ihre Kommunikation auf das Notwendigste. Tief getroffen von seinem Verhalten, gab sie sich als Schauspielerin diszipliniert, als Privatperson war sie jedoch nicht zugänglich. Weder für seine Blicke noch für ein Lob oder eine Umarmung. Doch Visconti war klug genug, sie in Ruhe zu lassen. Nach einer halben Woche, kurz vor Ende der Dreharbeiten, meinte er jedoch offenbar, dass sie nun genug geschmollt habe. Er ließ eine Notiz in ihre Garderobe bringen mit der Einladung zum Abendessen in seinen Palazzo.

Mehr aus Höflichkeit als aus Freundschaft folgte Romy der Aufforderung – auch weil sie sonst nichts Besseres zu tun hatte. Sie hatte zwar keine Lust, ihren Regisseur in ihrer Freizeit zu treffen, aber Alain war zu Außenaufnahmen unterwegs, und sie wollte sich den einsamen Abend weder mit Rotwein versüßen noch mit dem längst überfälligen Telefongespräch mit der Mammi. Dabei hätten sie dringend miteinander sprechen müssen. Es gab wichtige Neuigkeiten aus Wien, wie Romy einem Brief ihrer Mutter entnommen hatte. Allerdings wollte sie nicht ausgerechnet während der Dreharbeiten, bei denen sie zum ersten Mal als erwachsene Schauspielerin vor der Kamera agierte, an »Sissi« denken. Deshalb schob sie den Anruf schon eine Weile hinaus und besänftigte ihr schlechtes Gewissen mit der Ausrede, dass man einem Luchino Visconti ja nicht absagen dürfe. Denn das würde er nie verzeihen. Also setzte sie sich in ein Taxi und fuhr zu ihm.

Hinter den dicken Mauern war es an diesem noch immer heißen Sommerabend erstaunlich kühl. Als Romy durch die feudale Eingangshalle geführt wurde, fröstelte sie in ihrem ärmellosen schwarzen Etuikleid sogar ein wenig, und sie bedauerte, nicht das Chanel-Kostüm angezogen zu haben, das sie sich von Mademoiselle für den privaten Gebrauch auf den Leib hatte schneidern lassen. Eine Jacke, die sie ablegen und gegebenenfalls wieder hätte anziehen können, wäre bei dem in der Villa herrschenden Klima eine gute Idee gewesen. Wenn sie fror, hatte sie aber immerhin einen legitimen Grund, sich frühzeitig zu verabschieden.

Visconti empfing sie in dem tiefen Sessel in seinem Salon, und fast glaubte sie, ein Déjà-vu zu haben. Wie bei ihrer ersten Begegnung kredenzte er ihr mit der ihm eigenen Grandezza Champagner und gab sich überraschend charmant. Nach einigen belanglosen Plaudereien kam er auf Berufliches zu sprechen: Luca berichtete von einem Schreiben des amerikanischen Agenten Paul Kohner, das er über Georges Beaume erhalten hatte. Kohner versuchte, die Produktion von »Schade, dass sie eine Hure war« am Broadway unterzubringen, war dabei aber wohl nicht sehr erfolgreich.

Kurz fragte sich Romy, ob Visconti sie eingeladen habe, um ein neues Engagement zu feiern. Er klang aber nicht so. »Paul Kohner schrieb mir kurz nach der Premiere, dass er sehr beeindruckt von meiner Leistung auf der Bühne sei«, erwiderte sie zögernd, »und sich bemühen wolle, mich in deiner Inszenierung nach New York zu bringen.«

»Diese dummen Amerikaner.« Visconti stöhnte auf wie unter Qualen. »Kohner sagt jetzt, dass es keine Möglichkeit gibt, das Stück am Broadway aufzuführen. Das Inzestthema sei zu heikel für das amerikanische Publikum. Pah!« Er gestattete sich eine wegwerfende Geste.

»Die Sissi gefällt ihnen anscheinend besser.«

»Warum?«, fragte er mit deutlich erwachtem Interesse.

Romy begann sich zu entspannen. Offenbar wollte Visconti die unglückselige Geschichte aus dem Atelier auf sich beruhen lassen. Das Gespräch mit ihm verlief angenehm, auch wenn die ersten Nachrichten aus New York nicht dem entsprachen, was sie erhofft hatten. Und auch wenn Romy eigentlich nicht an Erinnerungen an ihre Rolle als Kaiserin gelegen war, tat es ihr gut, mit Luca darüber zu reden. Wer hätte sich besser dafür geeignet?

»Ernst Marischka, der Produzent und Regisseur der ›Sissi‹-Filme, schrieb meiner Mutter, dass er gerade an einem Zusammenschnitt der drei Teile zu einem einzigen arbeite. Unter dem Titel ›Forever My Love‹ soll eine Synchronfassung im März in die amerikanischen Kinos kommen. Das Interesse daran sei drüben sehr groß.«

»Das passt«, gab Visconti mit einem spöttischen Lächeln zurück. »Zu den Amis passt es, nicht mehr zu dir, Romina.«

»Ich bin nicht sehr glücklich darüber. Ernst Marischka hofft zwar, dass mir dadurch Türen in Hollywood geöffnet würden, aber mit dieser Art Film kann ich eigentlich darauf verzichten. Meinst du nicht auch?«

»Wir sind uns einig, dass du einen anderen Weg beschreiten solltest.« Er griff in die Tasche seines Sakkos und förderte ein kleines Samtetui zutage, das etwas altmodisch und schon recht abgegriffen aussah. Das Kästchen schnappte auf, darin befand sich ein Ring. »Ich bewundere deinen Mut zur Veränderung. Du wirst eine große Künstlerin werden, Romina, deshalb möchte ich dir dieses Geschenk machen.«

Erstaunen, Befangenheit und Freude wechselten sich in ihrem Innersten ab, ihre Gefühle schienen ein Karussell bestiegen zu haben. Sprachlos erlebte sie, wie Luca ihr mit großer Geste den Ring an den Finger steckte. Sie starrte auf den Saphir, der von zwei Brillanten eingerahmt wurde. Das Besondere daran war jedoch nicht die Leuchtkraft der Edelsteine, sondern dass sie in einen blau eingefärbten Holzreif gefasst waren.

»Er ist wunderschön«, hauchte sie.

»Es ist ein Familienerbstück der Visconti di Modrone. Er gehörte meiner verstorbenen Mutter.« Er lächelte versonnen. »Du siehst ihr sogar ähnlich.«

Romy bewegte ihren Finger, die Edelsteine fingen das Licht der Lüster ein und blitzten auf. Wie Scheinwerfer, die sich auf den Star richteten. Luca hatte ihr das perfekte Geschenk gemacht, einen Talisman, der sie auf ihrem weiteren Weg begleiten würde. Mit diesem Ring des Mannes, der in ihrem Berufsleben alles verändert hatte, würde sie ihre Ziele erreichen. Dessen war sie sicher.

Sie sah zu ihm auf und erwiderte erst seinen Blick, dann sein Lächeln.

KAPITEL 58

LA NAPOULE
9. Mai 1962

Ernst Marischka sollte recht behalten: »Forever My Love« wurde nach der Premiere im März zu einem Kassenschlager in den USA. Romy versuchte, den Erfolg aus ihren Gedanken zu tilgen, als ginge er sie nichts an. Natürlich war sie in ihrer künstlerischen Entwicklung inzwischen weit von der einstigen Kaiserin entfernt. Und sie hatte erfahren, dass Karlheinz Böhm ebenso dem Image des Kaisers Franz Joseph zu entfliehen versuchte wie sie der Sissi. Er hatte bei Metro-Goldwyn-Mayer unterschrieben und hoffte in Hollywood auf anspruchsvollere Rollen. Romy indes blieb in Paris.

Derweil hatte sie »Le Combat dans l'île« gedreht, ein blutrünstiges, politisch motiviertes Eifersuchtsdrama, und war als Nina in »Die Möwe« auf Theatertournee gegangen, was sie jedoch in vielerlei Hinsicht überforderte. Ihr zierlicher Körper war nicht geschaffen für die täglichen Reisen im Bus oder in der Eisenbahn, sie konnte in den wechselnden Hotelzimmern nur schlecht schlafen, während die abendlichen Auftritte in ständig neuen Häusern ihr eine Routine abverlangten, die sie auf der Bühne noch nicht besaß. Entsprechend waren die französischen Kritiken. Das ständige Gezeter der deutschen Presse nahm sie gar nicht mehr wahr, aber Klagen über ihre Professionalität trafen sie, vor allem in ihrer neuen Heimat. Sie fühlte sich mental schon wieder am Boden, als sie eine Anfrage erreichte, die sie überraschte und unendlich stolz machte: Der große amerikanische Schauspieler und Regisseur Orson Welles bot ihr die Rolle der Leni in seiner Verfilmung von Franz Kafkas Roman »Der Prozess« an. Es schien die logische Weiterentwicklung der Pupé und ein weiterer Meilenstein auf dem Weg zu sein, den Visconti ihr geebnet hatte.

Als Romy mit Alain zu dem traditionellen Mittagessen im Restaurent »La Mére Terrats« erschien, fühlte sie sich zum ersten Mal als Teil der französischen Fimschaffenden, die sich hier im Rahmen der Filmfestspiele von Cannes versammelten. Sie ließ ihre Augen über die anderen, mit weißem Leinen eingedeckten Tische wandern, an denen Stars wie sie beide saßen, daneben Regisseure, Drehbuchautoren, Produzenten und Verleiher. Es herrschte ein unglaublicher Trubel, Küsschen flogen durch die Luft, Tratsch wurde ausgetauscht, Versprechungen gemacht und im nächsten Moment gebrochen. Vor dem Defilee der Berühmtheiten verblasste sogar der Geschmack der hervorragenden Bouillabaisse, die hier gereicht wurde, und manches Glas Champagner wurde über die eine oder andere Sensation in der Sonne vergessen. An dem kleinen Jachthafen des Fischerdorfs ankerten die mondänsten Bootsklassen, eine Karawane an eleganten Sportwagen schob sich im Schritttempo über die Place de Château. viel wichtiger waren jedoch die vorgestellten Filme: »Boccaccio 70« lief außer Konkurrenz, »Liebe 1962« nahm am Wettbewerb teil und hatte große Chancen auf einen Preis, so dass Romy und Alain zwangsläufig eines der begehrtesten Paare des *déjeuner* waren.

Romy trug ein cremefarbenes Kostüm von Coco Chanel, eine Seidenbluse und die obligatorische Perlenkette. Dazu passend einen von Mademoiselle Chanel kreierten Hut mit breiter Krempe, der ihr Gesicht zwar frei ließ, ihren Teint jedoch beschattete, so dass die Sonne keinen Schaden anrichten konnte. Ihre Finger zierten der Verlobungsring von Alain und das Familienerbstück von Luca. Sie bedauerte, dass Visconti seine Reise an die Côte d'Azur abgesagt hatte, aber sie war glücklich, mit Alain zusammen sein zu können. Sie hatten so wenig Zeit füreinander, die Karriere zog sie stets fort von dem Geliebten. Doch Romy vertraute auf das Schicksal und auf die Kraft ihrer Liebe. Es würden wieder andere Zeiten kommen.

Ein Reporter des französischen Fernsehens erkannte sie, drängelte sich durch die eng stehenden Tische zu ihnen durch. Er rief seinen Kameramann und den Tonmeister herbei. »Darf ich Ihnen ein paar Fragen stellen?«

»Natürlich«, sagte Alain.

»Dafür sind wir hier«, murmelte Romy.

Während Alain die Frage nach seiner nachlässigen Rasur beantwortete, sah Romy ihren Liebsten von der Seite an. Wie gut er aussah! Seit Neuestem trug er elegante Anzüge, Hemden, Seidenkrawatten und handgenähte Schuhe von italienischen und französischen Designern. Aus dem wilden jungen Mann war ein Star geworden, der so kultiviert wie möglich auftreten wollte. Er musste sich einen Bart für seine Rolle in Viscontis aufwendig geplanter Verfilmung des Romans »Der Leopard« stehen lassen. Aber auch damit sah er phantastisch aus. Wie sehr sie ihn liebte.

Eigentlich war der Reporter mehr an Alain als an ihr interessiert. Sie warf zwar an den richtigen Stellen eine kurze Bemerkung ein, und Alain war so nett, ihre Zusammenarbeit mit Orson Welles zu erwähnen, aber es war hauptsächlich ein nicht einmal eine Minute währendes Gespräch mit Alain.

»Ich danke Ihnen für die Beantwortung meiner Fragen«, beendete der Journalist seine kurze Aufzeichnung. »Auf Wiedersehen, Alain Delon. Auf Wiedersehen, Sissi.«

Romy starrte ihn an. Das Lächeln auf ihren Lippen gefror. »Nein, nicht Sissi.«

Nie wieder Sissi, fuhr es ihr durch den Kopf.

»Dummkopf!«, kommentierte Alain den Abgang des Reporters. »Ist dem Typ nicht aufgefallen, dass du aussiehst wie eine Französin, sprichst wie eine Französin und genauso elegant bist? Du hast dich verändert, *Puppelé*.«

Wie recht er hatte. Sie schmunzelte bei dieser Beschreibung. Coco Chanel hatte etwas Ähnliches zu ihr gesagt. Und sie selbst wusste, dass sich nicht nur ihr Äußeres, sondern auch ihr Denken längst ihrer neuen Heimat angepasst hatte. Die Verwandlung war geschehen, der Blick zurück war schön, aber jetzt wartete die Zukunft auf sie.

Romy war auf dem richtigen Weg.

NACHWORT

Es ist das erste Mal, dass ich einen Roman über Personen schreibe, denen ich persönlich begegnet bin – als Kind war ich mit meinen Eltern bei Magda Schneider und Hans Herbert Blatzheim in Morcote häufig zu Gast. Auch wir zogen in den 1960er Jahren nach Lugano, ich bin dort sogar zeitweise zur Schule gegangen. Nachdem wir jahrelang in einer Altbauwohnung in einem Palazzo in der Stadt gewohnt hatten, kaufte mein Vater 1971 das Haus, das Karlheinz Böhm von der Gage für »Sissi« erbaut hatte. Insofern ist nicht nur meine berufliche Nähe zu den Protagonisten dieses Buches groß – und genau das machte es mir nicht leicht, meine Geschichte über Romy Schneider zu schreiben. Dennoch hoffe ich, dass ich ein etwas objektiveres Bild von ihr entworfen habe als manch andere Autorinnen und Autoren zuvor, die anscheinend häufig aus Selbstzweck agierten. Marlene Dietrich etwa urteilte einst über die Biographie von Hildegard Knef über Romy Schneider: »Sie kannte sie nicht. Hoffentlich schreibt sie nie über mich.«

Über Romy wurde viel berichtet – und vor allem die Presse tat ihr großes Unrecht. Kaum jemand scheint in Betracht gezogen zu haben, dass sie ein Mensch war, der die alltäglichen Erfahrungen von Kindheit und Jugend nicht hatte erleben dürfen und mit vierzehn Jahren bereits in die Erwachsenenwelt eingetreten war. Romy war besessen von ihrer Arbeit, sie wird vor der Kamera als personifizierte Disziplin beschrieben, dafür brauchte sie aber unbedingt den Kokon eines harmonischen Familienlebens. Andererseits war es wohl genau dieser Schutz ihrer übermächtigen Mammi und des

Daddy, der sie später zu vielen Fehlentscheidungen trieb, und auch die kaum erwiderte abgöttische Liebe zu ihrem leiblichen Vater prägte ihr Handeln. Hinzu kam, dass die breite Öffentlichkeit – vor allem in Deutschland und Österreich – das Bild der ewigen Sissi niemals aufgab. Als Schauspielerin sollte Romy Schneider für immer dieselbe Kaiserin Elisabeth bleiben, die sie in drei Filmen im Alter von sechzehn, siebzehn und achtzehn Jahren verkörpert hatte. Dass dieses junge Mädchen seine Teenagerzeit nicht auf ewig konservieren konnte, nahm man ihr übel.

Doch es hätte den Weltstar Romy Schneider sicher nicht gegeben, wenn sie stets ihren Beratern gefolgt und nicht ihren eigenen Weg gegangen wäre. Wie die meisten Kinderstars hätte sie vermutlich irgendwann keine Rollen mehr gefunden und wäre vom Publikum über kurz oder lang vergessen worden. So aber bleibt der Mythos Romy Schneider erhalten und ist noch heute – fünfundsechzig Jahre nach »Sissi« und achtunddreißig Jahre nach ihrem Tod – ungebrochen. Und es sind andere großartige Filme mit wundervollen Figuren, die sich vor das Bild der ewigen Sissi geschoben haben.

Romy sagte einmal, »Der Prozess« mit Anthony Perkins unter der Regie von Orson Welles sei eine ihrer wichtigsten Arbeiten gewesen, wenn nicht sogar die wichtigste überhaupt. Es war der Beginn einer Weltkarriere, die ihr Erfolg, Ruhm und viele Nominierungen für internationale Filmpreise bescherte, die sie zum Teil auch gewann. Und kurz nach »Der Prozess« erhielt sie endlich die Möglichkeit, ihren angebeteten Vater an ihre Seite zu holen – zumindest vor der Kamera: In »Der Kardinal« besetzten Romy Schneider und Wolf Albach-Retty zwei Nebenrollen. Tatsächlich trat sie sogar noch ein viertes Mal als Sissi vor die Kamera: 1972

410

spielte sie in Luchino Viscontis Drama »Ludwig II.« neben Helmut Berger die Kaiserin Elisabeth. Zu diesem Zeitpunkt war Romy bereits zu einem der größten Stars Frankreichs aufgestiegen – und in Paris verband sie kaum jemand noch mit der Sissi von einst.

Der Weg dahin begann zunächst mit dem Ende einer großen Liebe. Die Karriere, die Alain Delon in jenen Jahren machte, führte ihn zwangsläufig an Drehorte rund um die Welt. Er war immer seltener zu Hause, und wenn, arbeitete Romy gerade meist ebenfalls irgendwo anders als in Paris, inzwischen häufig in Hollywood. Die langen Phasen der Trennung waren fatal für das junge Paar. Im selben Jahr, in dem Romy neben Jack Lemmon für »Leih mir deinen Mann« vor der Kamera stand, verliebte sich *ihr Mann* in eine andere: Bei den Dreharbeiten zu »La Tulipe noir« begegnete er Nathalie Barthélemy, einer jungen Frau von Alains Schlag, weit weniger *bourgeoise* als Romy. Die beiden heirateten überraschend schnell, im September 1964 wurde der gemeinsame Sohn Anthony Delon geboren, vier Jahre später wurde die Ehe von Alain und Nathalie Delon dann nach großen Turbulenzen wieder geschieden.

Romy fiel nach der Trennung zunächst in ein großes schwarzes Loch, aus dem ihr nicht einmal ihre Arbeit heraushelfen konnte. Bei der Eröffnung eines Restaurants ihres Daddys im neuen Europa-Center in Westberlin traf sie 1965 dann den vierzehn Jahre älteren, ebenso genialen wie berühmten Boulevard-Regisseur und Schauspieler Harry Meyen, einen attraktiven Intellektuellen, der in jeder Hinsicht das Gegenteil von Alain war. Es war Liebe auf den ersten Blick, ein Jahr später heirateten die beiden an der Côte d'Azur, der gemeinsame Sohn David wurde kurz darauf geboren. Bei ihrer Hochzeit trug Romy ein Kleid von Coco Chanel, der sie in enger Freundschaft verbunden blieb.

Die Ehe mit Harry Meyen erwies sich anfangs als glücklich, später als schwierig, seine Bevormundung in beruflicher Hinsicht häufig als Fehler. Romy wohnte mit ihrer kleinen Familie in einer Wohnung im Grunewald in Westberlin, wo sie eine Zeit lang das Leben einer Hausfrau und Mutter führte. Das änderte sich mit einem Anruf aus Paris: Alain Delon hatte Romy für die weibliche Hauptrolle in dem Film »La Piscine« (»Der Swimmingpool«) vorgeschlagen. Fünf Jahre nach dem Ende ihrer Beziehung sahen sich die beiden vor der Kamera wieder – und es begann eine unfassbar tiefe, platonische Freundschaft, die bis zu ihrem Tod hielt.

Romy drehte in Frankreich, der Lebensmittelpunkt ihrer Familie war jedoch von Harry Meyen inzwischen nach Hamburg verlegt worden. Nach einigen durchwachsenen Ehejahren beschloss das Paar 1973, sich zu trennen; zwei Jahre später wurden Romy Schneider und Harry Meyen geschieden. Da wohnte sie mit dem gemeinsamen Sohn wieder in Paris, wo sie auch für immer bleiben sollte.

Sie entwickelte sich zur unvergessenen *Grande Dame* des französischen Films. Neben Catherine Deneuve und Annie Girardot gehört sie noch heute zu den populärsten Schauspielerinnen ihrer Generation. Doch zu dem beruflichen Erfolg kamen schwere private Schicksalsschläge: Zwar war ihre zweite Ehe mit ihrem elf Jahre jüngeren Privatsekretär Daniel Biasini anfangs glücklich, die Geburt der gemeinsamen Tochter Sarah 1977 war zweifellos der Höhepunkt, doch die Tragödie nahm schon bald ihren Lauf. Der Selbstmord von Harry Meyen 1979 belastete Romy schwer, es folgte die Scheidung von Biasini zwei Jahre später, und der tödliche Unfall ihres erst vierzehnjährigen Sohnes David im Sommer 1981 war schließlich eine Katastrophe, von der sie sich nicht mehr erholen sollte.

Um den Tod Romy Schneiders am 29. Mai 1982 ranken sich viele Legenden, die heute nicht mehr aufzuklären sind. Daniel Biasini erhebt in seinem Buch »Meine Romy« schwere Vorwürfe gegen ihren letzten Lebensgefährten Laurent Pétin, darunter noch am harmlosesten der Verdacht, dass der sich nicht genug um die schwer angeschlagene Romy gekümmert habe. Jedenfalls wurde sie von Pétin zusammengebrochen an ihrem Schreibtisch gefunden, der herbeigerufene Arzt schrieb »*Herzversagen*« in den Totenschein. Die genauen Umstände wurden nie festgestellt, da die zuständige Staatsanwaltschaft aus Rücksicht auf die Familie auf eine Obduktion und weitere Ermittlungen verzichtete. Ob es ein Selbstmord war oder nur der Verlust jeglicher Lebenskraft, weiß niemand.

Alain Delon hielt die Totenwache neben Romy Schneider. Er organisierte ihre Beerdigung und die Überführung des Leichnams ihres Sohnes in ihr Grab auf dem kleinen Friedhof von Boissy-sans-Avoir bei Paris. Letztlich bezahlte er auch die Kosten. Denn Romy Schneider hinterließ einen riesigen Berg Schulden, vor allem mehrere Millionen Francs an Steuerschulden in Frankreich. Sie hatte nie mit Geld umzugehen gelernt, war zu ihrer Familie und ihren Freunden stets sehr großzügig und bezahlte am Ende für ihr Vertrauen in ihre finanziellen Ratgeber ein Vermögen.

Bis auf Alain Delon sind alle Personen, die in ihren ersten Pariser Jahren eine entscheidende Rolle spielten, inzwischen verstorben. Hans Herbert Blatzheim erlag 1968 einem Herzinfarkt, den Tod ihres leiblichen Vaters musste Romy bereits ein Jahr zuvor betrauern. Der für ihre Karriere so wichtige Ernst Marischka starb 1963. Coco Chanel schloss im hohen Alter von 87 Jahren 1971 für immer die Augen. Luchino Visconti erholte sich nicht mehr von einem

Schlaganfall, den er bei den Dreharbeiten zu »Ludwig II.« erlitt, er verließ Romy 1976. Magda Schneider überlebte ihre Tochter, sie starb 1996 in Schönau im Berchtesgadener Land.

Ihr letzter Film war eine deutsch-französische Co-Produktion, die Romy in Paris und in Westberlin drehte: »Die Spaziergängerin von Sans-Souci«. Den Jubel der deutschen Presse nach der Premiere hat sie nicht mehr erlebt. Romy Schneider wurde nur zweiundvierzig Jahre alt.

DANKSAGUNG

Wie immer möchte ich mich von Herzen bei meiner Agentin Petra Hermanns für ihre unendliche Unterstützung bedanken, aber auch bei Stefanie Werk, Programmleiterin Taschenbuch des Aufbau Verlags und meine Lektorin. Ich bedanke mich bei meinem Mann Bernd Gabriel – stellvertretend für die ganze Familie – für die Liebe, ohne die ich nicht arbeiten könnte. Abschließend möchte ich mich noch ausdrücklich bei meinen Leserinnen und Lesern und bei den Buchhändlerinnen und Buchhändlern bedanken, die letztlich erst möglich machen, dass ich Romane wie diesen veröffentlichen darf.

Michelle Marly

LESEPROBE

PARIS 1924

An diesem Abend kam es wieder zu einem Streit zwischen Simone und ihrem Vater.

Georges de Beauvoir säbelte ungeduldig an seinem Stück Fleisch herum. Er hatte sich bereits angekleidet, weil er ausgehen wollte.

Simone saß zu seiner Linken, neben ihrem Teller lag wie immer ein Buch, denn sie hatte keine Zeit zu verschwenden, wenn sie ihr ehrgeiziges Lesepensum schaffen wollte. Zurzeit las sie Paul Valérys *Eupalinos*.

»Es ist für eine junge Frau unwürdig, sich derart gehen zu lassen. Sieh nur deine dreckigen Fingernägel!«

Ihr Vater legte seine ganze Verachtung in seine Stimme, und das war nicht wenig, denn als Laienschauspieler war er geübt darin, Stimmungen zu transportieren.

Simone sah nicht einmal von ihrer Lektüre auf. Ihre linke Hand lag auf den Seiten, um das Buch geöffnet zu halten, die rechte hielt die Gabel, mit der sie auf ihrem Teller herumstocherte, in der Hoffnung, auch ohne hinzusehen ein Stück Karotte zu erwischen.

»Simone. Ich rede mit dir. Hat man dich in diesem Haus nicht gelehrt, was Tischmanieren sind?«

»Georges, lass sie doch. Sie ist sechzehn«, sagte ihre Mutter.

»Eben«, rief Georges. »Mit sechzehn wissen andere Mädchen längst, was sich gehört. Sie besuchen Matineen und gehen zum Tennis, um geeigneten jungen Männern vorgestellt zu werden.«

»Ich will keinen Mann, den ihr mir aussucht«, sagte Simone ungerührt und blätterte um.

»Ich kann mir auch keinen vorstellen, der dich nehmen würde. Einen Blaustrumpf, wie er im Buche steht. Männer mögen keine klugen Frauen.«

Simone zuckte zusammen. Blaustrumpf nannte ihr Vater sie? Dabei war er es doch gewesen, der sie zum Lernen angespornt hatte und der immer stolz auf ihre Bestleistungen gewesen war. Doch seit sie in die Pubertät gekommen war, fand er sie unansehnlich und plump. Seitdem galt seine ganze Aufmerksamkeit ihrer Schwester Poupette, die zwei Jahre jünger und hübsch war.

Auch ihr Vater hatte sich verändert. Was war aus dem Mann geworden, der allabendlich am Kamin gestanden und ihnen Monologe und komödiantische Szenen vorgespielt hatte, bis ihnen vor Lachen die Tränen über die Wangen gelaufen waren?

»Männer mögen auch keine Frauen ohne Mitgift«, sagte sie und hob für einen Moment den Blick, um zu sehen, wie ihr Vater reagierte.

Er wurde rot vor Zorn. »Aber du bist nicht nur arm, sondern auch hässlich.«

Simone stand wortlos auf. Sie hatte ohnehin keinen Appetit mehr.

Hinter ihrem Rücken hörte sie ihre Mutter sagen: »Simone hat doch recht, Georges. Hättest du etwas mehr Fortune in deinen Geschäften gehabt, wäre für meine Töchter eine Mitgift da gewesen. Was soll so aus ihnen werden, kannst du mir das sagen?«

Beim Rest hörte Simone nicht mehr zu. Sie kannte die Argumente der ewigen Streitereien ihrer Eltern zur Genüge. Georges habe das Geld, das Françoise mit in die Ehe gebracht hatte, verschleudert. Sie hätten in diese dunkle Wohnung im fünften Stock ohne Dienstboten in der Rue de Rennes ziehen müssen, und nun sei die Zukunft ihrer Töchter ruiniert.

Der Streit würde so lange weitergehen, bis ihr Vater aus der Wohnung flüchtete. Simone legte sich ins Bett und zog sich die Decke über den Kopf. Auch als Poupette kurze Zeit später ins Zimmer kam, reagierte sie nicht. Sie tat, als schliefe sie schon, dabei war sie in ihren Gedanken hellwach.

Wann hatte das angefangen, dass ihr Vater sie kritisierte, fragte sie sich. Dass er alles an ihr, was er früher für gut befunden hatte, ablehnte? Warum verachtete er plötzlich ihren Fleiß, ihre Erfolge in der Schule? Wann war seine Bewunderung für ihren Verstand, den er als den eines Mannes bezeichnete, in Ablehnung umgeschlagen? Wann war aus dem geliebten Mädchen, auf das er so stolz war, das ständige Ärgernis, der unansehnliche Blaustrumpf geworden?

Simone hatte in ihrem bisherigen Leben immer getan, was man von ihr verlangt hatte, und nun wurde ihr genau das zum Vorwurf gemacht. Sie war verunsichert, noch größer jedoch war ihr Zorn. Die Bemerkungen ihres Vaters trafen sie ins Mark, aber ihre Überzeugungen würden sich deshalb nicht ändern. Sie wunderte sich, dass ihr in diesem Moment keine Tränen kamen. Unter ihren Freundinnen war sie für ihre häufigen Tränenausbrüche berüchtigt und gefürchtet. Doch die Beleidigungen ihres Vaters wollte sie nicht an sich heranlassen. Seine Regeln galten für sie nicht mehr.

Neben ihr stöhnte Poupette im Schlaf auf. Simone brauchte nur den Arm auszustrecken, um ihre Schwester zu berühren, denn zwischen ihren beiden Betten blieb gerade so viel Raum, dass eine von ihnen dort stehen konnte. Für andere Möbel war das Zimmer zu klein, obwohl Simone sich nichts mehr wünschte als einen Platz zum Arbeiten, einen eigenen Schreibtisch. Sie überlegte, ob sie mit ihrer Schwester darüber reden sollte, was sie bewegte. Nein, entschied sie, Poupette würde das nicht verstehen. Sie liebte ihre kleine Schwester, die so voller Charme und Intelligenz war, der jedoch Simones Ehrgeiz und ihre Durchsetzungskraft fehlten.

Es war spät geworden, dennoch konnte Simone nicht schlafen. Sie horchte in die stille Wohnung. Ihre Mutter war ins Bett gegangen, ihr Vater würde erst in ein paar Stunden nach Hause kommen. Leise stand sie auf und tastete sich barfuß in sein Arbeitszimmer hinüber. Er hatte diesen Raum für sich, obwohl er sich so gut wie nie darin aufhielt. Es war selbstverständlich, dass ein Mann und Hausherr über ein Büro verfügte, obwohl er es so gut wie nie nutzte.

Simone setzte sich an Georges' Schreibtisch und nahm ein Blatt Papier aus der Schreibtischschublade. Hell leuchtete es im diffusen Licht der Straßenlaternen, wenngleich es hier oben nur noch schwach war. Simone nahm einen Stift zur Hand. Auf einmal war ihr, als würde ihr in diesem Augenblick die ganze Welt gehören. Weil sie aufschreiben konnte, wie sie diese Welt haben wollte. Sie konnte alles imaginieren, eine große Liebe, ein Abenteuer, eine neue Philosophie, die die Welt erklären würde.

Also gut, was sollte sie schreiben? Vor ein paar Monaten hatte sie begonnen, Tagebuch zu führen. Seitdem füllte sie Seite um Seite mit ihrer winzigen Schrift, weil die Hefte teuer waren und weil sie hoffte, dass ihre Mutter ihre Kritzelei nicht würde entziffern können. Dennoch beschrieb sie stets nur die rechte Seite des Heftes, auf der linken notierte sie Zitate, Buchtitel und Gedanken, die sie beeindruckt hatten und die sie nicht vergessen wollte.

Aber hier ging es um etwas anderes: Sie wollte ihr Leben aufschreiben. Wenn sie niemanden hatte, mit dem sie über ihre Sorgen und ihre Träume sprechen konnte, dann würde sie eben mit sich selbst ins Gespräch treten, um besser zu verstehen, was sie in diesem Leben wollte und wie sie es erreichen konnte. Sie wäre die folgsame Simone, die Tochter aus gutem Hause, die die Erwartungen ihrer Eltern erfüllte. Die andere Simone, die nichts mehr liebte als Widerspruch und die nichts als gegeben hinnehmen konnte, ohne es zu hinterfragen, würde ihr antworten. Welche der beiden würde die Oberhand behalten? In jedem Fall würde ihr das Schreiben guttun, dessen war sie sich gewiss; es wäre für sie wie ein selbst gewähltes Exil, in dem sie womöglich allein, jedoch nicht einsam wäre.

Simone hob den Stift und machte einige Schreibbewegungen in der Luft, während sie den Nachtfaltern draußen vor dem Fenster zusah, die sich bis hier oben verirrt hatten und im gelben Licht der Gaslaternen umherflatterten.

Dann legte sie den Stift sanft wieder an seinen Platz und das Blatt Papier zurück in den Schreibtisch.

Ich werde ein ganz besonderes Leben führen, versprach sie sich. Ein Leben, wie ich es will, nicht das kleine Leben, das meine Eltern für mich im Sinn haben. Ich werde Simone de Beauvoir sein, nicht Madame Soundso.

Und eines Tages werde ich eine berühmte Schriftstellerin sein.

Kapitel 1

FRÜHJAHR 1927

»*Plus vite*, Jacques, schneller«, rief Simone und lehnte den Kopf aus dem Fenster, damit der Fahrtwind ihr Gesicht streicheln konnte. Eigentlich war der Märztag zu kühl dafür, aber Simone konnte nicht widerstehen und hatte das Fenster heruntergekurbelt.

Sie wollte diesen Moment genießen. Am Vormittag hatte sie ihr Examen in Literatur bestanden, mit Auszeichnung, wie nicht anders zu erwarten gewesen war. Der Abschluss war ein weiterer Schritt hin zu ihrem Traum vom Schreiben, den sie in den vergangenen zwei Jahren zäh verfolgt hatte. Auf der Suche nach einem eigenen Ton ihres Erzählens und einem Thema hatte sie in jeder freien Minute des Tages gelesen. Nichts Geschriebenes war vor ihr sicher. Bei *Shakespeare & Company* in der Rue de l'Odéon lieh sie die Neuerscheinungen aus Amerika, gegenüber bei Adrienne Monnier die Franzosen aus. Manchmal, wenn sie ein Buch unbedingt besitzen wollte, jedoch kein Geld dafür hatte, stahl sie es auch. Bei den Bouquinisten an der Seine las sie im Stehen alles, was ihr in die Hände fiel. Was sie anderswo nicht bekam, bestellte sie in der Bibliothèque nationale, wo sie jeden Tag im Lesesaal arbeitete. Aber dort las sie eher Bücher, die sie für ihr Studium brauchte. Und neben der

Literatur studierte sie natürlich auch das Leben, das Paris, die Stadt des Lichts und der Künste, in all seiner Vielfalt zu bieten hatte. Sie hatte beinahe jede Ausstellung in den Galerien ihres Viertels gesehen und war Stammgast in den großen Museen. Wann immer sie Geld für einen Kaffee hatte, ging sie mit einer Freundin in eines der Cafés am Montparnasse, setzte sich an einen Tisch und hörte den Leuten zu, die dort saßen. Alles interessierte sie, nichts war vor ihrem Wissensdurst und ihrer Neugierde sicher.

Nun, mit der bestandenen Prüfung war sie ihrem Ziel ein gutes Stück näher gekommen. Zu ihrem Entzücken hatte ihr Cousin Jacques vor dem Institut Sainte-Marie auf sie gewartet und ihr mit einem Lächeln die Tür seines neuen Wagens aufgehalten.

»Wie ich sehe, kann auch eine Frau mit Examen attraktiv sein«, sagte er zu ihr. »Darf ich dich zur Feier des Tages zu einem Ausflug einladen?«

Simone war selig. Als Kinder waren Jacques und sie gute Freunde gewesen, später hatte sie den Älteren bewundert. Und jetzt war sie dabei, sich in ihn zu verlieben. Er war ein schöner Mann und kleidete sich in schicke Anzüge. Jacques wohnte mit seiner Schwester und einer Haushälterin in einer großen Wohnung am Boulevard Montparnasse, niemand machte ihm Vorschriften. Er war ein Mann von Welt, der viel ausging, alle angesagten *dancings* und Galerien kannte und Simone mit dem Surrealismus bekannt gemacht hatte. Stundenlang saßen sie zusammen und redeten über Kunst und Literatur. Ihre ansonsten so strenge Mutter erlaubte, dass sie mit Jacques einen Spaziergang machte oder ins Kino ging. Auch ihr Vater mochte ihn und schätzte es, wenn er Simone abends nach Hause brachte und auf einen Plausch mit ihm blieb.

Bei dem Gedanken daran verzog Simone das Gesicht. Ihr Vater und Jacques ergingen sich bei diesen Gelegenheiten in endlosen Erörterungen zu Literatur und Theater, wobei ihr Vater auf die Moderne schimpfte und seine Klassiker lobte. Simone hätte dazu durchaus etwas zu sagen gehabt, aber es war nicht erwünscht, dass sie sich einmischte, das gab ihr Vater ihr deutlich zu verstehen. Eine Frau hatte Männer nicht zu unterbrechen. Wenn Georges sich von ihr zu sehr gestört fühlte, legte er den Arm um Jacques' Schulter und zog sich mit ihm in sein Arbeitszimmer zurück, während Simone vor Wut kochte.

Doch heute gehörte Jacques ganz ihr. Simone klappte die Sonnenblende herunter, um sich im Spiegel zu betrachten. In der letzten Zeit hatte sich ihr Äußeres sehr zu ihrem Vorteil entwickelt, aus dem hässlichen Entlein war ein Schwan geworden. Zwar legte Simone noch immer nicht besonders viel Wert darauf, sich zurechtzumachen, aber in ihren unvorteilhaften Kleidern steckte nun eine schöne junge Frau. Am meisten an ihr selbst gefielen ihr die hellen Augen in der Farbe von Vergissmeinnicht, die in ihrem fein geschnittenen Gesicht leuchteten. Vor ein paar Tagen hatte sie sich das lange Haar zu einem Bubikopf geschnitten, wie es jetzt modern war. Auch ihre Freundin Zaza trug das Haar neuerdings so, und in Verbindung mit ihren Glockenhüten aus Filz sah sie damit bezaubernd aus. Aber Simones Haar war zu dünn, ihr Gesicht zu lang, die Frisur stand ihr nicht, obwohl Maheu das Gegenteil bezeugt hatte. Ihr Kommilitone René Maheu, den sie »das Lama« nannte, war in sie verliebt, obwohl er verheiratet war. Er wurde nicht müde, Dinge an ihr zu bewundern oder hervorzuheben; sei es ihre Schönheit, sei es ihre Klugheit oder auch ihre raue Stimme, mit der sie ihre Argumente wie ein Maschinengewehr verschoss. Doch mit ihrer Frisur irrte er sich, sie war nichts anderes als misslungen. An diesem Tag hatte Simone ein Tuch mit hellen Tupfen in ihr Haar gebunden, um das Schlimmste zu verbergen. Jacques hatte die Veränderung offensichtlich nicht bemerkt, er hatte nur gesagt, wie schön das Tuch zu dem weißen Kragen ihrer Bluse passe. »Du siehst aus wie ein netter junger Mann«, neckte er sie.

Jacques überholte hupend ein anderes Auto und scherte rasant wieder ein. Simone wurde gegen seine Schulter geschleudert. Sie rückte wieder von ihm ab und klappte den Spiegel hoch. Jacques würde nie einen Gedanken an sein Äußeres verschwenden, er sah einfach betörend gut aus. Simone betrachtete sein gut geschnittenes Gesicht von der Seite. Er kniff leicht die Augen zusammen und hatte etwas von einem Abenteurer. Jacques bemerkte ihren Blick und lachte.

»Wir sind gleich da«, sagte er.

»Schade«, gab Simone zurück. Sie hätte noch stundenlang neben ihm sitzen und die Autofahrt genießen können. Sie fuhren in westlicher Richtung stadtauswärts, Jacques hatte extra ihretwegen die Route über die Place de la Concorde genommen, wo sich der Obelisk in einen blassblauen Himmel erhob, und hielt dann auf den Arc de Triomphe zu. Jetzt fuhren sie schon unter den großen Bäumen des Bois de Boulogne hindurch. Sie waren um diese Jahreszeit noch kahl, aber rund um die Rasenflächen sah Simone das Leuchten der Magnolienblüten und das Gelb von Jasmin und Narzissen. »Ist das schön«, seufzte sie und hielt ihre Hand aus dem Fenster, um den kühlen Fahrtwind zu spüren.

»Du findest wirklich an allem etwas Schönes«, sagte Jacques mit einem Kopfschütteln.

»Aber der Frühling in Paris ist doch auch wunderschön. Findest du nicht? Sieh doch nur dieses zarte Grün. Diese Farbe gibt es nur jetzt – wenn du nächste Woche wiederkommst, ist sie schon verschwunden.«

Sie hielt ihr Gesicht mit geschlossenen Augen in die Sonne, die in diesem Augenblick durch die Wolken brach. Dann blickte sie wieder zu Jacques hinüber. Er parkte schwungvoll den Wagen und kam auf ihre Seite hinüber, um ihr die Autotür aufzuhalten.

»Darf ich bitten?«

Simone lächelte ihn an.

»Worauf hast du Lust? Boot fahren oder Eis essen?«

»Beides«, rief sie. »Aber ich muss um acht Uhr zu Hause sein. Papa will mich zur Feier meines Examens einladen.«

Sie mieteten eines der kleinen Boote, die die Form eines Schwans hatten, und ließen sich träge bis in die Mitte des Sees treiben.

Jacques zog ein Buch aus der Tasche seines Jacketts. Es war *Der große Meaulnes*, das Buch von Alain-Fournier, das viele als Nachfolger von Goethes *Werther* sahen, weil es darin um jene Liebe ging – die eine große, unglückliche –, die man nur als ganz junger Mensch fühlen konnte. Der Roman hatte Simone in ein Gefühlschaos versetzt, und seitdem nahm sie ihre zärtlichen Gefühle für Jacques noch intensiver wahr. Und es hatte den letzten Anstoß dazu gegeben, dass Literatur für sie zum Ersatz für die Religion wurde. Simone glaubte an die Macht des Wortes, Romane wurden zu ihrer neuen Bibel, auch wenn ihre Mutter deshalb um das Seelenheil ihrer Tochter fürchtete.

»Du musst mir nicht daraus vorlesen«, sagte sie. »Ich kenne ganze Passagen auswendig.«

»Na gut, wie wäre es mit *La Garçonne*? Deine Frisur würde dazu passen.« Er hat meine Frisur also doch bemerkt, dachte Simone, als er das Buch aus der anderen Tasche zog.

Sie kicherte. Der Roman von Victor Margueritte verursachte zurzeit einen Skandal nach dem nächsten, weil seine Hauptfigur, Monique Lerbier, sich den Heiratsplänen ihrer Eltern widersetzte und ein auch sexuell unabhängiges Leben führte. Natürlich hatte Simone auch dieses Buch gelesen, heimlich, ohne Wissen ihrer Eltern. Und sie hatte bei der Lektüre so manches Mal gedacht, dass sie gern wie diese Monique wäre. Sie winkte ab.

»Kenne ich auch. Lass das bloß nicht Maman sehen, dann darf ich nie wieder allein mit dir ausgehen.«

»Zensiert sie immer noch deine Lektüre?«

Simone schüttelte unwillig den Kopf und dachte daran, wie Françoise früher Seiten, die ihre Töchter nicht lesen sollten, mit Nadeln zusammengesteckt hatte. Simone hatte diese Seiten natürlich immer als Erste gelesen und danach die Nadel wieder exakt in dieselben Löcher gesteckt. »Maman hat es aufgegeben, mich zu erziehen.«

»Dich zu einem passablen Fräulein zu machen, das Chancen auf dem Heiratsmarkt hat«, meinte Jacques.

»Ich? Chancen auf dem Heiratsmarkt? Du weißt, dass ich die nicht habe, weil Papa keine Mitgift zahlen kann.«

»Ich weiß auch, dass du das gar nicht willst.«

»Heiraten schon, aber nicht jeden und bestimmt keinen, den meine Eltern für mich aussuchen.« Simone sah ihn forsch von der Seite an, um festzustellen, ob er ihre Anspielung verstand.

Statt auf ihre Bemerkung einzugehen, legte Jacques sich plötzlich übertrieben in die Riemen, um hektisch zu rudern, dabei waren sie noch ein gutes Stück von einer der künstlichen Inseln entfernt. Er tat gerade so, als würden sie gleich auflaufen.

Aber für den Rest des Nachmittags spielte er wieder den unwiderstehlichen Charmeur.

Jacques brachte sie gerade noch rechtzeitig nach Hause, damit Simone mit ihrem Vater ins Theater gehen konnte.

Während ihr Vater Jacques in sein Arbeitszimmer lotste, um mit ihm »ein Wort unter Männern« zu reden, ging Simone in ihr Zimmer, um sich rasch mit einem Kamm durch die zerzausten Haare zu fahren und das Kopftuch neu zu binden. Ihre Wangen hatten Farbe bekommen, und ihre Haut schien zu strahlen, aber auch das würde wohl nichts daran ändern, dass ihr Vater nichts Schönes an seiner Tochter finden konnte. Worüber er wohl gerade mit Jacques spricht, fragte sie sich. Darüber, dass er und Simone heiraten würden? Für sie würde damit ein Traum in Erfüllung gehen, und ihr Vater müsste schließlich einsehen, dass sie doch einen Mann finden konnte.

Sie seufzte.

Simone verstand nicht, warum ihr Vater so enttäuscht von ihr war. Es hatte sie immer stolz gemacht, wenn er früher von ihr gesagt hatte, sie denke wie ein Mann. Sie hatte gelernt und gearbeitet, um dieser Vorstellung gerecht zu werden. Heute hatte sie ihr erstes Diplom bestanden und ihn damit beeindrucken wollen. Aber er hatte nicht einmal gefragt, worüber sie geprüft worden war. Es interessierte ihn nicht.

Inzwischen lernte Simone schon lange nicht mehr, um ihren Vater zu beeindrucken. Sie war in die Welt des Wissens eingetreten, und jedes Buch, das sie las, weckte in ihr die Neugierde auf das nächste. Sie liebte es, wissenschaftliche Fragen zu durchdringen und Neues zu entdecken, überzeugende Argumente zu haben und andere mit ihrer Klugheit zu überraschen.

Sie schenkte sich selbst ein Lächeln. Dann ging sie zu den anderen.